A ILHA MISTERIOSA

JÚLIO VERNE

A ILHA MISTERIOSA

Tradução e adaptação
Andréia Manfrin Alves

Principis

Esta é uma publicação Principis, selo exclusivo da Ciranda Cultural
© 2020 Ciranda Cultural Editorial em francês e Distribuidora Ltda.

Traduzido e adaptado do original em francês
L'île mystérieuse

Texto
Júlio Verne

Tradução e adaptação
Andréia Manfrin Alves

Preparação
Luciene Ribeiro dos Santos

Revisão
Flávia Yacubian

Produção editorial e projeto gráfico
Ciranda Cultural

Imagens
Mott Jordan/Shutterstock.com;
Andrey Burmakin/Shutterstock.com;
donatas1205/Shutterstock.com;
Theus/Shutterstock.com

Dados Internacionais de Catalogação na Publicação (CIP) de acordo com ISBD

V531i   Verne, Júlio
           A ilha misteriosa / Júlio Verne ; adaptado por Andréia Manfrin Alves.
- Jandira, SP : Principis, 2020.
           416 p. ; 15,5cm x 22,6cm. - (Literatura Clássica Mundial)

           Adaptação de: L'île mystérieuse
           Inclui índice.
           ISBN: 978-65-5552-174-0

           1. Literatura infantojuvenil. 2. Ficção. I. Alves, Andréia Manfrin. II.
Título. III. Série.

CDD 028.5
2020-2493   CDU 82-93

Elaborado por Vagner Rodolfo da Silva - CRB-8/9410

Índice para catálogo sistemático:
1. Literatura infantojuvenil 028.5
2. Literatura infantojuvenil 82-93

1ª edição em 2020
www.cirandacultural.com.br

SUMÁRIO

PRIMEIRA PARTE

OS NÁUFRAGOS DO AR

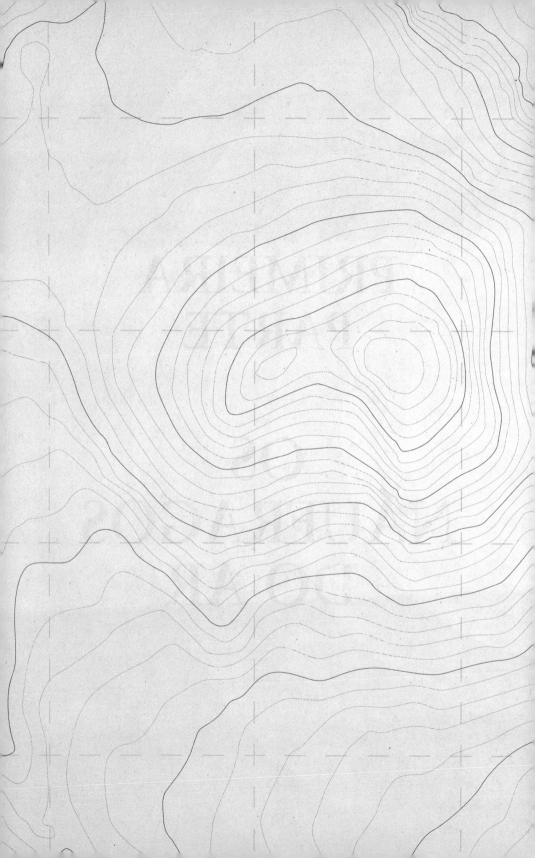

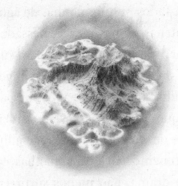

Capítulo 1

– Estamos subindo?

– Não! Pelo contrário, estamos descendo!

– Pior do que isso, senhor Cyrus! Estamos caindo!

– Por Deus! Joguem os lastros!

– Pronto, nos desfizemos do último saco!

– O balão está subindo?

– Não! Estou ouvindo ondas se quebrando!

– O mar está debaixo do cesto!

– E deve estar no máximo a cento e cinquenta metros daqui!

Então uma voz potente rasgou o ar e estas palavras ecoaram:

– Livrem-se de tudo o que for pesado! E seja o que Deus quiser!

Foram essas as palavras que ecoaram no ar perto das quatro da tarde, acima daquele vasto deserto marítimo do Pacífico, no dia 23 de março de 1865.

Sem dúvida, ninguém se esqueceu do terrível vendaval do nordeste, no meio do equinócio daquele ano, quando o barômetro caiu para setecentos e dez milímetros. Foi um furacão ininterrupto que começou em 18 de março e só parou no dia 26. Os estragos produzidos por ele foram incontáveis na América, Europa, Ásia! Cidades foram destroçadas, florestas erradicadas, rios devastados por montanhas de água que se precipitavam como macaréus. Centenas de navios arremessados na costa, territórios inteiros nivelados por trombas que trituravam tudo em sua passagem, milhares de pessoas esmagadas sob a terra ou engolidas pelo mar: foram os testemunhos deixados pelo furacão após sua passagem, que ultrapassou em destruição os que arrasaram assustadoramente as ilhas de Havana, em outubro de 1810, e de Guadalupe em 26 de julho de 1825.

Mas, no exato momento em que tamanhas catástrofes devastavam terras e mares, outro drama, não menos surpreendente, acontecia nos ares tumultuados. Um balão, flutuando como uma bolha no topo de uma tromba e rodopiando com o impulso da coluna de ar, percorria o espaço com uma velocidade de 35[1] quilômetros por hora, girando em seu eixo como se tivesse sido perfurado por um redemoinho.

Abaixo do apêndice inferior desse balão havia um cesto com cinco passageiros, quase invisíveis em meio aos espessos vapores misturados à água pulverizada que se alastrava pela superfície do oceano.

De onde vinha aquele aerostato? De que lugar do mundo partira? É óbvio que não tinha saído durante o furacão, que já durava ao menos cinco dias, e os primeiros estragos apareceram no dia 18!

Os passageiros não dispunham de qualquer meio para conferir o trajeto percorrido desde a sua partida, pois estavam sem nenhum ponto de referência. Ao contrário, eles eram vítimas desse fato curioso de serem levados pela violência da tempestade sem serem diretamente atingidos por ela. Eles se deslocavam, giravam em seu eixo sem sentir nada da rotação ou do deslocamento horizontal. Seus olhos não conseguiam enxergar através do nevoeiro espesso que se acumulava debaixo do cesto e a opacidade das nuvens era tamanha que eles não podiam nem ao menos saber se era dia ou noite. Nenhum reflexo de luz, som de terras habitadas, ou barulho do oceano chegava até eles em meio à imensa escuridão, enquanto se mantinham nas zonas mais altas. A rápida descida foi a única maneira de torná-los conscientes dos perigos que corriam acima das águas.

---

[1] Isso a 46 metros por segundo ou 166 quilômetros por hora. (N.T.)

O balão, desprovido de objetos pesados como munição, armas, provisões, tinha subido até as camadas superiores da atmosfera, a uma altura de 4.500 pés. Os passageiros avistaram o mar debaixo do cesto e, considerando menos temíveis os perigos em cima do que embaixo, não hesitaram em se livrar dos objetos a bordo, mesmo os mais úteis, e procuraram não perder mais nada do fluido do dirigível que os sustentava bem em cima do abismo.

A noite passou em meio a preocupações que teriam sido fatais para almas menos resolutas. Então, outro dia raiou e o furacão demonstrou uma tendência a se moderar. Desde o início daquele dia 24 de março, surgiram sinais de calmaria. Ao amanhecer, nuvens carregadas retornaram às camadas mais altas do céu, rompendo e dispersando a tromba em poucas horas, e o vento passou de furacão a ventania.

Por volta das onze horas, foi possível constatar que o balão descia lentamente, em um movimento contínuo, para as camadas mais baixas do ar. Parecia que ele murchava aos poucos e que seu envelope se alongava à medida que se distendia, passando de esférico a ovoide.

Ao meio-dia, o aerostato estava apenas a dois mil pés acima do mar. Ele media cerca de mil e quinhentos metros cúbicos e, por causa de sua capacidade, tinha sido capaz de se manter no ar por um longo tempo, ou porque ele tinha alcançado grandes altitudes ou por ter se deslocado horizontalmente.

Os passageiros então jogaram fora os últimos objetos e provisões que ainda guardavam no cesto, inclusive os que enchiam seus bolsos. Era evidente que não conseguiam mais manter o balão nas zonas mais elevadas, porque o gás estava no fim. Eles estavam perdidos!

E não havia um continente ou uma ilha que se estendia abaixo deles. O espaço não fornecia um único ponto de aterrissagem ou uma superfície sólida para a âncora poder se fixar, mas apenas o imenso mar, cujas ondas rebentavam com uma violência incomparável. O oceano estava sem limites visíveis até para quem o dominava de cima e cujos olhos alcançavam um raio de sessenta e cinco quilômetros. A planície líquida, impiedosamente açoitada pelo furacão, deve ter aparecido como uma sobreposição de ondas descontroladas sobre as quais tinha sido lançada uma vasta rede de cumes brancos. Nenhuma terra à vista, nenhum navio.

Era, portanto, necessário parar o movimento descendente, a fim de evitar que o aerostato fosse engolido pelas ondas, e era nessa operação que os passageiros do cesto trabalhavam com afinco. Mas, apesar de seus esforços, o balão continuava caindo, ao mesmo tempo em que se movia com extrema velocidade, seguindo a direção do vento: do nordeste ao sudoeste.

Que situação terrível a daqueles infelizes! É óbvio que já não controlavam o balão e que suas tentativas eram em vão. O envelope do balão se esvaziava, e o fluido escapava sem que fosse possível retê-lo. À uma da tarde, o cesto estava suspenso a cento e oitenta metros acima do oceano.

Com o esvaziamento do balão, os passageiros puderam permanecer suspensos no ar por algumas horas. Mas a inevitável catástrofe só estava sendo adiada, e se nenhuma terra aparecesse antes do anoitecer, tudo desapareceria sob as ondas.

A única manobra que restava fazer foi feita neste momento. Os passageiros eram pessoas resolutas que sabiam como encarar a morte e nada lamentaram. Estavam determinados a lutar até o último segundo, a fazer de tudo para atrasar a queda, pois não havia nenhuma possibilidade de manter o cesto de vime na superfície do mar caso caíssem.

Às duas horas, o aerostato estava a apenas quatrocentos metros acima das ondas. Foi então que a voz de um homem cujo coração desconhecia o medo foi ouvida. E as respostas não foram menos vigorosas.

– Estamos livres de tudo?

– Não! Ainda há dez mil francos em ouro!

Um saco pesado logo caiu no mar.

– O balão está subindo?

– Um pouco, mas não vai demorar muito até cair!

– O que ainda falta jogar fora?

– Nada!

– Na verdade, sim! O cesto!

– Vamos nos agarrar à rede e lançar o cesto ao mar!

De fato, esse era o único e derradeiro meio de deixar o aerostato mais leve. As cordas que ligavam o cesto à saia foram cortadas, e ele subiu mais seiscentos metros. Os cinco passageiros tinham se içado até os gomos acima da saia e se agarravam às malhas, olhando para o abismo.

Depois de se manter por um momento em equilíbrio nas camadas superiores, o balão começou a descer. Os passageiros tinham feito tudo o que podiam. E agora só contavam com a ajuda divina.

Às quatro horas, o balão estava a pouco mais de cento e cinquenta metros da água. Um latido alto foi ouvido. Um cão acompanhava os passageiros e ficou ao lado de seu dono nas malhas da rede.

– Top viu alguma coisa! – gritou um dos passageiros.

E imediatamente ouviram uma voz bradar:

– Terra! Terra!

O balão, que o vento ainda levava para o sudoeste, havia percorrido centenas de quilômetros desde o amanhecer, e uma terra razoavelmente extensa surgiu logo à frente.

Mas ela ainda estava a aproximadamente 50 quilômetros de distância na direção do vento e para chegar até lá, precisaria de mais uma hora, se não derivasse. Uma hora! O balão ainda teria fluido?

Tal era a terrível questão! Os passageiros viam claramente aquele ponto sólido que tinha de ser alcançado a todo o custo e mal sabiam para que parte do mundo o furacão os havia arrastado!

Às quatro horas, parecia evidente que o balão não podia mais se sustentar no ar e que ele quase tocava a superfície do mar. As cristas das ondas gigantes haviam lambido o fundo da rede diversas vezes, deixando o balão ainda mais pesado.

Meia hora depois, a terra firme estava a pouco mais de um quilômetro, mas o balão só conservava gás em sua parte superior. Os passageiros, agarrados à rede, ainda faziam muito peso, e, já quase mergulhados no mar, foram arrebatados pelas ondas. O envelope do aerostato se transformou em uma espécie de balsa, e o vento, soprando em sua direção, empurrou-o como a um navio. Dessa forma ele talvez conseguisse chegar à costa!

Ele estava a apenas a duzentos metros de distância quando todos os pulmões soltaram um grito terrível ao mesmo tempo. O balão, que parecia não ter como voar novamente, deu um salto inesperado depois de ser atingido por um forte golpe marítimo. Como se de repente tivesse sido despojado de uma nova parte de seu peso, ele subiu a uma altura de quatrocentos e cinquenta metros e encontrou uma espécie de redemoinho que, em vez de levá-lo diretamente para a costa, conduziu-o em uma direção paralela a ela.

Finalmente, dois minutos depois, o balão se aproximou obliquamente e caiu sobre a areia da costa, fora do alcance das ondas. Os passageiros conseguiram se desvencilhar das malhas da rede ajudando um ao outro. O balão, aliviado do peso, foi novamente arrastado pelo vento e desapareceu no espaço.

No cesto tinha cinco passageiros e um cachorro, mas o balão lançou apenas quatro na costa. O passageiro desaparecido certamente havia sido golpeado pela forte onda que atingiu as cordas, e foi isso que permitiu que o aerostato, mais leve, subisse uma última vez antes de chegar ao solo instantes depois.

Mal tinham os quatro náufragos – podemos chamá-los assim – posto os pés em terra firme e todos, pensando no ausente, começaram a gritar:

– Talvez ele esteja tentando chegar a nado. Vamos salvá-lo! Vamos salvá-lo!

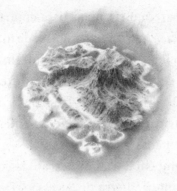

Capítulo 2

Não eram aeronautas profissionais nem aviadores de expedições aéreas que o furacão tinha atirado na costa, mas prisioneiros de guerra cuja audácia os havia encorajado a fugir em circunstâncias extraordinárias. Estiveram umas cem vezes à beira da morte. Mas o céu lhes reservava um estranho destino, e, em 24 de março, depois de terem fugido de Richmond, sitiada pelas tropas do general Ulysses Grant, encontravam-se a onze mil quilômetros da capital da Virgínia, principal fortaleza dos separatistas durante a terrível guerra de Secessão. Voaram durante cinco dias.

Eis as curiosas circunstâncias em que ocorreu a fuga dos prisioneiros e que os conduziu à catástrofe que agora conhecemos.

Em fevereiro de 1865, em uma das frustrantes tentativas do general Grant de conquistar Richmond, vários de seus oficiais foram capturados e aprisionados pelo inimigo. Um dos mais ilustres prisioneiros pertencia ao Estado-Maior federal e se chamava Cyrus Smith.

Nativo de Massachusetts, ele era engenheiro, cientista de primeira categoria a quem o governo da União havia confiado, durante a guerra, a direção das ferrovias, cujo papel estratégico era primordial. Verdadeiro norte-americano, magro, ossudo, franzino, com cerca de quarenta e cinco anos, cabelos e bigodes já grisalhos. Tinha uma daquelas belas cabeças "numismáticas" que parecem ser feitas para cunhar medalhas, olhos ardentes e expressão séria. Além da engenhosidade intelectual, ele dispunha de uma suprema habilidade manual. Bastante instruído, prático, "traquejado", segundo o jargão militar, tinha um excelente temperamento e cumpria em seu mais alto grau estas três condições que determinam a energia humana: a atividade do corpo e da mente, a impetuosidade dos desejos e a força de vontade.

Cyrus Smith era também a personificação da coragem. Participou de todas as batalhas durante a guerra de Secessão. Depois de começar, sob o comando de Ulysses Grant, como voluntário em Illinois, ele lutou em Paducah, Belmont, Pittsburg-Landing, no cerco de Corinth, em Port-Gibson, Rio Negro, Chattanooga, Wilderness e Potomac, sempre com muita valentia. E cem vezes Cyrus Smith deveria ter figurado entre aqueles que o terrível Grant não contabilizava, mas nesses combates, nos quais ele não se poupava, a sorte o favorecia, até que foi ferido e capturado no campo de batalha de Richmond.

No mesmo dia, outra figura importante caiu nas mãos dos sulistas: o honorável Gédéon Spilett, repórter do *New York Herald*, incumbido de acompanhar as peripécias da guerra junto aos exércitos do Norte. Ele pertencia à linhagem dos incríveis cronistas que não recuam diante de nada para obter uma informação exata e transmiti-la aos seus jornais com máxima urgência.

Homem de grande mérito, enérgico, dinâmico e disposto a tudo, cheio de ideias, ele percorreu o mundo inteiro, soldado e artista, verdadeiro herói da informação, era daqueles intrépidos observadores que escrevem em meio ao tiroteio, apuram sob os projéteis, e para os quais todos os perigos são bem-vindos.

Tinha também participado de todas as batalhas, na primeira fila, revólver em uma mão e caderneta na outra. Não cansava os fios com telegramas incessantes: cada uma de suas notas era curta, precisa, clara e iluminava um ponto importante.

Ele era alto, tinha no máximo 40 anos e costeletas ruivas que emolduravam seu rosto. O olhar era calmo, brilhante e veloz em seus deslocamentos.

De constituição forte, já tinha mergulhado em todos os climas, como uma barra de aço em água fria.

Quando foi capturado, fazia a descrição da batalha. As últimas palavras encontradas em sua caderneta foram: "Um sulista mirou sua arma em minha direção e...". E Gédéon Spilett escapou, pois, seguindo seu hábito invariável, safou-se sem um arranhão.

Cyrus Smith e Gédéon Spilett, que não se conheciam senão pela reputação, foram levados para Richmond. O engenheiro rapidamente se recuperou de sua ferida e foi durante a convalescença que se familiarizou com o repórter. Os dois encontraram afinidades e aprenderam a se apreciar. Logo, tinham um objetivo em comum: escapar, juntar-se ao exército de Grant e lutar novamente em seus pelotões pela unidade federal.

Os dois estavam, portanto, determinados a aproveitar todas as oportunidades, mas, embora tivessem sido deixados livres na cidade, Richmond era tão bem vigiada que era impossível cogitar uma fuga.

Durante todo esse tempo, Cyrus Smith contava com a companhia de um criado que lhe era fiel na vida e na morte. Esse intrépido era um negro nascido na propriedade do engenheiro, de pai e mãe escravos, mas que Cyrus Smith, abolicionista de razão e coração, há muito já o havia libertado. O escravo, livre, não quis deixar seu patrão. Amava-o a ponto de morrer por ele. Jovem de trinta anos, vigoroso, ágil, hábil, inteligente, gentil e calmo, às vezes ingênuo, sempre sorridente, prestativo e bondoso. Seu nome era Nabucodonosor, mas ele só atendia pelo apelido singelo e familiar de Nab.

Quando soube que seu mestre tinha sido capturado, deixou Massachusetts com destino a Richmond, e, com sua astúcia e habilidade, arriscando a vida vinte vezes, logo penetrou a cidade sitiada. O prazer de Cyrus ao rever o criado, e a alegria de Nab ao reencontrar o mestre, foram imensuráveis.

Mas, se Nab tivera êxito para entrar em Richmond, sair seria mais difícil, pois os prisioneiros federais eram severamente vigiados.

Enquanto isso, Grant prosseguia com suas drásticas operações. A vitória de Petersburg tinha lhe custado enormes sacrifícios. Suas forças, combinadas com as de Butler, ainda não tinham obtido qualquer resultado favorável em Richmond, e não havia nada que sugerisse que a libertação dos prisioneiros seria iminente. O repórter, a quem o tedioso cativeiro já não fornecia qualquer detalhe interessante a anotar, não conseguia mais se conter. Tudo o que tinha em mente era sair de Richmond a todo o custo, mas suas tentativas foram impedidas por obstáculos intransponíveis.

Enquanto isso, o cerco continuava, e se os prisioneiros desejavam escapar para se juntar ao exército de Grant, outros sitiados estavam igualmente ansiosos para fugir e se juntar ao exército separatista, dentre eles um certo Jonathan Forster, um sulista raivoso. O fato é que se os prisioneiros federais não podiam deixar a cidade, tampouco os federados podiam fazê-lo, pois o exército do Norte investia contra eles. O governador de Richmond havia muito já não conseguia se comunicar com o general Lee, e era de seu interesse saber da situação da cidade, a fim de acelerar a marcha do exército de socorro. Jonathan Forster então teve a ideia de voar de balão, a fim de cruzar as linhas sitiadas e chegar ao campo dos separatistas.

O governador autorizou a tentativa. Um aerostato foi fabricado e colocado à disposição de Forster, que deveria voar com cinco de seus companheiros, munidos com armas para o caso de precisarem se defender durante a aterrissagem, e de provisões caso a viagem aérea se prolongasse.

A partida do balão foi agendada para 18 de março. O voo seria realizado durante a noite e com um vento noroeste moderado, os aeronautas esperavam chegar ao quartel general de Lee em poucas horas.

Mas o vento noroeste não era uma mera brisa. Desde o dia 18, ele tinha se transformado em um furacão. A tempestade se intensificou tanto que a partida de Forster teve que ser adiada, pois era impossível arriscar o aerostato e seus passageiros no meio dos furiosos elementos.

O balão, insuflado na praça central de Richmond, estava pronto para partir na primeira calmaria do vento. Na cidade, a impaciência era grande ao ver que o estado da atmosfera não se alterava.

Os dias 18 e 19 transcorreram sem mudança na tormenta. Era, inclusive, muito difícil manter o balão preso ao chão enquanto as rajadas de vento tentavam arrancá-lo. A noite de 19 para 20 passou, mas na manhã seguinte o furacão ganhou ainda mais força. Era impossível partir.

Naquele dia, um homem desconhecido pelo engenheiro Cyrus Smith se aproximou dele em uma das ruas de Richmond. Era um marujo chamado Pencroff, que tinha entre 35 e 40 anos, de constituição vigorosa, pele bronzeada, olhos vivos e inquietos, mas aparência calma. Era um americano do norte que já tinha viajado por todos os mares do globo, e a quem, por conta das aventuras, tudo o que pode acontecer de extraordinário a um ser com dois pés e sem penas já tinha acontecido. No início do ano, Pencroff tinha ido a Richmond com um rapaz de 15 anos, Harbert Brown, de Nova Jersey, filho do seu capitão, um órfão a quem amava como se fosse seu próprio filho, para fazer negócios. Sem conseguir deixar a cidade antes das primeiras operações do cerco, ele ficou preso lá e tinha uma única ideia: escapar por todos os meios possíveis. Conhecia o engenheiro Cyrus Smith por sua reputação e sabia como esse homem determinado estava impaciente. Portanto, não hesitou em abordá-lo dizendo de forma direta:

– Senhor Smith, o senhor está farto de Richmond?

O engenheiro olhou fixamente para o homem que lhe abordava daquela forma e que acrescentou em voz baixa:

– Senhor Smith, o senhor quer fugir?

– Quando? – respondeu prontamente o engenheiro, sem ao menos examinar o estranho que lhe falava. Depois de observar, com olhar penetrante, a leal figura do marujo, ele não podia duvidar que tinha diante de si um homem honesto. – Quem é o senhor? – perguntou com um tom de voz seco.

Pencroff se apresentou.

– Bem. E por que meio o senhor me propõe fugir?

– Com aquele balão preguiçoso deixado lá à toa, e que me faz sentir que está à nossa espera!

O marujo mal concluiu sua frase e o engenheiro já havia entendido tudo. Pegou Pencroff pelo braço e arrastou-o até sua casa.

Quando chegaram, o marujo expôs seu projeto, de fato muito simples. Não arriscariam nada além da própria vida. O furacão estava em sua intensidade mais violenta, é verdade, mas um engenheiro hábil e audacioso como Cyrus poderia muito bem conduzir um aerostato em tais condições. Se conhecesse a manobra, ele mesmo, Pencroff, não hesitaria em partir acompanhado de Harbert.

Cyrus Smith ouviu o marujo sem dizer uma palavra, mas seus olhos brilhavam. A oportunidade estava lá e ele não era homem de deixá-la escapar. O projeto era perigoso, mas executável. À noite, apesar da vigilância, seria possível se aproximar do balão, deslizar até o cesto e depois cortar as amarras que o mantinham preso ao chão! Claro que corriam o risco de serem mortos, mas, por outro lado, poderiam ter êxito, e sem essa tempestade...

– Não estou sozinho! – disse Cyrus Smith para concluir.

– Quantas pessoas o senhor quer levar?

– Duas: meu amigo Spilett e o meu criado Nab.

– Comigo e com Harbert, seremos cinco.

– É o suficiente. Nós vamos partir!

Esse "nós" comprometia o repórter, que não era homem de recuar, e quando o projeto lhe foi comunicado, ele o aprovou sem reservas. Quanto a Nab, ele seguiria seu patrão aonde quer que fosse.

– Até a noite então. Nós cinco flanaremos por lá, simplesmente como curiosos!

– Até a noite, às dez – respondeu Cyrus Smith –, e que o céu permita que essa tempestade não se enfraqueça antes da nossa partida!

Pencroff se despediu do engenheiro e voltou para seu alojamento, onde se encontrava o jovem Harbert. Eram cinco homens determinados que estavam prestes a se lançar na tempestade, no meio de um furacão!

Não! O furacão não se acalmou, nem Jonathan Forster nem seus companheiros cogitavam enfrentá-lo naquele frágil cesto! Foi um dia terrível. O engenheiro temia apenas uma coisa: que o aerostato rasgasse, preso ao chão e deitado sob vento. Durante horas ele vagou pelo local quase deserto, observando o aparato. Pencroff fez o mesmo de seu lado, com as mãos nos bolsos e bocejando quando necessário, mas temendo também que o balão rasgasse ou rompesse suas amarras e saísse voando.

A noite chegou bastante escura. O tempo estava frio. Havia uma espécie de nevoeiro em Richmond. Parecia que a violenta tempestade tinha feito uma trégua entre os sitiantes e os sitiados, e que o canhão buscava permanecer calado diante dos ensurdecedores estrondos do furacão. As ruas da cidade estavam desertas. Nem parecia necessário vigiar a praça no centro da qual o aerostato se debatia. Tudo era favorável à partida dos prisioneiros, era evidente; mas uma viagem no meio de rajadas furiosas...

– Maré desfavorável! – balbuciava Pencroff, fixando o chapéu à cabeça com um soco, enquanto o vento o disputava. – Mas vamos conseguir de qualquer jeito!

Às nove e meia, Cyrus Smith e seus companheiros surgiram de vários lados da praça que as lanternas de gás, extintas pelo vento, deixaram em um breu profundo. Não se via sequer o enorme aerostato, quase completamente colado ao chão.

Os cinco prisioneiros estavam próximos do cesto. Sem dizer uma palavra, Cyrus Smith, Gédéon Spilett, Nab e Harbert ocuparam seus lugares no cesto enquanto Pencroff, sob ordem do engenheiro, desatava sucessivamente os sacos do lastro. O aerostato era então mantido no chão apenas por um cabo duplo, e Cyrus só precisava dar a ordem para a partida.

Um cachorro então saltou para dentro do cesto. Era Top, o cão do engenheiro, que, tendo quebrado sua coleira, havia seguido o dono.

Em seguida, o balão, partindo em uma direção oblíqua, desapareceu depois de bater o cesto contra duas chaminés, que derrubou com o tranco da partida.

O furacão se manifestava com violência pavorosa. Quando o dia raiou, a visão da terra estava obstruída pelas nuvens. Apenas cinco dias depois, um desbaste permitiu ver o imenso mar abaixo do aerostato que o vento arrastava em uma velocidade assustadora!

Sabemos agora como, desses cinco homens que partiram, quatro foram lançados em uma costa deserta no dia 24 do mesmo mês, a mais de nove mil quilômetros de seu país[2]! E aquele que faltava, aquele a quem os quatro sobreviventes do balão correram para socorrer, era o seu líder natural, o engenheiro Cyrus Smith!

---

[2] Em 5 de abril, Richmond caiu nas mãos de Grant. A revolta separatista havia sido suprimida, Lee recuou para o oeste, e a causa da unidade americana triunfou. (N.T.)

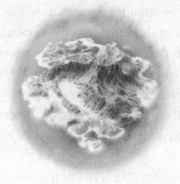

Capítulo 3

O engenheiro fora lançado ao mar pelas malhas da rede, que arrebentaram com o impacto. Top também havia desaparecido, precipitando-se voluntariamente para socorrer seu dono.

– Avante! – gritou o repórter.

E os quatro, Gédéon Spilett, Harbert, Pencroff e Nab, esqueceram a exaustão e começaram as buscas.

O pobre Nab chorou ao mesmo tempo de raiva e desespero, pensando ter perdido tudo o que amava no mundo.

Havia menos de dois minutos de diferença entre o momento do desaparecimento de Cyrus e a queda dos outros quatro em terra firme, o que lhes permitia alimentar a esperança de chegar a tempo para salvá-lo.

– Procurem! Procurem! – bradava Nab.

– Sim, Nab – respondeu Gédéon Spilett –, vamos encontrá-lo!

– Vivo?

– Vivo!

– Ele sabe nadar? – perguntou Pencroff.

– Sim! – respondeu Nab. – Além disso, Top está com ele!

O engenheiro desapareceu ao norte da costa, a cerca de oitocentos metros de onde os náufragos aterrissaram, então, se tivesse conseguido chegar ao ponto mais próximo da costa, ele estaria no máximo a oitocentos metros dali.

Eram quase seis horas e a noite estava bastante sombria. Os náufragos caminharam para o norte ladeando a costa leste daquela terra onde o acaso os havia lançado – uma terra desconhecida cuja localização geográfica eles ignoravam. Seus pés pisavam em um solo arenoso misturado com pedras, que parecia desprovido de qualquer tipo de vegetação. A todo momento, pássaros de voo pesado saíam de buracos no solo, fugindo em todas as direções, com a visão dificultada pela escuridão.

De tempos em tempos, os náufragos paravam, gritavam bem alto e tentavam ouvir se alguma resposta vinha do oceano. Decerto pensavam que se permanecessem perto do lugar onde o engenheiro provavelmente havia caído, o latido de Top, caso Cyrus Smith não pudesse enviar um sinal, chegaria até eles. Mas nenhum grito se destacava em meio à rebentação das águas.

Vinte minutos depois, os quatro náufragos foram subitamente parados por uma orla espumante de ondas em plena rebentação. Eles haviam chegado a uma extremidade pontiaguda onde o mar se agitava violentamente.

– É um promontório – disse o marujo. – Temos de retornar pelo mesmo caminho e então chegaremos à faixa de terra mais seca.

– Mas e se ele estiver lá! – respondeu Nab, apontando para o oceano.

– Muito bem, vamos tentar chamá-lo!

E todos, em uníssono, lançaram um estrondoso chamado, mas ninguém respondeu. Outra tentativa. Nada.

Os náufragos retornaram pelo lado oposto ao do promontório. No entanto, Pencroff observou que a costa estava ficando mais íngreme e supôs que ela deveria dar em uma costa alta e comprida, cujo maciço se perfilava de maneira confusa na escuridão. Havia menos pássaros nessa parte da costa. Só se ouvia o som da rebentação. Esse lado do promontório formava uma enseada semicircular, cujo ponto agudo a protegia contra as ondulações do mar aberto.

Mas ao seguir nessa direção, caminhavam para o sul, e isso significava seguir na direção oposta à parte da costa em que Cyrus Smith teria aterrissado. Após uma caminhada de dois quilômetros e meio, a costa ainda não havia indicado qualquer curvatura que lhes permitisse retomar a direção norte. Era necessário, entretanto, que esse promontório, cuja ponta haviam contornado, voltasse a encontrar a faixa de terra. Os náufragos, embora exaustos, seguiam caminhando corajosamente, esperando encontrar a qualquer momento algum ângulo abrupto que os colocasse de volta na direção inicial.

Depois de caminharem por cerca de três quilômetros, viram-se novamente encurralados pelo mar em um ponto alto, feito de rochas escorregadias.

– Estamos em uma ilha! – disse Pencroff – e já a percorremos de ponta a ponta!

A observação do marujo estava correta. Os náufragos tinham sido lançados, não em um continente, nem mesmo em uma ilha, mas em uma ilhota que não tinha mais do que três quilômetros de comprimento e cuja largura era pouco considerável. Será que ela estaria ligada a algum arquipélago de maior tamanho? Não era possível afirmar. Os passageiros do balão, quando vislumbraram aquela faixa de terra através do nevoeiro, não puderam identificar seu tamanho com clareza.

Também não era possível, em meio à escuridão, determinar a qual sistema, simples ou complexo, pertencia a ilhota. E nem podiam sair dela, pois estavam cercados pelo mar. Era, portanto, necessário adiar para o dia seguinte a busca pelo engenheiro que, infelizmente, não dera qualquer sinal de vida.

– O silêncio de Cyrus não prova nada – disse o repórter. – Ele pode estar inconsciente, incapaz de responder, mas não nos desesperemos.

O repórter então sugeriu que eles tentassem acender uma fogueira que servisse como um sinal para o engenheiro. Mas procuraram em vão por madeiras e gravetos secos. Não havia nada além de areia e pedras.

Pode-se imaginar o tamanho da dor que Nab e seus companheiros estavam sentindo, pois tinham se afeiçoado ao intrépido Cyrus Smith.

Foram longas e árduas horas de espera. O frio era intenso. Os náufragos sofriam cruelmente, mas mal se davam conta disso. Esquecendo-se de si mesmos para pensar em seu líder, mantendo a esperança, eles iam e vinham pela ilha árida, retornando incessantemente à ponta norte, que ficava mais perto do lugar da catástrofe. Eles ouviam, gritavam, procuravam identificar algum chamado supremo. Um dos gritos de Nab até pareceu ecoar a dada altura. Harbert fez essa observação a Pencroff, adicionando:

– Isso prova que há uma costa a oeste, bastante próxima.

O marujo fez um sinal afirmativo, seus olhos jamais o enganavam. Avistou uma terra, por mais improvável que parecesse, era porque havia uma. Mas esse eco distante foi a única resposta provocada pelos gritos de Nab, e a imensidão, em toda a parte oriental da ilhota, permaneceu silenciosa.

Enquanto isso, o céu clareava vagarosamente. Por volta da meia-noite, algumas estrelas brilharam, e se o engenheiro estivesse perto de seus companheiros, teria notado que elas não eram mais as do hemisfério boreal. A estrela polar não aparecia no novo horizonte, as constelações zenitais já não eram as que ele costumava observar no norte do novo continente, e o Cruzeiro do Sul agora brilhava no polo sul do mundo.

Por volta das cinco da manhã do dia 25 de março, o céu ficou ligeiramente matizado. O horizonte ainda estava escuro, mas com a primeira luz do dia, uma névoa opaca surgiu do mar, de modo que não se conseguia enxergar por mais de vinte passos. O nevoeiro se compunha de grandes espirais que se moviam pesadamente. Era um revés.

Enquanto os olhares de Nab e do repórter se projetavam na direção do oceano, o marujo e Harbert procuravam pela costa oeste. Mas nenhum pedaço de terra foi avistado.

– Pouco importa se não consigo ver a costa – disse Pencroff –, pois consigo senti-la... ela está aqui... ali... tão certo como o fato de não estarmos mais em Richmond!

O nevoeiro não demoraria a se dissipar. O sol aquecia as camadas superiores e o calor penetrava na superfície da ilhota.

De fato, perto das seis e meia a névoa se tornou mais transparente. Ela engrossava no topo, mas se dissipava embaixo. Logo toda a ilhota ficou visível, como se tivesse descido de uma nuvem; então o mar se mostrou em um plano circular, infinito no leste, mas limitado no oeste por uma costa alta e abrupta.

Sim! Havia terra ali! A salvação estava ao menos provisoriamente assegurada. Entre a ilhota e a costa, separadas por um canal de oitocentos metros de largura, uma rápida corrente se propagava com um intenso barulho.

Naquele momento, um dos náufragos, consultando apenas seu coração, precipitou-se na direção da corrente marítima sem seguir o conselho dos companheiros e sem dizer uma só palavra. Era Nab. Ele tinha pressa em chegar à costa e subi-la na direção norte. Ninguém conseguiu impedi-lo. Pencroff gritou seu nome em vão. O repórter estava disposto a acompanhar Nab, mas Pencroff foi falar com ele:

– O senhor quer atravessar este canal?

– Sim – respondeu Gédéon Spilett.

– Pois bem, então espere. Nab conseguirá socorrer seu mestre sozinho. Se adentrarmos nesse canal, corremos o risco de sermos arrastados pela corrente violenta. Se eu não estiver enganado, é uma corrente jusante. Está vendo, a maré diminui sobre a areia. Portanto, sejamos pacientes e, na maré baixa, é possível que encontremos uma passagem permanente...

Enquanto isso, Nab lutava vigorosamente contra a corrente, tentando atravessá-la por uma direção oblíqua. Dava para ver seus ombros negros emergirem a cada golpe do mar. Ele flutuava sobre as ondas com extrema velocidade, ao mesmo tempo em que avançava em direção à costa. Levou mais de meia hora para atravessar os oitocentos metros que separavam a ilhota do continente.

Nab fincou os pés na base de uma muralha de granito e se sacudiu vigorosamente; então, pôs-se a correr e logo desapareceu atrás de algumas rochas que se projetavam no mar, mais ou menos na altura da extremidade setentrional da ilhota.

Seus parceiros acompanharam com angústia a ousada tentativa, e quando ele sumiu de vista, vasculharam com os olhos a terra onde iam procurar refúgio, enquanto comiam algumas conchas que se espalhavam pela areia. Era uma refeição pobre, mas era o que tinham.

Em frente à ilhota, o litoral era composto, em primeiro plano, de uma praia arenosa semeada de rochas negras, que, naquele momento, reapareciam pouco a pouco sob a maré baixa. Em segundo plano, sobressaía uma espécie de muralha granítica, esculpida e coroada com uma caprichosa aresta de quase cem metros de altura. Ela se perfilava por cinco quilômetros e terminava à direita por um lanço uniforme que parecia ter sido esculpido por mãos humanas.

No planalto superior da costa não havia árvores. Todavia, por ali a vegetação se espalhava, à direita, atrás do lanço. Era possível distinguir a massa confusa das grandes árvores, cuja aglomeração se prolongava para além dos limites do olhar, e que encantava os olhos, profundamente entristecidos ao contemplar as linhas ásperas do asfalto de granito.

Não era claro se aquela terra era uma ilha ou se pertencia a um continente. Mas, levando-se em consideração as rochas convulsas que se acumulavam à esquerda, um geólogo não hesitaria em dar-lhes uma origem vulcânica, pois eram inquestionavelmente produto de um trabalho plutoniano.

Gédéon Spilett, Pencroff e Harbert observavam com atenção a terra na qual eles talvez tivessem que viver por longos anos, e onde poderiam inclusive morrer caso não estivessem na rota dos navios!

– O que você tem a dizer, Pencroff? – perguntou Harbert.

– Bem, como tudo na vida, há o lado bom e o lado ruim. Veremos. Mas podemos sentir a jusante, e daqui a três horas tentaremos atravessar, e lá chegando, tentaremos sair desta confusão e encontrar o senhor Smith!

Pencroff não se enganara em suas previsões. Três horas depois, com a maré baixa, grande parte da faixa de areia que formava o leito do canal estava descoberta. Restava apenas um canal estreito entre a ilhota e a costa, que podia ser facilmente atravessado.

Por volta das dez horas, Gédéon Spilett e seus dois companheiros despiram-se de suas roupas, colocaram-nas sobre suas cabeças como pacotes e se aventuraram pelo canal. Harbert, para quem a água era muito alta, nadou como um peixe e se saiu muito bem. Os três chegaram em segurança à costa oposta. Ali, o sol os secou rapidamente e eles vestiram suas roupas, preservadas do contato com a água, e discutiram sobre o que fazer.

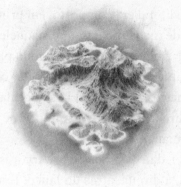

Capítulo 4

O repórter disse ao marujo para esperar por ele ali mesmo e subiu a costa na direção que Nab havia tomado algumas horas antes, desaparecendo logo em seguida atrás de um ângulo da costa, ansioso por receber notícias do engenheiro. Harbert quis acompanhá-lo.

– Fique aqui, meu rapaz – disse-lhe o marujo. – Precisamos montar um acampamento e tentar encontrar algo mais sólido do que moluscos para comer. Nossos amigos precisarão se recuperar quando voltarem. Cada um tem sua própria tarefa.

– Estou pronto para isso, Pencroff.

– É melhor assim. Vamos prosseguir com cautela. Estamos cansados, com frio e fome. Portanto, temos que encontrar abrigo, fogo e comida. A floresta tem madeira, os ninhos têm ovos, resta-nos encontrar a casa.

– Está bem, vou procurar uma caverna nessas rochas onde poderemos nos proteger!

– Perfeito – respondeu Pencroff. – Ao trabalho, meu rapaz.

Agora ambos caminhavam aos pés da enorme muralha, sobre aquele areal que a vazante tinha descoberto em grande parte. Mas em vez de subirem para norte, desceram para sul. Pencroff tinha notado a algumas centenas de passos abaixo do lugar em que haviam desembarcado, que a costa possuía uma estreita passagem que deveria servir de escoamento para algum rio ou riacho. Por um lado, era importante estabelecer-se nas proximidades de um riacho com água potável, e, por outro, não era impossível que a corrente tivesse empurrado Cyrus Smith para aquele lado.

A alta muralha media cerca de noventa metros, mas o bloco era sólido de todos os lados, e mesmo em sua base, apenas tocada pelas águas do mar, não tinha qualquer rachadura que pudesse servir como habitação temporária. Próximo ao cume, um bando de aves aquáticas esvoaçava, voláteis ralhadoras que pouco se assustaram com a presença do homem, que, certamente, pela primeira vez perturbava sua solidão. Pencroff reconheceu entre os palmípedes vários labos, tipos de gaivotas também conhecidos como estercorários, e pequenas gaivotas vorazes que construíam seus ninhos nas fendas do granito. Um tiro de fuzil, disparado no meio daquele formigueiro de pássaros, teria matado muitos; mas, para disparar um fuzil, seria necessário ter um, e nem Pencroff nem Harbert dispunham de uma arma. A propósito, essas gaivotas e esses labos são pouco comestíveis, e mesmo seus ovos têm um gosto detestável.

Harbert, que se encontrava um pouco mais à esquerda, encontrou algumas rochas cobertas de algas que a maré alta logo encobriria. Sobre as rochas, no meio daquela variedade de algas escorregadias, pululavam conchas de válvulas duplas, que não podiam ser desprezadas por pessoas famintas. Harbert chamou Pencroff, que logo se juntou a ele.

– São mexilhões! – exclamou o marujo. – É o que precisamos para substituir os ovos que não encontramos!

– Não são mexilhões, são litodomos.

– Isso é comestível?

– Certamente.

– Então vamos comer litodomos.

O marujo confiava em Harbert. O jovem sabia muito a respeito de história natural e sempre teve paixão por essa ciência. Seu pai o havia incentivado a frequentar aulas com os melhores professores de Boston, que nutriam afeto por aquela criança inteligente e dedicada. Consequentemente, seus instintos como naturalista seriam usados mais de uma vez dali em diante, e seu primeiro palpite foi certeiro.

Pencroff e Harbert se alimentaram dos litodomos que estavam entreabertos sob o sol como se fossem ostras, e encontraram neles um forte sabor apimentado.

Sua fome foi temporariamente apaziguada, mas não sua sede, que aumentou após a absorção daqueles moluscos picantes. Portanto, precisavam encontrar água doce, que provavelmente abundava numa região acidentada. Depois de encherem seus bolsos e lenços com litodomos, Pencroff e Harbert retornaram ao topo do planalto.

A duzentos passos dali, chegaram à fenda por meio da qual, segundo o palpite de Pencroff, um pequeno rio fluía em abundância. Ali, a muralha parecia ter sido separada por alguma força plutoniana violenta. O riacho tinha uns trinta metros de largura e suas duas margens mediam apenas seis metros.

– Aqui temos água! Ali, madeira. Falta apenas a casa! – disse Pencroff.

A água do rio era límpida. O marujo identificou que na vazante, quando as ondas não chegavam até o rio, a água era doce. Depois desse reconhecimento, Harbert procurou em vão por uma de vegetação variada se servir como abrigo, pois a muralha era lisa, plana e vertical por todos os lados.

No entanto, na própria foz do curso d'água, e acima da preamar, os seixos formavam um amontoado de rochas enormes, como muitas vezes são encontradas nos países graníticos, chamadas de "chaminés".

Pencroff e Harbert penetraram entre as rochas, nos corredores arenosos e bastante iluminados pela luz que infiltrava nos buracos deixados entre eles pelos granitos, e alguns eram mantidos apenas por um milagre de equilíbrio. Mas com a luz entrava também o vento, e com ele, o frio severo do exterior. O marujo então pensou que obstruindo certas partes desses corredores e bloqueando algumas aberturas com uma mistura de pedras e areia, seria possível tornar as "chaminés" habitáveis. O plano geométrico daquele espaço representava o sinal tipográfico &, que significa *et cetera* abreviado, e, ao isolar o anel superior do sinal, através do qual os ventos do sul e do oeste se infiltravam, seria possível usar seu espaço inferior.

– Esse é o nosso desafio – disse Pencroff –, e se voltarmos a ver o senhor Smith, ele saberá o que fazer com este labirinto.

– Nós o veremos novamente, Pencroff, e quando isso acontecer, ele precisará encontrar este espaço minimamente habitável. E será, se conseguirmos acender uma lareira na galeria da esquerda, mantendo uma abertura para a fumaça.

– Conseguiremos, meu rapaz, e essas chaminés servirão para o que precisamos. Mas, primeiro, vamos buscar combustível. Imagino que a madeira não será inútil para preencher essas aberturas através das quais o diabo toca a sua trombeta!

Harbert e Pencroff deixaram as chaminés e começaram a subir a margem esquerda do rio. A correnteza estava forte e arrastava consigo alguns pedaços de lenha. A maré alta, que já se fazia sentir, devia impelir de volta aquele material a uma distância considerável. O marujo então pensou que o fluxo e refluxo poderia ser usado para transportar os objetos pesados.

Depois de caminhar durante quinze minutos, o marujo e o rapaz chegaram à curva sinuosa do rio. Ali, o naturalista identificou alguns cedros, numerosos no Himalaia, que exalam um aroma muito agradável. Entre as belas árvores cresciam ramos de pinheiros com seus para-sóis opacos bem abertos. No meio das altas árvores, Pencroff sentiu que seus pés esmagavam galhos secos que estalavam como fogo de artifício.

– Bem, meu jovem – ele disse a Harbert –, ainda que eu ignore os nomes dessas árvores, consigo ao menos classificá-las na categoria "lenha para queimar", e, por enquanto, isso nos convém!

– Vamos fazer nossa provisão!

A colheita foi fácil e nem sequer foi necessário agitar as árvores, pois enormes quantidades de madeira seca jaziam aos seus pés. Mas, ainda que o combustível abundasse, os meios de transporte deixavam a desejar. A madeira seca queimaria rapidamente, daí a necessidade de levar uma boa quantidade para as chaminés, e os braços de dois homens não seriam suficientes. Harbert fez essa observação.

– Ora! – respondeu o marujo. – Deve haver uma solução para carregar toda essa madeira. Se tivéssemos um carrinho ou um barco, seria extremamente fácil.

– Mas temos o rio!

– Exato. O rio servirá como estrada, e os trens de madeira não foram inventados à toa.

– Porém, "nossa estrada" está seguindo em uma direção contrária à nossa, uma vez que a maré está subindo!

– Vamos esperar que ela volte a baixar, e é ela quem vai transportar o nosso combustível até as chaminés.

Então eles caminharam na direção do ângulo onde a orla da floresta encontrava o rio e começaram a carregar fardos de madeira amarrados em feixes. Havia também uma boa quantidade de ramos secos pela orla, e Pencroff se pôs a construir uma embarcação.

Em uma espécie de remanso formado por uma ponta da costa onde a corrente rebentava, eles dispuseram alguns pedaços grandes de madeira que amarraram com cipós secos, e assim construíram uma espécie de jangada sobre a qual empilharam toda a colheita. Dentro de uma hora o trabalho foi concluído e a embarcação, ancorada à margem, teve que esperar a mudança da maré.

Havia então algumas horas de espera pela frente e eles resolveram ir até o planalto superior para examinar a região de um ponto mais panorâmico.

Precisamente duzentos passos atrás do ângulo formado pelo rio, a muralha, que terminava em um deslizamento de rochas, vinha morrer em um encosta suave na orla da floresta e criava uma espécie de escada natural. Os dois chegaram ao cume em pouco tempo, posicionando-se no ângulo que ela faz com a foz do rio.

A primeira coisa que viram foi o oceano que tinham acabado de atravessar naquelas condições tão terríveis. Eles observaram com emoção toda a parte norte da costa, onde havia acontecido a catástrofe e o desaparecimento de Cyrus Smith. Procuraram por algum destroço do balão que ainda estivesse boiando e no qual um homem pudesse se agarrar. Nada! O mar e a costa estavam desertos. Nem o repórter nem Nab apareceram, mas era possível que naquele momento ambos estivessem a tal distância que não pudessem ser vistos.

– Algo me diz que um homem tão forte como o senhor Cyrus não se deixou levar pelas águas como um grumete. Ele deve ter conseguido chegar a algum ponto da costa. Concorda, Pencroff?

O marujo balançou a cabeça tristemente. Ele já não esperava ver Cyrus Smith novamente; mas, desejando dar alguma esperança a Harbert, disse:

– Sem dúvida, sem dúvida, nosso engenheiro é o tipo de homem que consegue escapar de situações em que qualquer outro sucumbiria!

Dizendo isso, ele observava a costa com extrema atenção. Diante de seus olhos estava a praia de areia, protegida, à direita da foz, por abrolhos. Do outro lado, o mar brilhava sob os raios do sol. Ao sul, uma ponta aguda fechava o horizonte e não era possível ver se a terra se estendia naquela direção ou se seguia na direção sudeste-sudoeste, o que faria da costa uma península muito alongada. Na extremidade setentrional da baía, o desenho do litoral se prolongava por grande distância, formando uma linha mais arredondada.

Pencroff e Harbert se viraram para o oeste. Seus olhos se fixaram imediatamente em uma montanha nevada que ficava a uns dez quilômetros. Desde suas primeiras encostas até três quilômetros dali, estendiam-se vastas massas arborizadas, realçadas por vastas chapadas que resultavam da presença de árvores de folhagem duradoura. Da orla dessa floresta a costa, havia um planalto verdejante semeado com ramos de árvores caprichosamente distribuídos. À esquerda, viam-se as águas do pequeno rio brilhar através das clareiras e parecia que seu curso sinuoso o levava de volta para os sopés da montanha, entre os quais ele provavelmente nascia. No ponto em que o marujo tinha deixado sua embarcação, a água começava a correr entre dois paredões de granito.

– Estamos em uma ilha? – perguntou o marujo.

– Se for, ela parece ser bastante grande!

– Uma ilha, por maior que seja, continua sendo uma ilha!

Mas a importante pergunta ainda não podia ser respondida. Quanto à terra em si, fosse ilha ou continente, parecia fértil, agradável em seus aspectos e de vegetação variada.

– Isso é uma dádiva – observou Pencroff – e em nosso infortúnio, devemos agradecer à Providência.

– Louvado seja Deus! – respondeu Harbert, cujo coração piedoso estava repleto de gratidão pelo Autor de todas as coisas.

Eles então tomaram o caminho de volta, seguindo a crista meridional do planalto de granito, onde viviam algumas centenas de pássaros aninhados nos buracos da pedra. Saltando sobre as rochas, Harbert espantou um bando inteiro desses pássaros.

– Ah! – ele exclamou. – Estas não são gaivotas de nenhuma espécie!

– Que pássaros são esses? Posso jurar que são pombos!

– De fato, mas são selvagens ou pombos-das-rochas. Reconheço-os pela dupla faixa preta na asa, pelo rabo branco e penas cinza azuladas. Ora, se são pássaros bons de comer, seus ovos devem ser excelentes e os que voaram há pouco deixaram alguns em seus ninhos...!

– Não vamos dar tempo para eclodirem, a menos que seja sob a forma de uma omelete! – brincou Pencroff.

– Mas onde você vai preparar a omelete? No seu chapéu?

– Ah! Não sou feiticeiro o suficiente. Vamos tentar os ovos poché e eu me encarrego de digerir os mais duros!

Pencroff e o jovem rapaz examinaram cuidadosamente as fendas de granito e de fato encontraram em algumas cavidades ovos que recolheram e colocaram no lenço do marujo. Como chegava o momento da maré subir, Harbert e Pencroff começaram a descida em direção ao curso d'água e à uma da tarde chegaram à curva do rio. A maré já se invertia. Então, era necessário aproveitar o refluxo para levar a balsa até a foz. Pencroff não tinha intenção de deixar a embarcação partir com a correnteza, sem direção, nem planejava embarcar nela nem conduzi-la. Ele logo trançou uma corda de três metros com cipós secos. O cabo vegetal foi amarrado na parte detrás da jangada, e o marujo o segurou com as mãos enquanto Harbert a empurrava com a ajuda de uma longa vara, mantinha-a na direção da corrente.

O procedimento foi bem-sucedido. A carga de lenha que o marujo segurava enquanto caminhava ao longo da costa, seguiu pelo curso d'água. O rio era raso o suficiente para não temerem que a embarcação naufragasse e em menos de duas horas chegaram à foz, a poucos passos das chaminés.

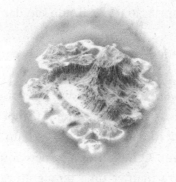

Capítulo 5

A primeira preocupação de Pencroff, assim que a madeira foi descarregada, era tornar as chaminés habitáveis, obstruindo os corredores por onde passava a corrente de ar. Um único duto, estreito e sinuoso que dava para a parte lateral foi mantido para levar a fumaça para fora e formar uma espécie de sistema de sucção da lareira. As chaminés foram divididas em três ou quatro quartos, se é que se pode dar esse nome às cavernas escuras com as quais somente um animal selvagem talvez se contentaria. Mas ao menos ali era possível se manter seco e ficar em pé pelo menos na parte principal dos quartos que ocupavam o centro.

Enquanto trabalhavam, Harbert e Pencroff conversavam.

– Talvez nossos companheiros tenham encontrado uma instalação melhor do que a nossa! – disse Harbert.

– É possível, mas, na dúvida, não relaxe! É melhor uma corda a mais do que nenhuma corda!

– Ah! Que eles encontrem o senhor Smith e assim só teremos o que agradecer aos Céus!

– Sim! Era um homem corajoso aquele lá!

– Era... Você acha que nunca mais voltará a vê-lo?

– Deus me livre!

O trabalho de apropriação foi realizado rapidamente, e Pencroff ficou bastante satisfeito:

– Agora nossos amigos podem voltar. Vão encontrar um abrigo em boas condições.

Tudo o que restava era fixar a moradia e preparar uma refeição. Tarefa simples e fácil. Grandes pedras planas foram colocadas no fundo do primeiro corredor à esquerda, no orifício do estreito buraco que tinha sido reservado para esse fim. O que a fumaça não aqueceria na parte externa seria suficiente para manter uma temperatura interna adequada. A provisão de lenha foi armazenada em um dos quartos, e o marujo colocou sobre as pedras da lareira alguns troncos intercalados com gravetos. Harbert então perguntou se tinha fósforos.

– Certamente, e eu acrescentaria "felizmente", pois sem fósforos ou qualquer outra acendalha, estaríamos em maus lençóis!

– Ainda seria possível fazer fogo como os selvagens, esfregando dois pedaços de madeira seca um contra o outro!

– Ora! Tente, meu rapaz, e veremos se você conseguirá algum resultado além de destruir o braço!

– No entanto, é um procedimento muito simples e amplamente utilizado nas ilhas do Pacífico.

– Eu não digo o contrário, mas é importante lembrar que os selvagens sabem o que fazer, ou usam uma madeira específica, pois, por mais de uma vez eu quis fazer fogo dessa forma, em vão! Por isso, confesso que prefiro fósforos! Onde estão meus fósforos?

Pencroff procurou em seu casaco pela caixa que nunca abandonava, pois era um fumante inveterado, mas não a encontrou.

– Isso é estúpido, é muito estúpido! – ele disse. – Aquela caixa deve ter caído do meu bolso e eu a perdi! Harbert, você não tem nada, um isqueiro ou qualquer coisa que possa ser usada para fazer fogo?

– Não, Pencroff!

O marujo virou-se e saiu, no que foi seguido pelo rapaz. Pencroff esfregou fortemente o rosto. Procuraram na areia, nas rochas, perto da margem do rio, mas não encontraram nada. A caixa era feita de cobre e não passaria despercebida.

– Pencroff, por acaso você não jogou a caixa para fora do cesto?

– Não, eu a mantive comigo. Mas, quando fomos sacudidos daquela forma, um objeto tão pequeno pode ter desaparecido. Meu cachimbo, por exemplo, desapareceu! Maldita caixa! Onde ela pode estar?

– Bem, o mar está recuando, vamos até o local onde aterrissamos.

Harbert e Pencroff caminharam rapidamente até o ponto onde tinham aterrissado na véspera, a cerca de duzentos passos das chaminés.

Ali, procuraram minuciosamente por entre os seixos e nos vãos das rochas. Inútil. Se a caixa tinha caído ali, já teria sido varrida pelas ondas. À medida que o mar recuava, o marujo vasculhava todos os interstícios das rochas sem nada encontrar. Era uma perda irreparável diante das circunstâncias.

Pencroff não escondeu seu desapontamento, mas não disse uma única palavra. Harbert tentou consolar o companheiro dizendo que, muito provavelmente, os fósforos estariam molhados por conta da água do mar e que de qualquer forma seria impossível usá-los.

– Não, meu rapaz. Eles estavam numa caixa de cobre muito bem fechada! E agora, como faremos?

– Certamente encontraremos uma maneira de obter fogo. O senhor Smith ou o senhor Spilett não ficarão desamparados como nós!

– Sim, mas enquanto isso estamos sem fogo, e nossos companheiros não encontrarão nada além de uma pobre refeição quando regressarem!

– Mas é possível que eles não tenham fósforos ou qualquer outra acendalha!

– Duvido – respondeu o marujo fazendo um sinal negativo com a cabeça. – Nem Nab nem o senhor Smith fumam, e receio que o senhor Spilett tenha guardado consigo sua caderneta e não a sua caixa de fósforos!

Harbert não respondeu. A perda da caixa era obviamente lamentável, mas o rapaz esperava conseguir fogo de alguma forma. De todo modo, só havia uma coisa a fazer: esperar o retorno de Nab e do repórter. Ele teve que desistir da refeição de ovos cozidos que pretendia preparar e a dieta de carne crua não parecia uma perspectiva agradável.

Antes de retornar às chaminés, eles fizeram uma nova colheita de lito-domos, para o caso de ficarem definitivamente sem fogo, e caminharam silenciosamente.

Eram cinco da tarde quando Harbert e ele chegaram às chaminés. Por volta das seis horas, quando o sol desapareceu atrás das altas terras ocidentais, Harbert, que caminhava de um lado para o outro da praia, sinalizou o retorno de Nab e de Gédéon Spilett. Eles estavam sozinhos! O coração do rapaz apertou. O engenheiro Cyrus Smith não tinha sido encontrado!

Quando chegou, o repórter se sentou sobre uma pedra sem dizer pala-vra nenhuma. Quanto a Nab, seus olhos vermelhos mostravam o quanto ele tinha chorado!

O repórter relatou a busca por Cyrus Smith. Nab e ele tinham percorrido a costa por mais de doze quilômetros, bem além do ponto em que a penúltima queda do balão tinha ocorrido e causado o desaparecimento do engenheiro e do cachorro Top. Nenhum vestígio, nenhuma pegada, nenhuma só marca de pé humano no litoral.

Nesse momento do relato, Nab se levantou, e com uma voz que indicava como os sentimentos de esperança ainda estavam vivos nele, disse:

– Não! Não! Ele não está morto! Eu, ou qualquer outro, seria possível! Mas ele, jamais! Ele é o tipo de homem que resiste a tudo! – E então perdeu as forças: – Ah! Não aguento mais! – confessou.

Harbert foi ao encontro dele:

– Nab, nós vamos encontrá-lo! Deus o devolverá para nós! Mas agora você deve estar com fome. Coma um pouco, por favor!

E ele ofereceu ao triste homem um punhado de mariscos, alimento pobre em nutrientes e em quantidade insuficiente!

Nab estava há muito tempo sem comer, mas recusou. Sem o seu mestre, não podia ou não queria mais viver!

Gédéon Spilett devorou os moluscos e depois se deitou na areia ao pé de uma rocha. Então Harbert se aproximou dele e pegou sua mão:

– Senhor, nós encontramos um abrigo onde ficará melhor do que aqui. Já está anoitecendo. Venha descansar! Amanhã nós veremos...

O repórter se levantou e foi guiado até as chaminés. Nesse momento, Pencroff se aproximou dele e perguntou no tom mais natural possível se, por acaso, ele não teria um fósforo. O repórter parou, procurou nos bolsos, não encontrou nada e disse:

– Eu tinha alguns, mas precisei jogar fora...

O marujo então chamou Nab, fez a mesma pergunta e recebeu a mesma resposta.

– Maldição! – ele gritou, sem conseguir se conter.

O repórter ouviu e perguntou a Pencroff:

– Nenhum fósforo?

– Nenhum, e, consequentemente, sem fogo!

– Ah! – fez Nab. – Se meu mestre estivesse aqui, saberia como fazer!

Os quatro náufragos permaneceram imóveis e se entreolharam, inquietos. Foi Harbert quem primeiro quebrou o silêncio, dizendo:

– Senhor Spilett, o senhor é fumante, portanto, carrega sempre fósforos consigo. Talvez não tenha procurado direito! Procure novamente. Um só fósforo será suficiente!

O repórter revistou novamente os bolsos das calças, do casaco, do paletó até que, para a grande alegria de Pencroff e para sua extrema surpresa, sentiu um pequeno pedaço de madeira preso no forro de seu casaco. Como parecia ser um fósforo e apenas um, ele não podia correr o risco de acendê-lo sem querer.

– O senhor me permite tentar? – perguntou o rapaz.

Muito habilmente, ele conseguiu remover o pequeno pedaço de madeira que estava intacto!

– Um fósforo! – exclamou Pencroff. – Ah! É como se tivéssemos um monte deles!

Ele pegou o fósforo e, seguido por seus companheiros, rumou para as chaminés. Esse pedacinho de madeira que nos países habitados é dispensado com indiferença e cujo valor é nulo precisava ser usado com extrema cautela. O marujo certificou-se de que estivesse bem seco. Então disse:

– Precisamos de papel.

– Aqui está – respondeu Spilett, arrancando uma folha de sua caderneta.

Pencroff pegou o papel que o repórter estendia e se abaixou diante da lareira. Alguns punhados de gravetos, folhas e musgos secos foram colocados sob os feixes e dispostos de modo que o ar pudesse circular fácil e rapidamente inflamar a madeira seca. Em seguida, ele dobrou o pedaço de papel em forma de cone e colocou-o entre os musgos. Depois, pegou um pedregulho ligeiramente áspero, limpou-o e secou com cuidado, e com o coração acelerado, esfregou suavemente o fósforo.

O primeiro atrito não produziu nenhum efeito. Pencroff não tinha friccionado o suficiente temendo estragar o fósforo.

– Não, não vou conseguir, minha mão treme... Eu perderia o fósforo... Não posso! Não quero! – E designou Harbert para substituí-lo.

Certamente o rapaz nunca tinha se sentido tão pressionado em toda sua vida. Nem Prometeu, quando estava indo roubar o fogo do céu, ficara tão tenso! Todavia, ele não hesitou e esfregou o pedregulho rapidamente. Um pequeno crepitar foi ouvido e uma chama azul-clara surgiu, produzindo uma fumaça forte. Harbert virou calmamente o fósforo, de modo a alimentar a chama, e jogou-a dentro do cone de papel que pegou fogo em questão de segundos. Os musgos queimaram imediatamente. Alguns instantes depois, a madeira seca crepitava e uma bela chama tomou forma no meio da escuridão.

Pencroff pensou em usar a fogueira para preparar uma refeição mais nutritiva do que um prato de litodomos. Harbert providenciou duas dúzias de ovos. O repórter olhava para os preparativos sem dizer nada. Um triplo pensamento o dominava. Cyrus ainda estaria vivo? Em caso afirmativo, onde poderia estar? Se sobreviveu à queda, como explicar o fato de não ter encontrado um meio para informá-los disso?

Nab perambulava pela praia como um corpo sem alma.

Em poucos minutos, Pencroff preparou os ovos e convocou o repórter para jantar. Os ovos cozidos estavam excelentes e como contêm todos os elementos essenciais para a alimentação do homem, aqueles pobres náufragos se sentiram muito bem alimentados e reconfortados.

Ah! Se ao menos um deles não tivesse perdido a refeição, eles só teriam o que agradecer ao céu!

Assim transcorreu o dia 25 de março. O repórter se retirou para o fundo de um corredor obscuro depois de anotar sumariamente todos os incidentes daquele dia: a primeira aparição da nova terra, o desaparecimento do engenheiro, a exploração da costa, o incidente do fósforo, etc. e, atingido pelo cansaço, conseguiu descansar durante o sono.

Harbert logo adormeceu. Quanto ao marujo, vigiando com um olho, passou a noite perto da fogueira, para a qual não poupou combustível. Apenas um dos náufragos não descansou nas chaminés. Era o inconsolável Nab, que durante toda a noite errou pela praia chamando por seu mestre!

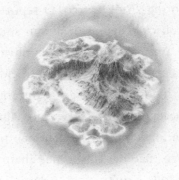

Capítulo 6

O inventário dos objetos desses náufragos do ar, lançados em uma costa que parecia ser desabitada, pode ser prontamente estabelecido.

Eles não tinham nada além das roupas que usavam no momento da catástrofe. É preciso mencionar, no entanto, uma caderneta e um relógio que Gédéon Spilett guardou, mas não havia sequer uma arma, ferramenta ou canivete de bolso. Os passageiros do cesto jogaram tudo fora para deixar o balão mais leve.

Não havia sequer um instrumento ou utensílio. Eles tinham que começar tudo do zero!

Se pelo menos Cyrus Smith estivesse com eles e pudesse colocar sua ciência prática e a serviço da situação, talvez a esperança não estivesse totalmente perdida! Mas, infelizmente, não era mais possível contar com a possibilidade de voltar a vê-lo. Os náufragos só podiam dispor deles mesmos e com aquela Providência que nunca abandona aqueles cuja fé é sincera.

A primeira coisa a decidir era se deveriam se estabelecer naquela parte da costa antes mesmo de procurar saber a que continente pertencia, se era habitada, ou se aquela não era apenas parte de uma ilha deserta.

Essa era uma questão importante que precisava ser resolvida o mais breve possível, pois dessa resolução sairiam as demais medidas a serem tomadas. No entanto, Pencroff achou apropriado esperar alguns dias antes de realizar uma exploração. Era necessário providenciar víveres e preparar uma alimentação mais fortificante do que a de ovos e moluscos. Os exploradores tinham antes de tudo que recuperar suas forças.

As chaminés era um abrigo suficiente apenas por um tempo. O fogo estava aceso e seria simples manter as brasas. Por enquanto, não faltavam conchas e ovos nas rochas e na praia. Seria simples encontrar meios para matar alguns daqueles pombos que voavam às centenas no topo do planalto, nem que fosse com um pau ou uma pedra. Talvez as árvores da floresta vizinha oferecessem frutos comestíveis? Por fim, tinham também água doce à disposição. Portanto, eles ainda podiam permanecer nas chaminés durante alguns dias.

Esse projeto foi conveniente para Nab que não tinha pressa em abandonar aquela parte da costa, cenário da catástrofe. Ele não acreditava na perda de Cyrus Smith, não parecia possível que um homem como aquele terminasse dessa maneira vulgar, levado por uma corrente marítima, afogado nas ondas a algumas centenas de passos de uma costa! Enquanto as ondas não rejeitassem o corpo do engenheiro, enquanto ele, Nab, não visse com seus olhos nem tocasse com suas mãos o cadáver de seu mestre, não acreditaria em sua morte! E essa ideia se enraizou no seu coração obstinado.

Naquela manhã, 26 de março, ainda de madrugada, Nab seguiu pela costa na direção norte e voltou ao lugar onde o mar tinha se fechado sobre o corpo do infortunado Smith.

O almoço do dia consistiu apenas em ovos de pombo e litodomos. Harbert encontrou sal depositado nos buracos das rochas por evaporação e a substância mineral veio a calhar.

Quando terminaram a refeição, Pencroff perguntou ao repórter se este não gostaria de acompanhá-lo na floresta onde Harbert e ele tentariam caçar alguma coisa! Mas depois refletiram que seria necessário que alguém permanecesse no local a fim de manter o fogo aceso e para o caso, muito improvável, de Nab precisar de ajuda. Então o repórter ficou.

– Vamos à caça, Harbert – disse o marujo. – Vamos encontrar munições no caminho e preparar nosso fuzil na floresta.

Mas quando ele estava saindo, Harbert ressaltou que, uma vez que a acendalha era escassa, seria prudente substituí-la por outra substância.

– Mas qual? – perguntou Pencroff.

– Queimar nossas roupas. Isso pode, se necessário, servir de combustível para o fogo.

O marujo achou aquilo bastante insensato, mas, como era por uma boa causa, seu lenço logo foi reduzido a um trapo meio queimado. O material inflamável foi depositado na parte central da caverna, no fundo de uma pequena cavidade rochosa, protegida do vento e da umidade.

Harbert e Pencroff deram a volta nas chaminés, não sem antes ter olhado para a fumaça que se contorcia em um ponto da rocha; então subiram a margem esquerda do rio.

Chegando à floresta, Pencroff quebrou dois ramos fortes da primeira árvore que encontrou e os transformou em porretes, cujas pontas Harbert afiou em uma rocha. Em seguida, os dois caçadores avançaram pelas altas vegetações seguindo a margem. A partir do ângulo que deslocava seu curso para o sudoeste, o rio se estreitava gradualmente e suas margens formavam um leito íngreme e recoberto pelo arco duplo das árvores. Para não se perder, Pencroff resolveu seguir o curso d'água que sempre o levaria de volta ao seu ponto de partida.

Ao caminhar, o marujo observava cuidadosamente a organização natural do lugar. Na margem esquerda, o solo era plano e seguia em direção ao interior. Em algumas partes, a umidade dava uma aparência pantanosa. Havia uma rede subjacente de filetes líquidos que vertiam suas águas no rio por alguma falha subterrânea. Em outros trechos, um riacho fluía pelo bosque facilitando a travessia. A margem oposta parecia ser mais acidentada, e o vale, cujo rio ocupava o talvegue, era mais claramente desenhado. A colina, coberta de árvores dispostas em camadas, formava uma cortina que impedia a visão nítida do espaço.

Essa floresta, assim como a costa já percorrida, não tinha qualquer rastro de pegada humana. Pencroff só encontrou vestígios, passadas frescas de quadrúpedes cuja espécie ele não sabia identificar. Certamente – e essa era também a opinião de Harbert – elas tinham sido deixadas pelos animais selvagens que existiam na região.

Harbert e Pencroff falavam pouco, pois as dificuldades do caminho eram grandes e eles avançavam lentamente. A caçada ainda não tinha sido bem-sucedida. No entanto, alguns pássaros cantavam e voavam sob a ramagem e se mostravam ferozes, como se o homem instintivamente tivesse inspirado o medo. Harbert identificou em uma parte pantanosa da floresta, um pássaro com bico agudo e alongado que anatomicamente se assemelhava a um pica-peixe, mas se distinguia dele por sua plumagem bastante rude, envolta em um brilho metálico.

– Deve ser um jacamar – disse Harbert, tentando se acercar do animal.

– Seria uma boa oportunidade de provar um jacamar se ele estivesse disposto a ser assado!

Nesse momento, uma pedra atirada hábil e vigorosamente pelo jovem atingiu o pássaro na ponta da asa; mas o golpe não foi suficiente, e o jacamar fugiu com toda a velocidade de suas pernas e logo desapareceu.

– Que desastrado eu sou! – exclamou Harbert.

– Não, meu rapaz! O golpe foi certeiro, qualquer outro teria errado o pássaro. Não seja tão duro consigo mesmo! Nós o acertaremos na próxima tentativa!

A exploração continuou. À medida que os caçadores avançavam, as árvores, mais espaçadas, tornavam-se magníficas, mas nenhuma produzia frutos comestíveis. A floresta era composta apenas por coníferas, como os cedros-deodara, já identificados por Harbert, os "douglas", semelhantes aos que crescem na costa noroeste da América, e os admiráveis pinheiros que chegam a quase cinquenta metros de altura.

Nesse momento, um bando de aves de pequeno porte e de bela plumagem se espalhou por entre os ramos, semeando suas penas sutilmente coladas e cobrindo o chão com uma penugem bem fina. Harbert pegou algumas dessas penas, e depois de examiná-las, disse:

– São curucuís.

– Eu preferia uma pintada ou um tetraz – respondeu Pencroff. – Será que esses são bons para comer?

– Eles não só são bons, como sua carne é bem delicada. Além disso, se não me engano, é fácil se aproximar deles e matá-los com golpes de bastão.

O marujo e o jovem, rastejando entre as gramíneas, chegaram aos pés de uma árvore cujos ramos mais baixos estavam cobertos de pequenos pássaros. Os curucuís estavam à espreita de insetos que servissem como alimento. Os caçadores então se levantaram, e, segurando seus bastões como se fossem foices, deceparam fileiras inteiras de curucuís que não cogitaram voar e se deixaram estupidamente abater.

– Bem – disse Pencroff –, eis uma caça perfeitamente ao alcance de caçadores como nós! Seria possível caçá-los com a mão!

O marujo prendeu os curucuís com um bastão flexível e a exploração continuou. Era possível observar que o curso d'água se arredondava ligeiramente, formando uma espécie de gancho em direção ao sul, mas esse desvio provavelmente não se prolongava, pois o rio tinha sua fonte na montanha e se alimentava da fundição da neve que cobria os flancos do cone central.

Sabemos que o principal objetivo dessa excursão era conseguir a maior quantidade de provisão possível para os hóspedes das chaminés. Então, não se podia dizer que o objetivo já tinha sido alcançado. O marujo prosseguiu com sua busca e praguejava quando algum animal que ele mal tinha tempo de reconhecer fugia pela relva. Se ao menos ele pudesse contar com o cachorro Top! Mas ele tinha desaparecido com seu dono e provavelmente também tinha morrido!

Por volta das três da tarde, um verdadeiro toque de trombeta ecoou na floresta. Essas estranhas e sonoras fanfarras eram produzidas por pássaros galináceos que são chamados de "tétras" nos Estados Unidos. Os náufragos reconheceram alguns pares com plumagem variada de ruivo e castanho e cauda castanha. Pencroff considerou necessário conseguir apreender um deles, tão grandes como uma galinha e cuja carne é tão boa como a da gelinota. Mas foi difícil, porque eles não se deixavam aproximar. Depois das tentativas fracassadas que só assustaram os galos silvestres, o marujo disse ao jovem:

– Decididamente, como não conseguimos matá-los com um golpe, precisamos tentar pegá-los com uma linha.

– Como uma carpa? – exclamou Harbert, surpreso com a proposta.

– Como uma carpa.

Pencroff encontrou meia dúzia de ninhos de galos selvagens na relva, cada um com dois a três ovos, e teve cuidado para não tocar neles, aos quais seus proprietários certamente retornariam. Foi em torno deles que ele imaginou esticar suas linhas semelhantes às de anzol. Ele levou Harbert a certa distância dos ninhos e preparou seus singulares instrumentos. Harbert acompanhou esse trabalho com interesse, apesar de duvidar de seu sucesso. As linhas foram feitas de cipós finos, presos uns aos outros e com cinco a seis metros de comprimento. Espinhos grandes, fortes e de pontas curvadas, fornecidos por um arbusto de acácias anãs, foram ligados às extremidades dos cipós para servirem de gancho. Grandes vermes vermelhos que rastejavam pelo chão fizeram as vezes de isca.

Quando terminou, Pencroff deslizou entre as gramíneas e habilmente colocou a ponta de suas linhas armadas com ganchos perto dos ninhos; em seguida, retornou para a outra extremidade e se escondeu com Harbert atrás de uma grande árvore. Ambos esperaram pacientemente.

Meia hora se passou e, como o marujo havia previsto, vários pares de galos retornaram aos seus ninhos. Eles saltitavam, bicavam o chão e não pressentiram a presença dos caçadores. Os animais caminhavam entre os anzóis sem muita preocupação. Pencroff então deu pequenos chacoalhões que agitaram as iscas como se os vermes ainda estivessem vivos.

Aqueles movimentos chamaram a atenção das aves, e os ganchos foram atacados com bicadas. Três tétras, muito vorazes, engoliram tanto a isca como o anzol. De repente, Pencroff "ferrou" seu instrumento, e batidas de asas indicaram que os pássaros tinham sido fisgados.

– Hurra! – ele vibrou se precipitando sobre a presa que logo dominou.

Harbert o aplaudiu. Foi a primeira vez que viu pássaros serem caçados com linha.

Os galos silvestres foram presos pelas pernas, e Pencroff feliz por não voltar de mãos vazias e vendo que o dia estava começando a cair, achou apropriado voltar para casa.

A direção a seguir foi indicada pelo rio e eles só precisavam descer acompanhando seu curso. Por volta das seis horas, Harbert e Pencroff estavam de volta às chaminés.

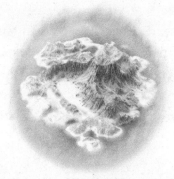

Capítulo 7

Gédéon Spilett estava na praia, imóvel, olhando para o mar cujo horizonte se fundia a leste com uma grande nuvem negra que subia rapidamente em direção ao zênite. O vento estava forte e se resfriava mais com o cair da tarde. O céu tinha um aspecto ruim e os primeiros sintomas de um vendaval já eram sentidos.

Harbert entrou nas chaminés e Pencroff foi ter com o repórter. Este, muito concentrado, não o viu chegar.

– Teremos uma noite ruim, senhor Spilett! Chuva e vento de deixar os petréis felizes[3]!

O repórter se virou, viu Pencroff e disse estas primeiras palavras:

– A que distância da costa o senhor acha que o cesto foi atingido pelo mar que levou nosso companheiro?

O marujo não esperava essa pergunta. Ele pensou por alguns segundos e respondeu:

– A aproximadamente cento e oitenta metros.

– Isso significa que Cyrus Smith desapareceu a menos de quatrocentos metros da costa junto com seu cão?

---

[3] Aves marinhas que se manifestam em maior número no meio de tempestades. (N.T.)

– Aproximadamente.

– O que me surpreende é que Top também tenha morrido e que nenhum dos dois corpos tenha sido rejeitado pelo mar!

– Isso não é surpreendente com um mar tão forte. Além disso, as correntes podem tê-los levado mais para longe da costa.

– Então o senhor realmente acredita que nosso companheiro morreu sob as ondas?

– É o que eu penso.

– Quanto a mim, salvo o respeito que devo à sua experiência, Pencroff, acredito que o desaparecimento absoluto de Cyrus e de Top, vivos ou mortos, tem algo de inexplicável e implausível.

– Eu gostaria muito de pensar como o senhor, mas, infelizmente, é nisso que acredito!

O marujo então regressou às chaminés. Um belo fogo trepidava sobre a lareira. Harbert tinha colocado uma boa quantidade de madeira seca e a chama projetava grandes clarões nas partes escuras do corredor.

Pencroff começou a preparar o jantar e considerou introduzir no menu alguma sustância, pois todos precisavam recuperar suas forças. Os maços de curucuís foram reservados para o dia seguinte, mas ele depenou dois tétras que foram espetados em uma vareta e assados no fogo chamejante.

Às sete da noite, Nab ainda não tinha voltado e essa longa ausência preocupava Pencroff. Harbert acreditava que se Nab ainda não tinha voltado era porque alguma nova circunstância o incentivara a prolongar suas buscas. Por que Nab não voltaria para casa se não restasse alguma esperança? Talvez tivesse encontrado alguma pista que o manteve na busca? Talvez estivesse com seu mestre?

Era assim que o rapaz pensava e foi assim que se manifestou. O repórter concordava com gestos, mas, para Pencroff, o mais provável era que Nab tivesse ido mais longe do que no dia anterior na sua busca pela costa e ainda não tivesse conseguido voltar.

Harbert, inquieto com seus pressentimentos, expôs a intenção de sair à procura de Nab. Mas Pencroff explicou que seria uma busca inútil, pois em tal escuridão e com aquele mau tempo ele não conseguiria encontrar os vestígios de Nab. Se Nab não reaparecesse no dia seguinte, Pencroff não hesitaria em se juntar a Harbert nessa busca.

Gédéon Spilett aprovou a opinião do marujo e Harbert foi persuadido a desistir de seu projeto; mas duas grandes lágrimas escorreram de seus olhos.

O tempo estava absolutamente ruim. Um vendaval vindo do sudeste atravessava a costa com intensa violência. Pulverizada pelo furacão, a chuva se dissipava como uma névoa líquida. A areia, erguida pelo vento, se misturava com a água e seu ataque era insuportável. Entre a foz do rio e o lanço da muralha, grandes redemoinhos rodopiavam e as camadas de ar que escapavam desse turbilhão eram engolidas pelo vale estreito com grande violência. Como resultado, a fumaça da lareira frequentemente recuava enchendo os corredores e tornando-os inabitáveis.

Assim que os galos silvestres cozinharam, Pencroff abandonou o fogo e conservou apenas as brasas enterradas sob as cinzas.

Às oito horas, Nab ainda não tinha reaparecido; mas agora eles admitiam que o terrível tempo o tinha impedido de regressar e que ele devia ter encontrado refúgio em alguma cavidade para esperar o fim da tormenta ou o amanhecer.

Depois do jantar, cada um se retirou para o canto onde havia descansado na noite anterior e Harbert adormeceu perto do marujo que se deitou ao lado da fogueira.

Lá fora, com o avançar da noite, a tempestade assumia proporções assustadoras. Era um vendaval comparável ao que conduziu os prisioneiros de Richmond até essa terra do Pacífico.

Felizmente, a pilha de rochas que formava as chaminés era bastante sólida. Pencroff sentia tremores debaixo das mãos encostadas às paredes. Mas ele repetia, e com razão, que não havia nada a temer e que aquela morada improvisada não desmoronaria. Duas vezes, o marujo rastejou até o orifício do corredor a fim de observar o lado de fora. Os deslizamentos não eram muito grandes e não constituíam perigo, e ele retomou o seu lugar em frente à lareira, cujas brasas crepitavam sob as cinzas.

Apesar da fúria do furacão, do barulho da tempestade e dos trovões da tormenta, Harbert dormiu profundamente. O sono acabou dominando até Pencroff, cuja vida de marinheiro o acostumara a toda essa violência. Apenas Gédéon Spilett permaneceu acordado pela ansiedade, culpando--se por não ter acompanhado Nab. Era evidente que ele não tinha perdido as esperanças. Os pressentimentos de Harbert também o inquietavam. O pensamento dele estava concentrado em Nab. Por que não voltou?

Enquanto isso, a noite avançava e devia ser perto das duas da manhã quando Pencroff, em sono profundo, foi vigorosamente sacudido.

– O que é? – ele exclamou, despertando e recuperando a consciência com a prontidão típica dos marinheiros.

O repórter estava debruçado sobre ele e dizia:

– Ouça, Pencroff, ouça!

O marujo apurou os ouvidos e não conseguiu distinguir barulho algum a não ser o das rajadas.

– É o vento – ele disse.

– Não, tive a impressão de ter ouvido latidos de cachorro!

– Um cachorro! – fez Pencroff, dando um salto.

– Sim... latidos...

– Não é possível! Além disso, como, com os barulhos da tempestade...

– Ouça... Ouça... – insistiu o repórter.

Pencroff ouviu com mais atenção e teve a sensação de ouvir mesmo alguns latidos vindos de longe.

– É verdade!... – disse o repórter, apertando a mão do marujo.

– Sim... Sim! – respondeu Pencroff.

– É o Top! É o Top! – vibrou Harbert, que tinha acabado de acordar, e os três correram para o orifício das chaminés.

Eles tiveram grande dificuldade para sair. O vento os empurrava de volta. Mas, finalmente, conseguiram sair e só conseguiram se manter em pé encostados contra as rochas.

A escuridão era absoluta. Mar, céu e terra se misturavam numa mesma escuridão e parecia não haver um só átomo de luz na atmosfera.

Durante alguns minutos, o repórter e seus dois companheiros permaneceram como se estivessem sendo esmagados pela rajada, encharcados pela chuva e cegados pela areia. Então, escutaram novamente os latidos em uma trégua da tormenta e concluíram que eles vinham de longe.

Só podia ser Top latindo daquele jeito! Será que estava sozinho ou acompanhado? Era mais provável que estivesse sozinho, pois se Nab estivesse com ele, teria voltado apressadamente para as chaminés.

O marujo pressionou a mão do repórter, pois não podia ser ouvido, de uma forma que significava "Espere!", depois entrou pelo corredor.

Um instante depois, ele retornou com um feixe de luz aceso e deu alguns assovios agudos.

Sob esse sinal, que parecia ser esperado, alguns latidos começaram a responder enquanto ficavam mais próximos e logo um cão surgiu no corredor. Pencroff, Harbert e Gédéon Spilett voltaram para dentro.

Um punhado de madeira seca foi jogado sobre as brasas. O corredor se iluminou com uma chama forte.

– É o Top! – exclamou Harbert.

De fato, era Top, o cachorro do engenheiro Cyrus Smith. Mas ele estava sozinho! Nem seu mestre nem Nab o acompanharam!

Mas como o seu instinto o levou às chaminés que ele não conhecia? Aquilo parecia inexplicável, sobretudo no meio daquela noite escura e sob a tempestade! Mais inexplicável ainda era que Top não estava cansado, nem exausto, nem sujo de lama ou areia!

Harbert o atraíra para si e pressionava sua cabeça com as mãos. O cão se soltou e esfregou o pescoço nas mãos do rapaz.

– Se o cão foi encontrado, também encontraremos seu dono! – disse o repórter.

– Se Deus quiser! – respondeu Harbert. – Vamos! Top vai nos guiar!

Pencroff não fez qualquer objeção. Ele sentiu que a chegada de Top poderia desmentir suas conjecturas.

– Vamos lá!

Pencroff cobriu cuidadosamente as brasas da lareira colocando pedaços de madeira sob as cinzas com o objetivo de encontrar fogo em seu retorno. Então, precedido pelo cão, que parecia convidá-lo com pequenos latidos e seguido pelo repórter e pelo jovem rapaz, saiu após pegar os restos do jantar.

A tempestade estava muito violenta. A lua nova, em conjunção com o sol, não permitia que qualquer luz passasse pelas nuvens. Era difícil seguir por uma linha reta. O melhor a fazer era se deixar guiar pelos instintos de Top. O repórter e o jovem caminhavam atrás do cachorro e o marujo seguia por último. Não era possível trocar qualquer palavra.

Mas uma feliz circunstância favoreceu o marujo e seus companheiros. O vento soprava do sudeste e, consequentemente, os atingia pelas costas. A areia que ele jogava com violência e que era insuportável, era lançada por trás deles. Muitas vezes eles avançavam mais rápido do que queriam e apressavam os passos para não serem derrubados, mas uma grande esperança dobrava suas forças e não era mais por pura aventura que subiam a costa. Eles não tinham dúvida de que Nab tinha encontrado seu mestre e que enviara seu cão fiel para buscá-los. Mas será que o engenheiro estava vivo, ou Nab só queria que os companheiros dissessem seu último adeus ao cadáver do infortunado Smith?

Depois de atravessar o lanço uniforme de que eles tinham prudentemente se afastado, pararam para recuperar o fôlego. O contorno da rocha os protegia do vento, e eles puderam respirar após a caminhada de quinze minutos. Agora já conseguiam se ouvir e responder um ao outro e quando o jovem pronunciou o nome de Cyrus Smith, Top emitiu pequenos latidos como se dissesse que seu dono estava vivo.

– Vivo, não é mesmo? – repetia Harbert – Vivo, Top? – E o cachorro latia como se respondesse.

Eram cerca de duas e meia da manhã. A maré começava a subir e movida pelo vento ameaçava ser muito forte. As grandes ondas rebentavam contra a borda dos escolhos com tanta violência que, muito provavelmente, passavam sobre a ilhota absolutamente invisível naquele momento.

Assim que se afastaram do lanço, o vento os atingiu novamente com extrema fúria. Curvados, com o dorso exposto à rajada, eles caminhavam depressa, seguindo Top que não hesitava sobre a direção a tomar.

Às quatro da manhã, estima-se que eles haviam percorrido uma distância de aproximadamente oito quilômetros. As nuvens tinham ligeiramente subido e já não se arrastavam pelo chão. Insuficientemente protegidos por suas roupas, Pencroff, Harbert e Gédéon Spilett sofriam cruelmente, mas nenhuma queixa escapou de seus lábios. Eles estavam determinados a seguir Top até onde o inteligente animal os levasse.

Por volta das cinco horas, o dia começou a surgir. A crista das ondas foi ligeiramente salpicada com luzes ruivas e a espuma voltou a esbranquiçar.

Às seis da manhã, o dia havia finalmente amanhecido. As nuvens corriam rapidamente em uma área relativamente alta. O marujo e seus companheiros estavam a quase dez quilômetros das chaminés e seguiam por uma costa plana, delimitada por uma orla formada por rochas cujas cabeças acabavam de surgir, pois eles estavam na altura do nível do mar. À esquerda, a região, atravessada por algumas dunas rodeadas de estepes, tinha o aspecto selvagem de uma região arenosa. Aqui e ali, uma ou duas árvores se exibiam, estendidas para oeste com os ramos apontando nessa direção.

Nesse momento, Top deu sinais inequívocos de inquietação. Ele seguia em frente, volta para o marujo e parecia tentar convencê-lo a acelerar o ritmo. O cão tinha deixado a praia e entrado nas dunas.

Os homens o seguiram. O lugar parecia absolutamente deserto. Nenhum ser vivo o animava.

Cinco minutos depois de sair da praia, o repórter e seus companheiros chegaram a uma espécie de escavação na parte detrás de uma grande duna. Ali, Top parou e lançou um latido claro. Spilett, Harbert e Pencroff entraram na caverna.

Nab estava lá, ajoelhado perto de um corpo estendido sobre um leito de ervas...

Era o corpo do engenheiro Cyrus Smith.

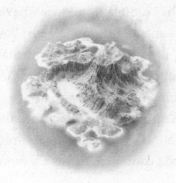

Capítulo 8

Nab não se movia. O marujo só disse uma única palavra:

– Vivo!

Nab não respondeu. Gédéon Spilett e Pencroff empalideceram. Harbert uniu suas mãos e permaneceu imóvel. Mas era óbvio que o pobre homem, absorvido em sua dor, não os tinha visto nem ouvido.

O repórter se ajoelhou perto do corpo imóvel e colocou a orelha no peito do engenheiro, cujas roupas ele entreabriu. Um minuto – um século! – se passou enquanto ele procurava identificar algum batimento no coração.

Nab se levantou um pouco e olhou sem ver. Nenhum desespero alteraria ainda mais o rosto de um homem. Ele estava irreconhecível, destruído pela dor, pois pensava que seu mestre estava morto.

Gédéon Spilett, após uma longa e cuidadosa observação se levantou.

– Ele está vivo – disse.

Pencroff então se ajoelhou perto de Cyrus Smith e viu também uma respiração sair dos lábios do engenheiro.

A pedido do repórter Harbert saiu à procura de água. Ele encontrou um córrego límpido a cem passos de distância que obviamente tinha aumentado com as chuvas do dia anterior. Mas não havia onde pôr a água, nenhuma só concha naquelas dunas! O jovem teve que se contentar em mergulhar seu lenço no riacho e correu de volta para a caverna.

Felizmente, o lenço encharcado foi suficiente para Gédéon Spilett que só queria umedecer os lábios do engenheiro. As moléculas de água doce produziram um efeito quase imediato. Um suspiro escapou do peito de Cyrus Smith e até parecia que ele tentava dizer algumas palavras.

– Vamos salvá-lo! – disse o repórter.

Com essas palavras, Nab recuperou a esperança. Ele despiu seu mestre para ver se o corpo estava ferido. Cabeça, tronco e membros não apresentavam contusões nem arranhões, algo surpreendente, já que o corpo de Cyrus Smith deve ter rolado em meio às rochas.

A explicação dessa circunstância viria mais tarde. Quando Cyrus Smith conseguisse falar, relataria o que tinha acontecido. Por enquanto, era necessário trazê-lo de volta à vida e era provável que algumas fricções dessem resultado. Foi o que fizeram com o casaco do marujo. O engenheiro, aquecido por essa ríspida massagem, moveu o braço ligeiramente e sua respiração começou a se regular. Ele estava à beira da exaustão.

– Então pensou que seu mestre estava morto? – o marujo perguntou a Nab.

– Sim, morto! E se Top não os tivesse encontrado, se vocês não tivessem vindo, eu teria enterrado meu mestre e morrido ao lado dele!

Eis do que dependia a vida de Cyrus Smith! Nab então contou o que tinha acontecido. No dia anterior quando saiu das chaminés, ele subiu a costa na direção noroeste e chegou à parte do litoral que já havia visitado.

Sem qualquer esperança, caminhou pela costa procurando pelas mais remotas pistas que pudessem guiá-lo. Nab já não esperava encontrar seu mestre vivo. Ele seguia em busca de um cadáver que queria enterrar com as próprias mãos!

Procurou por muito tempo, mas seus esforços não foram bem-sucedidos, pois parecia que a costa deserta jamais tivesse sido frequentada por um ser humano. As conchas que o mar não conseguia alcançar estavam intactas.

Nab decidiu então subir alguns quilômetros pela costa. Era possível que as correntes tivessem levado um corpo até algum ponto mais distante.

– Eu caminhei ao longo da orla por uns três quilômetros, visitei toda a linha de escolhos na maré baixa, toda a praia na maré alta e entrei em desespero por não encontrar nada até que ontem, por volta das cinco da tarde, vi pegadas na areia.

– Pegadas humanas? – perguntou Pencroff.

– Sim!

– E essas pegadas vinham dos escolhos? – perguntou o repórter.

– Não, da preamar, pois entre ela e os recifes, as outras devem ter sido apagadas.

– Continue, Nab – pediu Gédéon Spilett.

– Quando vi aquelas pegadas quase enlouqueci. Eram muito nítidas e seguiam na direção das dunas. Segui-as durante quatrocentos metros, correndo e tentando não apagá-las. Cinco minutos depois, quando já escurecia, ouvi um latido. Era Top que me trouxe até meu mestre!

Nab concluiu seu relato falando da dor que sentiu ao encontrar o corpo inanimado. Tinha tentado descobrir nele algum indício de vida. Agora que o havia encontrado morto queria que ele vivesse! Todos os seus esforços foram inúteis. Tudo o que restava era prestar as últimas homenagens a quem tanto amava!

Então, Nab pensou em seus companheiros. Eles gostariam, sem dúvida, de ver o infortunado companheiro pela última vez! Top estava lá. Será que não poderia contar com a sagacidade do fiel animal? Nab pronunciou repetidamente o nome do repórter, a quem Top mais conhecia entre os companheiros. Então mostrou a ele a costa sul, e o cão correu na direção indicada.

Os companheiros de Nab ouviram essa história com extrema atenção. Havia algo inexplicável no fato de Cyrus Smith, depois dos esforços feitos para escapar das ondas não ter nenhum arranhão. E também não se podia explicar como o engenheiro conseguiu chegar àquela caverna perdida no meio das dunas a mais de um quilômetro da costa.

– Então, Nab, não foi você quem trouxe seu mestre até aqui? – perguntou o repórter.

– Não, não fui eu.

– É óbvio que o senhor Smith veio sozinho – disse Pencroff.

– É óbvio, de fato – observou Gédéon Spilett –, mas é crível!

Só chegariam ao esclarecimento desse fato pelo engenheiro. Então era necessário esperar até que ele voltasse a falar. Felizmente, sua vida voltava ao normal.

Nab, inclinado sobre ele, começou a chamá-lo, mas o engenheiro não parecia ouvir, e seus olhos continuavam fechados. A vida se fazia presente pelo movimento, mas os sentidos ainda não estavam lá.

Pencroff lamentou não ter fogo, nem um meio de consegui-lo. Os bolsos do engenheiro estavam absolutamente vazios, exceto o de seu colete que continha um relógio. Era, portanto, necessário levar Cyrus Smith para as chaminés o mais rápido possível.

Mas os cuidados que foram dirigidos ao engenheiro fizeram-no recobrar a consciência mais rápido do que o esperado. A água com que seus lábios foram umedecidos o reanimou pouco a pouco. Pencroff teve a ideia de misturar com a água o sumo da carne que ele tinha trazido. Harbert correu até a costa e retornou com duas grandes conchas bivalves. O marujo preparou uma mistura e introduziu-a entre os lábios do engenheiro, que pareceu sorvê-la avidamente. Seus olhos se abriram.

– Meu mestre! – vibrou Nab.

O engenheiro ouviu. Ele reconheceu Nab e Spilett, depois os outros dois companheiros, Harbert e o marujo, e sua mão apertou levemente as deles.

Algumas palavras escaparam de sua boca.

– Ilha ou continente? – ele murmurou.

– Ah! – fez Pencroff, que não conseguiu conter a exclamação. – Por tudo o que é sagrado, pouco importa contanto que esteja vivo, senhor Cyrus! Veremos isso mais tarde.

O engenheiro fez um pequeno sinal afirmativo e adormeceu novamente. O repórter logo tomou as providências para que o engenheiro fosse transportado nas melhores condições possíveis. Nab, Harbert e Pencroff deixaram a caverna e seguiram na direção de uma duna elevada, coroada com algumas árvores raquíticas. Ao longo do caminho, o marujo repetia:

– Ilha ou continente! Pensar nisso quando se está quase sem fôlego!

No topo da duna, Pencroff e seus dois companheiros cortaram os principais ramos de um pinheiro marítimo emaciado pelos ventos; em seguida, prepararam um leito com os ramos e o cobriram com folhas e ervas a fim de transportar o engenheiro.

Eram dez horas quando o marujo, Nab e Harbert retornaram para perto de Cyrus Smith, a quem Gédéon Spilett não havia deixado.

O engenheiro então acordou daquele torpor em que havia sido encontrado. A cor voltou para suas bochechas, até então pálidas como a morte. Ele se levantou um pouco, olhou em volta e pareceu perguntar onde estava.

– O senhor consegue me ouvir sem fazer muito esforço, senhor Cyrus? – disse o repórter.

– Sim.

– Eu acho – disse o marujo – que o senhor Smith vai ouvi-lo ainda melhor se tomar um pouco mais desta geleia de tétras.

Cyrus Smith mastigou os pedaços de carne, cujos restos foram divididos entre seus companheiros.

– Bem! – disse o marujo. – Os víveres nos esperam nas chaminés, senhor Cyrus. Temos lá, no sul, uma casa com quartos, camas e lareira e, na dispensa, algumas dezenas de pássaros curucuís. O seu leito está pronto, e assim que se sentir mais forte, vamos levá-lo até lá.

– Obrigado, meu amigo – respondeu o engenheiro –, mais uma hora ou duas e poderemos ir... Agora fale, Spilett.

O repórter então contou o que tinha ocorrido. Ele falou dos acontecimentos que Cyrus Smith ignorava, a última queda do balão, a aterrissagem na terra desconhecida, fosse ilha ou continente, a descoberta das chaminés, as buscas pelo engenheiro, a devoção de Nab, tudo o que se devia à inteligência do fiel Top, etc.

– Mas vocês não me encontraram na praia?

– Não – respondeu o repórter.

– E não foram vocês que me trouxeram até esta caverna?

– Não.

– A que distância esta gruta está dos recifes?

– A cerca de oitocentos metros – respondeu Pencroff –, e se o senhor está espantado, senhor Cyrus, não estamos menos surpresos por encontrá-lo neste lugar!

– De fato, isso é muito curioso! – respondeu o engenheiro, que se recuperava gradualmente e se interessava cada vez mais pelos detalhes.

– Mas – prosseguiu o marujo – o senhor pode nos dizer o que aconteceu depois que foi levado pelo mar?

Cyrus Smith consultou suas memórias. Ele sabia pouco. O mar o havia arrancado do balão e ele se afundou a algumas braçadas de profundidade. Ao voltar à superfície, sentiu um ser vivo se mexer perto dele. Era Top que tinha se precipitado em seu socorro. Ao olhar para cima, não viu mais o balão. Ele estava no meio de ondas tempestuosas contra as quais tentou lutar nadando vigorosamente. Top o segurava pela roupa, mas uma corrente o arrebatou e o empurrou para o norte, e depois de meia hora de esforço ele afundou, arrastando Top com ele para o abismo. Dessa situação até o momento em que se encontrava nos braços de seus amigos, ele não tinha mais lembranças.

– No entanto – considerou Pencroff –, o senhor deve ter sido jogado na costa e teve forças para caminhar até aqui, pois Nab encontrou marcas de passos!

– Sim, é verdade – respondeu o engenheiro, pensativo. – E vocês não viram qualquer vestígio de humanos na costa?

– Nenhum vestígio – respondeu o repórter. – Além disso, se por acaso algum salvador o tivesse encontrado a tempo, por que o teria abandonado depois de tê-lo arrancado das ondas?

– Tem razão, meu caro Spilett. Diga-me, Nab – prosseguiu o engenheiro, voltando-se para seu criado –, não foi você que... por acaso não teve um momento de ausência... durante o qual... Não, isso é absurdo. Ainda há alguma dessas pegadas?

– Sim, meu mestre – respondeu Nab. – Na entrada, na parte detrás desta duna em um lugar protegido do vento e da chuva. As outras foram apagadas pela tempestade.

– Pencroff – disse Cyrus Smith –, você poderia pegar meus sapatos e ver se eles correspondem a essas pegadas?

O marujo fez o que o engenheiro pediu. Harbert e ele, guiados por Nab, foram até o lugar onde estavam as pegadas, enquanto Cyrus disse ao repórter:

– Aconteceram aqui coisas inexplicáveis!

– De fato, inexplicáveis! – respondeu Gédéon Spilett.

– Mas não insistamos nisso agora, meu caro Spilett, falamos sobre isso mais tarde.

Um instante depois, o marujo, Nab e Harbert voltaram. Os sapatos do engenheiro correspondiam exatamente às impressões preservadas. Então foi Cyrus Smith quem as deixou na areia.

– Ora – disse ele –, então eu é que tive essa alucinação, essa ausência que eu delegava a Nab! Devo ter caminhado como um sonâmbulo, sem estar ciente dos meus passos, e foi Top que, com seu instinto, me trouxe até aqui, depois de me tirar da água... Vem, Top! Vem, meu cãozinho!

O magnífico animal saltou para o seu dono, ladrando, e não pouparam carícias.

Por volta do meio-dia, Pencroff perguntou a Cyrus Smith se poderiam levá-lo e este, no lugar da resposta e por um esforço que atestava sua vontade, se levantou apoiando-se no marujo para não cair.

– Bom! Muito bem! – disse Pencroff! – Tragam o leito do senhor engenheiro.

O leito foi trazido. Cyrus Smith se deitou sobre os ramos cobertos com musgo e gramíneas longas e todos seguiram para a costa.

O vento ainda estava forte, mas felizmente tinha parado de chover. Enquanto estava deitado, o engenheiro, apoiado nos braços, observava a costa, especialmente a parte oposta ao mar. Ele não falava, mas olhava, e certamente o desenho dessa terra ficou gravado em sua mente. No entanto, depois de duas horas, ele foi tomado pela fadiga e adormeceu na maca.

Às cinco e meia, o pequeno grupo chegou ao lanço e um pouco mais tarde estavam em frente às chaminés. A maca foi colocada sobre a areia. Cyrus Smith dormia profundamente e não acordou.

Pencroff, para sua extrema surpresa, viu que a terrível tempestade do dia anterior tinha alterado a aparência do lugar. Houve deslizamentos de terras e grandes pedaços de rocha jaziam na margem. Era evidente que o mar, passando sobre a ilhota, tinha chegado ao pé da enorme cortina de granito.

Em frente ao orifício das chaminés, o solo, devastado, tinha sofrido um violento ataque das ondas.

Pencroff teve um pressentimento e se precipitou pelo corredor.

Quando voltou, permaneceu imóvel olhando para os companheiros...

O fogo estava apagado. As cinzas molhadas não passavam de lama. O linho queimado, que serviria de acendalha, tinha desaparecido. O mar tinha penetrado nas profundezas dos corredores e revolvido tudo dentro das chaminés!

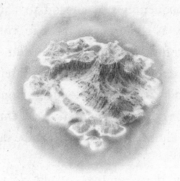

Capítulo 9

O acidente, que podia ter consequências muito graves – pelo menos Pencroff imaginava que sim –, produziu diferentes efeitos nos companheiros do marujo.

Nab, feliz por ter reencontrado seu mestre, nem se importou com o que Pencroff disse. Harbert, por outro lado, parecia compartilhar em certa medida das apreensões do marujo. Quanto ao repórter, ele simplesmente respondeu:

– Juro que não me importo com isso, Pencroff!

– Mas, repito, não temos mais fogo!

– *Pfff!*

– Nem qualquer meio de reacendê-lo.

– Basta!

– Mas, senhor Spilett...

– Cyrus não está aqui? Ele não está vivo, o nosso engenheiro? Pois ele vai arranjar uma maneira de fazer fogo!

– E com o quê?

– Sem nada.

O que Pencroff poderia responder? Nada, pois compartilhava da confiança que seus companheiros tinham em Cyrus Smith. O engenheiro era para eles um microcosmo, um combinado de toda a ciência e inteligência humana! Melhor seria estar com Cyrus em uma ilha deserta do que sem Cyrus na cidade mais engenhosa da União. Nada de desespero. Se alguém dissesse a essas pessoas corajosas que uma erupção vulcânica destruiria essa terra, que ela se afundaria nas profundezas do Pacífico, eles responderiam imperturbavelmente: Cyrus está aqui!

Mas o engenheiro ainda estava imerso em uma nova prostração em razão do seu transporte e sua engenhosidade não poderia ser invocada no momento. O jantar seria fraco, pois toda a carne de tétras tinha sido consumida e não havia maneira de cozinhar outra caça. Então, era preciso refletir.

Cyrus Smith foi transportado para o corredor central. Lá, prepararam uma cama de algas e vareques que estavam mais ou menos secos. O sono profundo que se apoderou dele poderia reparar sua força, e melhor, sem dúvida, do que uma alimentação abundante.

A noite chegou, e com ela a temperatura arrefeceu consideravelmente. Como o mar tinha destruído as divisórias criadas por Pencroff em certos pontos dos corredores, algumas correntes de ar tornaram as chaminés inabitáveis. O engenheiro estaria então em péssimas condições se os seus companheiros, tendo-se despido dos seus casacos ou blusões, não o tivessem coberto cuidadosamente.

A ceia daquela noite consistiu apenas dos litodomos que Harbert e Nab colheram em abundância na costa. O jovem rapaz adicionou a eles uma certa quantidade de algas comestíveis, ricas em nutrientes. O repórter e seus companheiros, depois de terem absorvido uma quantidade considerável de litodomos, chuparam alguns sargaços cujo sabor era suportável.

– Bem – disse o marujo –, já está na hora do senhor Cyrus nos ajudar.

No entanto, o frio tornou-se muito agudo e não havia maneira de combatê-lo.

O marujo, verdadeiramente irritado, procurou todos os meios possíveis para obter fogo. Ele encontrou alguns grumetes secos, e, atritando os dois seixos obteve algumas faíscas; mas o grumete não era suficientemente inflamável e não pegou fogo.

Apesar de não acreditar no processo, Pencroff tentou esfregar dois pedaços de madeira seca um contra o outro, à maneira dos selvagens. O resultado foi nulo. Os pedaços de madeira aqueceram, só isso e ainda menos do que os próprios operadores.

– Quando conseguirem me convencer de que os selvagens acendem o fogo dessa maneira, teremos calor mesmo no inverno! Seria mais fácil acender meus braços esfregando um contra o outro!

O marujo estava errado ao questionar o processo. É comum que os selvagens inflamem a madeira por meio de um atrito rápido. Mas nem todo tipo de madeira é adequado para essa operação.

O mau humor de Pencroff não durou muito. Os dois pedaços de madeira rejeitados por ele estavam com Harbert, que tentava esfregá-los com mais força. O robusto marujo não podia conter seu riso vendo os esforços do adolescente para ter sucesso onde ele havia falhado.

– Esfregue, meu rapaz, esfregue! – ele desdenhou.

– Estou esfregando, mas não tenho outra pretensão senão me aquecer em vez de tremer e em breve estarei com tanto calor quanto você, Pencroff!

O que de fato aconteceu. Em todo o caso, foi necessário desistir de obter fogo aquela noite. Gédéon Spilett repetiu uma vigésima vez que Cyrus Smith não faria feio com algo tão simples. Enquanto isso, ele se deitou em um dos corredores sobre a camada de areia. Harbert, Nab e Pencroff seguiram o exemplo, enquanto Top dormia aos pés de seu mestre.

No dia seguinte, 28 de março, quando o engenheiro acordou, e, como no dia anterior, suas primeiras palavras foram:

– Ilha ou continente?

Era uma ideia fixa.

– Bem! – respondeu Pencroff. – Não sabemos de nada, senhor Smith!

– Vocês ainda não sabem?

– Mas saberemos quando o senhor nos acompanhar pela região.

– Acho que posso tentar – respondeu o engenheiro, que, sem muito esforço, conseguiu ficar em pé.

– Isso é muito bom! – exclamou o marujo.

– Eu estava morrendo de exaustão, mas com um pouco de comida ficarei em perfeito estado. Vocês têm fogo não é mesmo?

A pergunta não teve uma resposta imediata. Mas depois de alguns instantes:

– Infelizmente, não temos fogo! – disse Pencroff. – Ou melhor, não temos mais!

E o marujo contou o que tinha acontecido no dia anterior.

– Resolveremos isso – respondeu o engenheiro –, e se não encontrarmos uma substância que sirva de acendalha...

– Então? – perguntou o marujo.

– Faremos fósforos.

– Químicos?

– Químicos!

– Não é tão difícil assim – exclamou o repórter, batendo no ombro do marujo.

Este não achava a coisa tão simples, mas não protestou. Todos saíram. Depois de dar uma olhada rápida em volta, o engenheiro se sentou em uma rocha. Harbert ofereceu alguns mexilhões e sargaços e explicou:

– Isso é tudo o que temos, senhor Cyrus.

– Obrigado, meu rapaz, será suficiente. Para esta manhã, pelo menos.

E ele comeu com apetite o magro alimento, que regou com um pouco de água fresca extraída do rio em uma concha. Então, depois de ter saciado parcialmente sua fome, Cyrus Smith cruzou os braços e disse:

– Então, meus amigos, ainda não sabem se o destino nos lançou em um continente ou em uma ilha?

– Não, senhor Cyrus – respondeu o jovem.

– Descobriremos amanhã – disse o engenheiro. – Até lá, não há nada que possamos fazer.

– Há sim, fez Pencroff.

– O quê?

– Fogo – disse o marujo, que também tinha uma ideia fixa.

– Faremos, Pencroff. Ontem, enquanto vocês me transportavam, avistei uma montanha a oeste que domina esta terra!

– Sim – respondeu Gédéon Spilett –, uma montanha que deve ser bastante alta.

– Pois bem – disse o engenheiro –, amanhã subiremos ao seu cume e veremos se esta terra é uma ilha ou um continente. Até lá, repito, não temos nada a fazer.

– Sim, fogo! – repetiu o teimoso marujo.

– Mas nós faremos fogo! – respondeu Gédéon Spilett. – Tenha paciência, Pencroff!

O marujo olhou para Gédéon Spilett com um olhar que parecia dizer: "Se é só você que pode fazer, não vamos saborear um assado tão logo!" Mas não disse nada.

Cyrus Smith também não respondeu. Ele parecia pouco preocupado com a questão do fogo. Por alguns momentos, permaneceu absorvido em seus pensamentos. Depois voltou a falar:

– Meus amigos, nossa situação pode parecer deplorável, mas é simples. Ou estamos em um continente, e com algum esforço chegaremos a um ponto habitado, ou estamos em uma ilha e, neste caso, duas coisas são possíveis: se a ilha for habitada, teremos que lidar com seus habitantes; se for deserta, teremos que nos virar sozinhos.

– É certo que é bastante simples – respondeu Pencroff.

– Mas, seja continente ou ilha – perguntou Gédéon Spilett –, onde acha que o furacão nos atirou, Cyrus?

– Não posso precisar, mas presumo que seja uma terra do Pacífico. Quando saímos de Richmond, o vento soprava do nordeste, e com sua força a direção não deve ter variado. Se ela foi mantida do nordeste para o sudoeste, nós atravessamos os estados da Carolina do Norte, Carolina do Sul, Geórgia, o Golfo do México, o próprio México e também parte do oceano Pacífico. Estimo que a distância percorrida pelo balão seja de pelo menos onze mil quilômetros, e, se o vento variou meio quarto, deve ter nos levado ou ao arquipélago das Marquesas ou às ilhas Pomotou, ou, se assumiu uma velocidade maior do que eu suponho, às terras da Nova Zelândia. Se a última hipótese estiver correta, será fácil conseguirmos nos repatriar. Inglês ou maori, teremos sempre com quem falar. Se, no entanto, esta costa pertence a uma ilha deserta de um arquipélago micronésio, talvez possamos reconhecê-la do topo dessa montanha que domina a região e então teremos de nos estabelecer aqui e nunca mais sair!

– Nunca! – exclamou o repórter. – Você diz "nunca", meu caro Cyrus?

– É melhor pensarmos no pior e deixar que as circunstâncias nos surpreendam positivamente.

– Tem razão! – disse Pencroff. – E temos de considerar que esta ilha pode estar fora da rota dos navios, o que seria uma verdadeira catástrofe!

– Não saberemos o que nos espera até que tenhamos subido a montanha – respondeu o engenheiro.

– Mas amanhã o senhor estará pronto para suportar o cansaço da subida? – perguntou Harbert.

– Espero que sim – respondeu o engenheiro –, mas com a condição de que mestre Pencroff e você sejam caçadores inteligentes e hábeis.

– Senhor Cyrus – respondeu o marujo –, como o senhor se referiu à caça, se ao menos eu tivesse a garantia de poder assar como estou certo de conseguir caçar...

– Continue caçando, Pencroff – respondeu Cyrus Smith.

Foi então acordado que o engenheiro e o repórter passariam o dia nas chaminés, examinando a costa e o planalto superior, enquanto Nab, Harbert e o marujo retornariam à floresta para renovar o fornecimento de madeira e colocar as mãos em qualquer animal de pena ou pelo que surgisse pela frente.

Eles partiram por volta das dez da manhã: Harbert confiante, Nab alegre e Pencroff murmurando à parte:

– Se, ao retornar, eu encontrar fogo na casa, é porque o trovão veio acendê-lo pessoalmente!

Os três subiram pela margem e quando chegaram à curva do rio, o marujo parou e perguntou aos companheiros:

– Começaremos como caçadores ou lenhadores?

– Caçadores – respondeu Harbert. – Top já está caçando.

– Então cacemos – disse o marujo –, e depois voltaremos aqui para buscar nossa lenha.

Em vez de seguirem o curso do rio, os caçadores penetraram no coração da floresta. As árvores eram iguais, a maioria da família dos pinheiros. Em alguns lugares, esses pinheiros tinham dimensões consideráveis e pareciam indicar, por seu desenvolvimento que a latitude da região era maior do que o engenheiro supunha.

Era difícil se guiar no meio das árvores sem estradas pavimentadas. Então, de vez em quando, o marujo demarcava o caminho com alguns gravetos que seriam facilmente reconhecíveis. Mas talvez estivesse errado em não seguir o curso d'água, como Harbert e ele tinham feito durante a primeira expedição, pois, após uma hora de caminhada, nenhum animal tinha aparecido. Correndo sob os ramos baixos, Top apenas despertava pássaros que não se deixavam aproximar. Os curucuís estavam invisíveis, e o marujo provavelmente seria forçado a voltar àquela parte pantanosa da floresta na qual ele tinha pescado tão alegremente seus tétras.

– Ora, Pencroff! – disse Nab num tom um pouco sarcástico. – Se essa é toda a caça que você prometeu levar a meu mestre, não será preciso muito fogo para assá-la!

– Paciência, Nab, não é animal para assar que faltará quando nós voltarmos!

– Então não confia no senhor Smith?

– Confio.

– Mas não acha que ele vai fazer fogo?

– Só acreditarei quando vir a madeira arder na lareira.

– Ela vai arder, meu mestre garantiu!

– Veremos!

O sol ainda não tinha atingido o ponto mais alto de seu curso acima do horizonte. A exploração continuou e Harbert encontrou uma árvore cujos frutos eram comestíveis. Era uma espécie de pinheiro que produz uma excelente amêndoa. As amêndoas estavam perfeitamente maduras e Harbert as sugeriu aos seus dois companheiros que se deliciaram.

– Vamos lá – disse Pencroff –, algas marinhas como pão, mexilhões crus como carne e amêndoas de sobremesa, eis o jantar de pessoas que não têm um só fósforo no bolso!

– Não podemos reclamar – respondeu Harbert.

– Não estou reclamando, meu jovem. No entanto, repito que a carne é um pouco escassa nesse tipo de refeição!

– Top viu alguma coisa! – exclamou Nab, que correu para o bosque no meio do qual o cão tinha desaparecido, latindo. O latido de Top se misturava com rugidos singulares.

Assim que entraram na mata, eles viram Top lutando com um animal que ele segurava pela orelha. O quadrúpede era uma espécie de porco com cerca de setenta centímetros de comprimento, castanho-escuro e um pouco mais claro na barriga, pelos duros e muito grossos, e cujos dedos, fortemente agarrados ao chão, pareciam unidos por membranas. A criatura não lutava com o cão. Ele girava seus grandes olhos profundamente afundados numa espessa camada de gordura. Talvez estivesse vendo homens pela primeira vez.

Nab segurou seu bastão e ia derrubar o roedor quando este, livrando-se dos dentes de Top, que segurava apenas uma ponta de sua orelha, proferiu um vigoroso rosnado, se atirou sobre Harbert e o derrubou, desaparecendo na floresta.

– Ah! que patife! – bradou Pencroff.

Os três seguiram imediatamente o rastro de Top e quando quase o alcançaram, o animal desapareceu sob as águas de uma vasta lagoa sombreada por grandes pinheiros centenários.

Top saltou na água, mas o capiraba desapareceu no fundo da lagoa.

– Vamos esperar, ele logo virá respirar na superfície – disse o jovem.

– Ele não se vai afogar? – perguntou Nab.

– Não – respondeu Harbert –, como tem os pés espalmados, ele é quase um anfíbio. Vamos vigiá-lo.

Top continuou nadando. Pencroff e seus dois companheiros ocuparam um ponto na margem cada um, a fim de impedir a fuga do capiraba que o cão procurava nadando na superfície da lagoa.

Harbert não estava errado. Depois de alguns minutos, o animal subiu de volta à superfície. Top saltou em cima dele e o impediu de mergulhar novamente. Um instante depois, o capiraba, arrastado para a beira, foi nocauteado com um golpe do bastão de Nab.

Pencroff carregou o capiraba no ombro, e, a julgar pela altura do sol, devia ser cerca de duas horas, era o momento de retornar.

O instinto de Top não foi inútil para os caçadores, que, graças ao animal inteligente, puderam retornar pelo mesmo caminho. Meia hora depois, chegaram à curva do rio.

Exatamente como fizera da primeira vez, Pencroff construiu uma embarcação de madeira que, seguindo a correnteza, levou o combustível até as chaminés.

A menos de cinquenta passos do destino, o marujo soltou outro vibrante "hurra", apontando para o ângulo da falésia:

– Harbert, Nab, Vejam! – ele exclamou.

Uma fumaça subia e rodopiava por cima das rochas!

Capítulo 10

Alguns minutos depois, os caçadores estavam diante de uma grande fogueira. Cyrus Smith e o repórter já estavam lá. Pencroff olhava para os dois sem dizer uma palavra, segurando o capiraba na mão.

– Pois é, meu caro, conseguimos – disse o repórter. – Fogo de verdade, para fazer um belo assado com essa caça com que vamos nos deliciar daqui a pouco!

– Mas quem acendeu? – perguntou Pencroff.

– O sol!

A resposta de Gédéon Spilett estava correta. Foi o sol que forneceu o calor que tanto surpreendia Pencroff.

– Então o senhor tinha uma lente? – perguntou Harbert a Cyrus Smith.

– Não, meu filho, mas eu fiz uma.

E mostrou o instrumento que lhe serviu de lente. Tratava-se de dois vidros que ele tirou do relógio do repórter e do seu próprio. Depois de enchê-los com água e deixar suas bordas aderentes com um pouco de argila, ele criou uma verdadeira lente que, concentrando os raios solares em uma espuma seca, causou a combustão.

O marujo observou o instrumento e depois olhou para o engenheiro sem dizer uma só palavra. Mas seu olhar dizia muito! Se aos seus olhos

Cyrus Smith não era um Deus, certamente era mais do que um homem. Finalmente ele recuperou a fala:

– Escreva isso, senhor Spilett, escreva isso em suas anotações!

– Já escrevi – respondeu o repórter.

Com a ajuda de Nab, o marujo preparou um espeto e logo o capiraba foi assado como um simples leitão, em uma chama clara e crepitante.

As chaminés voltaram a ser habitáveis, não só porque os corredores foram aquecidos pelo fogo da lareira, mas porque as divisórias de pedra e areia foram refeitas.

O engenheiro e seu companheiro tinham produzido bastante durante o dia. Cyrus Smith recuperou quase completamente sua força e testou a si mesmo subindo ao planalto superior. A partir desse ponto, seus olhos, acostumados a avaliar alturas e distâncias, fixaram por um bom tempo o cone em cujo topo ele desejava chegar no dia seguinte. O monte, a cerca de dez quilômetros a noroeste, parecia ficar a quase um quilômetro acima do nível do mar. Portanto, o olhar de um observador que estivesse no topo dessa montanha poderia percorrer o horizonte em um raio de pelo menos oitenta quilômetros. Cyrus Smith poderia então resolver facilmente a questão de "continente ou ilha", que ele, com razão, priorizava.

A refeição contou com a excelente carne do capiraba, com sargaços e com as amêndoas dos pinheiros. O engenheiro falou pouco, estava preocupado com os planos do dia seguinte.

Ao final da refeição, novos pedaços de madeira foram lançados sobre a fogueira e os anfitriões das chaminés, incluindo o fiel Top, dormiram profundamente. No dia seguinte, 29 de março, eles se levantaram frescos e dispostos, prontos para realizar a excursão que determinaria seu destino.

Estava tudo pronto para partir. Os restos do capiraba poderiam alimentar o grupo por pelo menos mais vinte e quatro horas, e eles esperavam se reabastecer no caminho. Como os vidros foram colocados de volta nos relógios do engenheiro e do repórter, Pencroff queimou um pouco do linho para usar como acendalha.

Às sete e meia, os exploradores, armados com paus, deixaram as chaminés. Segundo Pencroff, era conveniente ir pelo caminho já percorrido através floresta, que era a rota mais direta para chegar à montanha, mesmo que fosse necessário voltar por outro lugar. Então eles pegaram a direção sul e seguiram pela margem esquerda do rio, da qual se distanciaram ao fazer uma curva na direção sudoeste. Às nove horas, chegaram à borda ocidental da floresta, foram pela trilha já aberta sob as árvores verdes.

Alguns animais fugidios foram vistos sob os bosques. Top fazia-os levantar lentamente, mas seu dono o chamava imediatamente, pois ainda não era o momento de persegui-los. Mais tarde, quem sabe. O engenheiro não era um homem que se distraía facilmente de seu objetivo e, naquele momento, seu único destino era a montanha que ele pretendia escalar.

Às dez horas pararam para descansar. Ao sair da floresta, o sistema orográfico da região saltava aos olhos. O monte era composto por dois cones. O primeiro, truncado a uma altura de cerca de setecentos metros, era sustentado por contrafortes que pareciam ramificar-se como garras cravadas no solo

O segundo cone se apoiava no primeiro, ligeiramente arredondado no topo e um pouco mais inclinado. Parecia ser formado por uma terra árida salpicada de rochas avermelhadas.

Era o cume desse segundo cone que precisava ser alcançado, e a aresta dos contrafortes parecia ser o melhor jeito de chegar até ele.

– Estamos em um terreno vulcânico – observou Cyrus Smith.

Havia inúmeras intumescências nesse terreno de que as forças plutonianas visivelmente convulsionaram.

Durante essa primeira parte da subida, Harbert avistou pegadas que indicavam a passagem recente de grandes animais por ali, alguns deles ferozes.

– Será que essas bestas nos cederiam espontaneamente seu território? – interrogou Pencroff.

– Bem – respondeu o repórter, que já tinha caçado tigres na Índia e leões na África –, vamos ter que descobrir isso na prática. Enquanto isso, sejamos prudentes!

Aos poucos, eles subiam contornando a montanha. O caminho ficava mais longo por conta dos desvios e obstáculos que não podiam ser diretamente transpostos. Ao meio-dia, quando a pequena trupe parou para almoçar, ainda estava na metade do caminho para o primeiro planalto, que provavelmente seria alcançado apenas ao anoitecer.

A partir desse ponto, o horizonte do mar se revelou mais amplamente; mas, à direita, o olhar, barrado pelo promontório agudo do sudeste, não pôde determinar se a costa estava conectada a alguma terra na parte de trás. À esquerda, o raio de visão já ganhava poucos quilômetros ao norte; no entanto, a partir do noroeste, no ponto ocupado pelos exploradores, ele era cortado pela aresta de um sopé estranhamente desenhado, que formava uma espécie de estribo do cone central. Então, a questão de Cyrus Smith ainda não tinha resposta.

À uma hora, a ascensão foi retomada. Depois de deixar o bosque, os escaladores seguiram pelo caminho mais curto e chegaram a um andar superior, não muito provido de árvores e cujo solo tinha uma aparência vulcânica. Nab e Harbert assumiram a dianteira, Pencroff a traseira e entre eles estavam Cyrus e o repórter. Os animais que frequentavam essas alturas deviam certamente pertencer a raças de pé seguro e coluna vertebral flexível, como as camurças. Eles viram alguns dessa espécie, mas o que chamou a atenção de Pencroff foi outro:

– Carneiros! – ele exclamou.

Todos pararam a cinquenta passos de uma meia dúzia de animais grandes, com chifres fortes dobrados para trás e achatados na ponta, de lã felpuda, escondidos sob longos pelos sedosos e castanhos. Não eram carneiros comuns, mas uma espécie facilmente encontrada nas regiões montanhosas das zonas temperadas, que Harbert chamou de carneiro montês.

– Eles têm gigotes e costeletas? – perguntou o marujo.

– Sim – respondeu Harbert.

– Então são carneiros! – disse Pencroff.

Os animais, imóveis entre os escombros do basalto, olhavam espantados, como se vissem bípedes humanos pela primeira vez. De repente, despertados pelo medo, desapareceram saltando sobre as rochas.

– Adeus! – gritou Pencroff em um tom tão cômico que os demais gargalharam.

A subida continuou. Em alguns declives era possível observar com frequência traços de lava muito caprichosamente estriadas que entrecortavam o caminho, e eles eram obrigados a fazer novos desvios.

Nas proximidades do primeiro planalto, formado pelo truncamento com o cone inferior, as dificuldades da subida aumentaram. Às quatro horas, a zona das árvores tinha sido ultrapassada e restavam apenas alguns pinheiros, que deviam ser muito resistentes para suportar, naquela altura, os fortes ventos marítimos. A pureza do céu no zênite podia ser sentida através da transparência do ar. Eles não viam mais o sol, escondido atrás do cone superior que mascarava parcialmente o horizonte a oeste.

Apenas cento e cinquenta metros separavam os exploradores do planalto em que queriam atingir a fim de montar um acampamento para a noite, mas essa distância quadruplicou por conta dos desvios que foram obrigados a fazer. Já estava escuro quando Cyrus Smith e seus companheiros, muito cansados pela subida, chegaram ao planalto do primeiro cone.

Foi necessário começar a organizar o acampamento e recuperar as forças, primeiro comendo, depois dormindo. O segundo andar da montanha estava sobre uma base de rochas no meio da qual era fácil encontrar onde descansar. O combustível não era abundante, mas era possível obter fogo a partir de musgos e sarças que cobriam algumas partes do planalto. Enquanto o marujo preparava sua fogueira sobre pedras que organizou com essa finalidade, Nab e Harbert providenciaram o combustível. A chama foi produzida, o linho queimado recolheu faíscas do sílex e ao sopro de Nab surgiu um fogo brilhante dentro do abrigo das rochas.

Esse fogo era destinado apenas a combater a temperatura um pouco fria da noite e não foi usado para cozinhar o faisão, que Nab reservou para o dia seguinte. A ceia foi composta pelos restos do capiraba e por algumas dezenas de grãos de pinho.

Cyrus Smith teve a ideia de explorar, na semiescuridão, a ampla camada circular que sustentava o cone superior da montanha. Antes de descansar, ele queria saber se o cone poderia ser contornado em sua base, no caso de seus flancos, muito inclinados, tornarem inacessível a subida até o cume. Essa questão o preocupava porque era possível que, ao norte, o planalto fosse completamente instável. Se o topo da montanha não pudesse ser alcançado de um lado e do outro não houvesse meio de contornar a base do cone, seria impossível examinar a porção ocidental do país e o objetivo estaria parcialmente frustrado.

O engenheiro deixou Pencroff e Nab organizando o pernoite e Gédéon Spilett registrando os incidentes do dia e começou a seguir a borda circular do planalto, indo para o norte. Harbert o acompanhou. Os dois caminharam lado a lado sem dizer nada. Após uma caminhada de vinte minutos, tiveram que parar. A partir desse ponto, as encostas dos dois cones ficavam niveladas. Não havia mais parapeito separando as duas partes da montanha e contorná-las por encostas de quase 70° era impraticável.

Mas havia a possibilidade de retomar diretamente a ascensão do cone. Diante deles abria-se uma profunda fissura do maciço. Era a deterioração da cratera superior, o gargalo através do qual os materiais das erupções líquidas escapavam quando o vulcão ainda estava em atividade. As lavas endurecidas e as escórias incrustadas formavam uma espécie de escada natural com degraus amplos que facilitavam o acesso ao topo da montanha.

Uma simples observação de Cyrus Smith foi suficiente para reconhecer essa disposição, e, sem hesitar, seguido pelo jovem rapaz, ele entrou na enorme fenda, no meio da crescente escuridão.

Quanto ao vulcão em si, não havia dúvida de que estava completamente extinto. Nenhuma fumaça escapava de seus flancos. Era mais do que um vulcão adormecido, era sua extinção completa.

A tentativa de Cyrus Smith seria bem-sucedida. Harbert e ele, subindo pelas paredes internas, viram a cratera se alargar pouco a pouco acima de suas cabeças. A cada passo dado, novas estrelas surgiam no campo de visão. As magníficas constelações daquele céu austral resplandeciam.

No zênite, o esplêndido Antares do Escorpião brilhava intensamente, e, não muito longe, o ß do Centauri, que se acredita ser a estrela mais próxima do globo terrestre.

Eram quase oito horas quando Cyrus Smith e Harbert puseram os pés no cume superior do monte. A escuridão não permitia que o olhar se estendesse por um raio maior de três quilômetros. Será que o mar cercava essa terra desconhecida, ou ela pertencia a algum continente do Pacífico, a oeste? Ainda não era possível saber.

Mas, em um ponto do horizonte, uma vaga luz surgiu de repente e começou a descer aos poucos enquanto a nuvem subia em direção ao zênite.

Era o crescente da lua, já prestes a desaparecer. Sua luz era suficiente para desenhar claramente a linha do horizonte, então separada da nuvem, e o engenheiro pôde ver sua imagem tremida refletir por um momento em uma superfície líquida.

Cyrus Smith agarrou a mão do rapaz.

– Uma ilha! – gritou, quando o crescente lunar se apagava sobre as ondas.

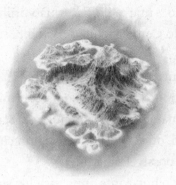

Capítulo 11

Meia hora depois, Cyrus Smith e Harbert estavam de volta ao acampamento. O engenheiro limitou-se a dizer aos companheiros que a terra sobre a qual o destino os havia laçado era uma ilha e que no dia seguinte eles pensariam no que fazer.

Então, no dia 30 de março, o engenheiro quis retornar ao topo do vulcão a fim de observar com atenção a ilha em que ele e seus companheiros talvez estivessem presos para sempre, caso ela estivesse a uma grande distância de qualquer terra, ou fora da rota dos navios que visitam os arquipélagos do oceano Pacífico. Desta vez seus companheiros o seguiram na nova exploração.

Devia ser por volta de sete da manhã quando os cinco náufragos deixaram o acampamento. Nenhum deles parecia preocupado com a situação. Eles estavam confiantes, mas vale observar que essa confiança não tinha a mesma fonte para Cyrus Smith e para seus companheiros. O engenheiro estava confiante porque se sentia capaz de extrair dessa natureza selvagem tudo o que é necessário para a vida de seus companheiros e a sua, e estes nada temiam porque Cyrus Smith estava com eles.

– Pois bem! – disse Pencroff. – Nós saímos de Richmond sem a permissão das autoridades! Seria o cúmulo não conseguirmos, cedo ou tarde, sair de um lugar onde ninguém nos manterá presos!

Quando chegaram à cratera, o engenheiro percebeu que ela era exatamente como havia reconhecido no escuro: um grande funil que se alargava a uma altura de trezentos metros acima do planalto. No fundo da fenda, largas e espessas camadas de lava serpenteavam sobre os flancos do monte, demarcando o curso dos materiais eruptivos até os vales inferiores que cortavam a parte norte da ilha.

Antes das oito horas, Cyrus Smith e seus companheiros chegaram ao topo da cratera, sobre uma intumescência cônica que dilatava a borda setentrional. Só havia mar, por todos os lados!

Talvez, subindo ao topo do cone, Cyrus Smith esperasse descobrir alguma ilha não muito distante, que ele não tinha sido capaz de ver na noite anterior por conta da escuridão. Mas nada surgiu nos limites do horizonte, num raio de mais de oitenta quilômetros. Nenhuma terra à vista, nem vela.

O engenheiro e seus companheiros, mudos e imóveis, procuraram por alguns minutos todos os pontos do oceano.

Do oceano, os olhos se voltaram para toda a ilha, e a primeira pergunta foi feita por Gédéon Spilett:

– Qual será o tamanho desta ilha?

Cyrus Smith refletiu por alguns instantes, observou cuidadosamente o perímetro da ilha, levando em conta a altura em que se encontrava e respondeu:

– Meus amigos, acho que se pode atribuir à costa da ilha uma extensão de mais de cinquenta quilômetros.

– E sua superfície?

– É difícil calcular, porque ela é muito recortada – respondeu o engenheiro.

Se Cyrus Smith estivesse certo, a ilha deveria ter, aproximadamente, a mesma extensão de Zaquintos, no Mediterrâneo, mas era muito mais irregular e menos rica em cabos, promontórios, pontas ou baías. Sua forma estranha surpreendia o olhar, e quando Gédéon Spilett, a pedido do engenheiro desenhou seus contornos, eles consideraram que ela se assemelhava a algum animal fantástico, uma espécie de pterópode adormecido na superfície do Pacífico.

Eis a configuração exata dessa ilha, que é importante conhecer e cujo mapa foi imediatamente rabiscado pelo repórter com certa precisão.

A parte oriental da costa em que os náufragos tinham desembarcado, era abaulada e margeava uma vasta baía que terminava a sudeste em um cabo agudo que uma ponta escondera de Pencroff durante sua primeira exploração. A nordeste, dois outros cabos fechavam a baía e entre eles se desenhava um golfo estreito semelhante ao maxilar entreaberto de um tubarão.

Do nordeste ao noroeste, a costa se arredondava, depois formava uma espécie de corcova que não atribuía uma forma muito nítida a essa parte da ilha cujo centro era ocupado pela montanha vulcânica.

A partir desse ponto, a costa ganhava uma forma regular de norte a sul, entrecortada em dois terços de seu perímetro por uma estreita calheta a partir da qual ele terminava em uma longa cauda.

Ela formava uma verdadeira península que se estendia por mais de quarenta quilômetros no mar, a partir do cabo sudeste da ilha e se arredondava descrevendo uma enseada vicinal que desenhava a costa inferior dessa terra estranhamente entrecortada.

Em sua menor largura, entre as chaminés e a calheta observada na costa oeste, a ilha tinha apenas dezesseis quilômetros de comprimento; mas em sua maior extensão, que ia da mandíbula do nordeste à extremidade da cauda a sudoeste, tinha pelo menos quarenta e oito quilômetros.

Quanto ao interior da ilha, sua aparência geral era esta: muito arborizada em toda a parte sul da montanha até costa e árida e arenosa ao norte. Entre o vulcão e a costa leste, havia um lago emoldurado em sua borda por árvores verdes cuja existência eles desconheciam. Visto daquela altura, o lago parecia estar no mesmo nível que o mar, mas, depois de refletir, o engenheiro explicou aos companheiros que a altura daquela pequena camada de água deveria ser de noventa metros, pois o planalto que servia como bacia era apenas uma extensão da costa.

– Então é um lago de água doce? – perguntou Pencroff.

– Certamente, pois deve ser alimentado pelas águas que fluem da montanha.

– Estou vendo um pequeno rio fluindo para ele – disse Harbert, apontando para um riacho estreito cuja fonte devia se espalhar pelo sopé ocidental.

– De fato, e uma vez que esse riacho alimenta o lago, é provável que do lado do mar haja um orifício por onde o excesso de água é escoado. Veremos isso quando voltarmos.

O pequeno riacho, bastante sinuoso, e o rio já reconhecido constituíam o sistema hidrográfico. No entanto, era possível que, sob essas massas de árvores que faziam de dois terços da ilha uma imensa floresta, outros rios fluíssem em direção ao mar. Quanto à parte norte, não havia qualquer indício de água corrente; talvez alguma água estagnada na parte pantanosa do nordeste, mas isso é tudo.

O vulcão não ocupava a parte central da ilha, mas estava localizado na região noroeste e parecia marcar o limite entre as duas zonas. A sudoeste, sul e sudeste, os primeiros andares dos sopés desapareciam sob massas de vegetação. Ao norte, pelo contrário, era possível seguir suas ramificações que terminavam nas planícies de areia. Era também desse lado que, no momento das erupções, os derramamentos tinham aberto uma passagem e um grande aterro de lavas se estendia até a estreita mandíbula que formava o golfo a nordeste.

Os náufragos permaneceram uma hora no topo da montanha. A ilha se estendia sob os olhares deles como um plano em destaque com seus vários tons, verde para as florestas, amarelo para as areias, azul para as águas.

Restava uma questão séria a resolver e que tinha um impacto particular no futuro dos náufragos: A ilha era habitada?

Em nenhum lugar foi visto qualquer trabalho da mão humana. Nenhuma fumaça se levantava e denunciava a presença do homem. É fato que uma distância de aproximadamente de cinquenta quilômetros separava os observadores dos pontos extremos e teria sido difícil, mesmo para Pencroff, avistar alguma habitação ali. Mas podia-se admitir que a ilha era desabitada.

Mas será que era frequentada, ao menos temporariamente, por nativos das ilhas vizinhas? Difícil saber, pois nenhuma terra aparecia num raio de oitenta quilômetros. Será que, sem instrumentos, Cyrus Smith conseguiria calcular sua posição em latitude e longitude? Seria difícil. Na dúvida, era apropriado tomar certas precauções contra uma possível chegada de nativos vizinhos.

A exploração da ilha tinha sido concluída, sua configuração determinada, seu relevo demarcado, sua extensão calculada, sua hidrografia e sua orografia reconhecida. Restava agora descer as encostas da montanha e explorar o solo em termos de recursos minerais, vegetais e animais. Mas, antes de dar aos seus companheiros o sinal de partida, Cyrus Smith disse com voz calma e séria:

– Esse, meus amigos, é o pedaço estreito de terra sobre o qual a mão do Todo-Poderoso nos lançou. É aqui que vamos viver, talvez por muito tempo. Talvez um resgate inesperado chegue se algum navio passar aqui por acaso... Digo por acaso porque esta não é uma ilha importante, não oferece sequer um porto que possa ser usado como repouso para os navios e deve-se recear que esteja localizada fora das rotas habituais. Não quero esconder nada da situação...

– E o senhor tem razão, meu caro Cyrus – respondeu o repórter. – Está lidando com homens. Eles confiam no senhor e o senhor pode contar com eles. Certo, meus amigos?

– Vou obedecê-lo em tudo, senhor Cyrus – disse Harbert, pegando a mão do engenheiro.

– Meu mestre, sempre e em qualquer lugar! – exclamou Nab.

– Quanto a mim – disse o marujo –, mudo meu nome se fugir à luta, e se quiser, senhor Smith, vamos fazer desta ilha uma pequena América! Construiremos cidades, ferrovias, instalaremos telégrafos e, um dia, quando estiver bem transformada, preparada e civilizada, iremos oferecê-la ao governo da União! Só peço uma coisa.

– O quê? – perguntou o repórter.

– Não nos consideremos náufragos, mas colonos que vieram aqui com o objetivo de colonizar!

Cyrus Smith não conteve um sorriso e a proposta do marujo foi acatada.

– Vamos para as Chaminés! – exclamou Pencroff.

– Um momento, meus amigos – respondeu o engenheiro –, parece-me importante dar um nome a esta ilha, bem como aos cabos, aos promontórios e aos riachos que existem aqui.

– De acordo – disse o repórter. – Isso simplificará no futuro as instruções que poderemos ter de dar ou seguir.

– De fato – retomou o marujo –, já é alguma coisa poder dizer onde se vai e de onde se vem. Pelo menos parece que estamos em algum lugar.

– As Chaminés, por exemplo – disse Harbert.

– Certo! – respondeu Pencroff. – Manteremos o nome de Chaminés para o nosso primeiro acampamento, senhor Cyrus?

– Sim, Pencroff, já que o batizaram assim.

– Bem, quanto aos outros, será fácil – disse o marujo, que estava inspirado. – Vamos dar a eles nomes como faziam os Robinsons, cuja história Harbert leu mais de uma vez para mim: a "baía da Providência", a "ponta dos Cachalotes", o "cabo da Desilusão"!...

– Ou os nomes de senhor Smith – respondeu Harbert –, senhor Spilett, Nab!...

– Meu nome! – exclamou Nab, mostrando seus dentes reluzentes.

– Por que não? – questionou Pencroff. – O "porto Nab" ficaria ótimo! E o "cabo Gédéon"...

– Eu preferia nomes emprestados do nosso país – respondeu o repórter –, o que nos lembraria da América.

– Sim, para os principais – disse Cyrus Smith –, para os das baías ou mares. Podemos, por exemplo, chamar esta baía do leste de baía da União, a fenda do sul de baía de Washington, a montanha onde agora estamos de monte Franklin e o lago diante de nossos olhos de lago Grant. Esses nomes nos farão lembrar do nosso país e dos grandes cidadãos que o honraram; mas para os rios, golfos, cabos e promontórios que avistamos do topo desta montanha, daremos nomes que correspondam à sua configuração particular. Eles serão ao mesmo tempo mais práticos e mais fáceis de memorizar. Quanto aos rios que não conhecemos, as várias partes da floresta que vamos explorar mais tarde, os riachos que ainda serão descobertos, poderemos batizá-los à medida que os encontrarmos. O que acham?

A proposta do engenheiro foi unanimemente aceita. Gédéon Spilett registraria tudo à medida que avançassem e a nomenclatura geográfica da ilha seria definitivamente adotada.

– Agora – disse o repórter –, à península a sudoeste da ilha, proponho dar o nome de península Serpentina e de promontório do Réptil para a cauda arredondada que a completa, pois ela realmente se parece com uma cauda de réptil.

– Aprovado – disse o engenheiro.

– Ao outro extremo da ilha, aquele golfo que tão singularmente se assemelha a uma mandíbula aberta, podemos chamar de Golfo do Tubarão – disse Harbert.

– Boa ideia! – exclamou Pencroff. – E vamos completar o quadro nomeando-o de cabo da Mandíbula ambas as partes do maxilar.

– Mas há dois cabos – disse o repórter.

– Ora! – respondeu Pencroff. – Teremos o cabo da Mandíbula-Norte e o cabo da Mandíbula-Sul.

– Estão batizados – respondeu Gédéon Spilett.

– Resta nomear a extremidade sudeste desta ilha – disse Pencroff.

– Você se refere à extremidade da baía da União? – perguntou Harbert.

– Cabo da Garra – exclamou Nab, que também queria batizar uma parte de sua propriedade.

Pencroff ficou empolgado com a forma como as coisas estavam caminhando: ao rio que abastecia os colonos com água potável e perto do qual o balão os havia atirado, o nome de Misericórdia – um verdadeiro agradecimento à Providência; ao ilhéu onde os náufragos tinham colocado os pés pela primeira vez, o nome de ilhéu da Salvação; ao planalto que coroava a alta muralha de granito, acima das Chaminés, o nome de planalto da Grande-Vista; para todas as florestas impenetráveis que cobriam a península Serpentina, o nome de florestas do Extremo Oeste.

Quanto à orientação da ilha, o engenheiro a determinou aproximadamente pela altura e posição do sol, com a baía da União e todo o planalto da Grande-Vista a leste. Mas no dia seguinte, tomando a hora exata do nascer e do pôr do sol, observando a sua posição na metade do tempo decorrido entre o nascer e o pôr do sol, ele considerava identificar exatamente o norte da ilha, porque, pela sua localização no hemisfério sul, o sol, no momento preciso de seu ápice, passava para o norte e não para o sul, como em seu movimento aparente parece fazer nos lugares situados no hemisfério norte.

Os colonos só precisavam descer o Monte Franklin e voltar para as Chaminés quando Pencroff bradou:

– Ora! Somos uns cabeças de vento!

– Por quê? – interrogou Gédéon Spilett, que tinha fechado sua caderneta e se levantava para partir.

– E a nossa ilha? Esquecemos de batizá-la!

Harbert propôs dar o nome do engenheiro, quando Cyrus Smith disse simplesmente:

– Vamos dar a ela o nome de um grande cidadão, alguém que está lutando para defender a unidade da república americana! Vamos chamá-la de ilha Lincoln!

Três hurras foram a resposta à proposta do engenheiro.

Naquela noite, antes de dormir, os novos colonos falaram do país que haviam deixado, da terrível guerra que o ensanguentava. Mal podiam imaginar que o sul em breve seria derrotado e que a causa do norte, a da justiça, logo triunfaria graças a Grant e a Lincoln!

Isso aconteceu no dia 30 de março de 1865 e eles não sabiam que, dezesseis dias depois um crime terrível seria cometido em Washington e que na sexta-feira santa Abraham Lincoln sucumbiria à bala de um fanático.

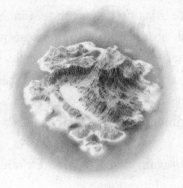

Capítulo 12

Os colonos da ilha Lincoln deram uma última olhada ao redor, contornaram a cratera e meia hora depois estavam de volta ao acampamento noturno.

Pencroff pensou que estava na hora do almoço e lembrou que era necessário consertar os relógios de Cyrus Smith e do repórter.

Sabe-se que o de Gédéon Spilett tinha sido poupado pelo mar, uma vez que o repórter foi lançado na areia, fora do alcance das ondas.

Já o relógio do engenheiro havia parado durante o tempo em que permaneceu nas dunas. Então ele deu corda no objeto e acertou o horário, estimando pela altura do sol que deveria ser cerca de nove horas da manhã.

Gédéon Spilett ia imitá-lo quando o engenheiro, segurando sua mão, disse fervorosamente:

– Não, meu caro Spilett, espere. Você conservou o horário de Richmond, não é?

– Sim, Cyrus.

– Portanto, seu relógio está definido segundo o meridiano dessa cidade, que é mais ou menos o de Washington?

– Exatamente.

– Pois então mantenha-o assim. Dê corda, mas não toque nos ponteiros. Isso poderá nos ser útil.

Eles comeram tão bem que a reserva de carne e amêndoas esgotou. Mas Pencroff não estava preocupado, pois poderiam se reabastecer no caminho. Além disso, o marujo cogitava pedir ao engenheiro para fabricar pólvora e uma ou duas armas de caça, acreditava que não seria difícil consegui-los.

Cyrus Smith propôs a seus companheiros que seguissem um novo caminho para retornar às Chaminés. Ele queria visitar o lago Grant, tão bem enquadrado pelas fileiras de árvores. Ao conversar, os colonos já usavam os nomes próprios que tinham acabado de escolher, e isso facilitou a troca de ideias. Harbert e Pencroff – um adolescente e o outro uma eterna criança – estavam encantados, e, enquanto caminhavam, o marujo disse:

– Então, Harbert, a vida é bela! Não podemos nos perder, meu rapaz, pois, quer sigamos a rota do lago Grant, quer passemos pela Misericórdia através dos bosques do Extremo Oeste, certamente chegaremos ao planalto da Grande-Vista, e, consequentemente, à baía da União!

Os colonos haviam acordado que não se afastariam muito uns dos outros. Certamente, alguns animais perigosos viviam nas densas florestas da ilha e era prudente tomar cuidado. Habitualmente, Pencroff, Harbert e Nab seguiam na frente, precedidos por Top que vasculhava por todos os cantos. O repórter e o engenheiro seguiam juntos, Gédéon Spilett, pronto para registrar qualquer incidente, o engenheiro se desviando do caminho para pegar, vez ou outra, algum mineral ou vegetal que colocava em seu bolso sem fazer qualquer consideração.

"Que raios ele tanto junta? Por mais que eu procure, não vejo nada que valha a pena pegar!", pensou Pencroff.

Por volta das dez horas, o pequeno grupo descia as últimas rampas do monte Franklin, cheio de arbustos e árvores raras. Cyrus Smith acreditava ter alcançado, sem incidentes, o curso do riacho que devia fluir sob as árvores na borda da planície, quando viu Harbert correr de volta, enquanto Nab e o marujo se escondiam atrás das rochas.

– O que foi, meu rapaz? – perguntou Gédéon Spilett.

– Vimos uma fumaça subindo entre as rochas, a cem passos de nós.

– Há homens aqui? – interrogou o repórter.

– Evitemos aparecer antes de sabermos com quem estamos lidando – respondeu Cyrus Smith. – Se houver nativos nesta ilha, creio que devemos mais temê-lo do que desejar encontrá-los.

Em poucos instantes, o engenheiro, Gédéon Spilett e Harbert se juntaram a seus dois companheiros e também se esconderam atrás dos escombros de basalto.

De lá, eles viram, muito claramente, uma fumaça girando no ar de tom amarelo muito peculiar.

Top retornou, chamado por um leve assobio e seu dono escorregou entre as rochas.

Os colonos, imóveis, aguardavam ansiosamente o resultado da exploração, quando um chamado de Cyrus os fez saírem em disparada. Eles logo se juntaram ao engenheiro e foram recebidos pelo cheiro desagradável que permeava a atmosfera.

Esse cheiro, facilmente reconhecível, foi suficiente para o engenheiro adivinhar qual era a fumaça que inicialmente o inquietou.

– Esse fogo – disse ele –, ou melhor, essa fumaça é produzida pela própria natureza. É apenas uma fonte de enxofre que nos permitirá tratar eficazmente nossas laringites.

– Ah! Que pena que não estou constipado! – disse Pencroff.

Os colonos seguiram para o lugar de onde a fumaça estava escapando e viram uma fonte sulfurosa de sódio que fluía abundantemente entre as rochas e cujas águas emanavam um forte cheiro de ácido sulfídrico ao absorver oxigênio do ar.

Cyrus Smith mergulhou a mão na água e achou sua consistência cremosa. A temperatura foi estimada em aproximadamente trinta e cinco graus. Harbert questionou em que ele baseava essa estimativa:

– Simples, meu filho. Quando eu coloquei minha mão na água, não senti nem frio nem calor. Então, ela está na mesma temperatura do corpo humano.

Como a fonte de enxofre não tinha qualquer utilidade no momento, os colonos seguiram para a espessa borda da floresta.

Como presumido, o riacho conduzia suas águas límpidas entre as altas margens de terra vermelha, cuja cor denunciava a presença de óxido de ferro. Chamaram o curso d'água de córrego Vermelho.

Suas águas eram frescas, o que os fazia supor que as águas do lago também eram. Circunstâncias favorável, caso encontrassem em suas bordas uma morada mais adequada do que as Chaminés.

Um estranho concerto de vozes dissonantes ecoou no meio de um matagal. Os colonos escutaram, sucessivamente, o canto dos pássaros, o grito dos quadrúpedes e uma espécie de palma que parecia ser reproduzida por lábios indígenas. Nab e Harbert adentraram no mato, esquecendo os princípios da mais elementar prudência. Felizmente, não havia animais selvagens ou nativos perigosos, mas meia dúzia de "faisões de montanha", gozadores e cantores. Alguns golpes de bastão encerraram a cena e ofereceram uma excelente refeição noturna ao grupo.

Mais adiante, um grupo de quadrúpedes, saltitando como verdadeiros mamíferos voadores, fugiu pelos bosques tão velozmente e alcançando tamanha altura que se poderia pensar que passavam de uma árvore para outra como esquilos.

– Cangurus! – exclamou Harbert.

– Isso é comestível? – questionou Pencroff.

– Cozido no vapor fica melhor do que a carne do veado!

Gédéon Spilett mal completou sua frase e o marujo, seguido por Nab e Harbert, começaram a seguir os passos dos cangurus. Foi em vão que os caçadores perseguiram aquele animal elástico que quicava como uma bola. Depois de cinco minutos de corrida, eles ficaram sem fôlego e o bando desapareceu na mata.

– Senhor Cyrus – disse Pencroff quando o engenheiro e o repórter se juntaram a ele –, o senhor percebe que é essencial fabricarmos armas? É possível consegui-las?

– Talvez – respondeu o engenheiro –, mas vamos começar fazendo arcos e flechas e estou certo de que vocês se tornarão tão hábeis em manuseá-los quanto os caçadores australianos.

– Flechas e arcos! Isso é coisa de criança! – desdenhou Pencroff.

– Não seja orgulhoso, amigo Pencroff – respondeu o repórter. – Os arcos e flechas foram suficientes durante séculos para ensanguentar o mundo!

– É verdade, senhor Spilett, eu sempre falo sem pensar. Peço desculpas por isso!

Top, sentindo que seu próprio interesse estava em jogo, bisbilhotava por toda parte com o instinto aguçado por um apetite feroz.

Por volta das três horas, o cão desapareceu mato adentro e rosnados abafados logo indicaram que ele estava às voltas com algum animal.

Nab correu, e de fato viu Top devorando avidamente um quadrúpede que, dez segundos depois, estaria irreconhecível no estômago do cachorro. Mas, felizmente, o cão tinha encontrado uma ninhada de marás. Ele se atracava com três e dois outros jaziam no chão, estrangulados.

Nab retornou triunfante, segurando em cada mão um roedor cujo tamanho excedia o de uma lebre.

– Hurra! – exclamou Pencroff. – O assado chegou! Agora podemos voltar para casa!

A caminhada foi retomada. Os exploradores chegaram à margem oeste do lago Grant. Valia a pena dar uma volta pelo lugar. Aquela vastidão de água repousava em uma orla de árvores variadas. Para o leste, através de uma cortina curiosamente alta de vegetação em alguns lugares, aparecia um horizonte marítimo cintilante. Ao norte, o lago desenhava uma curvatura ligeiramente côncava, que contrastava com o desenho agudo de sua ponta inferior.

As águas do lago eram doces, límpidas, um pouco turvas e certas borbulhas formavam círculos concêntricos que se cruzavam na superfície, não restando dúvida de que eram muito piscosas.

– Esse lago é realmente lindo! – disse Gédéon Spilett. – Dá vontade de morar em suas margens!

– Vamos morar! – respondeu Cyrus Smith.

Os colonos desceram até o ângulo formado pela junção das margens do lago, ao sul, trilharam um caminho através dos bosques e das sarças que a mão humana ainda não tinha espalhado e seguiram em direção ao litoral até chegar ao norte do planalto da Grande-Vista. Três quilômetros foram percorridos nessa direção, então, após a última cortina de árvores, o planalto apareceu coberto de uma grama espessa e além, o mar infinito.

Para chegar às Chaminés, bastava atravessar o planalto obliquamente durante um quilômetro e meio e descer até o cotovelo formado pelo primeiro desvio da Misericórdia. Mas o engenheiro queria saber como e onde o transbordamento do lago escoava e a exploração foi estendida sob as árvores por mais ou menos dois quilômetros e meio para o norte. Era realmente provável que houvesse um orifício em algum lugar e ele certamente passava por alguma fenda de granito. Este lago era, em suma, apenas uma imensa bacia que tinha sido preenchida pouco a pouco pelo fluxo do riacho e seu transbordamento tinha que fluir para o mar por alguma queda. Se assim fosse, o engenheiro pensou que poderia ser possível emprestar a força dessa queda, que atualmente não era bem aproveitada. Então eles continuaram a seguir as margens do lago Grant até o planalto; mas depois de percorrer um quilômetro e meio nessa direção, Cyrus Smith não conseguiu descobrir o escoadouro, que certamente existia.

Eram quatro e meia. Os preparativos para o jantar exigiam que os colonos regressassem à sua moradia. Lá o fogo foi aceso, Nab e Pencroff foram incumbidos de cozinhar e prepararam assados de cutias que foram muito apreciados.

Ao término da refeição, quando estavam prestes a ir dormir, Cyrus Smith tirou de seu bolso as pequenas amostras de minerais de diferentes espécies e disse:

– Meus amigos, isto aqui é minério de ferro, pirita, argila, cal e carvão. É isso que a natureza nos oferece e é essa a sua contribuição para o trabalho comum! Amanhã daremos a nossa!

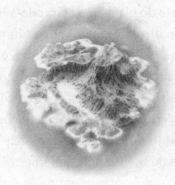

Capítulo 13

– E então, senhor Cyrus, por onde começamos? – Pencroff perguntou ao engenheiro na manhã seguinte.

– Pelo começo – respondeu Cyrus Smith.

Com efeito, os colonos seriam forçados a começar pelo "começo". Eles sequer possuíam os materiais necessários para fazer ferramentas e estes nem sequer se encontravam na natureza. Eles não tinham tempo, pois tinham que prover imediatamente sua existência, se, aproveitando a experiência adquirida, não tinham nada para inventar, pelo menos tinham tudo para fabricar. O ferro e o aço ainda estavam em seu estado mineral, a cerâmica no estado de argila, o linho e todo o vestuário no estado de materiais têxteis.

É importante ressaltar que o engenheiro Smith não podia ser assistido por companheiros mais inteligentes, nem com mais devoção e zelo.

Gédéon Spilett, um repórter muito talentoso, podia oferecer grande contribuição física e mental para a colonização da ilha. Ele não se esquivava de nenhuma tarefa, e, como um caçador apaixonado, transformaria em profissão o que, até então, era apenas prazer.

Harbert, um jovem corajoso, notavelmente bem educado em ciências naturais, ofereceria um importante complemento à causa comum.

Nab era a devoção em pessoa. Hábil, inteligente, incansável, robusto, com uma saúde de ferro, se dava bem com o trabalho de fundição e seria muito útil para a colônia.

Pencroff tinha trabalhado como marujo em todos os oceanos, como carpinteiro, ajudante de alfaiate, jardineiro, agricultor, etc. e sabia fazer de tudo.

"Pelo começo", havia respondido Cyrus Smith. Esse começo de que o engenheiro falava era a construção de um aparelho que seria usado para transformar as substâncias naturais. Sabemos do papel do calor nessas transformações. O combustível, madeira ou carvão vegetal, era imediatamente utilizável então era necessário construir um forno para isso.

– Qual será a utilidade desse forno? – perguntou Pencroff.

– Fabricar a cerâmica de que precisamos – respondeu Cyrus Smith.

– E como faremos o forno?

– Com tijolos.

– E os tijolos?

– Com argila. Para evitar o transporte, montaremos nossa oficina no próprio local de produção. Nab trará as provisões e não faltará fogo para cozinhá-las.

– Mas e se a comida acabar por falta de instrumentos de caça? – perguntou o repórter.

– Se tivéssemos ao menos uma faca! – exclamou o marujo.

– Então? – perguntou Cyrus Smith.

– Ora! Eu fabricaria rapidamente um arco e flechas e a caça seria abundante!

– Sim, uma faca, uma lâmina afiada... – disse o engenheiro, pensando alto.

Então seus olhos se viraram para Top, que ia e vinha pela costa. De repente, o olhar de Cyrus Smith se animou.

– Top, aqui!

O cão atendeu ao chamado de seu dono. Cyrus tirou a coleira que o animal usava no pescoço e quebrou-a em duas partes dizendo:

– Aqui estão duas facas, Pencroff!

O marujo respondeu com dois hurras. A coleira de Top era feita de uma fina lâmina de aço temperado. Bastava afiá-la em uma pedra de arenito. Duas horas mais tarde a maquinaria da colônia consistia em duas lâminas afiadas que foram encaixadas em um punho sólido.

A conquista dessa primeira ferramenta foi saudada como uma conquista preciosa e oportuna. Partiram.

A intenção de Cyrus Smith era retornar à costa ocidental do lago, onde havia encontrado, na véspera, o solo argiloso do qual tinha uma amostra. Depois de uma caminhada de uns oito quilômetros, chegaram a uma clareira a duzentos passos do lago Grant.

Ao longo do caminho, Harbert encontrou a "crejimba", árvore com cujos ramos os índios da América do Sul costumavam fazer seus arcos. Galhos longos e retos foram cortados, desfolhados e talhados. Eram resistentes nas extremidades e frágeis no meio, restava apenas encontrar uma planta que pudesse ser usada como corda do arco. Escolheram para isso uma espécie pertencente à família das malváceas, um *hibiscus heterophyllus* que fornece fibras de notável tenacidade e Pencroff obteve arcos bastante potentes. Faltavam apenas as flechas, fáceis de fazer com galhos retos e rígidos, sem nodosidades; mas a ponta que os armaria, ou seja, uma substância que substituísse o ferro.

Os colonos chegaram à terra da véspera, composta de argila figulina, usada para fazer tijolos e telhas, e, portanto, muito adequada para o objetivo desejado. A mão de obra não era trabalhosa. Bastava desengordurar a figulina com areia, moldar os tijolos e cozinhá-los no calor de uma fogueira.

Normalmente os tijolos são prensados em moldes, mas o engenheiro os fez à mão. A argila, impregnada de água e depois moldada com os pés e punhos dos manipuladores, foi dividida em prismas de igual tamanho. Em dois dias de trabalho, os cinco artesãos da ilha Lincoln produziram três mil tijolos, que foram colocados um lado a lado, até secarem completamente, o que permitiria cozinhá-los dentro de três ou quatro dias.

No dia 2 de abril, Cyrus Smith definiu a orientação da ilha.

Na véspera, ele registrou exatamente a hora em que o sol havia desaparecido sob o horizonte, levando em conta sua refração. Nessa manhã, anotou a hora exata em que o sol nasceu. Entre o pôr e o nascer do sol, passaram-se doze horas e vinte e quatro minutos. Então, seis horas e doze minutos após nascer, o sol, naquele dia, passaria exatamente pelo meridiano e o ponto do céu que ocuparia naquele momento seria o norte[4].

Na hora prevista, Cyrus anotou esse ponto e alinhando o sol com duas árvores que serviriam de pontos de referência, obteve um meridiano invariável para suas operações subsequentes.

Durante os dois dias anteriores à queima dos tijolos, os homens se ocuparam com a provisão do combustível. Cortaram troncos em torno da clareira e recolheram a madeira caída sob as árvores. Também realizaram caça nas proximidades, sobretudo porque Pencroff agora tinha algumas dúzias de flechas armadas com pontas afiadas fornecidas por Top, que trouxe um porco-espinho de um valor incontestável graças aos seus espinhos. Os espinhos foram amarrados à ponta das flechas, cuja direção era garantida pelo empenamento de plumas de cacatuas. O repórter e Harbert logo se tornaram hábeis atiradores com arco e flecha. Animais de pelos e penas eram abundantes nas Chaminés e a maioria deles foi morta na parte da floresta situada na margem esquerda da Misericórdia, à qual foi dado o nome de bosque do Jacamar, em memória ao volátil que Pencroff e Harbert perseguiram em sua primeira exploração.

Durante as excursões, os caçadores puderam constatar a recente passagem de grandes animais de espécie desconhecida, armados com poderosas garras. Cyrus Smith recomendou extrema cautela, pois era provável que na floresta houvesse alguns animais selvagens perigosos.

E ele tinha razão. Gédéon Spilett e Harbert de fato viram uma vez um animal que parecia um jaguar. Felizmente o animal não os atacou, pois eles não teriam escapado sem algum ferimento grave.

O engenheiro pretendia descobrir ou construir, se necessário, uma habitação mais adequada do que a das Chaminés. Então, eles se contentaram

---

[4] Nessa época do ano e nessa latitude, o sol nasce às 5h48 da manhã e se põe às 5h12 da tarde. (N.T.)

em estender sobre a areia dos corredores uma cama fresca de musgos e folhas secas sobre as quais dormiram, extenuados.

Os dias passados na ilha Lincoln desde que os colonos lá desembarcaram também foram registrados e um relato regular foi mantido desde então.

Em 6 de abril, ao amanhecer, o engenheiro e seus companheiros se reuniram na clareira onde seria feito o cozimento dos tijolos. Naturalmente, essa operação devia ser realizada ao ar livre e não em fornos, senão a aglomeração de tijolos se transformaria em uma enorme fornalha que se autocozeria. O combustível foi colocado no chão e cercado por várias fileiras de tijolos secos que formaram um grande cubo no exterior do qual foram feitas aberturas para ventilação. O trabalho durou o dia todo e somente à noite colocaram fogo nos feixes.

A operação durou 48 horas e foi bem-sucedida. Então deixaram a massa fumegante arrefecer e enquanto isso, Nab e Pencroff, liderados por Cyrus Smith, carregaram cargas de carbonato de cal, pedras comuns que abundavam ao norte do lago. Decompostas pelo calor, elas forneciam uma cal viva, oleosa, dilatada pela manipulação e tão pura como se tivesse sido produzida pela calcinação de giz ou mármore. Misturada com areia, a fim de reduzir o encolhimento da pasta quando se solidifica, a cal proporciona uma excelente argamassa.

Como resultado, no dia 9 de abril, o engenheiro tinha à disposição certa quantidade de cal preparada e alguns milhares de tijolos.

A construção do forno que seria usado para cozinhar cerâmicas essenciais para uso doméstico começou imediatamente. Cinco dias depois, a fornalha foi carregada com o carvão, do qual o engenheiro havia descoberto um jazigo a céu aberto perto da foz do córrego Vermelho e as primeiras fumaças subiram pela Chaminé. A clareira foi transformada em usina e Pencroff começou a imaginar que todos os produtos da indústria moderna sairiam desse forno.

Os colonos produziam uma cerâmica comum, muito adequada para cozinhar alimentos. A matéria-prima era a argila extraída do próprio solo, à qual Cyrus Smith adicionou um pouco de cal e quartzo. Essa pasta constituía uma espécie de "barro de cachimbo" com o qual fizeram vasos, copos, pratos, jarros e cubas para armazenar água. A forma desses objetos era imperfeita, mas, depois de cozinharem em alta temperatura, a cozinha das Chaminés foi equipada com uma série de utensílios valiosos, como se um belo caulim fizesse parte de sua composição.

Pencroff, desejando saber se a argila assim preparada justificava o nome de "barro de cachimbo", confeccionou alguns cachimbos bastante grosseiros para os quais, infelizmente, não havia tabaco! E essa era uma grande privação para Pencroff.

– Mas o tabaco virá, como todas as coisas! – ele disse a si mesmo em um acesso de confiança.

Os trabalhos duraram até o dia 15 de abril. Os colonos que se tornaram oleiros não fizeram nada além de cerâmica. Mas o dia seguinte era domingo de Páscoa e todos concordaram em santificar esse dia de descanso. Os americanos eram homens religiosos, observadores escrupulosos dos preceitos da Bíblia e a situação em que se encontravam só fazia crescer neles o sentimento de confiança no Autor de todas as coisas.

Naquela noite, finalmente regressaram às Chaminés. O retorno foi marcado pela descoberta de uma substância adequada para substituir a acendalha. Sabe-se que essa carne esponjosa e aveludada provém de certo cogumelo do gênero políporo. Devidamente preparada, ela é extremamente inflamável, especialmente quando foi previamente saturada com pólvora ou fervida numa dissolução de nitrato ou clorato de potássio. Mas, até então, eles não tinham encontrado nenhum políporo que pudesse substituí-lo. Naquele dia, o engenheiro, tendo identificado certa planta pertencente ao gênero artemísia, arrancou alguns tufos e os apresentou ao marujo dizendo:

– Toma, Pencroff – disse ele –, isso vai deixar você feliz.

Pencroff olhou atentamente para a planta cujas folhas estavam cobertas com uma penugem algodoada.

– Meu Deus! Isso é tabaco?

– Não – respondeu Cyrus Smith –, é artemísia, que para nós pode servir de acendalha.

Naquela noite, os colonos reunidos na sala central cearam adequadamente. Nab preparou um guisado de cutia, um presunto de capiraba aromatizado ao qual foram adicionados tubérculos cozidos de *caladium macrorhizum*, uma planta herbácea da família das aráceas. Esses rizomas eram muito saborosos, nutritivos e podiam, em certa medida, substituir o pão que ainda faltava aos colonos da ilha Lincoln.

Após o jantar, antes de ir dormir, Cyrus Smith e seus companheiros foram fazer a digestão na praia. A noite se anunciava magnífica. O horizonte já se prateava com as nuances doces e pálidas da chamada aurora lunar. No zênite sul, as constelações circumpolares brilhavam, entre as quais o Cruzeiro do Sul que o engenheiro, alguns dias antes, avistara do cume do monte Franklin.

Cyrus Smith observou durante algum tempo a esplêndida constelação, que tem em seu topo e em sua base duas estrelas de primeira grandeza, no braço esquerdo uma estrela de segunda e no braço direito uma estrela de terceira grandeza. Então, depois de refletir:

– Harbert, hoje é dia 15 de abril?

– Sim, senhor Cyrus.

– Se não estou enganado, amanhã será um dos quatro dias do ano em que a hora verdadeira se funde com a hora média, ou seja, com poucos segundos de diferença, o sol passará pelo meridiano exatamente ao meio-dia. Se o tempo colaborar, acho que consigo obter a longitude da ilha com alguns graus de aproximação.

– Sem instrumentos, sem sextante? – perguntou Gédéon Spilett.

– Sim – respondeu o engenheiro. – Como a noite está clara, vou tentar, ainda esta noite, obter nossa latitude calculando a altura do Cruzeiro do Sul. Antes de empreender qualquer trabalho de moradia, não é suficiente constatar que esta terra é uma ilha. É necessário, na medida do possível, verificar a que distância ela está, seja do continente americano, do australiano ou dos arquipélagos do Pacífico.

– De fato – disse o repórter –, em vez de construir uma casa, pode ser mais interessante construirmos um barco, caso estejamos a poucos quilômetros de uma costa habitada.

– É por isso que esta noite eu vou tentar obter a latitude da ilha Lincoln e amanhã, ao meio-dia, tentarei calcular a longitude.

Cyrus Smith voltou às Chaminés. Sob a luz da fogueira, talhou duas pequenas réguas planas que uniu por uma das extremidades a fim de formar uma espécie de compasso, cujos ramos poderiam se distanciar ou se aproximar. O ponto de ligação foi fixado por meio de um forte espinho de acácia.

Ao terminar a construção do instrumento, o engenheiro retornou à praia. Mas como precisava medir a altura do polo acima de um horizonte claramente delineado, e o cabo da Garra escondia o horizonte do sul, ele teve que procurar uma posição mais adequada. O melhor teria sido que o litoral ficasse diretamente voltado ao sul, mas foi necessário atravessar a Misericórdia, o que no momento da cheia era uma grande dificuldade.

Cyrus Smith decidiu fazer sua observação no planalto da Grande-Vista, considerando descontar a altitude acima do nível do mar – altura que ele pretendia calcular no dia seguinte por meio de um processo de geometria elementar.

Os colonos subiram a margem esquerda da Misericórdia até o planalto e chegaram à orla que ia do noroeste ao sudeste. Ao sul, esse horizonte, iluminado pelos primeiros raios da lua, destacava-se no céu e podia ser observado com certa precisão.

O Cruzeiro do Sul então se apresentava ao observador em uma posição invertida, com a estrela Alfa marcando sua base que está mais perto do polo Sul.

Essa constelação não está localizada tão perto do polo antártico quanto a estrela polar está do polo ártico. A estrela Alfa está a cerca de 27° do polo, mas Cyrus Smith sabia disso e levaria essa distância em conta em seus cálculos. Ele também teve o cuidado de observá-la quando passava pelo meridiano abaixo do polo, o que simplificaria sua operação.

Ele direcionou então uma haste de seu compasso de madeira para o horizonte do mar, a outra para a estrela Alfa, como teria feito com as lentes de um círculo de repetição e a abertura das duas hastes forneceu a distância angular que separa Alfa do horizonte. A fim de fixar o ângulo obtido de um modo imutável, ele picou transversalmente com um espinho uma terceira haste nas duas tábuas de seu aparelho, a fim de manter a abertura bem firme.

Agora era só calcular o ângulo obtido, transpondo a observação ao nível do mar e levando em conta a depressão do horizonte, o que exigia medir a altura do planalto. O valor desse ângulo indicaria então a altura de Alfa, e, consequentemente, a do polo acima do horizonte, isto é, a latitude da ilha, uma vez que a latitude de um ponto do globo é sempre igual à altura do polo acima do horizonte desse ponto.

Os cálculos foram adiados para o dia seguinte e às dez horas todos dormiam tranquilamente.

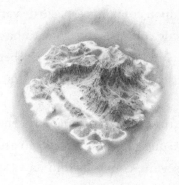

Capítulo 14

No domingo de Páscoa, os colonos deixaram as Chaminés ao amanhecer a fim de lavar suas vestimentas. O engenheiro pretendia fabricar sabão assim que obtivesse as matérias-primas necessárias para saponificação: soda ou potássio, gordura ou óleo. A questão importante da renovação do guarda-roupa também seria tratada no momento oportuno. As roupas durariam ainda uns seis meses, porque eram sólidas, mas tudo dependeria da situação da ilha em relação às terras habitadas, o que seria determinado naquele dia, se o tempo permitisse.

O sol anunciava um dia magnífico. O objetivo era completar as observações do dia anterior medindo a altura do planalto da Grande-Vista acima do nível do mar.

– O senhor não precisa de um instrumento semelhante ao que usou ontem? – Harbert perguntou ao engenheiro.

– Não, meu filho, vamos proceder de uma maneira diferente e quase tão exata.

Harbert, que gostava de aprender sobre tudo, seguiu o engenheiro que desceu até a costa. Enquanto isso, Pencroff, Nab e o repórter se ocupavam com outras atividades.

Cyrus Smith se equipou com uma espécie de vara reta e longa de mais ou menos três metros de comprimento, que tinha medido o mais exatamente possível, comparando-a à sua altura. Harbert carregava uma vara de chumbo que consistia em uma simples pedra amarrada à ponta de uma fibra flexível.

A cerca de seis metros da orla da praia e de cento e cinquenta metros da muralha de granito, que subia em direção ao céu, Cyrus Smith fincou a vara na areia e conseguiu, com o auxílio da vara de chumbo, elevá-la perpendicularmente ao plano do horizonte.

Feito isso, recuou a distância necessária para que, deitado na areia, o raio visual, partindo de seu olho, enxergasse tanto a extremidade do polo como a crista da muralha. Em seguida, marcou cuidadosamente o ponto com uma estaca.

Então, dirigindo-se a Harbert:

– Conhece os princípios básicos da geometria?

– Um pouco, senhor Cyrus.

– Lembra-se das propriedades de dois triângulos semelhantes?

– Sim. Os seus lados homólogos são proporcionais.

– Bem, meu filho, acabo de construir dois triângulos semelhantes, ambos retângulos: o primeiro, menor, tem como lados a vara perpendicular, a distância que separa a estaca do fundo da vara e o meu raio visual como hipotenusa; o segundo tem como lados a muralha perpendicular, cuja altura precisa ser medida, a distância que separa a estaca do fundo dessa muralha e meu raio visual formando igualmente sua hipotenusa – que passa a ser a extensão da hipotenusa do primeiro triângulo.

– Ah, senhor Cyrus, entendi! Assim como a distância entre a estaca e a haste é proporcional a distância entre a estaca e a base da muralha, a altura da haste também é proporcional à altura da muralha.

– É assim que funciona, Harbert. E quando tivermos medido as duas primeiras distâncias, conhecendo a altura da haste, teremos apenas um cálculo de proporção a fazer, que nos dará a altura da muralha e nos poupará o trabalho de medi-la diretamente.

As duas distâncias horizontais foram medidas com a mesma haste, cujo comprimento acima da areia é de exatamente três metros.

A primeira distância era de cinco metros da estaca até o ponto onde a haste estava enterrada na areia. A segunda, entre a estaca e a base da muralha, era de cento e cinquenta metros.

Com essas medidas encontradas, Cyrus Smith e o jovem rapaz voltaram às Chaminés.

Lá, o engenheiro pegou uma pedra plana que havia trazido de suas excursões anteriores, uma espécie de xisto de ardósia, em que era fácil desenhar figuras com uma concha afiada. Então ele calculou a seguinte proporção:

$$15 : 500 :: 10 : x$$
$$500 \times 10 = 5.000$$
$$5.000 / 15 = 333,33$$

A partir daí foi estabelecido que a parede de granito tinha quase dez metros de altura.

Cyrus Smith pegou novamente o instrumento que tinha fabricado na véspera e cujas tábuas davam a distância angular da estrela alfa no horizonte. Ele mediu precisamente a abertura desse ângulo em uma circunferência que dividiu em trezentas e sessenta partes iguais. O ângulo era de 10°. Depois desse resultado, calculou que a distância angular total entre o polo e o horizonte, adicionando os 27° que separam Alfa do polo antártico e reduzindo ao nível do mar a altura do planalto no qual a observação foi feita era de 37°. Então, concluiu que a ilha Lincoln estava situada a 37° de latitude sul, ou, considerando uma diferença de 5° por conta da imperfeição de seus cálculos, que ela estava situada entre os paralelos 35° e 40°.

Ainda era necessário saber a longitude para completar as coordenadas da ilha. O engenheiro tentaria fazer esse cálculo ao meio-dia, quando o sol passasse pelo meridiano.

Foi então decidido que o domingo seria usado para uma caminhada pela parte da ilha situada entre o norte do lago e o Golfo do Tubarão e, se o tempo permitisse, seguiriam até o reverso setentrional do cabo da Mandíbula-Sul.

Às oito e meia da manhã, o grupo seguiu pela orla do canal. Do outro lado, sobre a ilhota da Salvação, muitos pássaros caminhavam. Eram mergulhadores da espécie dos pinguins. Pencroff só os considerava do ponto de vista comestível e descobriu com grande satisfação que sua carne, embora escura, é muito comestível.

Havia também grandes focas rastejando na areia que pareciam ter escolhido a ilhota como refúgio. Não era possível examiná-las do ponto de vista alimentício, pois sua carne oleosa é detestável; no entanto, Cyrus Smith observou-as com atenção, e, sem contar sua ideia, anunciou aos seus companheiros que em breve fariam uma visita à ilhota.

A costa seguida pelos colonos era semeada de conchas, algumas das quais teriam feito a alegria de um amador da malacologia. Mas o mais útil era uma vasta cama de ostras que Nab avistou entre as rochas, a cerca de seis quilômetros das Chaminés.

– É realmente uma feliz descoberta – disse o repórter –, e se, como se afirma, cada ostra produz de cinquenta a sessenta mil ovos por ano, temos ali uma fonte inesgotável.

– Mas não acho que a ostra seja muito nutritiva – considerou Harbert.

– Não – respondeu Cyrus Smith. – A ostra contém muito pouco nitrogênio e um homem que se alimentasse exclusivamente dela teria que consumir de quinze a dezesseis dúzias por dia.

– Ah! – respondeu Pencroff. – Vamos poder comer dúzias e dúzias delas antes de esgotarmos a fonte. Por que não pegamos algumas para o almoço?

Então o marujo e Nab colheram certa quantidade desses moluscos. Em seguida, eles continuaram a subir a costa entre as dunas e o mar.

De vez em quando, Cyrus Smith consultava o relógio a fim de se preparar a tempo para a observação solar que seria feita precisamente ao meio-dia.

Aquela parte da ilha era muito árida até a ponta que fechava a baía da União, batizada de cabo da Mandíbula-Sul. Não havia nada além de areia e conchas misturadas aos resíduos de lava. Algumas aves marinhas frequentavam a costa desolada e despertaram a luxúria de Pencroff. Ele tentou abatê-las com flechadas, mas sem sucesso, pois elas raramente pousavam e precisariam ser atingidas em pleno voo. Isso levou o marujo a repetir para o engenheiro:

– O senhor vê, senhor Cyrus, até termos uma ou duas espingardas, nosso equipamento continuará deixando a desejar!

– Sem dúvida, Pencroff – respondeu o repórter –, mas isso só depende de você! Arranje-nos ferro para as armas, aço para as baterias, salitre, carvão e enxofre para a pólvora, mercúrio e ácido nítrico para o fulminato, chumbo para as balas e Cyrus fará armas de primeira linha.

– Todas essas substâncias certamente existem na ilha, mas uma arma de fogo é um instrumento delicado e requer ferramentas de grande precisão. Enfim, veremos mais tarde – respondeu o engenheiro.

– Por que tivemos que nos desfazer de todas as armas que trazíamos no cesto dos nossos utensílios e até das nossas facas de bolso? – lamentou Pencroff.

– Se não os tivéssemos jogado fora, Pencroff, o balão nos teria lançado no fundo do mar! – considerou Harbert.

– Isso é verdade, meu rapaz! – respondeu o marujo. Depois, mudando o assunto. – Mas eu imagino qual deve ter sido a perplexidade de Jonathan Forster quando, na manhã seguinte, encontrou o lugar vazio e o balão desaparecido!

– Minha última preocupação é com o que eles pensaram! – disse o repórter.

– No entanto, a ideia foi minha! – disse Pencroff com um ar satisfeito.

– Uma bela ideia, Pencroff – respondeu Gédéon Spilett, rindo – e que nos colocou onde estamos!

– Prefiro estar aqui a estar nas mãos dos sulistas! – exclamou o marujo.

– Especialmente porque o senhor Cyrus teve a bondade de se juntar a nós!

– Eu também, na verdade! – respondeu o repórter. – Além disso, o que nos falta? Nada!

– A não ser... tudo! – respondeu Pencroff, que começou a rir, sacudindo os ombros largos. – Mas, cedo ou tarde, encontraremos uma saída!

– Talvez mais cedo do que vocês possam imaginar, meus amigos – disse o engenheiro –, se a ilha Lincoln estiver a uma distância razoável de um arquipélago ou continente habitado. Dentro de uma hora, saberemos. Se minha memória não me enganar, a latitude que obtive ontem coloca a ilha Lincoln entre a Nova Zelândia a oeste e a costa do Chile a leste. Mas a distância entre essas duas terras é de pelo menos dez mil quilômetros. Resta determinar o ponto que a ilha ocupa nesse vasto espaço marítimo e é isso que a longitude nos indicará mais tarde.

– Não é o arquipélago de Pomotou que está mais próximo de nós em latitude? – perguntou Harbert.

– Sim – respondeu o engenheiro –, mas a distância que nos separa dele é de mais de dois mil quilômetros.

– E para lá? – interrogou Nab, que seguia a conversa com extremo interesse e cuja mão apontava para o sul.

– Para lá, nada – respondeu o engenheiro.

– Mas, Cyrus – perguntou o repórter –, se a ilha Lincoln estiver a trezentos ou quinhentos quilômetros da Nova Zelândia ou do Chile...?

– Bem – respondeu o engenheiro –, neste caso, em vez de construir uma casa, faremos um barco e Pencroff irá conduzi-lo...

– Senhor Cyrus – respondeu o marujo –, estou pronto para me tornar capitão assim que o senhor encontrar um meio de montar um barco suficientemente sólido para enfrentar o mar!

– Nós o faremos, se necessário!

Mas enquanto esses homens, que realmente não suspeitavam de nada conversavam, a hora em que a observação seria feita se aproximava.

Os observadores estavam a uma distância de dez quilômetros das Chaminés, não muito longe da parte das dunas onde o engenheiro havia sido encontrado após seu enigmático resgate. Eles se instalaram ali e prepararam o almoço, pois já eram onze e meia.

Durante os preparativos, Cyrus Smith organizou tudo para sua observação astronômica. Ele escolheu um lugar claro na praia, que o recuo da maré havia nivelado perfeitamente. Essa camada de areia fina estava distribuída sem que um grão sobressaísse ao outro. Não importava se essa camada era horizontal ou não, tampouco que a vareta, de um metro e oitenta de comprimento subisse perpendicularmente, pois o engenheiro a inclinou para o sul, ou seja, para o lado oposto ao sol e não se deve esquecer que os colonos da ilha Lincoln, pelo próprio fato de que a ilha se situava no hemisfério sul, viram o astro radiante descrever seu arco diurno acima do horizonte do norte e não do sul.

Harbert logo entendeu como o engenheiro ia proceder para verificar o ponto culminante do sol. Seria por meio da sombra projetada na areia pela vareta, que, na ausência de um instrumento, obteria uma aproximação adequada para o resultado desejado.

O momento em que a sombra atingisse seu menor tamanho seria exatamente meio-dia e bastaria seguir a extremidade dela a fim de identificar quando, depois de ter sucessivamente diminuído, ela voltaria a aumentar. Ao inclinar a vareta para o lado oposto ao do sol, Cyrus Smith deixou a sombra mais longa. Quanto maior a agulha de um mostrador, mais fácil é seguir o movimento da sua ponta e a sombra da vareta exercia a função de agulha de um mostrador.

Ao acreditar que o momento tinha chegado, Cyrus Smith se ajoelhou e com pequenas estacas de madeira colocadas na areia, começou a marcar as sucessivas diminuições da sombra da varinha. Seus companheiros seguiam a operação com extremo interesse.

O repórter segurou seu cronômetro na mão, pronto para anotar a hora que ele marcaria quando a sombra atingisse seu menor tamanho. E como Cyrus Smith estava realizando a operação em 16 de abril, o dia em que o tempo verdadeiro e o médio coincidem, a hora informada por Gédéon Spilett corresponderia à hora verdadeira em Washington, simplificando o cálculo.

O sol avançava lentamente, a sombra da vareta diminuía pouco a pouco e quando Cyrus Smith considerou que ela estava aumentando novamente:

– Que horas são? – perguntou.

– Cinco horas e um minuto – respondeu Gédéon Spilett.

Bastava agora calcular a operação. Havia cinco horas de diferença entre o meridiano de Washington e o da ilha Lincoln, o que significa que era meio-dia na ilha Lincoln quando já eram cinco da tarde em Washington. O sol, em seu movimento aparente em torno da Terra, percorre um grau a cada quatro minutos, ou seja, 15° por hora. 15° multiplicados por cinco horas resultam em 75°. Então, uma vez que Washington está em 77° 3' 11" a partir do Meridiano de Greenwich – que os americanos consideram como ponto de partida das longitudes, assim como os ingleses –, isso significa que a ilha estava localizada a 77° mais 75° a oeste do Meridiano de Greenwich, ou seja, a 152° graus de longitude oeste.

Cyrus Smith apresentou esse resultado aos companheiros, e considerando os erros de observação, pensou poder afirmar que o refúgio da ilha Lincoln estava entre o 35° e o 37° paralelo, e entre o 150° e o 155° meridiano oeste do meridiano de Greenwich.

O possível desvio que ele atribuía aos erros de observação era de 5° em ambas as direções, o que, a cem quilômetros por grau, poderia resultar em um erro de quinhentos quilômetros em latitude ou longitude em relação à localização exata.

Mas essa margem de erro não influenciaria a decisão que precisava ser tomada. Era bastante evidente que a ilha Lincoln estava tão distante de qualquer terra ou arquipélago que não seria possível se aventurar a atravessar essa distância numa simples e frágil canoa.

O cálculo apontava que ela estava a pelo menos dois mil quilômetros do Taiti e das ilhas do arquipélago Pomotou, a mais de três mil quilômetros da Nova Zelândia e a mais de sete mil quilômetros da costa americana!

Consultando sua memória, Cyrus Smith de modo algum se lembrou de qualquer ilha naquela parte do Pacífico que tivesse a localização atribuída à ilha Lincoln.

Capítulo 15

No dia seguinte, 17 de abril, a primeira palavra do marujo foi para Gédéon Spilett.

– E então, senhor – perguntou ele –, o que seremos hoje?

– O que Cyrus determinar – respondeu o repórter.

De ladrilheiros e oleiros que tinham sido até então, os companheiros do engenheiro logo se transformariam em metalúrgicos.

Na véspera, após o almoço, a exploração tinha seguido até a ponta do cabo da Mandíbula. Lá terminava a longa série de dunas e o solo assumia uma aparência vulcânica. Não havia mais muralhas altas, como no planalto da Grande-Vista, mas uma orla que enquadrava um estreito golfo situado entre dois cabos formados de matérias minerais expelidas pelo vulcão. Os colonos chegaram nessa ponta e deram meia-volta, e ao cair da noite retornaram às Chaminés, mas não adormeceram até resolver definitivamente se deixariam ou não a ilha Lincoln.

A distância de dois mil quilômetros que separavam a ilha do arquipélago de Pomotou era considerável. Uma canoa não seria suficiente para atravessá-la. Além disso, construir uma canoa simples, mesmo com as ferramentas necessárias, era uma tarefa difícil, e uma vez que os colonos não as tinham, era necessário começar por fabricar martelos, machados, enxós, serras, trados, plainas, etc., o que levaria certo tempo. Eles decidiram então que hibernariam na ilha Lincoln e procurariam uma morada mais confortável do que as Chaminés para passar o inverno.

Em primeiro lugar, era necessário extrair o minério de ferro que o engenheiro havia encontrado na parte noroeste da ilha e transformá-lo em ferro ou aço.

O solo geralmente não contém metais em estado puro. Na maioria das vezes, eles são encontrados em combinação com oxigênio ou enxofre. As amostras coletadas por Cyrus Smith eram ferro magnético não carbonado e pirita, ou sulfureto de ferro. Portanto, era a primeira amostra, o óxido de ferro, que deveria ser reduzida pelo carvão a fim de obter minério em estado de pureza. Essa redução é feita submetendo o minério à presença do carvão a uma alta temperatura, quer pelo rápido e fácil "método catalão", quer pelo método do alto-forno, que primeiro transforma o mineral em ferro fundido e depois em ferro, removendo de três a quatro por cento do carvão que se combina com ele.

Cyrus Smith precisava de ferro, não de ferro fundido, e teve que adotar o método mais rápido de redução. Além disso, o minério que ele havia coletado era por si só muito puro e muito rico. Não muito longe dessa jazida havia as minas de carvão já exploradas pelos colonos. Isso facilitaria muito o tratamento do minério, uma vez que a fonte de matéria-prima estava muito próxima.

– Então, senhor Cyrus – perguntou Pencroff –, vamos trabalhar no minério de ferro?

– Sim, meu amigo, e por isso, e sei que isso não o desagrada, vamos começar com uma caça às focas na ilhota.

– A caça às focas! – exclamou o marujo olhando para Gédéon Spilett. – Então, precisamos de focas para produzir ferro?

– Se Cyrus está dizendo! – respondeu o repórter. Mas o engenheiro já tinha saído das Chaminés e Pencroff começou os preparativos para a caça às focas sem mais explicações.

Logo os colonos se reuniram na praia, em um ponto onde o canal criava uma espécie de passagem permanente na maré baixa, e os caçadores puderam atravessar o canal sem molhar mais do que os joelhos.

Quando chegaram, algumas centenas de pinguins os recepcionaram com seus olhares cândidos.

Então avançaram cautelosamente até a ponta norte. No final da ilhota apareceram grandes manchas negras boiando na água. Eram as focas que queriam capturar. Eles tinham que esperar que os animais voltassem à terra firme, porque, com sua bacia estreita, o pelo curto e a silhueta fusiforme, essas focas, excelentes nadadoras, são presas difíceis no mar, enquanto, em solo firme, suas patas curtas e espalmadas permitem apenas um lento rastejar.

Pencroff conhecia os hábitos desses anfíbios e achou prudente esperar até que se estendessem na areia, sob o sol, o que logo os mergulharia num sono profundo. Os caçadores se esconderam atrás das rochas e esperaram silenciosamente.

Uma hora se passou antes das focas retornarem à areia. Pencroff e Harbert se separaram e contornaram a ponta da ilhota de modo a surpreender os animais pela retaguarda. Cyrus Smith, Gédéon Spilett e Nab, rastejando pelas rochas, chegaram no cenário da batalha.

De repente, o marujo se levantou. Pencroff gritou. Dois desses animais, severamente atingidos, permaneceram mortos na areia, mas os outros conseguiram voltar para o mar e zarpar.

– As focas que o senhor pediu, senhor Cyrus! – disse o marujo enquanto se aproximava do engenheiro.

– Bem. Vamos fabricar foles de forja!

– Foles de forja! – exclamou Pencroff. – Muito bem, aí estão focas de sorte!

Era necessária uma máquina de sopro para o processamento do minério que o engenheiro pretendia fabricar com a pele dos anfíbios.

Como seria inútil carregar tanto peso como o dos dois animais, Nab e Pencroff resolveram tirar a pele deles ali mesmo, enquanto Cyrus Smith e o repórter terminavam de explorar o ilhéu. Três horas depois Cyrus

Smith tinha à disposição duas peles de foca que pretendia usar em estado natural, sem precisar curtir.

Os colonos retornaram às Chaminés. Lá, esticaram as peles em armações de madeira para mantê-las separadas e cosê-las com fibras vegetais, de modo a conseguir armazenar ar sem muitos vazamentos. Cyrus Smith tinha à disposição apenas as duas lâminas de aço tiradas da coleira de Top, três dias mais tarde, as ferramentas da pequena colônia contavam com uma forja de fole destinada a injetar ar no meio do minério, quando ele estivesse sendo tratado pelo calor – condição indispensável para o sucesso da operação.

Foi no dia 20 de abril que teve início "a era metalúrgica", como o repórter nomeou em sua caderneta. O engenheiro estava determinado, como sabemos, a trabalhar diretamente no jazigo de carvão e minério, localizado no sopé nordeste do Monte Franklin. Portanto, não era possível pensar em retornar todos os dias para as Chaminés e foi acordado que a pequena colônia acamparia sob uma cabana de ramos para que a importante operação fosse acompanhada noite e dia.

Eles partiriam na manhã seguinte. Nab e Pencroff arrastavam em uma grade a máquina de sopro e certa quantidade de provisões vegetais e animais que seriam repostas pelo caminho.

Seguiram pelo bosque Jacamar, atravessando-o obliquamente do sudeste para o noroeste em sua parte mais densa. As árvores estavam magníficas. Harbert identificou novamente dragoeiros de raízes amadeiradas que, quando cozidas, ficam excelentes, e que, após certa fermentação, resultam em um apreciável licor. Fizeram uma provisão deles.

A viagem pelo bosque durou o dia todo, o que permitiu observar a fauna e a flora. Top corria por gramíneas e arbustos atiçando todo tipo de caça. Harbert e Gédéon Spilett mataram dois cangurus a flechada e também um animal que parecia muito com um ouriço ou tamanduá: com o primeiro, porque se enrolava feito uma bola e era coberto de espinhos; com o segundo, porque tinha unhas perfurantes, focinho comprido e peludo com um bico de pássaro na ponta e uma língua extensível coberta de pequenos espinhos que usava para prender insetos.

– E quando ele for preparado como ensopado que gosto terá? – indagou Pencroff.

– O de um excelente pedaço de carne – respondeu Harbert.

– Não precisamos de mais nada – respondeu o marujo.

Durante a excursão, avistaram alguns javalis selvagens que não tentaram atacar a pequena tropa e não parecia que encontrariam qualquer animal selvagem quando, sob uma espessa vegetação, o repórter pensou ter visto um animal que parecia um urso e começou a desenhá-lo tranquilamente. Era uma "kula", mais conhecida como "preguiça", do tamanho de um cachorro grande, com pelo eriçado e cor ruça, e patas com garras fortes que permitiam subir em árvores e se alimentar de folhas. Verificada a identidade do referido animal, Gédéon Spilett trocou "urso" por "kula" na legenda de seu esboço e a caminhada foi retomada.

Às cinco da tarde, Cyrus Smith fez sinal para pararem. Eles estavam na raiz dos potentes sopés que calçavam o monte Franklin a leste. A algumas centenas de metros de distância corria o córrego Vermelho, e, portanto, a água potável não estava longe.

Em menos de uma hora, na orla da floresta, entre as árvores, montaram uma cabana de ramos intercalados com lianas e cobertos de argila, que oferecia abrigo satisfatório. As investigações geológicas foram adiadas para o dia seguinte.

Quando amanheceu, Cyrus Smith e Harbert foram procurar por terrenos de formação antiga nos quais já haviam encontrado uma amostra de minério. Encontraram uma jazida na superfície, quase na nascente do córrego, ao pé da base lateral de um dos sopés do nordeste. Esse minério, muito rico em ferro, era perfeitamente adequado ao método de redução que o engenheiro pretendia utilizar.

Esse método, o catalão, requer a construção de fornos e cadinhos nos quais o minério e o carvão, dispostos em camadas alternadas, são transformados e reduzidos. Mas Cyrus Smith pretendia abrir mão dessas construções e formar com o minério e o carvão uma massa cúbica no centro da qual ele direcionaria o vento da forja de fole.

Além do minério, eles extraíram carvão da superfície do solo. O minério foi primeiro quebrado em pequenos pedaços, e as impurezas em sua superfície foram removidas à mão. Em seguida, o carvão e o minério foram empilhados em camadas sucessivas – como se faz com o carvão vegetal para carbonizá-lo. Dessa forma, sob a influência do ar projetado pelo sopro da forja, o carvão seria transformado em ácido carbônico, depois em monóxido de carbono, responsável pela redução do óxido de ferro, liberando oxigênio.

O engenheiro assim procedeu. O fole de pele de foca, com um tubo de terra refratária em sua extremidade, fabricado no forno de cerâmica, foi instalado perto da pilha de minério. Movido por um mecanismo cujos órgãos consistiam em chassis, cordas de fibras e contrapesos, ele jogou na massa uma provisão de ar que, ao elevar a temperatura, também contribuiu para a transformação química que resultaria em ferro puro.

Foi preciso muita paciência e contar com toda a engenhosidade dos colonos para levar a operação adiante, mas finalmente conseguiram, e o produto foi uma escória de ferro, reduzida ao estado de esponja, que foi fundida para extrair a ganga líquida.

A primeira escória, soldada em um bastão, serviu de martelo para forjar a segunda em uma bigorna de granito e obtiveram um metal grosseiro mas utilizável.

Finalmente, em 25 de abril, várias barras de ferro foram forjadas e se transformaram em ferramentas como alicates, pinças, picaretas, etc., que Pencroff e Nab consideraram verdadeiras joias.

Mas não era no estado do ferro puro que esse metal podia prestar grandes serviços, mas principalmente como aço, que é uma combinação de ferro e carvão, extraído quer direto da fonte, removendo o excesso de carvão, quer do ferro adicionando a ele o carvão que falta. O primeiro, obtido pela descarbonização, resulta em aço natural ou pudlado; o segundo, produzido pela carbonização do ferro, resulta em aço de cementação.

Era este último que Cyrus Smith procurava fabricar, uma vez que possuía ferro em seu estado puro. Ele conseguiu fazê-lo aquecendo o metal com carvão em pó em um cadinho feito de terra refratária.

Então, ele trabalhou esse aço com um martelo. Os hábeis Nab e Pencroff fizeram machados de ferro, que, aquecidos no fogo e imersos bruscamente em água fria, adquiriram uma excelente têmpera.

Outros instrumentos moldados de forma grosseira foram fabricados, como lâminas de plaina, machados, machadinhas e tiras de aço que seriam transformadas em serras, tesouras de carpinteiro, grilhões de picareta, pá, martelo, martelos, pregos, etc.

Em 5 de maio, o primeiro período metalúrgico foi concluído, os ferreiros retornaram para as Chaminés e novos trabalhos logo permitiriam assumir uma nova qualificação.

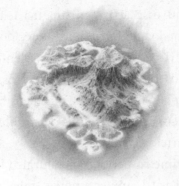

Capítulo 16

Era 6 de maio, dia que corresponde a 6 de novembro nos países do hemisfério norte. O céu estava nublado há alguns dias, e era importante tomar certas precauções para o inverno. A temperatura ainda não tinha caído significativamente e um termômetro marcaria, em média, 10° a 12° positivos. Isso não era surpreendente, uma vez que a ilha Lincoln, muito provavelmente localizada entre o paralelo 35 e 40, estaria sujeita, no hemisfério sul, às mesmas condições climáticas que as da Sicília ou as da Grécia no hemisfério norte. Mas assim como a Grécia e a Sicília enfrentam um frio severo, com neve e gelo, a ilha Lincoln provavelmente sofreria, no período mais pesado do inverno, certas quedas de temperatura contra as quais era necessário se prevenir.

A estação chuvosa estava próxima, e naquela ilha isolada, no meio do Oceano Pacífico, o mau tempo devia ser terrível.

A questão de uma habitação mais confortável do que as Chaminés teve de ser considerada e rapidamente resolvida. As Chaminés já tinham sido visitadas pelo mar, em circunstâncias de que nos lembramos, e não se podia voltar a se expor a tal acidente.

– Além disso – acrescentou Cyrus Smith, que falava desse assunto com seus companheiros –, temos que tomar certas precauções.

– Por que, se a ilha não é habitada? – disse o repórter.

– É provável que não, embora ainda não a tenhamos explorado em sua totalidade; mas temo que possa haver animais perigosos em abundância, e é necessário nos protegermos de uma possível agressão, e não obrigar-mos um de nós a passar a noite em claro para vigiar a fogueira acesa. Além disso, temos que nos preparar para tudo, já que estamos em uma parte do Pacífico frequentada por piratas malaios. Mas a essa distância de qualquer terra? – perguntou Harbert – perguntou Harbert.

– Sim, meu filho. Esses piratas são marinheiros ousados e malfeitores temíveis, temos de tomar medidas à altura.

– Pois bem – respondeu Pencroff –, vamos nos proteger contra os sel-vagens de duas e quatro patas. Mas, senhor Cyrus, não seria apropriado explorar todas as partes da ilha antes de empreender alguma coisa?

– Seria melhor – acrescentou Gédéon Spilett. – Quem sabe não en-contramos na costa oposta uma caverna que procuramos inutilmente por aqui?

– É verdade – respondeu o engenheiro –, mas vocês esquecem que temos que nos estabelecer nas proximidades de um curso d'água, e que do topo do monte Franklin não avistamos um riacho ou rio a oeste. Aqui estamos entre o lago da Misericórdia e o lago Grant, uma vantagem con-siderável que não deve ser negligenciada. Além disso, como esta costa é orientada para o leste, ela não está exposta como a outra aos ventos alí-sios, que sopram do noroeste neste hemisfério.

– Então, senhor Cyrus – respondeu o marujo –, vamos construir uma casa às margens do lago. Não nos falta material.

– Sim, meu amigo, mas antes de tomar uma decisão, precisamos pes-quisar. Uma moradia onde a natureza já tenha pagado todas as despesas nos pouparia trabalho e sem dúvida nos ofereceria um abrigo ainda mais seguro, pois estaria protegida tanto dos inimigos do interior quanto do exterior.

– De fato, Cyrus – respondeu o repórter –, mas já examinamos todo o maciço de granito da costa e não encontramos um só buraco ou fenda!

– Não, nenhum! – concordou Pencroff. – Ah! Se conseguíssemos ca-var uma habitação nesse muro, a certa altura, de modo a deixá-la fora de alcance, seria muito conveniente! Já consigo vê-la aqui, de frente para o mar, cinco ou seis quartos... Afinal, não temos picaretas? O senhor Cyrus não sabe fazer pólvora para explodir a mina?

Cyrus Smith ouviu o entusiasta Pencroff desenvolver seus projetos fantasiosos. Atacar aquela massa de granito, mesmo com explosões, era uma tarefa hercúlea e era verdadeiramente lamentável que a natureza não tivesse feito o mais difícil.

Então eles saíram e exploraram cerca de três quilômetros da área com extremo cuidado. Mas não encontraram qualquer cavidade ao longo da parede maciça e plana.

Pencroff havia encontrado naquela parte do litoral, graças ao acaso, o único abrigo provisoriamente habitado, ou seja, as Chaminés, que, no entanto, eles teriam que abandonar.

Depois de concluírem a exploração, os colonos chegaram à extremidade norte da muralha, que terminava em um declive acentuado que morria na areia. Cyrus Smith pensou que era desse lado que o transbordamento do lago se espalhava em forma de cascata. Era de fato necessário que o excesso de água fornecido pelo córrego Vermelho se perdesse em algum ponto. Mas o engenheiro ainda não tinha encontrado esse ponto em nenhuma parte das margens já exploradas, isto é, da foz do riacho até o planalto da Grande-Vista.

O engenheiro propôs a seus companheiros subir a encosta que estavam observando e voltar às Chaminés pela parte alta, explorando as margens setentrional e oriental do lago. A proposta foi aceita e em poucos minutos Harbert e Nab chegaram ao planalto superior. Cyrus Smith, Gédéon Spilett e Pencroff chegaram logo depois, caminhando calmamente.

Os colonos, em vez de ir diretamente à margem norte do lago, contornaram a orla do planalto para chegar à foz do riacho por sua margem esquerda. Era possível perceber que a zona fértil terminava naquela fronteira e que ali a vegetação era menos vigorosa do que em toda a parte entre o córrego e a Misericórdia.

Cyrus Smith e seus companheiros caminhavam com certa circunspecção por aquela região nova para eles. Arcos, flechas e bastões soldados com ferro afiado eram suas únicas armas. Logo chegaram à foz do córrego Vermelho, onde ele fluía para o lago. Os exploradores reconheceram na margem oposta o ponto que já tinham visitado quando desceram do monte Franklin. Cyrus Smith constatou que o fluxo de água do riacho era intenso; portanto, seria necessário que em algum lugar a natureza tivesse oferecido um lugar para o transbordamento do lago. Era esse escoadouro que eles precisavam descobrir, porque, certamente, ele formava uma queda que seria possível usar como energia mecânica.

Os colonos começaram a contornar a margem do lago que estava bem próximo. Primeiro, foi necessário atravessar a ponta aguda do nordeste. Era possível supor que o escoamento da água começava ali, pois a extremidade do lago quase tocava a borda do planalto. Mas não foi o caso, e os colonos continuaram a explorar a margem que, após uma ligeira curva, voltava a descer fazendo um paralelo com o litoral.

O lago Grant então apareceu em toda a sua expansão, e nenhuma brisa enrugava a superfície de suas águas. Os colonos seguiram pela costa oriental do lago e não tardariam a chegar à porção já visitada. O engenheiro ficou muito surpreso, pois não viu qualquer indício de escoamento de água e não escondeu seu espanto.

Nesse momento, Top deu sinais de inquietação. O inteligente animal ia e vinha pela margem e de repente parou e olhou para as águas, com uma pata levantada, como se paralisado por alguma caça invisível.

Nem Cyrus Smith nem seus companheiros tinham inicialmente prestado atenção à movimentação de Top; mas os latidos do cachorro logo ficaram tão frequentes que o engenheiro se preocupou:

– O que foi, Top?

O cão saltou diversas vezes na direção de seu dono e correu novamente para a margem do lago.

– Aqui, Top! – gritou Cyrus Smith, que não queria deixar seu cão se aventurar naquelas águas suspeitas.

– O que se passa lá embaixo? – questionou Pencroff ao examinar a superfície do lago.

– Top deve ter encontrado algum anfíbio – respondeu Harbert.

– Um jacaré, talvez? – disse o repórter.

– Acho que não – respondeu Cyrus Smith. – Os jacarés são encontrados apenas em regiões de menor latitude.

Enquanto isso, Top havia retornado, obedecendo ao chamado de seu dono; mas ele não conseguia ficar parado e parecia seguir algum ser invisível que rastejava sob as águas do lago, rente à margem. No entanto, as águas estavam calmas, e nenhuma ruga perturbava a superfície. O engenheiro ficou muito intrigado.

– Vamos continuar a exploração até o fim.

Meia hora depois, chegaram ao ângulo sudeste do lago, junto ao planalto da Grande-Vista. Nesse ponto, o exame das margens do lago devia ser considerado completo, mas o engenheiro não tinha conseguido descobrir onde e como a água escoava.

– No entanto, esse orifício existe – ele insistia – e como não é externo, deve estar escavado dentro do maciço de granito da costa!

– Mas qual é a importância disso, meu caro amigo Cyrus? – perguntou Gédéon Spilett.

– Enorme – respondeu o engenheiro –, porque se a efusão é feita através do maciço, é possível que haja alguma cavidade que facilite tornar o local habitável depois de desviar as águas.

– Mas não é possível, senhor Cyrus, que as águas fluam pelo fundo do lago – disse Harbert – e cheguem ao mar por um canal subterrâneo?

– Pode ser realmente possível e se for, seremos obrigados a construir nós mesmos nossa casa, uma vez que a natureza não bancou os custos iniciais da construção.

Os colonos se preparavam para atravessar o planalto e retornar às Chaminés quando Top deu novos sinais de agitação, ladrando ferozmente. Antes que seu dono conseguisse detê-lo, correu novamente para o lago.

Todos correram para a margem. O cão já estava longe e Cyrus Smith o chamava sem cessar quando uma enorme cabeça emergiu da superfície das águas, que não pareciam profundas naquele lugar.

Harbert reconheceu a espécie de anfíbio a que pertencia a cabeça cônica com grandes olhos, decorada com bigodes longos e sedosos.

– Um manatim! – ele exclamou.

Não era um manatim, mas um membro dessa espécie, o "dugongo", cujas narinas se abrem na parte superior do focinho.

O enorme animal se precipitou sobre o cachorro, que tentou em vão evitá-lo, retornando à margem. Seu mestre não podia fazer nada para salvá-lo, e Top, capturado pelo dugongo, desapareceu sob as águas.

Nab, com o bastão empunhado, quis se atirar para ajudar o cão, determinado a atacar o formidável animal em seu ambiente natural.

– Não, Nab! – disse o engenheiro, retendo seu fiel serviçal.

Enquanto isso, uma luta era travada sob as águas, uma luta inexplicável, pois era evidente que Top não poderia resistir naquelas condições. Mas de repente, no meio de um círculo de espuma, viram Top reaparecer. Atirado no ar por alguma força desconhecida, ele subiu três metros acima da superfície do lago e caiu no meio das águas turbulentas para logo retornar à costa, milagrosamente salvo.

Cyrus Smith e seus companheiros olharam sem nada entender. As circunstâncias ficaram ainda menos explicáveis! Era como se a luta continuasse debaixo d'água. Sem dúvida, o dugongo, atacado por algum animal poderoso, lutava pela própria vida depois de ter libertado o cachorro.

Logo as águas foram tingidas com sangue, e o corpo do dugongo, emergindo, encalhou em uma pequena praia no ângulo sul do lago.

Os colonos correram até o local. O dugongo estava morto. Era um animal enorme, de quatro a cinco metros de comprimento, que devia pesar mais de uma tonelada. No pescoço, uma ferida que parecia ter sido feita com uma lâmina afiada.

Que anfíbio poderia ter destruído o formidável dugongo com aquele terrível golpe? Ninguém saberia responder, e Cyrus Smith e seus companheiros voltaram para as Chaminés, bastantes preocupados com o incidente.

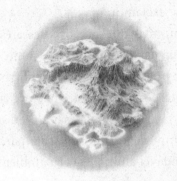

Capítulo 17

No dia seguinte, 7 de maio, Cyrus Smith e Gédéon Spilett deixaram Nab preparando o almoço e subiram o planalto da Grande-Vista, enquanto Harbert e Pencroff subiam o rio a fim de renovar a provisão de madeira.

O engenheiro e o repórter logo chegaram a uma pequena praia localizada na ponta sul do lago, onde o anfíbio tinha encalhado. Bandos de pássaros já tinham atacado a massa carnuda, e foi necessário expulsá-los com pedras, pois Cyrus Smith queria preservar a gordura do dugongo e usá-la na colônia. A carne do animal também poderia fornecer um excelente alimento.

Cyrus Smith tinha outros pensamentos em mente. O incidente do dia anterior não tinha desaparecido de sua memória e o preocupava muito. Ele queria desvendar o mistério daquela luta submarina e descobrir que congênere dos mastodontes tinha ferido o dugongo de forma tão estranha.

Sobre a pequena margem que sustentava o corpo do dugongo, as águas eram rasas; mas a partir desse ponto o lago afundava gradualmente e era provável que no centro a profundidade fosse considerável.

– Bem, Cyrus, parece que essas águas não oferecem nada suspeito!

– Não, meu caro Spilett, e eu realmente não sei como explicar o incidente de ontem!

– Admito que a ferida feita nesse anfíbio é no mínimo estranha, e eu também não saberia explicar como Top foi tão vigorosamente lançado para fora da água! Daria para dizer que foi um braço poderoso que o atirou daquela forma e que depois matou o dugongo!

– Sim. Há algo que não consigo compreender. Mas talvez você entenda melhor, meu caro Spilett, como fui salvo, como fui arrebatado das ondas e transportado para as dunas? Pressinto que há algum mistério que desvendaremos um dia. Observemos, guardemos nossas observações e continuemos o trabalho.

Como se sabe, o engenheiro ainda não tinha descoberto por onde escapava a água do lago, mas como não tinha visto qualquer indício de que ele já havia transbordado, era necessário que existisse um escoadouro em algum lugar. Então, ele ficou bastante surpreso ao distinguir uma forte correnteza ali. Ao jogar pequenos pedaços de madeira, viu que eles seguiam para o ângulo sul e, acompanhando-os, chegou à ponta sul do lago.

Ali havia uma espécie de depressão das águas, como se de repente elas se perdessem em alguma fissura no chão. Cyrus Smith escutou, colocando seu ouvido no nível do lago e ouviu distintamente o som de uma queda subterrânea.

– É aqui que ocorre o escoamento da água, e por um conduíte escavado no maciço de granito a água vai se juntar ao mar, por cavidades que usaremos em nosso benefício! Descobrirei como!

O engenheiro cortou um galho longo, desfolhou-o e quando o mergulhou no ângulo entre as duas margens, encontrou um grande buraco aberto a apenas trinta centímetros da superfície. O buraco era o orifício do escoadouro que tinha sido procurado em vão até então, e a força da correnteza era tão grande que o galho foi arrancado das mãos do engenheiro e desapareceu.

– Não há mais dúvida agora. Ali fica o orifício do escoadouro e resta apenas alcançá-lo.

– Como?

– Baixando o nível da água do lago em um metro, abrindo outra saída que seja maior do que esta.

– Onde, Cyrus?

– Na margem mais próxima do litoral.

– Mas é uma margem de granito!

– Bem, eu vou explodir esse granito, e quando as águas escaparem, reduzirão o nível do rio, deixando o orifício descoberto...

– E vão formar uma queda d'água sobre a praia.

– Uma queda que poderemos aproveitar! Vamos!

Como abrir aquela margem de granito, sem pólvora, e, com instrumentos imperfeitos, desintegrar aquelas rochas? O engenheiro não estaria prestes a fazer um trabalho acima de suas forças?

Quando Cyrus Smith e o repórter voltaram às Chaminés, encontraram Harbert e Pencroff ocupados descarregando a madeira da balsa.

– Os lenhadores já vão terminar senhor Cyrus – disse o marujo, rindo – e quando precisar de pedreiros...

– De pedreiros não, mas de químicos.

– Sim – acrescentou o repórter –, vamos explodir a ilha...

– Explodir a ilha! – exclamou Pencroff.

– Pelo menos parte dela! – respondeu Gédéon Spilett.

Cyrus Smith contou o resultado de suas observações. De acordo com ele, existia uma cavidade na massa de granito que suportava o planalto da Grande-Vista e ele pretendia alcançá-la. Para tal, era necessário desobstruir a abertura através da qual as águas se precipitavam e, consequentemente, baixar o seu nível, proporcionando-lhes uma passagem mais ampla. Daí a necessidade de fabricar uma substância explosiva que pudesse causar uma grande sangria em outro ponto da costa. Era o que Cyrus Smith tentaria fazer por meio dos minerais que a natureza colocava à sua disposição.

Nab e Pencroff foram encarregados de extrair gordura do dugongo e de conservar sua carne que seria destinada à alimentação. Eles partiram imediatamente sem pedir mais explicações.

Um pouco depois deles, Cyrus Smith, Harbert e Gédéon Spilett, arrastando a argila e subindo o rio, seguiram em direção ao depósito de carvão, onde abundavam piritas xistosas das quais Cyrus Smith já tinha trazido uma amostra.

No dia seguinte, 8 de maio, o engenheiro começou as manipulações. Uma vez que as piritas xistosas são compostas principalmente por carvão, sílica, alumínio e sulfureto de ferro, o objetivo era isolar o sulfureto de ferro e transformá-lo em sulfato o mais rapidamente possível. O sulfato obtido seria extraído do ácido sulfúrico.

O ácido sulfúrico é um dos agentes mais utilizados, e a importância industrial de uma nação pode ser medida pelo consumo que se faz dele. Esse ácido seria mais tarde de grande utilidade para os colonos para a fabricação de velas, curtimento de peles, etc.

Cyrus Smith escolheu, atrás das Chaminés, um local cujo terreno foi cuidadosamente equalizado. Sobre esse solo, empilhou ramos e lenha cortada sobre os quais foram colocados pedaços de xistos piríticos apoiados um sobre o outro; em seguida, recobriu tudo com uma fina camada de piritas previamente reduzidas ao tamanho de uma noz.

Em seguida a madeira foi incendiada e o calor transmitido aos xistos, que se inflamaram, pois contêm carvão e enxofre. Então, novas camadas de piritas trituradas foram dispostas de modo a formar uma pilha, externamente vedada com terra e grama, depois de fazerem alguns espiráculos, como se fossem carbonizar uma meda de madeira para fazer carvão. Enquanto o trabalho químico era realizado, Cyrus Smith organizou outras operações. Era mais do que zelo. Era obstinação.

Nab e Pencroff removeram a gordura do dugongo e a armazenaram em grandes recipientes de argila. Era necessário isolar um dos elementos dessa gordura, a glicerina, saponificando-a.

O engenheiro tratou a gordura resultante com soda, produzindo sabão solúvel e glicerina.

Mas não foi tudo. Outra substância, o azotato de potássio, mais conhecido como sal de nitrito ou salitre, ainda era necessária para Cyrus Smith usar em suas preparações futuras.

Ele poderia ter fabricado essa substância tratando o carbonato de potássio, que é facilmente extraído das cinzas das plantas, com ácido nítrico. Mas ele não tinha ácido nítrico e era precisamente esse ácido que desejava obter. Havia, portanto, um círculo vicioso, do qual parecia não haver saída. Muito felizmente, dessa vez, a natureza lhe fornecia salitre sem grandes dificuldades. Harbert descobriu um jazigo no norte da ilha, no sopé do monte Franklin, e só era necessário purificar o sal.

Esses trabalhos duraram oito dias e foram concluídos antes que a transformação do sulfureto em sulfato de ferro terminasse. Nos dias seguintes, os colonos tiveram tempo para fabricar cerâmica de argila refratária e construir um forno de tijolos com uma disposição especial para a destilação do sulfato de ferro, assim que este fosse obtido. Tudo foi concluído por volta de 18 de maio, ao término da transformação química.

Quando a pilha de piritas foi completamente reduzida pelo fogo, o resultado da operação, consistindo em sulfato de ferro, sulfato de alumínio, sílica, resíduo de carvão e cinzas, foi depositado em uma tina cheia de água. Essa mistura foi agitada, deixada em repouso e decantada, obtendo-se um líquido límpido, contendo sulfato de ferro e sulfato de alumínio diluídos, tendo os outros materiais permanecido sólidos, uma vez que eram insolúveis. Finalmente, este líquido tendo parcialmente evaporado, cristais de sulfato de ferro foram depositados, e as águas-mães, ou seja, o líquido não evaporado, que continha sulfato de alumínio, foram descartadas.

Cyrus Smith tinha, portanto, à disposição uma grande quantidade de cristais de sulfato de ferro, dos quais era necessário extrair o ácido sulfúrico.

Para obter o ácido sulfúrico, Cyrus Smith precisava fazer apenas uma operação: calcinar os cristais de sulfato de ferro à vácuo, para que o ácido sulfúrico destilado em vapores produzisse, em seguida, ácido por condensação.

Esse foi o destino das cerâmicas refratárias em que os cristais foram colocados, e do forno, cujo calor destilaria o ácido sulfúrico. A operação correu com perfeição, e em 20 de maio o engenheiro tinha em mãos o agente que pretendia usar mais tarde de diferentes maneiras.

Mas por que ele queria obter esse agente? Para produzir ácido nítrico, e isso foi fácil, uma vez que o salitre, atacado pelo ácido sulfúrico, deu-lhe precisamente esse ácido por destilação.

O engenheiro se aproximava de seu objetivo, e na última operação conseguiu obter a substância que tinha exigido tantas manipulações.

Após coletar ácido nítrico, ele o colocou na presença da glicerina, previamente concentrada por evaporação em banho-maria, e obteve vários litros de um líquido oleoso e amarelado.

Cyrus Smith fez esta última operação sozinho, longe das Chaminés, pois o local apresentava risco de explosão, e quando trouxe uma garrafa do líquido para seus amigos, contentou-se a dizer:

– Aqui está a nitroglicerina!

– E esse é o licor que vai explodir as rochas? – questionou Pencroff bastante incrédulo.

– Sim, meu amigo, essa nitroglicerina produzirá um efeito enorme, uma vez que o granito é extremamente duro e vai se opor fortemente à explosão.

– E quando veremos isso acontecer?

– Amanhã, assim que cavarmos um buraco de mina.

No dia seguinte, 21 de maio, os mineiros foram levados a um ponto na costa leste do lago Grant. Naquele lugar, o planalto estava num ponto inferior ao das águas represadas apenas por sua parede de granito. Era evidente, portanto, que se essa fosse quebrada, as águas escapariam pela saída e formariam um riacho que, depois de escorrer pela ribanceira do planalto, seguiria até a praia. Como resultado, haveria uma redução geral do nível do lago e a exposição da saída do escoadouro, o que era o objetivo final.

Portanto, era a parede que devia ser quebrada. Sob a direção do engenheiro, Pencroff, armado com uma picareta que ele segurava habilmente e vigorosamente, atacou o granito em sua superfície exterior. O buraco que precisava ser perfurado se originava em uma aresta horizontal da margem e se aprofundava obliquamente, de modo a encontrar um nível substancialmente inferior ao das águas do lago. Dessa forma, a força explosiva, ao remover as rochas, permitiria que as águas fossem amplamente derramadas para fora e, consequentemente, o nível baixaria de modo suficiente.

Por volta das quatro da tarde, o buraco da mina estava pronto. Restava a questão da combustão da substância explosiva. A nitroglicerina geralmente se inflama por meio de iscas de fulminato que, quando se fragmentam, determinam a explosão. É preciso um choque para causá-la e, se fosse simplesmente acesa, a substância queimaria sem estourar.

Cyrus Smith sabia que a nitroglicerina tinha a capacidade de detonar com o choque. Então ele resolveu usar essa propriedade, mesmo que tivesse que reservar outros meios, se não obtivesse sucesso.

O impacto de um martelo em algumas gotas de nitroglicerina, espalhadas na superfície de uma pedra dura, é suficiente para causar a explosão. Mas o operador não poderia estar presente e disferir o golpe de martelo sem ser vítima da operação. Cyrus Smith imaginou, então, suspender um bloco de ferro pesando vários quilos a uma altura acima do buraco da mina, usando uma fibra vegetal. Outra fibra longa, previamente besuntada com enxofre, foi amarrada no meio da primeira por uma de suas extremidades, enquanto a outra ponta se arrastava no chão a vários metros do buraco da mina. O fogo seria ateado na segunda fibra e queimaria até atingir a primeira. Esta, por sua vez, explodiria em chamas, e a massa de ferro se precipitaria sobre a nitroglicerina.

O aparelho foi então instalado; em seguida, o engenheiro, depois de afastar seus companheiros, encheu o buraco da mina de tal forma que a nitroglicerina ficasse nivelada com a abertura, e jogou algumas gotas da substância na superfície da rocha, abaixo da massa de ferro já suspensa.

Depois, pegou a extremidade da fibra besuntada de enxofre, ateou fogo nela, e, afastando-se do local, voltou para encontrar seus companheiros nas Chaminés.

Vinte e cinco minutos depois, uma explosão ecoou. Parecia que toda a base da ilha estremecia. Uma pilha de pedras foi projetada no ar como se tivesse sido vomitada por um vulcão. O tremor produzido pelo ar deslocado foi tal que as rochas das Chaminés oscilaram. Os colonos, embora a mais de três quilômetros da mina, foram derrubados no chão.

Eles se levantaram, subiram ao planalto e correram para o lugar onde a margem do lago devia ter rachado com a explosão.

Um triplo "hurra" escapou de seus peitos! A parede de granito estava fendida em uma grande extensão. Um curso d'água agitado escapava por ela e corria pelo planalto chegando ao cume, e se precipitava de uma altura de noventa metros sobre a praia!

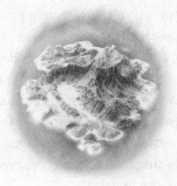

Capítulo 18

O projeto de Cyrus Smith tinha sido um sucesso; mas, como de hábito, sem manifestar qualquer satisfação, ele permaneceu imóvel. Harbert estava entusiasmado; Nab pulava de alegria; Pencroff balançava a cabeça e dizia:

– Ora, nosso engenheiro se saiu bem!

Com efeito, a nitroglicerina tinha agido de modo poderoso. A sangria feita no lago era tão grande que o volume de água escapando através do novo escoadouro era pelo menos três vezes maior que o de antes. Pouco depois da operação, o nível do lago deveria baixar em pelo menos sessenta centímetros.

Os colonos voltaram para as Chaminés para pegar picaretas, lanças de ferro, cordas de fibra, um isqueiro e acendalha, para então retornar ao planalto. Depois de chegar ao planalto da Grande-Vista, seguiram para a ponta do lago, perto da qual se abria o orifício do antigo escoadouro, que agora devia estar descoberto. Ele teria, assim, se tornado praticável, uma vez que a água não se precipitaria mais por ele, facilitando o reconhecimento de sua disposição interna. Um olhar bastou para ver que o resultado tinha sido positivo.

Na parede granítica do lago, e agora acima do nível da água, aparecia o orifício que tanto procuraram. O orifício não oferecia uma passagem fácil aos colonos; mas Nab e Pencroff usaram suas picaretas, e em uma hora conseguiram uma abertura suficiente.

O engenheiro se aproximou e percebeu que a parte superior das paredes do escoadouro não tinha uma inclinação de mais de trinta e cinco graus. Portanto, desde que a inclinação não aumentasse, seria fácil descer por ela até o nível do mar. Se existisse então uma vasta cavidade dentro do maciço de granito, talvez fosse possível utilizá-la.

– Então, senhor Cyrus, o que estamos esperando? – perguntou o marujo, ansioso para se aventurar no corredor estreito. – Viu que Top nos precedeu?

– Sim – respondeu o engenheiro. – Precisamos ser cautelosos. Nab, corte alguns galhos resinosos.

Nab e Harbert correram para a margem do lago, sombreada por pinheiros e outras árvores, e logo retornaram com galhos que dispuseram como tochas. Essas tochas foram acesas pelo isqueiro, e os colonos adentraram no sombrio corredor que o excesso de água havia preenchido.

Ao contrário do que se poderia supor, o diâmetro do corredor se alargava, e os exploradores podiam quase ficar de pé conforme desciam. Gotículas ainda presas nas rochas irisavam-se aqui e ali sob o clarão das tochas e era possível imaginar que as paredes estavam revestidas por numerosas estalactites. O corredor datava dos primórdios da ilha. Plutão o havia perfurado e podia-se distinguir na muralha os traços de um trabalho eruptivo que a lavagem das águas não conseguiu apagar completamente.

Os colonos desciam lentamente, sentindo certa emoção por se aventurar assim nas profundezas daquele maciço que os seres humanos visitavam pela primeira vez.

Depois de descerem por volta de trinta metros por uma estrada sinuosa, Cyrus Smith, que seguia na frente, parou e seus companheiros se juntaram a ele. O lugar estava vazio e formava uma caverna de dimensões medíocres. Gotas de água caíam de sua abóbada, mas não provinham de uma infiltração no maciço. Eram simplesmente os últimos vestígios deixados pela torrente que há tanto tempo ruía a cavidade, e o ar, ligeiramente úmido, não emitia qualquer emanação mefítica.

– Então, meu caro Cyrus? – disse Gédéon Spilett. – Aqui está um refúgio ignorado, bem escondido nas profundezas, mas é inabitável.

– Por que inabitável? – perguntou o marujo.

– Porque é pequeno e escuro demais.

– Não podemos aumentar, escavar e criar aberturas para a luz diurna e para ventilação? – interrogou Pencroff, que já não duvidava de nada.

– Vamos em frente – respondeu Cyrus –, vamos prosseguir com a exploração. Talvez, mais abaixo, a natureza nos tenha poupado esse trabalho.

– Onde está Top? – perguntou Nab.

Eles procuraram pela caverna, mas não o encontraram.

– Ele deve ter continuado sua caminhada – disse Pencroff.

– Vamos nos juntar a ele – respondeu Cyrus Smith.

O engenheiro observou cuidadosamente os desvios do escoadouro, e apesar de tantos, todos seguiam para o mar.

Os colonos tinham descido mais uns quinze metros na perpendicular quando a atenção deles foi atraída para sons distantes vindos das profundezas do maciço. Eles pararam e ouviram.

– São os latidos de Top! – exclamou Harbert.

– Temos nossas lanças de ferro – observou Cyrus Smith. – Mantenham-se atentos e avancem!

– Isso está ficando cada vez mais interessante – murmurou Gédéon Spilett no ouvido do marujo, que fez um sinal afirmativo.

Os homens correram para socorrer o cão, cujos latidos eram cada vez mais audíveis. Pode-se dizer que, sem considerar o perigo a que se expunham, os colonos sentiam agora uma curiosidade irresistível. Vinte metros mais abaixo, encontraram Top.

Ali, o corredor terminava em uma vasta e magnífica caverna. Top ia e vinha e latia furiosamente. Pencroff e Nab, agitando suas tochas, lançaram grandes clarões de luz em todas as asperezas do granito, enquanto os demais, com a lança empunhada, mantinham-se alertas para qualquer ataque.

A enorme caverna estava vazia. Os colonos a percorreram em todos os sentidos. Não havia nada, nenhum ser vivo sequer! E mesmo assim Top continuou a ladrar.

– Deve haver uma saída por onde as águas do lago seguem para o mar – disse o engenheiro.

– De fato – respondeu Pencroff –, e tenhamos cuidado para não cairmos em um buraco.

– Vai, Top, vai! – ordenou Cyrus Smith.

O cão correu até a extremidade da caverna, e lá seus latidos dobraram. Seguiram-no, e à luz das tochas apareceu o orifício de um verdadeiro poço aberto no granito. Era por lá que escoavam as águas anteriormente introduzidas no maciço, e agora era apenas um poço perpendicular no qual era impossível se aventurar.

As tochas foram apontadas para o orifício. Não viram nada. Cyrus Smith deixou cair um galho em chamas dentro do abismo. A resina brilhante iluminou o interior do poço, mas nada apareceu. Logo a chama se apagou com um ligeiro estremecimento indicando que tinha atingido a camada de água, ou o nível do mar.

– Essa é a nossa casa – disse Cyrus Smith.

– Mas ela estava ocupada por algum ser – respondeu Gédéon Spilett.

– Bem, esse ser qualquer, anfíbio ou outro, escapou por esta saída e nos cedeu o lugar.

– De todo modo – acrescentou o marujo –, eu gostaria de estar no lugar de Top quinze minutos atrás, porque ele ladrou por alguma razão!

– Sim, acho que Top sabe mais do que nós sobre muitas coisas! – murmurou o engenheiro.

Os desejos dos colonos foram amplamente realizados. O acaso, auxiliado pela sagacidade do líder, lhes serviram de bom grado. Eles tinham à disposição uma vasta caverna que seria certamente fácil de dividir em quartos com divisórias de tijolos. As águas haviam abandonado o local e não poderiam voltar. O lugar estava vago.

Subsistiam duas dificuldades: primeiro, a possibilidade de iluminar a escavação feita em um bloco sólido; segundo, a necessidade de facilitar o acesso ao local. Não era possível pensar em estabelecer a iluminação a partir do topo, uma vez que uma enorme camada de granito a sobrepunha; mas talvez se pudesse perfurar a parede anterior, que estava de frente para o mar. Cyrus Smith, que durante a descida tinha observado de perto a obliquidade e o comprimento do escoadouro, acreditava que a parte anterior da muralha não deveria ser muito espessa. Se a iluminação fosse obtida dessa forma, o acesso também o seria, já que era fácil construir uma porta e estabelecer uma escada externa. Cyrus Smith compartilhou suas ideias com os companheiros.

– Então, senhor Cyrus, ao trabalho! – respondeu Pencroff. – Com minha picareta, consigo fazer penetrar a luz do dia por esta parede. Onde devemos quebrar?

– Aqui – respondeu o engenheiro, apontando para o vigoroso marujo uma saliência na parede cuja espessura precisava ser reduzida.

Pencroff atacou o granito, e durante meia hora, à luz das tochas, fez os fragmentos voarem à sua volta.

O trabalho já estava acontecendo há duas horas, e podia-se, portanto, temer que naquele lugar a muralha excedesse o comprimento da picareta, quando, sob um último golpe de Gédéon Spilett, o instrumento passou pela parede e caiu para fora.

– Hurra! Mil vezes hurra! – bradou Pencroff.

Cyrus Smith olhou pela abertura, vinte e cinco metros acima do nível do mar. À sua frente, a orla da praia, a ilhota e, mais adiante, o imenso mar.

Através do largo buraco, a luz penetrava intensamente e produzia um efeito mágico, inundando a esplêndida caverna! Em alguns lugares, colunas de granito distribuídas de maneira irregular sustentavam a base semelhante à nave de uma catedral. Apoiada em uma espécie de pé-direito lateral, a abóbada apresentava uma pitoresca mistura de tudo o que a arquitetura bizantina, românica e gótica produziram pela mão do homem. Ali, no entanto, era tudo obra da natureza!

Os colonos estavam maravilhados. Onde pensaram encontrar apenas uma cavidade estreita, encontraram uma espécie de palácio maravilhoso, e Nab sentia como se tivesse sido transportado para um templo!

– Ah! meus amigos – exclamou Cyrus Smith –, quando tivermos iluminado o interior deste maciço, organizado nossos quartos, depósitos e escritórios na parte esquerda, ainda teremos esta esplêndida caverna que transformaremos em sala de estudo e museu!

– E como iremos batizá-la? – perguntou Harbert.

– Granite House![5] – respondeu Cyrus Smith, um nome que seus companheiros saudaram com seus "hurras".

Nesse momento, as tochas tinham sido quase completamente consumidas, então foi decidido que o trabalho de organização da nova habitação seria adiado para o dia seguinte.

Antes de sair, Cyrus Smith se inclinou sobre o poço escuro, que afundava perpendicularmente até o nível do mar, e ouviu atentamente. Não havia nenhum barulho, nem mesmo das águas, que as ondas às vezes agitavam nessas profundezas. O marujo então se aproximou dele e tocando-lhe o braço:

– Senhor Smith?

– O que você quer, meu amigo? – perguntou o engenheiro, como se tivesse voltado da terra dos sonhos.

– As tochas vão se apagar em breve.

– Vamos!

O grupo deixou a caverna e começou sua ascensão através do escuro escoadouro. Top seguia atrás, ainda emitindo estranhos rosnados. Logo sentiram um ar mais fresco. As gotículas, secas pela evaporação, já não cintilavam nas paredes. A luz das tochas diminuía. A fim de não se aventurar na escuridão profunda, eles apertaram o passo.

Um pouco antes das quatro horas, Cyrus Smith e seus companheiros saíram pelo orifício do escoadouro.

---

[5] Palácio de granito. A palavra *house* também se aplica a palácios e casas. Como o palácio de Buckingham ou a Mansion House, em Londres. (N.T.)

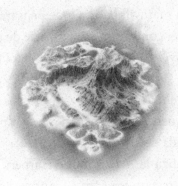

Capítulo 19

No dia seguinte, 22 de maio, as obras de apropriação da nova moradia começaram. As Chaminés não seriam totalmente abandonadas, e o plano do engenheiro era transformá-las em um ateliê para grandes obras.

O primeiro cuidado de Cyrus Smith foi entender em que ponto preciso a Granite House se desenvolvia. Ele foi até a praia, ao pé da enorme muralha, e, como a picareta que escapou das mãos do repórter deve ter caído perpendicularmente, bastava encontrá-la para reconhecer o lugar onde o buraco tinha sido perfurado no granito.

A picareta foi facilmente encontrada, e de fato havia um buraco aberto em uma linha perpendicular acima do ponto onde ela tinha afundado na areia.

A intenção do engenheiro era dividir a parte direita da caverna em quartos precedidos por um corredor de entrada, e iluminá-la com cinco janelas e uma porta. Pencroff compreendia as cinco janelas, mas não a utilidade da porta, uma vez que o antigo escoadouro oferecia uma escadaria natural através da qual era fácil acessar a Granite House.

– Meu amigo – respondeu Cyrus Smith –, se é fácil para nós chegarmos à casa através do escoadouro, também o será para os outros. Pretendo obstruir o escoadouro até seu orifício, selando-o hermeticamente.

– E como vamos entrar?

– Por uma escada de corda que, quando retirada, tornará impossível o acesso à nossa moradia.

– Mas por que tantas precauções? Os animais não parecem tão ameaçadores, e nossa ilha não é habitada por nativos!

– Você tem certeza disso, Pencroff?

– Não teremos certeza, é claro, até que tenhamos explorado em todas as suas partes.

– Sim – concordou Cyrus –, porque até agora só conhecemos uma pequena porção dela. Mas, de qualquer forma, se não tivermos inimigos dentro, eles podem vir de fora, pois estas são paragens sinistras do Pacífico.

Cyrus Smith falou sabiamente, e sem mais objeções, Pencroff se preparou para cumprir suas ordens.

A fachada da Granite House seria iluminada por cinco janelas e uma porta, e por uma grande claraboia que permitiria que a luz penetrasse naquela nave que serviria como sala de estar. Enquanto esperava que os caixilhos das janelas fossem feitos, o engenheiro pretendia vedar as aberturas com obturadores espessos que não permitiriam nem o vento nem a chuva passar, e que ele poderia dissimular, se necessário.

A primeira tarefa, portanto, era escavar as aberturas. Sabe-se que Cyrus Smith era um homem de grandes feitos, e como ainda tinha uma boa quantidade de nitroglicerina à disposição, empregou-a de maneira útil. Em seguida, a picareta e a enxada finalizaram o desenho ogival das cinco janelas, da claraboia e da porta. Alguns dias após o início das obras, a Granite House estava amplamente iluminada pela luz oriental, que penetrava em seus cantos mais escondidos.

Segundo o plano elaborado por Cyrus Smith, o apartamento seria dividido em cinco compartimentos com vista para o mar: à direita, uma entrada por uma porta que terminaria em uma escada, em seguida, uma cozinha de nove metros de largura, uma sala de jantar de doze metros, um quarto-dormitório de igual largura, e, finalmente, um "quarto de hóspedes", reivindicado por Pencroff e que ficava isolado da sala de estar.

O conjunto de quartos que formavam o apartamento da Granite House não ocupariam toda a profundidade da cavidade. Eles seriam servidos por um corredor arranjado entre eles e um extenso depósito em que utensílios, provisões e reservas se distribuiriam num amplo espaço. Todos os produtos coletados da flora como da fauna ficariam em excelentes condições de conservação e protegidos da umidade. Além disso, os colonos ainda podiam fazer um sótão da pequena caverna acima da grande.

Até então, Cyrus e os demais tinham tido acesso à caverna apenas através do velho escoadouro, modo de comunicação que os obrigava a primeiro subir até o planalto da Grande-Vista, desviando pela margem do rio e descer sessenta metros pelo corredor. Cyrus Smith decidiu então avançar sem demora na fabricação de uma escada de corda sólida, que, quando retirada, tornaria a entrada para a Granite House absolutamente inacessível.

Os diversos trabalhos foram realizados rapidamente, sob a direção do engenheiro, que também manipulava o martelo e a trolha. Cyrus Smith não recusava fazer nenhum trabalho e dava o exemplo aos inteligentes e zelosos companheiros. A questão do vestuário e dos calçados – uma questão de fato séria –, a da iluminação durante as noites de inverno, o aproveitamento das partes férteis da ilha, a transformação da flora selvagem em flora civilizada, tudo parecia fácil com a ajuda de Cyrus Smith, e tudo seria feito em seu tempo. Ele sonhava em canalizar rios, facilitando o transporte das riquezas do solo, da exploração das pedreiras e minas, das máquinas próprias para as práticas industriais e dos caminhos de ferro, sim, dos caminhos de ferro! que um dia cobririam a ilha Lincoln.

Harbert se destacou durante os trabalhos. Ele era inteligente e ativo, aprendia rápido, executava bem, e Cyrus Smith se afeiçoava cada vez mais a ele.

Nab era Nab. E continuaria a ser o mesmo: a coragem, o zelo a dedicação e a abnegação. Ele tinha a mesma fé em seu mestre que Pencroff, mas a manifestava menos efusivamente.

Quanto a Gédéon Spilett, ele fazia sua parte do trabalho conjunto, e não era o mais desajeitado – o que surpreendia um pouco o marujo. Um "jornalista" hábil que não só entende tudo, mas que sabe fazer tudo!

A escada foi instalada em 28 de maio. Havia mais de cem degraus na altura perpendicular de vinte e cinco metros que ela media. Cyrus Smith tinha conseguido dividi-la em duas partes, aproveitando uma saliência da muralha que se projetava cerca de doze metros acima do solo. Essa saliência, cuidadosamente nivelada com uma picareta, tornou-se uma espécie de degrau onde a primeira escada foi fixada, a oscilação foi reduzida pela metade e uma corda permitia chegar ao nível da Granite House. A segunda escada foi presa tanto em sua extremidade inferior, que repousava sobre a saliência, como em sua extremidade superior, presa à soleira da porta. A subida tornou-se significativamente mais fácil. Além disso, Cyrus Smith planejava instalar um elevador hidráulico mais tarde, o que evitaria fadiga e perda de tempo aos habitantes da Granite House.

Os colonos logo se acostumaram a usar a escada. Eles eram ágeis e habilidosos. Pencroff teve de ensinar Top a subir as escadas. O pobre cão, com suas quatro patas, não fora feito para esse tipo de exercício. Mas Pencroff era um professor tão zeloso, que Top acabou por subir corretamente, como costumam fazer seus congêneres nos circos.

As imensas florestas, que tinham recebido o nome de florestas do Extremo Oeste, ainda não tinham sido exploradas. A importante excursão foi reservada para os primeiros bons dias da primavera seguinte.

Harbert e o repórter partiram para caçar e descobriram, a sudoeste da laguna, uma reserva natural, espécie de pradaria úmida coberta com salgueiros e ervas aromáticas que perfumavam o ar, como tomilho, serpilho, manjericão, segurelha, todas as espécies odoríferas da família dos labiados de que os coelhos tanto gostam.

Com a observação do repórter, de que seria surpreendente faltarem coelhos onde havia tanta fartura para eles, os dois caçadores exploraram cuidadosamente a reserva. Abundavam ali plantas úteis que dariam a um naturalista a oportunidade de estudar muitos espécimes do reino vegetal. Harbert colheu certa quantidade de mudas de manjericão, alecrim, melissa, betônica, etc. que possuem várias propriedades terapêuticas, como adstringentes, febrífugas, outras antiespasmódicas ou antirreumáticas.

Quando, mais tarde, Pencroff perguntou para que serviria toda aquela colheita de erva, o jovem respondeu:

– Para nos tratar quando ficarmos doentes.

– Por que adoeceríamos, uma vez que não há médicos na ilha? – interrogou Pencroff muito seriamente.

Não havia resposta para essa pergunta, e o jovem fez sua colheita, que foi muito bem recebida na Granite House. Além dessas plantas medicinais, ele encontrou uma quantidade considerável de monardas dídimas, que são conhecidas na América do Norte como "chá de oswego", de sabor excelente.

Naquele dia, enquanto procuravam cuidadosamente, os dois caçadores chegaram ao local da reserva. O chão estava perfurado como uma escumadeira.

– Tocas! – exclamou Harbert.

– Sim – respondeu o repórter –, estou vendo.

– Mas será que estão habitadas?

– Essa é uma boa pergunta.

E logo foi respondida. Quase imediatamente, centenas de pequenos animais parecidos com coelhos fugiram em todas as direções e com tanta rapidez, que nem Top ganharia deles em velocidade. Caçadores e cão correram, mas os roedores escaparam facilmente. No entanto, o repórter estava determinado a não partir antes de capturar pelo menos meia dúzia de quadrúpedes. Com algumas armadilhas colocadas na entrada das tocas, a operação não poderia fracassar. Mas, naquele momento, não havia armadilhas nem material para fabricá-las. Era, portanto, necessário resignar-se a visitar cada toca, cutucá-las com um bastão.

Após uma hora de buscas, quatro roedores foram capturados. Eram coelhos conhecidos como "coelhos americanos".

O produto da caça foi levado para a Granite House e consumido na refeição da noite. Os habitantes daquela reserva não podiam ser desprezados, pois eram deliciosos. Aquele era um recurso valioso para a colônia e parecia inesgotável.

Em 31 de maio, as divisórias ficaram prontas. Tudo o que restava era mobiliar os quartos, o que seria o trabalho dos longos dias de inverno. Uma Chaminé foi construída no primeiro quarto, que foi usado como cozinha. O tubo destinado a expulsar a fumaça deu algum trabalho aos construtores de Chaminés improvisados. Cyrus Smith achou mais fácil fabricá-lo com barro de tijolo.

Quando os arranjos interiores foram concluídos, o engenheiro começou a obstruir a saída do antigo escoadouro que dava no lago, de modo a evitar qualquer acesso por aquele caminho. Cyrus Smith ainda não tinha realizado o plano de inundar aquele orifício com as águas do lago, trazendo-as de volta ao seu primeiro nível por uma barragem. Ele se contentou em esconder a obstrução com plantas, arbustos ou sarças, que foram colocados nos interstícios das rochas, e que a primavera seguinte faria desabrochar em abundância.

Porém, usou o escoadouro para trazer à nova habitação um riozinho de água fresca e doce do lago. Uma pequena fissura, feita abaixo do nível deles, produziu esse resultado e essa derivação de fonte pura e inesgotável rendia uma média de cem a cento e trinta litros por dia.

Os habitantes daquela casa sólida, saudável e segura não podiam deixar de se regozijar de seu trabalho. As janelas permitiram que o olhar deles se estendesse por um horizonte ilimitado, que os dois cabos da Mandíbula fechavam ao norte, e o cabo da Garra ao sul. Toda a baía da União se estendia lindamente diante deles. Sim, esses bravos colonos tinham razões para estar satisfeitos, e Pencroff não economizava elogios ao que humoristicamente chamava de "seu apartamento no quinto andar, com mezanino!".

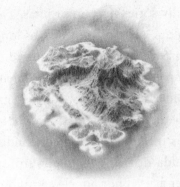

Capítulo 20

O inverno começou com o mês de junho, que corresponde ao mês de dezembro no hemisfério norte, com chuvas e rajadas sucessivas. Os habitantes da Granite House puderam apreciar as vantagens de uma habitação inatingível pelas intempéries.

Durante todo o mês, o tempo foi utilizado para fazer diferentes trabalhos, entre os quais a caça e a pesca, e as reservas de mantimento permaneceram inalteradas.

A questão do vestuário foi discutida muito seriamente. Os colonos não tinham roupas além das que usavam quando o balão os atirou na ilha e, se o inverno fosse rigoroso, sofreriam muito com o frio.

Cyrus Smith tinha cuidado do mais urgente, que era construir a casa e prover a comida, mas o frio poderia surpreendê-los antes que a questão da roupa fosse resolvida. Era, portanto, necessário resignar-se a passar esse primeiro inverno sem se queixar em demasia. Quando o tempo melhorasse, caçariam os carneiros monteses que foram avistados durante a exploração no monte Franklin, e quando a lã fosse colhida, o engenheiro saberia produzir tecidos quentes e sólidos com ela. Como? Ele pensaria nisso.

– Bem, vamos grelhar nossos bezerros na Granite House! – disse Pencroff. – O combustível é abundante e não há razão para economizá-lo.

– Além disso – respondeu Gédéon Spilett –, a ilha Lincoln não está situada em uma latitude muito alta, e é provável que os invernos não sejam tão rigorosos. Você não disse, Cyrus, que este 35° paralelo corresponde ao da Espanha no outro hemisfério?

– Sem dúvida – respondeu o engenheiro –, mas alguns invernos são muito rigorosos na Espanha e a ilha Lincoln também pode ser rigorosamente afetada!

– E por que, senhor Cyrus? – interrogou Harbert.

– Porque o mar pode ser considerado um imenso reservatório no qual o calor do verão fica armazenado. Quando o inverno chega, o mar restitui esse calor, que garante que as regiões limítrofes dos oceanos tenham uma temperatura média menor no verão, mas menos rigorosa no inverno.

– Veremos – respondeu Pencroff. – Estou tentando não me preocupar demais com o frio que vai ou não fazer. O que é certo, é que os dias já são curtos e as noites longas. É melhor tratarmos da iluminação.

– Nada é mais fácil de resolver– respondeu Cyrus Smith.

– E quando começamos? – perguntou o marujo.

– Amanhã, organizando uma caça às focas.

– Para fazer velas?

– Exato, Pencroff, velas!

Esse era, de fato, o projeto do engenheiro; projeto viável, uma vez que ele tinha cal e ácido sulfúrico, e os anfíbios da ilhota forneceriam a gordura necessária para sua fabricação.

Era dia 4 de junho, domingo de Pentecostes, e houve um acordo comum para que a data fosse respeitada. Todos os trabalhos foram suspensos, e as preces foram dirigidas aos céus. Mas as preces eram agora ações de graças. Os colonos da ilha Lincoln não eram mais os miseráveis náufragos lançados naquela ilhota. E, em vez de pedir, eles apenas agradeceram.

No dia seguinte, com um clima bastante incerto, partiram para a ilhota. As focas eram numerosas, e os caçadores mataram facilmente meia dúzia delas. Nab e Pencroff as abriram, e só levaram à Granite House a gordura e a pele, que seria usada na confecção de calçados sólidos.

A operação foi bastante simples e resultou em produtos minimamente utilizáveis. Cyrus Smith fez um belo par de espevitadeiras e as velas foram de grande serventia durante as vigílias da Granite House.

O mês foi de muito trabalho dentro da casa. Os marceneiros produziram bastante. As ferramentas rudimentares foram aperfeiçoadas. E eles também fabricaram outras, como tesouras, e os colonos puderam enfim cortar os cabelos e aparar a barba da melhor forma possível.

A fabricação de um serrote foi custosa, mas quando finalmente construíram o instrumento, ele pôde dividir as fibras lenhosas da madeira. Então fizeram mesas, bancos e armários que mobiliaram os quartos principais, além de armações de cama cujos colchões eram compostos de zostera. A cozinha, com prateleiras sobre as quais repousavam os utensílios de cerâmica, a fornalha de tijolos e o tanque, tinha um aspecto agradável, e Nab cozinhava ali como se estivesse em um laboratório de química.

Mas os marceneiros logo deram lugar aos carpinteiros. O novo escoadouro, criado por explosões, exigia a construção de dois pontilhões, um no planalto da Grande-Vista e o outro na própria praia, de seis a sete metros de comprimento, cuja estrutura seria formada por árvores esquadradas com um machado. Isso foi feito em poucos dias. Isso feito, Nab e Pencroff aproveitaram para ir até o ostreiro que descobriram nas dunas. Eles levaram consigo uma espécie de carroça grosseira e trouxeram alguns milhares de ostras, rapidamente aclimatadas no meio das rochas que formaram diversos parques naturais na entrada da Misericórdia.

Embora os habitantes tivessem explorado apenas uma pequena porção, a ilha Lincoln fornecia quase tudo de que precisavam. Só uma privação ainda era penosa para os colonos da ilha Lincoln: a ausência do pão.

Talvez mais tarde os colonos pudessem substituir esse alimento por algum equivalente, como farinha de sagueiro ou fruta-pão e era realmente possível que as florestas do sul incluíssem essas árvores preciosas entre suas espécies, mas eles ainda não as tinham encontrado.

Nessa circunstância, a Providência viria em auxílio dos colonos, em uma proporção infinitesimal, é verdade, mas nem Cyrus Smith, com toda sua inteligência e engenhosidade, poderia produzir o que, pelo grande acaso, Harbert encontrou um dia no forro de seu casaco, que ele teve o cuidado de remendar.

Naquele dia, caía uma chuva torrencial e os colonos estavam reunidos no salão da Granite House Grande quando o jovem gritou de repente:

– Vejam, um grão de trigo!

E mostrou aos seus companheiros um único grão que havia entrado no forro do seu casaco pelo furo do bolso.

A presença daquele grão podia ser explicada pelo hábito que Harbert tinha, em Richmond, de alimentar alguns pombos torcazes que Pencroff lhe havia dado de presente.

– Um grão de trigo? – disse o engenheiro.

– Sim, senhor Cyrus, mas apenas um!

– Ah! Meu rapaz – exclamou Pencroff –, não avançamos muito! O que podemos fazer com um só grão de trigo?

– Faremos pão – respondeu Cyrus Smith.

– Pães, bolos, tortas! Ora! O pão que este grão de trigo nos dará não nos saciará tão cedo!

Harbert, atribuindo pouca importância à sua descoberta, estava prestes a se desfazer do grão, mas Cyrus Smith o pegou, examinou, viu que estava em boas condições, e, olhando nos olhos do marujo, perguntou calmamente:

– Pencroff, você sabe quantas espigas um grão de trigo pode produzir?

– Uma, suponho!

– Dez, Pencroff. E sabes quantos grãos existem em uma espiga?

– Bem, não.

– Oitenta em média. Portanto, se plantarmos este grão, na primeira colheita, teremos oitocentos grãos, que produzirão na segunda seiscentos e quarenta mil, na terceira quinhentos e doze milhões, na quarta mais de quatrocentos bilhões de grãos. Essa é a proporção.

Os companheiros de Cyrus Smith ouviram-no sem responder. Esses números eram espantosos e, ao mesmo tempo, muito precisos.

Mas o engenheiro não tinha terminado seu pequeno interrogatório.

– E agora, Pencroff, você sabe quantos alqueires quatrocentos bilhões de grãos representam?

– Não, o que eu sei é que sou apenas uma besta!

– Pois bem, isso daria mais de três milhões, a cento e trinta mil por alqueire.

– Três milhões!

– Três milhões.

– Em quatro anos?

– Em quatro anos, ou até em dois anos, se, como espero, pudermos, sob esta latitude, obter duas colheitas por ano.

Como de hábito, Pencroff não soube responder de outra forma que não por um formidável "hurra".

– E você, Harbert, fez uma descoberta de extrema importância para todos nós. Tudo pode ser útil na condição em que estamos, meus amigos, tudo. Não se esqueçam disso.

– Não, senhor Cyrus, não esqueceremos – respondeu Pencroff –, e se eu por acaso encontrar sementes de tabaco que se multiplicam por trezentos e sessenta mil, prometo que não as atirarei ao vento! Agora, sabem o que nos resta fazer?

– Plantar esse grão – respondeu Harbert.

– Sim – acrescentou Gédéon Spilett –, e com todo o cuidado devido, pois ele carrega consigo nossas futuras colheitas.

– Desde que ele prospere! – fez o marujo.

– Ele irá prosperar – respondeu Cyrus Smith.

Era dia 20 de junho. Momento propício para semear aquele único e precioso grão de trigo. Primeiro, cogitaram plantá-lo em um pote, mas, depois de refletirem, decidiram colocá-lo aos cuidados da terra e da natureza. Não é necessário reforçar que todas as precauções foram tomadas para que a operação fosse bem-sucedida.

Como o tempo estava mais ameno, os colonos voltaram ao topo da Granite House e escolheram um lugar abrigado do vento e sobre o qual o sol do meio-dia derramava seu calor. O local foi limpo, cuidadosamente sachado e espantaram todos os insetos e vermes; em seguida, colocaram uma camada de terra fértil misturada com um pouco de cal; cercaram-no com paliçada e, enfim, o grão foi plantado na camada úmida de terra.

Parecia até que os colonos estavam colocando a primeira pedra de um edifício! Pencroff se lembrou do dia em que acendeu o seu único fósforo e de todos os cuidados que teve com a operação. Mas, dessa vez, a coisa era mais séria. Os náufragos poderiam conseguir fogo de uma forma ou de outra, mas nenhuma força humana seria capaz de recuperar aquele grão de trigo se, por azar, ele acabasse estragando!

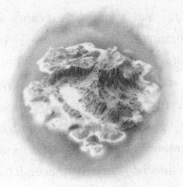

Capítulo 21

Depois de plantar, Pencroff visitou todos os dias o que ele chamava de "seu campo de trigo".

No final de junho, depois de chuvas intermináveis, o tempo ficou decididamente frio, e no dia 29, um termômetro certamente teria anunciado 6° abaixo de zero.

O dia 30 de junho, 31 de dezembro no hemisfério norte, era uma sexta-feira. Nab observou que o ano terminava com um dia feio, mas Pencroff respondeu que, naturalmente, o outro começaria com um bonito, o que era melhor. Mas o ano começou com um frio muito intenso. O gelo se acumulava na entrada da Misericórdia, e o lago congelou em toda sua extensão.

A provisão de combustível teve de ser renovada várias vezes. Ao combustível fornecido abundantemente pela floresta, acrescentaram carregamentos de carvão que foram buscar no sopé do monte Franklin. O potente calor do carvão de terra foi muito útil na baixa temperatura que, em 4 de julho, caiu para 13° negativos.

Durante o período frio, Cyrus Smith se vangloriou por ter trazido um pequeno curso d'água do lago Grant até a Granite House. Captadas abaixo da superfície congelada e descendo pelo antigo escoadouro, as águas mantinham sua liquidez e chegavam a um reservatório interno escavado num canto da despensa cujo transbordamento escoava pelo poço e seguia para o mar.

Nessa época, com o tempo extremamente seco, os colonos resolveram dedicar um dia para a exploração da parte da ilha situada a sudeste, entre a Misericórdia e o cabo da Garra. Aquele era um vasto terreno pantanoso onde poderia haver uma boa caça.

Como se tratava da exploração de uma parte desconhecida da ilha, toda colônia participaria dela. Então, na manhã de 5 de julho, os cinco colonos, armado com lanças, armadilhas, arcos e flechas e levando provisões suficientes, deixaram a Granite House precedidos pelo saltitante Top. Seguiram pelo caminho mais curto, que era atravessar a Misericórdia sobre o gelo que ainda a encobria.

– Mas – observou o repórter –, isso não pode substituir uma verdadeira ponte!

E a construção de uma "verdadeira" ponte foi incluída na próxima série de trabalhos.

Era a primeira vez que os colonos punham os pés na margem direita da Misericórdia. Mal tinham percorrido oitocentos metros quando uma família de quadrúpedes saiu de um espesso matagal, espantada pelos latidos de Top.

– Ah! parecem raposas! – exclamou Harbert ao ver o bando correr o mais rápido possível.

Eram raposas muito grandes que emitiam uma espécie de latido que pareceram deixar Top surpreso, pois ele parou sua perseguição e deu tempo para os rápidos animais desaparecerem.

Mas, pelos latidos, as raposas de pelos grisalhos e caudas pretas que terminavam num pompom branco, tinham denunciado sua origem. Então Harbert chamou-as pelo verdadeiro nome: "zorros". Harbert lamentou muito que Top não tivesse conseguido capturar um daqueles carnívoros.

– Eles são comestíveis? – perguntou Pencroff, que só pensava nos representantes da vida selvagem da ilha desse ponto de vista.

– Não – respondeu Harbert.

Uma vez que as raposas não eram classificadas no gênero comestível, elas não interessavam a Pencroff. No entanto, quando um curral fosse construído na Granite House, ele observou que seria importante tomar algumas precauções contra a provável visita desses ladrões de quatro patas.

Depois de contornar a ponta do Destroço, os colonos encontraram uma longa praia banhada pelo mar. Eram oito da manhã. O céu estava límpido e por isso Cyrus Smith e seus companheiros não sentiam a baixa temperatura com intensidade. Além disso, não havia vento, uma circunstância que fez a baixa temperatura ficar mais suportável. O cabo da Garra adelgava-se a mais ou menos seis quilômetros a sudeste. Certamente, naquela parte da baía da União, que ficava completamente exposta ao mar, os navios atingidos pelos ventos do leste não encontrariam abrigo. Os colonos pararam ali para almoçar.

Enquanto comiam, eles observavam. Aquela parte da ilha Lincoln era realmente estéril e contrastava com toda a região ocidental. Isso levou o repórter a fazer a análise de que se o acaso os tivesse lançado naquela praia, eles teriam construído uma ideia deplorável sobre sua futura morada.

– Acho até que não teríamos chegado até lá – respondeu, sério, o engenheiro –, pois o mar é profundo e não nos oferece sequer uma rocha para nos refugiarmos.

– É bastante peculiar – observou Gédéon Spilett – que esta ilha, relativamente pequena, apresente um solo tão variado. Em termos lógicos, essa diversidade pertence apenas aos continentes de extensão considerável. Parece realmente que a parte ocidental da ilha Lincoln, tão rica e fértil, é banhada pelas águas quentes do Golfo do México e que suas costas norte e sudeste são banhadas por uma espécie de mar Ártico.

– Você tem razão, meu caro Spilett – respondeu Cyrus Smith –, é uma observação que eu também fiz. Esta ilha é como um resumo de todos os aspectos de um continente e não me surpreenderia que tivesse sido um continente no passado.

– O quê! um continente no meio do Pacífico? – exclamou Pencroff.

– E a ilha Lincoln teria pertencido a esse continente? – perguntou Pencroff.

– É provável – respondeu Cyrus Smith – e isso explicaria muito bem a variedade de produções que encontramos em sua superfície.

– E o número considerável de animais que ainda a habitam – acrescentou Harbert.

– Sim, meu jovem, e você dá um novo argumento em apoio à minha tese. É certo, pelo que vimos, que há muitos animais na ilha e, o que é curioso, de espécies bastante variadas. Há uma razão para isso e para mim é que a ilha Lincoln pode ter sido parte de algum vasto continente que gradualmente se afundou sob Pacífico.

– Então, um belo dia – respondeu Pencroff, que não parecia absolutamente convencido –, o que resta deste antigo continente pode, por sua vez, desaparecer e não restará mais nada entre a América e a Ásia?

– Sim – respondeu Cyrus Smith –, haverá os novos continentes, que bilhões de animálculos estão trabalhando para construir neste momento.

– E quem são esses pedreiros? – perguntou Pencroff.

– Os infusórios do coral – respondeu Cyrus Smith. – Eu acredito que com o passar dos séculos, e de infusório em infusório, esse Pacífico um dia será capaz de se transformar em um vasto continente que as novas gerações irão então habitar e civilizar.

– Vai demorar muito tempo! – disse Pencroff.

– A natureza tem tempo para isso – respondeu o engenheiro.

– Mas para que servem novos continentes? – interrogou Harbert. – Parece-me que a extensão atual das terras habitáveis é suficiente para a humanidade. Mas a natureza não faz nada inútil.

– Nada inútil, de fato – concordou o engenheiro –, mas é assim que podemos explicar no futuro a necessidade de novos continentes e precisamente nesta zona tropical ocupada pelas ilhas coralígenas.

– Tudo isso é muito bonito – disse Pencroff –, mas o senhor pode me dizer se a ilha Lincoln é fruto desses infusórios?

– Não – respondeu Cyrus Smith –, ela é de origem vulcânica.

– Então ela vai desaparecer um dia?

– Provavelmente.

– Espero que já não estejamos mais aqui.

– Fique tranquilo, Pencroff, não estaremos, já que não temos qualquer desejo de morrer aqui e que conseguiremos talvez partir.

– Enquanto isso – respondeu Gédéon Spilett –, vamos nos instalar como se fosse definitivo. Nunca se deve fazer algo pela metade.

A conversa foi encerrada, a exploração foi retomada e os colonos chegaram à fronteira onde começava a área pantanosa.

O solo era formado por um lodo de argila silicatada, misturado com uma grande quantidade de fósseis vegetais. Alguns tanques congelados cintilavam pelo espaço sob os raios do sol. Nem as chuvas nem qualquer rio, transbordado por uma inundação repentina, poderiam ter formado as reservas de água. Era natural concluir que o pântano era alimentado pelas infiltrações do solo, o que se confirmaria depois.

Acima das plantas aquáticas, na superfície das águas estagnadas, um mundo de aves esvoaçava.

Um único tiro atingiria algumas dezenas desses pássaros, de tão próximos que estavam uns dos outros. Mas foi necessário se contentar em atingi-los a flechadas. Os caçadores então se satisfizeram com uma dúzia de patos de corpos brancos e faixa cor de canela, cabeça verde, asa preta, branca e vermelha e bico achatado, que Harbert reconheceu como "tadornas". Top contribuiu para a captura dessas aves, cujo nome foi dado a essa parte pantanosa da ilha. Os colonos tinham, assim, uma abundante caça aquática. Quando chegasse a hora, seria necessário apenas explorar a região de modo conveniente, e era provável que várias espécies dessas aves pudessem ser, se não domesticadas, pelo menos aclimatadas no entorno do lago, o que as manteria ao alcance dos consumidores.

Por volta das cinco da tarde, Cyrus Smith e seus companheiros atravessaram o pântano das Tadornas e voltaram à Misericórdia pela ponte de gelo. Às oito da noite, tinham chegado à Granite House.

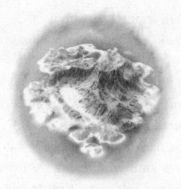

Capítulo 22

O frio intenso durou até 15 de agosto. Quando a atmosfera estava calma, era fácil suportar a baixa temperatura; mas quando o vento-norte soprava, ficava difícil para as pessoas vestidas de modo insuficiente. Pencroff lamentou que a ilha Lincoln não abrigasse algumas famílias de ursos, em vez das raposas ou focas, cujo pelo era insuficiente.

– Os ursos geralmente estão bem-vestidos, e eu só queria pedir emprestada sua capa quente durante o inverno.

Mas esses carnívoros formidáveis não existiam na ilha, ou pelo menos ainda não tinham aparecido.

Harbert, Pencroff e o repórter estavam ocupados na construção de armadilhas no planalto da Grande-Vista e na região da floresta. Todos os dias eles as visitavam, e em três ocasiões durante os primeiros dias, encontraram amostras dos zorros que já tinham sido vistos na margem direita da Misericórdia.

– Ora, então só há raposas neste país! – vociferou Pencroff na terceira vez que removeu uma delas do poço. – Animais que não servem para absolutamente nada!

– Servem para alguma coisa sim! – contestou Gédéon Spilett.

– E para quê?

– Para fazer isca para atrair outros animais!

O repórter tinha razão e as muitas armadilhas foram preparadas com as raposas mortas.

O marujo também tinha feito armadilhas usando fibras de *curry-jonc*, que eram mais eficientes que as outras. Era raro passar um dia sem que um coelho fosse capturado.

Uma ou duas vezes, na segunda semana de agosto, as armadilhas entregaram aos caçadores animais diferentes e mais úteis que os zorros. Eram javalis, que já tinham sido vistos a norte do lago. Pencroff não precisou perguntar se aqueles animais eram comestíveis. Isso era óbvio por sua semelhança com o porco americano ou europeu.

– Mas não são porcos, Pencroff, é importante você saber – disse Harbert.

– Meu jovem, deixe-me acreditar que são porcos!

– E por quê?

– Porque isso me agrada!

– Você gosta muito de porco, Pencroff?

– Gosto muito, especialmente dos pés. E se ele tivesse oito em vez de quatro, eu gostaria duas vezes mais!

Os animais em questão eram pecaris pertencentes a um dos quatro gêneros dessa família. Eles geralmente vivem em bandos e era provável que fossem abundantes nas partes arborizadas da ilha.

Por volta de 15 de agosto o tempo mudou repentinamente com uma ventania vinda do noroeste. A temperatura subiu alguns graus, e os vapores acumulados no ar logo se dissiparam em neve. A neve caiu abundantemente por vários dias e sua espessura chegou a sessenta centímetros.

O vento logo arrefeceu com extrema violência, e do topo da Granite House ouvia-se o mar rebentar sobre os recifes. Em certos ângulos surgiam redemoinhos e a ventania formava altas colunas giratórias de neve. No entanto, o furacão, vindo do noroeste, atingia a ilha pelas costas, e a orientação da Granite House a preservava de um ataque direto. Nem Cyrus Smith nem seus companheiros se aventuraram no exterior e permaneceram enclausurados por cinco dias. Era possível ouvir a tempestade rugindo nos bosques do Jacamar que deviam sofrer com tudo aquilo. Muitas árvores seriam arrancadas, mas Pencroff se consolava pensando que não precisaria cortá-las.

– O vento está trabalhando como um lenhador, deixemos que faça seu trabalho – ele dizia.

Os habitantes da Granite House agradeceram ao céu por ter dado aquele retiro sólido e inabalável! Cyrus Smith tinha sua participação legítima nos agradecimentos, mas, foi a natureza quem cavou aquela vasta caverna que ele apenas descobriu. Quanto às Chaminés, apenas pelo som das ondas, que se ouvia com tanta intensidade, era de se acreditar que elas estavam absolutamente inabitáveis, porque o mar, passando sobre a ilhota, devia atingi-las violentamente.

Durante os poucos dias de reclusão, os colonos não permaneceram inativos. A madeira cortada em pranchas abundava na despensa e pouco a pouco a mobília foi concluída, incluindo mesas e cadeiras.

Então os marceneiros se transformaram em fabricantes de cestos e não falharam nesse novo trabalho. As primeiras tentativas foram frustradas, mas, graças à habilidade e inteligência dos trabalhadores e se lembrando dos modelos que já tinham visto, cestos e corbelhas de diferentes tamanhos foram adicionados ao material da colônia.

Durante a última semana de agosto, o tempo mudou novamente. A temperatura baixou um pouco e a tempestade se acalmou. Os colonos se aventuraram no exterior. Cyrus Smith e seus companheiros subiram o planalto da Grande-Vista.

Que mudança! Os bosques que eles tinham deixado ainda verdes tinham desaparecido sob uma coloração uniforme. Tudo estava branco, desde o topo do monte Franklin até a costa. As rochas entre as quais a cachoeira despencava na beirada do planalto estavam cheias de gelos em forma de espinhos. Era como se a água escapasse por uma monstruosa goteira que tinha sido escavada com toda a imaginação de um artista renascentista.

Gédéon Spilett, Pencroff e Harbert não perderam a oportunidade de visitar suas armadilhas, difíceis de encontrar sob a neve que as cobria.

Eles tiveram, inclusive, que tomar cuidado para não serem pegos por uma delas, o que teria sido ao mesmo tempo perigoso e humilhante! Eles encontraram as armadilhas perfeitamente intactas. Nenhum animal tinha sido capturado, no entanto, havia várias pegadas no entorno, incluindo algumas marcas de garras muito conspícuas. Harbert não hesitou em afirmar que algum carnívoro do gênero dos felinos tinha passado por lá, o que justificava a opinião do engenheiro sobre a existência de animais selvagens perigosos na ilha Lincoln.

– Mas, afinal, que felinos são esses? – perguntou Pencroff.

– São tigres.

– Pensei que esses animais só existissem em países quentes.

– No novo continente, eles são encontrados do México aos pampas de Buenos Aires. Então, uma vez que a ilha Lincoln está na mesma latitude que as províncias de La Plata, não surpreende encontrarmos alguns tigres por aqui.

– Bem, ficaremos atentos.

A neve acabou se dissipando sob a influência da temperatura crescente. A chuva caiu e a camada branca desapareceu. Apesar do mau tempo, os colonos renovaram todas as suas reservas, o que exigiu algumas excursões na floresta e descobriram que árvores tinham sido derrubadas pelo último furacão. O marujo e Nab foram com a carroça à mina de carvão, a fim de trazer algumas toneladas de combustível para a residência.

Renovaram também a reserva de madeira da Granite House e aproveitaram a corrente da Misericórdia, que estava livre novamente, para fazer várias viagens.

Fizeram também uma visita às Chaminés, o que os fez comemorar a decisão de não permanecer ali durante a tempestade. O mar tinha deixado marcas de devastação. Enquanto Nab, Harbert e Pencroff caçavam ou renovavam as provisões de combustível, Cyrus Smith e Gédéon Spilett desobstruíam as Chaminés e encontraram a fundição e os fornos quase intactos, protegidos desde o início pelo monte de areia.

O reabastecimento de combustível não foi em vão. Os colonos não estavam livres do frio rigoroso.

Por volta do dia 25, depois de uma nova onda de neve e chuva, o vento soprou para o sudeste e o frio se intensificou ainda mais. De acordo com a estimativa do engenheiro, a coluna de mercúrio de um termômetro teria marcado perto de 22° negativos, e esse frio intenso, ainda mais doloroso devido à tramontana, continuou por vários dias. Os colonos tiveram que se enclausurar novamente na Granite House, e como todas as aberturas da fachada foram seladas, deixando apenas a passagem necessária para renovar o ar, o consumo de velas foi considerável.

Ainda era necessário ocupar o tempo com atividades de lazer a que a reclusão obrigava os habitantes da Granite House. Cyrus Smith então realizou uma operação que podia ser feita a portas fechadas.

Sabe-se que os colonos não tinham à sua disposição outro açúcar senão a substância líquida que retiraram da árvore de bordo, fazendo incisões profundas nela. Tudo o que tinham de fazer era recolher o licor em vasos e usá-lo para fins culinários. Mas havia como aprimorar a atividade e Cyrus Smith anunciou a seus companheiros que eles se tornariam refinadores.

– Refinadores! – fez Pencroff. – Esse trabalho deve ser fogo, não?

– Põe fogo nisso! – respondeu o engenheiro.

– Então estamos na melhor época!

O frio continuou até meados de setembro, e os prisioneiros da Granite House começaram a achar a clausura interminável. Quase todos os dias, eles tentavam algumas saídas que não se prolongavam. Então, trabalhavam sem cessar na organização da morada. Enquanto trabalhavam, Cyrus Smith ensinava diversas coisas, principalmente, sobre as aplicações práticas da ciência. Os colonos não tinham uma biblioteca à disposição, mas o engenheiro era um livro sempre pronto e aberto na página de que todos precisavam e que eles frequentemente folheavam.

No entanto, já era tempo de findar aquela reclusão. Eles estavam ansiosos para ver novamente, senão a boa temporada, ao menos o fim daquele frio insuportável. Se estivessem vestidos de uma forma que permitisse enfrentar o frio, quantas excursões teriam feito às dunas ou ao pântano das

Tadornas! Mas Cyrus Smith cuidava para que ninguém comprometesse sua saúde e seus conselhos foram seguidos.

O mais impaciente na prisão, depois de Pencroff, era Top. O fiel cão se sentia encurralado na Granite House. Cyrus Smith notou muitas vezes que, ao se aproximar do poço escuro, que se comunicava com o mar e cujo orifício se abria no fundo da despensa, Top emitia grunhidos peculiares. Às vezes ele tentava deslizar as patas por sob o painel, como se quisesse levantá-lo.

O engenheiro observou essa movimentação diversas vezes. O que havia naquele abismo para impressionar o inteligente animal? O poço estava ligado ao mar, mas será que se ramificava em estreitos dutos através da estrutura da ilha? Ou se comunicava com outras cavidades internas? Será que algum monstro marítimo vinha respirar no fundo daquele poço? O engenheiro não sabia o que pensar e não podia deixar de sonhar com complicações bizarras. Acostumado a ir longe na esfera das realidades científicas, não admitia ser atraído para o campo do quase sobrenatural; mas como explicar que Top, um cão que nunca desperdiça seu tempo latindo para a lua, teimava em sondar com o olfato e a audição aquele abismo?

O engenheiro rapidamente comunicou suas impressões apenas a Gédéon Spilett, achando inútil incutir em seus companheiros as reflexões involuntárias que nasciam dentro dele, mas que talvez fossem mero capricho de Top.

Finalmente, o frio cessou. O gelo se dissolveu, a neve derreteu; a praia, o planalto, as margens da Misericórdia, a floresta, tudo voltou a ficar acessível. Esse retorno da primavera encantou os habitantes da Granite House e logo eles passaram apenas as horas de sono e refeições no interior da habitação.

Muita caça foi realizada na segunda metade de setembro, o que levou Pencroff a insistir nas armas de fogo que afirmava terem sido prometidas por Cyrus Smith. Este sabia que, sem equipamento especial, seria quase impossível fabricar uma arma que tivesse alguma utilidade, por isso sempre recuava e adiava a operação. Além disso, Harbert e Gédéon Spilett tinham se tornado hábeis arqueiros, todos os tipos de excelentes animais caiam sob suas flechas, e, por conseguinte, era possível esperar. Mas o obstinado marujo não deu ouvidos a isso e não deixaria o engenheiro descansar até que ele satisfizesse seu desejo.

– Se, como imaginamos, a ilha tem animais ferozes, devemos pensar em combatê-los e exterminá-los – Pencroff disse. – Pode chegar o momento em que essa será nossa principal preocupação.

Naquela época, porém, não era a questão de armas de fogo que preocupava Cyrus Smith, mas a de vestimentas. Eles tinham que se preocupar em encontrar peles de carnívoros ou lãs de ruminantes e, uma vez que havia uma boa oferta de carneiro montês, era conveniente pensar nos meios de criar um rebanho que serviria às necessidades da colônia. Um cercado para os animais domésticos, um galinheiro para as aves, enfim, uma espécie de granja a ser instalada em algum ponto da ilha, seriam os dois projetos importantes a serem realizados durante o verão.

Como resultado, havia uma necessidade urgente de examinar toda a parte desconhecida da ilha Lincoln, sob aquelas florestas altas que se estendiam à direita da Misericórdia. Mas era necessário esperar o tempo firmar e passou um mês até que a exploração pudesse ser realizada de forma eficaz.

Eles esperavam com certa impaciência, quando ocorreu um incidente que reavivou o desejo dos colonos de visitar a ilha por completo.

Era 24 de outubro. Pencroff tinha ido visitar as armadilhas que mantinha preparadas. Em uma delas, encontrou três animais que seriam muito bem-vindos nas refeições. Era uma fêmea pecari com dois filhotes.

Pencroff voltou à Granite House, encantado com sua captura, e, como sempre, exibiu sua caça em grande estilo.

– Veja! Faremos uma boa refeição, senhor Cyrus! O senhor também vai apreciar, senhor Spilett!

– Estou ansioso para aproveitar, mas o que teremos?

– Leitão.

– Ah! leitão de verdade, Pencroff? Ao ouvi-lo, pensei que tivesse trazido uma perdiz trufada!

– Como? Por acaso o senhor desprezaria um leitão?

– Não – respondeu Gédéon Spilett, sem mostrar qualquer entusiasmo – e desde que não abusemos...

– Ok, senhor jornalista, está se fazendo de difícil? Há sete meses, quando aterrissamos nesta ilha, o senhor ficaria muito feliz em encontrar uma caça como esta!

– Está bem, está bem. O homem nunca é perfeito ou está satisfeito. Enfim, espero que Nab se supere. Vejam! Estes dois pequenos pecaris não têm nem três meses! Devem ser tenros como codornas!

E o marujo, seguido por Nab, foi até a cozinha e ficou absorto no trabalho culinário.

Nab e ele prepararam uma refeição magnífica, os dois pequenos pecaris, sopa de canguru, presunto fumado, amêndoas, suco de dragoeiro, chá de oswego – enfim, tudo do bom e do melhor. Os saborosos pecaris compunham o prato principal.

Às cinco horas, o jantar foi servido na sala da Granite House. A sopa de canguru fumegava sobre a mesa.

Os pecaris, cortados pelo próprio Pencroff, seguiram a sopa e foram servidos em porções monstruosas para cada um dos convivas.

Os leitões estavam realmente deliciosos, e Pencroff devorava sua parte com voracidade quando de repente um grito e uma blasfêmia escaparam.

– O que há? – perguntou Cyrus Smith.

– Há... há... que acabo de quebrar um dente!

– Ah! mas então há pedras no recheio desses seus pecaris? – zombou Gédéon Spilett.

– Parece que sim – respondeu Pencroff, tirando da boca o objeto que lhe custou um maxilar!

Não era uma pedra... Era um chumbinho.

SEGUNDA PARTE

O EXILADO

Capítulo 1

Exatos sete meses se passaram desde o dia em que os passageiros do balão foram lançados na ilha Lincoln e nenhum ser humano se mostrou a eles durante as expedições. A ilha não só parecia inabitada, como era possível imaginar que jamais tivesse sido. E agora, esse turbilhão de inferências caía por terra diante de um grão de metal encontrado no corpo de um roedor!

Quando Pencroff colocou o chumbinho sobre a mesa, seus companheiros olharam para ele espantados. Todas as consequências desse incidente tinham subitamente dominado seus pensamentos.

Cyrus Smith não hesitou em formular as primeiras hipóteses que esse fato, ao mesmo tempo surpreendente e inesperado deveria provocar.

– Você pode afirmar, Pencroff, que o pecari ferido por este chumbo tinha apenas três meses de idade?

– Apenas, senhor Cyrus. Ele ainda estava mamando na mãe quando o encontrei no fosso.

– Bem, isso prova que há no máximo três meses, um tiro foi disparado na ilha Lincoln.

– E que um chumbinho atingiu esse pequeno animal, mas não mortalmente – acrescentou Gédéon Spilett.

– Isso é indubitável – concordou Cyrus Smith – e eis as consequências que podem ser deduzidas do incidente: ou a ilha foi habitada antes de nossa chegada, ou homens desembarcaram nela há no máximo três meses.

– Não! Mil vezes não! – bradou o marujo ao se levantar da mesa. – Não há outros homens na ilha Lincoln além de nós! Que diabos! A ilha não é grande, e se fosse habitada, já teríamos visto alguns dos seus habitantes!

– O contrário, de fato, seria surpreendente – concordou Harbert.

– Mas suponho que seja mais surpreendente – observou o repórter – que esse pecari tenha nascido com um grão de chumbo em seu corpo!

– A não ser – disse seriamente Nab – que Pencroff tenha...

– Só faltava essa, Nab! – objetou Pencroff. – Então eu teria há meses, um grão de chumbo na mandíbula, sem me dar conta! Onde é que ele estaria escondido?

– A hipótese de Nab é realmente inadmissível – considerou Cyrus Smith. – É certo que um tiro foi disparado na ilha nos últimos três meses. E estou inclinado a admitir que qualquer ser que tenha desembarcado nesta costa chegou há pouco tempo. Então, é provável que os náufragos tenham sido lançados por uma tempestade em algum ponto da costa há apenas algumas semanas, e precisamos ter certeza do que aconteceu.

– Senhor Cyrus – perguntou o marujo –, não seria apropriado, antes de procurarmos descobrir, construir uma canoa que nos permita subir o rio ou contornar a costa? Não podemos ser pegos de surpresa.

– Sua ideia é boa, Pencroff, mas não podemos esperar. Levaria pelo menos um mês para construir uma canoa...

– Uma canoa de verdade, sim – respondeu o marujo –, mas não precisamos de um barco que resista ao mar, e em cinco dias, no máximo, estou determinado a construir uma canoa capaz de navegar pela Misericórdia.

– Construir um barco em cinco dias! – exclamou Nab.

– Sim, Nab, um barco ao estilo indiano. De madeira, ou melhor, de casca. Repito, senhor Cyrus, que em cinco dias eu cumpro essa missão!

– Está bem, cinco dias! – respondeu o engenheiro.

– Mas, até lá, temos que nos proteger! – observou Harbert.

– Muito seriamente, meus amigos – respondeu Cyrus Smith –, e peço que restrinjam suas caçadas às proximidades da Granite House.

O jantar acabou menos alegremente do que Pencroff esperava. Então, a ilha era ou tinha sido habitada por outros além dos colonos.

Cyrus Smith e Gédéon Spilett discutiram longamente esse assunto antes de irem descansar. Eles se perguntaram se, por acaso, o incidente não teria alguma conexão com as circunstâncias inexplicáveis do resgate do engenheiro e outras peculiaridades estranhas que haviam surgido em diferentes ocasiões.

– Quer saber a minha opinião, meu caro Spilett?

– Sim, Cyrus.

– Bem, por mais que exploremos a ilha, não encontraremos nada!

No dia seguinte, Pencroff se pôs a trabalhar. Não era necessário construir uma grande canoa, mas um simples dispositivo flutuante que seria suficiente para a navegação na Misericórdia.

Enquanto o marujo, assistido pelo engenheiro, se ocupava com essa tarefa sem perder uma só hora, Gédéon Spilett e Harbert se tornaram os fornecedores da colônia. Muitas vezes, durante as caçadas, Harbert conversava com Gédéon Spilett sobre o incidente do grão de chumbo e sobre as consequências que o engenheiro tinha elaborado. Em 26 de outubro, ele disse:

– Senhor Spilett, não acha extraordinário que, se de fato alguns náufragos desembarcaram nesta ilha, eles ainda não tenham chegado ao entorno da Granite House?

– Isso é muito surpreendente se eles ainda estiverem por aqui, mas pouco surpreendente se já não estiverem mais!

– Então o senhor acha que essas pessoas já saíram da ilha?

– É bem provável, meu rapaz, pois se a estadia delas tivesse sido prolongada, e ainda estivessem aqui, algum incidente já teria denunciado sua presença.

– Uma coisa devemos admitir, o senhor Smith sempre pareceu temer mais do que desejar a presença de seres humanos em nossa ilha.

– Na verdade, ele acredita que apenas malaios possam frequentar estes mares e esses cavalheiros são valdevinos a quem é preferível evitar.

No dia dessa conversa, os dois caçadores estavam em uma floresta vizinha da Misericórdia, notável pela beleza de suas árvores. Lá, entre outras coisas, havia coníferas magníficas que os nativos chamam de "kauris" na Nova Zelândia e que chegam a sessenta metros de altura.

– Tenho uma ideia, senhor Spilett. Se eu subir no topo de um desses kauris, talvez possa observar a ilha num raio bastante extenso!

– É uma boa ideia, mas você consegue chegar ao topo desses gigantes?

– Posso tentar.

O jovem, ágil e habilidoso, lançou-se sobre os primeiros ramos do kauri e em poucos minutos chegou ao topo, que emergia sobre a imensa planície verde formada pelos ramos arredondados da floresta.

Daquela altura, a visão podia se estender por toda a porção meridional da ilha que compreendia um quarto do horizonte.

Do topo de seu observatório, Harbert pôde ver a parte ainda desconhecida da ilha que teria dado ou dava refúgio aos estrangeiros de cuja presença eles suspeitavam.

No mar, nada à vista. Nenhuma vela, nem no horizonte, nem nos aportamentos da ilha. No entanto, como o maciço de árvores escondia o litoral, era possível que um navio tivesse se aproximado muito da costa e, consequentemente, estivesse invisível para Harbert.

Mas, se algum sinal de acampamento escapava a Harbert, ele não poderia ao menos reconhecer no ar alguma fumaça que indicasse a presença humana? Por um momento, ele pensou ter visto uma fumaça surgir no oeste, mas uma observação mais cuidadosa mostrou-lhe que estava enganado. Ele olhou com extremo cuidado e, certamente, não havia nada lá.

Harbert desceu do kauri, e ambos voltaram para a Granite House. Lá, Cyrus Smith ouviu o relato do rapaz, mas não disse nada. Era óbvio que uma conclusão só seria possível depois da exploração completa da ilha.

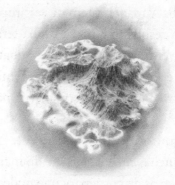

Capítulo 2

Em 29 de outubro, a canoa ficou pronta. Pencroff cumpriu sua promessa, e uma espécie de piroga foi construída em cinco dias. Um banco na parte de trás, outro no meio, para equilibrar o espaço, um terceiro na frente, um alcatrate para apoiar os dois remos e uma ginga como direção completavam a embarcação de quatro metros de comprimento, que não chegava a pesar cem quilos.

A operação de lançamento foi bem simples. A canoa leve foi levada até a areia, na beira da praia, em frente à Granite House e a maré cheia se encarregou de deslocá-la. Pencroff manobrou a ginga e pôde constatar que ela se adequava perfeitamente ao uso a que se destinava.

– Hurra! – bradou o marujo, que não economizou na comemoração de seu próprio triunfo. – Com isso, podemos dar a volta...

– Ao mundo? – perguntou Gédéon Spilett.

– Não, à ilha. Alguns seixos como lastro, um mastro na proa, um pedaço de vela que o senhor Smith fará um dia e vamos longe! Muito bem! Senhor Cyrus, Spilett, Harbert e Nab, vocês não vão testar nossa nova embarcação? Precisamos verificar se ela aguenta nós cinco!

Ao embarcar, Nab declarou:

– Tem muita água dentro do seu barco, Pencroff!

– Não faz mal, Nab. A madeira tem de ser impermeabilizada! Daqui a dois dias, isso estará resolvido e nossa canoa terá menos água em seu interior do que há no ventre de um beberrão. Subam!

Eles embarcaram, e Pencroff iniciou a viagem. Nab tomou um dos remos e Harbert o outro, e Pencroff permaneceu na popa do barco, direcionando a ginga.

O marujo atravessou o canal e passou rente à ponta sul da ilhota. Algumas ondulações inchavam a superfície do mar. Eles se distanciaram cerca de oitocentos metros da costa para que pudessem ver toda a extensão do monte Franklin.

Então Pencroff, virando de bordo, voltou para a foz do rio. A canoa seguiu o curso, que se arredondava até a extrema ponta e escondia a planície pantanosa das Tadornas. Os colonos resolveram ir até sua extremidade e ultrapassar apenas o necessário para ter um rápido vislumbre da costa até o cabo da Garra.

A canoa seguiu pelo litoral a uma distância de no máximo duzentos metros, evitando os escolhos. A muralha começava a diminuir da foz do rio até a ponta. Era um amontoado de granitos, caprichosamente distribuídos, muito diferentes da cortina formada pelo planalto da Grande-Vista e de aparência selvagem.

A canoa, guiada pelos dois remos, avançava sem dificuldade. Gédéon Spilett, o lápis numa mão e o caderno na outra, desenhava a costa com grandes traços. Nab, Pencroff e Harbert conversavam enquanto examinavam essa parte da propriedade que era nova para eles. Cyrus Smith não falava, apenas observava e, pela desconfiança expressa por seu olhar, parecia observar uma terra estranha.

Após quase uma hora de navegação, a canoa chegou à extremidade da ponta, e Pencroff se preparava para ultrapassá-la quando Harbert, levantando-se, mostrou um ponto negro e disse:

– O que é aquilo que estou vendo na praia?

Todos os olhares foram direcionados ao ponto indicado.

– De fato – disse o repórter –, há alguma coisa ali. Parece um náufrago meio afundado na areia.

– Ah! – exclamou Pencroff – Eu sei o que é!

– O quê? – perguntou Nab.

– Barris, e eles podem estar cheios! – respondeu o marujo.

– Para a costa, Pencroff! – ordenou Cyrus Smith.

Com algumas braçadas do remo, a canoa aterrissou no fundo de uma pequena enseada, e os passageiros pularam na praia.

Pencroff estava certo. Havia dois barris meio afundados na areia, mas ainda firmemente presos a uma grande caixa que, sustentada por eles, tinha flutuado até encalhar na costa.

– O que será que tem na caixa? – questionou Pencroff com uma impaciência natural. – Está trancada e não temos nada para quebrar a tampa! Bem, vamos abrir a pedradas então...

E o marujo, levantando um bloco pesado, ia bater em uma das paredes da caixa quando o engenheiro o impediu:

– Pencroff, você pode moderar sua impaciência por apenas uma hora?

– Mas, senhor Cyrus, pense! Talvez haja algo aí dentro de que com certeza precisamos!

– Nós descobriremos, Pencroff, mas acredite em mim, não quebre esta caixa, ela pode nos ser útil. Vamos transportá-la até a Granite House, onde poderemos abri-la mais facilmente, sem quebrá-la. Ela já está pronta para a viagem, e, tendo flutuado até aqui, ainda flutuará bem até a foz do rio.

– Tem razão, senhor Cyrus, mas nem sempre é possível manter o controle!

O engenheiro tinha mesmo razão. De fato, a canoa não poderia carregar os objetos que a caixa provavelmente continha, e que deviam ser pesados, uma vez que tinha sido necessário "aliviar" seu peso com dois barris vazios. Então, era melhor rebocá-la até a costa da Granite House.

E agora, de onde vinha aquele náufrago? Cyrus Smith e seus companheiros olharam atentamente em torno e percorreram algumas centenas de passos da costa. Não havia outros destroços. Harbert e Nab subiram numa rocha alta, mas o horizonte estava deserto.

No entanto, não havia dúvida sobre haver um naufrágio. Talvez esse incidente tivesse relação com o do chumbinho? Talvez os estrangeiros tivessem aterrado em outra parte da ilha? A reflexão natural dos colonos era de que esses estrangeiros não podiam ser piratas malaios, pois os destroços tinham origem americana ou europeia.

Todos se aproximaram da caixa. Ela era feita de madeira de carvalho, estava cuidadosamente fechada e coberta com uma pele espessa presa com pregos de cobre. Os dois grandes barris, hermeticamente selados, pareciam vazios pelo barulho e estavam amarrados aos flancos por meio de cordas fortes, atadas com nós. Ela parecia estar em perfeito estado de conservação, o que podia ser explicado pelo fato de que tinha ido parar em uma praia de areia e não em recifes. Também era possível afirmar que sua estadia no mar não tinha sido longa. A água não parecia ter penetrado em seu interior, e os objetos que ela continha deviam estar intactos.

Era evidente que aquela caixa tinha sido lançada de um navio desamparado que seguia na direção da ilha, e que, na esperança de que ela chegasse até a costa, onde poderia ser encontrada mais tarde, os passageiros tinham tomado a precaução de deixá-la mais leve com um aparelho flutuante.

– Vamos rebocar a caixa até a Granite House – disse o engenheiro – e lá faremos um inventário; se encontrarmos na ilha algum sobrevivente do suposto naufrágio, devolveremos a ele o que lhe pertence. Se não encontrarmos ninguém...

– Ficamos com a caixa! – exclamou Pencroff. – Mas, por Deus, o que pode haver aí dentro!

Uma hora e meia após a sua partida, a canoa atracou na costa em frente à Granite House.

Barco e destroços foram rebocados sobre a areia, e como o mar já estava recuando, eles logo se secaram. Nab foi buscar ferramentas para abrir a caixa sem deteriorá-la muito, e o inventário foi realizado. Pencroff não escondeu sua comoção. Eles forçaram as fechaduras com um grampo e a tampa logo se abriu.

Uma segunda camada de zinco revestia o interior da caixa, visivelmente disposta de modo que os objetos nela contidos ficassem absolutamente protegidos da umidade.

– Ah! – fez Nab. – Será que tem comida enlatada aí dentro?

– Espero que não – respondeu o repórter.

– Se ao menos houvesse... – disse o marujo em voz baixa.

– O quê? – perguntou Nab, que tinha ouvido o marujo cochichar.

– Nada!

A tela de zinco foi recortada na largura, depois dobrada nas laterais da caixa, gradualmente vários objetos de natureza muito diferente foram extraídos e depositados na areia. A cada novo objeto, Pencroff soltava novos hurras, Harbert batia palmas e Nab dançava. Havia ali livros que deixaram Harbert louco de alegria e utensílios de cozinha que Nab cobriu de beijos!

Além disso, os colonos tinham razões de estar extremamente satisfeitos, pois a caixa continha ferramentas, armas, instrumentos, roupas e livros. Eis a lista exata, como foi anotada na caderneta de Gédéon Spilett:

Ferramentas:

3 facas com diferentes lâminas

2 machados de lenhador

2 machados de carpinteiro

3 plainas

2 enxós

1 bisegre

6 tesouras temperadas a frio

2 limas

3 martelos

3 verrumas

2 trados

10 sacos de pregos e parafusos

3 serras de diferentes tamanhos

2 caixas de agulhas

Armas:

2 espingardas de pederneira

2 fuzis de cápsula

2 carabinas de estopim central

5 cutelos

4 sabres de abordagem

2 barris de pólvora de dez quilos

12 caixas de fulminantes

Instrumentos:

1 sextante

1 binóculo

1 luneta

1 bússola

1 bússola de bolso

1 termômetro

1 barômetro aneroide

1 caixa contendo uma câmera fotográfica, lente, chapas, produtos químicos, etc.

Vestimentas:

2 dúzias de camisas de um tecido que parecia lã, mas cuja origem era vegetal

3 dúzias de meias do mesmo tecido

Utensílios:

1 chaleira de ferro

6 panelas de cobre estanhado.

3 pratos de ferro

10 talheres de alumínio

2 chaleiras de alumínio

1 fogão portátil

6 facas de mesa

Livros:
1 Bíblia contendo o Antigo e o Novo Testamento
1 atlas
1 dicionário de idiomas polinésios
1 dicionário de ciências naturais
3 resmas de papel branco
2 livros de registros com páginas em branco

– Precisamos admitir – disse o repórter depois que o inventário foi concluído – que o proprietário dessa caixa era um homem prático! Ferramentas, armas, instrumentos, roupas, utensílios, livros, não falta nada!

– De fato, não falta nada – murmurou Cyrus Smith, pensativo.

– E, com certeza – acrescentou Harbert –, nem a embarcação que carregava esta caixa nem seu proprietário eram piratas malaios!

– A menos que esse proprietário tenha sido feito prisioneiro por piratas – disse Pencroff.

– Isso é inaceitável – respondeu o repórter. – É mais provável que um navio americano ou europeu tenha sido arrastado para esta região, e que os passageiros, desejando salvar o que era necessário, prepararam esta caixa e a lançaram ao mar.

– Sim – concordou o engenheiro –, pode ter acontecido isso mesmo. É possível que, prevendo um naufrágio, diversos objetos de primeira necessidade tenham sido reunidos nesta caixa para que fosse possível recuperá-los depois em algum lugar da costa.

– Inclusive uma câmera fotográfica! – observou o marujo com um ar bastante incrédulo.

– Quanto a isso – respondeu Cyrus Smith –, teria sido melhor ter um conjunto mais completo de roupas ou munição mais abundante!

– Mas não há nestes instrumentos, nestas ferramentas, nestes livros, qualquer indício que nos permita reconhecer sua procedência? – perguntou Gédéon Spilett.

Era preciso verificar. Cada objeto foi cuidadosamente examinado, principalmente os livros, os instrumentos e as armas. Mas nada tinha a marca do fabricante; tudo estava em perfeito estado e não parecia já ter sido utilizado. O mesmo com as ferramentas e utensílios, o que provava que esses objetos não tinham sido escolhidos aleatoriamente para serem colocados na caixa, pelo contrário, a seleção desses objetos tinha sido bem pensada e organizada.

Os dicionários de ciências naturais e idiomas polinésios eram ingleses, mas não tinham nome de editor ou data de publicação. O mesmo para a Bíblia, impressa em inglês, em um *in-quarto* notável do ponto de vista tipográfico e que parecia ter sido folheada diversas vezes.

O atlas era uma obra magnífica que continha os mapas de todo o mundo e vários planisférios elaborados de acordo com a projeção de Mercator, cuja nomenclatura estava em francês, mas também não tinha data de publicação nem nome de editor.

Não havia, portanto, qualquer indício da origem dos diferentes objetos que fizesse supor a nacionalidade do navio que tinha passado recentemente por ali. Mas de onde quer que tivesse vindo, aquela caixa enriqueceu os colonos da ilha Lincoln. Até então, ao transformar os produtos da natureza, tinham criado tudo por si mesmos e graças à sua inteligência, tinham se saído muito bem. Mas não parecia que a Providência desejava recompensá-los, enviando-lhes esses vários produtos da indústria humana? Seus agradecimentos foram unanimemente direcionados aos céus.

No entanto, um deles não estava totalmente satisfeito. Era Pencroff. Parece que a caixa não continha algo que ele tanto desejava e conforme os objetos era retirados dela, seus hurras diminuíam de intensidade. Quando o inventário terminou, ouviram-no murmurar:

– Tudo isso é bom e bonito, mas não há nada para mim nessa caixa!

– Ora! Amigo Pencroff, o que você esperava? – perguntou Nab.

– Alguns gramas de tabaco e nada mais me faltaria!

O conteúdo daquela caixa demonstrava que era urgente explorar a ilha em toda sua extensão. Então, ficou acordado que no dia seguinte eles partiriam logo cedo, subindo a Misericórdia a fim de chegar à costa oeste. Se alguns náufragos tinham desembarcado num ponto da costa, era possível que não tivessem recursos e era necessário ajudá-los sem demora.

Durante esse dia, 29 de outubro, os vários objetos foram transportados para a Granite House e organizados metodicamente no salão principal. Antes de ir para a cama, Harbert perguntou ao engenheiro se ele não poderia ler a todos alguma passagem do evangelho.

– Com prazer – respondeu Cyrus Smith.

Ele pegou o livro sagrado e estava prestes a abri-lo quando Pencroff o interrompeu:

– Senhor Cyrus, eu sou supersticioso. Abra ao acaso e leia o primeiro versículo que seus olhos encontrarem. Vamos ver se ele se aplica à nossa situação.

Cyrus Smith sorriu com o pedido do marujo, e, rendendo-se, abriu o evangelho em um lugar onde um marcador de livros separava as páginas.

De repente, seus olhos foram atraídos por uma cruz vermelha que, feita a lápis, estava diante do versículo 8 do Capítulo VII do Evangelho de São Mateus.

E ele leu este versículo:

Quem pede recebe, e quem procura, encontra.

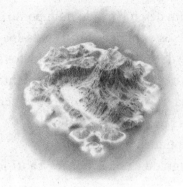

Capítulo 3

No dia seguinte, 30 de outubro, tudo estava pronto para a exploração planejada. As circunstâncias tinham mudado de tal maneira que os colonos da ilha Lincoln imaginavam que não estavam mais em condição de pedir ajuda, mas de ir ao socorro de quem precisasse.

As provisões, já embarcadas por Nab, consistiam em carne enlatada e alguns litros de cerveja e licor fermentado, ou seja, o suficiente para se sustentarem por até três dias. Ademais, eles esperavam conseguir se reabastecer no caminho, e Nab tratou de levar consigo o pequeno fogão portátil.

Quanto às ferramentas, os colonos levaram os dois machados de lenhador, úteis para criar uma passagem na floresta espessa, e os instrumentos escolhidos foram o binóculo e a bússola de bolso. As armas foram duas espingardas de pederneira. Uma das carabinas e alguns cartuchos também foram levados. Quanto à pólvora, cujos barris continham cerca de vinte e dois quilos, foi necessário transportar certa quantidade, mas o engenheiro pretendia fabricar uma substância explosiva que permitisse utilizá-la com moderação. Os cinco cutelos foram adicionados às armas e nessas condições os colonos poderiam se aventurar na vasta floresta com alguma chance de sucesso.

Às seis da manhã, a canoa foi arrastada para o mar. Todos embarcaram, incluindo Top, e se dirigiram à embocadura da Misericórdia.

O fluxo já estava forte, pois a lua cheia chegaria em três dias, e a canoa, que só precisou ser mantida na direção da corrente, fluiu rapidamente entre as duas margens.

Em poucos minutos, os exploradores chegaram à curva formada pela Misericórdia. O aspecto das margens da Misericórdia era magnífico. Cyrus Smith e seus companheiros só faziam admirar os belos efeitos que a natureza tão facilmente consegue com água e árvores.

De tempos em tempos, a canoa parava em lugares onde era mais fácil aportar. Então, Gédéon Spilett, Harbert e Pencroff, precedidos por Top, empunhavam suas armas e exploravam as margens. Além das caças, era possível encontrar plantas úteis que não deveriam ser ignoradas, e o jovem naturalista foi generosamente servido, pois descobriu uma espécie de espinafre selvagem e amostras pertencentes ao gênero da couve que seria certamente possível "civilizar" se transportadas.

– Você sabe que planta é essa? – Harbert perguntou ao marujo.

– Tabaco! – exclamou Pencroff, que nunca tinha visto sua planta favorita antes, exceto no fornilho de seu cachimbo.

– Não, Pencroff! É mostarda.

– Que seja mostarda! – respondeu o marujo –, mas se por acaso uma planta de tabaco aparecer, meu rapaz, não a menospreze.

– Vamos encontrar algum dia! – afirmou Gédéon Spilett.

– Certo! E nesse dia, já não sei mais o que poderá faltar à nossa ilha!

O repórter, Harbert e Pencroff desembarcaram várias vezes, tanto na margem direita da Misericórdia como na esquerda. Consultando sua bússola de bolso, o engenheiro reconheceu que a direção do rio, depois da primeira curva, era do sudoeste ao nordeste. Mas supunha-se que essa direção se modificava mais adiante, e que a Misericórdia iria para o noroeste, rumo ao sopé do monte Franklin, que devia se alimentar de suas águas.

Durante uma das excursões, Gédéon Spilett conseguiu capturar dois pares de galináceos vivos. Harbert os chamou de "inambus" e foi decidido que eles seriam os primeiros hóspedes do futuro galinheiro.

Até então as armas não tinham agido, e o primeiro som ouvido naquela floresta do Extremo Oeste foi provocado pelo surgimento de um belo pássaro anatomicamente semelhante a um pica-peixe.

– Um jacamar! – exclamou Harbert.

Era com certeza um jacamar. Alguns grãos de chumbo o deitaram ao chão, e Top o levou até a canoa, junto com uma dúzia de "turacos-loricos". O jovem recebeu o mérito pelo belo tiro e ficou muito orgulhoso de si mesmo.

Eram dez da manhã quando a canoa chegou a uma segunda curva da Misericórdia, a cerca de oito quilômetros de sua embocadura. Fizeram uma parada de meia hora para o almoço, ao abrigo de grandes e belas árvores.

O engenheiro observou que muitos afluentes do rio aumentavam o curso, mas eram somente riachos inavegáveis. A floresta se estendia a perder de vista. Em nenhum lugar, nem sob os mais altos bosques, nem sob as árvores às margens da Misericórdia, foi detectada a presença do homem, e era óbvio que um machado de lenhador nunca tinha cortado aquelas árvores, que a faca de um desbravador nunca tinha cortado as lianas esticadas de um tronco a outro. Se náufragos haviam desembarcado na ilha, eles ainda não haviam deixado a costa e não era sob aquela espessa cobertura que deviam procurar pelos sobreviventes do suposto naufrágio.

O engenheiro manifestava certa pressa de chegar à costa oeste da ilha Lincoln. A navegação foi retomada, e foi decidido que a canoa seria usada enquanto houvesse água suficiente sob sua quilha para flutuar.

Mas logo o fluxo foi completamente interrompido, ou porque a maré estava baixando, ou porque não era mais possível senti-la a tal distância da embocadura da Misericórdia. Então foi necessário armar os remos.

Parecia que a floresta tendia a limpar para os lados do Extremo Oeste. As árvores estavam menos comprimidas e muitas vezes isoladas, e eram belíssimas.

– Eucaliptos! – exclamou Harbert.

– Isso, sim, são árvores! – exclamou Nab –, mas elas servem para alguma coisa?

– *Pfff*! – desdenhou Pencroff. – Devem ser plantas gigantes como gigantes humanos. Só têm a função de se exibir nas feiras!

– É aí que você se engana, Pencroff – disse o engenheiro –, pois esses eucaliptos gigantescos que nos abrigam são bons para alguma coisa.

– E para quê?

– Para limpar o país onde vivem. Sabe como são chamadas na Austrália e na Nova Zelândia?

– Não, senhor Cyrus.

– Elas são chamadas de "árvores-da-febre".

– Por que causam febre?

– Não, porque a impedem!

– Bem. Vou anotar isso – disse o repórter.

– Anote, meu caro Spilett, parece provado que a presença de eucaliptos é suficiente para neutralizar os miasmas da malária.

– Ah! que ilha abençoada! – exclamou Pencroff. – Estou dizendo, não falta nada aqui... a não ser...

– Isso virá, Pencroff, será encontrado – respondeu o engenheiro –; mas vamos retomar nossa navegação e remar até onde o rio levar nossa canoa!

A exploração continuou por pelo menos três quilômetros no meio de uma região coberta por eucaliptos. O leito do rio era frequentemente obstruído por uma alta vegetação e por rochas pontiagudas que tornavam a navegação bastante árdua. O manejo dos remos foi obstruído, e Pencroff teve que empurrar com uma vara. O rio ficava cada vez mais raso e logo chegaria o momento em que a canoa teria que parar por falta de água. Cyrus Smith, vendo que não poderia chegar à costa oeste da ilha naquele dia, decidiu que acampariam no lugar onde, por falta de água, a navegação inevitavelmente pararia.

A embarcação navegou implacavelmente através da floresta, que aos poucos se tornava mais espessa e parecia também mais habitada, pois, se os olhos do marujo não o enganavam, avistou bandos de macacos correndo sob os bosques. Teria sido fácil abater esses quadrúmanos a tiros, mas Cyrus Smith se opôs ao inútil massacre que atentava Pencroff. Essa foi uma decisão prudente, porque esses macacos, vigorosos e dotados de extrema agilidade, podiam ser terríveis e era melhor não provocá-los com uma agressão inoportuna.

Por volta das quatro horas, a navegação na Misericórdia tornou-se difícil, pois seu curso foi obstruído por plantas aquáticas e rochas.

– Em menos de quinze, seremos forçados a parar, senhor Cyrus – disse o marujo.

– Então pararemos, Pencroff, e vamos organizar um acampamento para passar a noite.

– A que distância será que estamos da Granite House? – interrogou Harbert.

– Cerca de onze quilômetros – respondeu o engenheiro –, considerando os desvios do rio, que nos levaram para o noroeste.

– Continuamos em frente? – perguntou o repórter.

– Sim, pelo tempo que pudermos – respondeu Cyrus Smith. – Amanhã abandonaremos a canoa, atravessaremos a distância que nos separa da costa e exploraremos o litoral.

– Em frente! – respondeu Pencroff.

Mas logo a canoa raspou o fundo pedregoso do rio, que não tinha mais de seis metros de largura. Havia o forte barulho de uma cachoeira, que indicava a presença de uma barragem natural.

De fato, depois de um último desvio do rio, uma cascata surgiu através das árvores. A canoa atingiu o fundo do leito e alguns momentos depois foi amarrada a um tronco perto da margem direita.

Eram cerca de cinco da tarde. Os vários rios que afluíam ao longo do curso da Misericórdia formavam um verdadeiro rio mais adiante. Os colonos desembarcaram e fizeram uma fogueira sob um ramo de grandes lódãos, entre os galhos em que Cyrus Smith e seus companheiros encontraram um refúgio para a noite.

A ceia foi rapidamente devorada, pois eles tinham fome, e logo adormeceram. Mas alguns rugidos suspeitos da natureza foram ouvidos ao cair da noite e o fogo foi alimentado de modo a proteger os adormecidos com suas chamas flamejantes. Nab e Pencroff se revezaram para vigiar e alimentar o combustível. Talvez tivessem razão quando pensaram ter visto sombras de animais vagando ao redor do acampamento, sob os bosques e as ramagens; mas a noite transcorreu sem qualquer incidente, e no dia seguinte, 31 de outubro, às cinco da manhã, todos estavam em pé, prontos para partir.

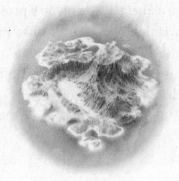

Capítulo 4

Às seis da manhã, após uma rápida refeição, os colonos, seguiram caminhada com a intenção de chegar à costa ocidental da ilha pelo caminho mais curto. Essa parte do Extremo Oeste parecia coberta de madeira, como seria um imenso bosque composto de essências variadas. Era, portanto, provável que tivessem que abrir caminho através da grama, das sarças e dos cipós e andar com o machado em mãos.

Partiram depois de amarrar cuidadosamente a canoa. Pencroff e Nab tinham provisões suficientes para sustentar a pequena tropa por pelo menos dois dias.

A floresta era composta por árvores que já tinham sido identificadas nas proximidades do lago e do planalto da Grande-Vista: cedros-deodara, douglas, casuarinas, gomíferos, eucaliptos, dragoeiros, hibiscos e outras essências. Os colonos avançaram lentamente ao longo da estrada que trilhavam à medida que caminhavam e que mais tarde se conectaria com a do córrego Vermelho, segundo a previsão do engenheiro.

Durante as primeiras horas da excursão, voltaram a ver macacos que pareciam demonstrar grande espanto ao avistarem aqueles homens cuja aparência era nova para eles. Avistaram também javalis, cotias, cangurus e outros roedores, além de dois ou três coalas.

Às nove e meia, a estrada que seguia na direção sudoeste foi subitamente bloqueada por um desconhecido curso d'água de nove ou dez metros de largura, cujo curso rápido, decorrente da inclinação de seu leito e entrecortado por numerosas rochas, seguia emitindo ruidosos estrondos. O riacho era profundo e límpido, mas absolutamente inavegável.

– Estamos encurralados! – exclamou Nab.

– Não – respondeu Harbert –, é apenas um riacho e podemos atravessá-lo nadando.

– Mas para quê? – respondeu Cyrus Smith. – É óbvio que este riacho corre para o mar. Vamos seguir pela margem esquerda e ficarei surpreso se o curso não nos levar diretamente até a costa. Vamos!

– Um momento – disse o repórter. – E o nome deste córrego, meus amigos? Não deixemos nossa geografia incompleta.

– Certo! – disse Pencroff.

– Dê-lhe um nome, meu jovem – disse o engenheiro, dirigindo-se ao rapaz.

– Não é melhor esperar até o conhecermos por completo?

– Pode ser – respondeu Cyrus Smith. – Então, vamos continuar.

– Uma pergunta! Se a caça está proibida, a pesca é permitida, suponho.

– Não temos tempo a perder – respondeu o engenheiro.

– Oh! cinco minutos! Só peço cinco minutos a favor do nosso almoço!

E Pencroff, deitando na margem, mergulhou os braços na água corrente e logo fez saltar dúzias de lagostins que pululavam entre as rochas.

– Isso vai ser bom! – festejou Nab, indo acudir o marujo.

– Quando eu digo que, à exceção do tabaco, há tudo nesta ilha! – murmurou Pencroff com um suspiro.

Eles encheram um saco com esses crustáceos e prosseguiram com a caminhada.

Ao seguir pela margem do novo curso d'água, os colonos caminhavam com mais facilidade e rapidez. Essas margens, aliás, não tinham qualquer marca humana. Não foi nessa parte do Extremo Oeste que os pecaris receberam o grão de chumbo que quase custou o maxilar a Pencroff.

No entanto, considerando a rápida corrente que corria para o mar, Cyrus Smith começou a supor que eles estavam muito mais longe da costa oeste do que supunham. O engenheiro ficou muito surpreso e consultou diversas vezes sua bússola a fim de se assegurar de que nenhuma curva do rio os levasse para o interior do Extremo Oeste.

Às dez e meia, para grande surpresa de Cyrus Smith, Harbert, que tinha ido um pouco mais longe, de repente parou e exclamou:

– O mar!

Alguns instantes depois, os colonos pararam na borda da floresta e viram a costa ocidental da ilha se estender diante dos seus olhos.

Eles estavam agora na chanfradura de uma pequena calheta sem importância, que não poderia abrigar nem dois ou três barcos de pesca e que servia como gargalo para o novo riacho; mas, curiosamente, suas águas, em vez de seguirem para o mar por uma embocadura de suave inclinação, caíam de uma altura de mais de doze metros. Assim, deram a esse curso d'água o nome de rio da Cachoeira.

Era pela península Serpentina que a exploração devia continuar, pois esta parte da costa oferecia refúgios que a outra, árida e selvagem, obviamente seria recusada por quaisquer náufragos.

O tempo estava aberto e bonito, e do topo de uma falésia, sobre a qual Nab e Pencroff preparavam o almoço, seu olhar estava distante. O horizonte estava perfeitamente nítido, e não havia nenhuma vela ao mar. Mas o engenheiro não se daria por satisfeito a esse respeito antes de ter explorado a costa até a extremidade da península Serpentina.

O almoço foi preparado rapidamente, e às onze e meia Cyrus Smith fez sinal para partirem. Em vez de seguirem pela orla de uma falésia, os colonos tiveram de seguir sob os dosséis das árvores, de modo a acompanhar o litoral.

A distância entre a foz do rio da Cachoeira e o promontório do Réptil era de cerca de vinte quilômetros. Em quatro horas, sobre uma areia fácil de caminhar, e sem pressa, os colonos poderiam atravessar essa distância, mas levaram o dobro do tempo, pois precisavam contornar árvores, cortar sarças, romper cipós e os múltiplos desvios prolongavam singularmente o trajeto.

Além disso, não havia nada que indicasse um recente naufrágio pela costa. É verdade, como Gédéon Spilett observou, que o mar poderia ter arrastado tudo consigo, e que não era possível concluir, pelo fato de nenhum vestígio ter sido encontrado, que um navio não tinha sido lançado na costa naquela parte da ilha Lincoln.

Já eram cinco horas, e a extremidade da península Serpentina ainda estava a três quilômetros do lugar ocupado pelos colonos. Era óbvio que depois de ter alcançado o promontório do Réptil, Cyrus Smith e seus companheiros não conseguiriam retornar ao acampamento antes do pôr do sol. Daí a necessidade de passar a noite no próprio promontório.

Por volta das sete da noite, os colonos, extenuados, chegaram ao promontório do Réptil. Ali terminava a floresta ribeirinha da península, e o litoral retomava o aspecto usual de uma costa, com rochas, recifes e praias. A noite se aproximava, e a exploração teve que ser adiada para o dia seguinte.

Pencroff e Harbert procuraram um lugar adequado para montar um acampamento. As últimas árvores da floresta do Extremo Oeste acabavam naquele ponto.

Harbert e o marujo não tiveram que procurar por muito tempo por um lugar adequado para passar a noite. As rochas da costa tinham cavidades que lhes permitiriam dormir longe das intempéries. Mas quando eles estavam prestes a entrar numa dessas escavações, foram parados por fortes rugidos.

– Para trás! – exclamou Pencroff. – Não temos nada a não ser chumbo em nossas armas, e animais que rugem dessa forma o temeriam tanto quanto a um grão de sal!

E o marujo, agarrando Harbert pelo braço, arrastou-o para longe das rochas quando um animal magnífico apareceu na entrada da caverna.

Era um jaguar que media mais de um metro e meio da ponta da cabeça até a ponta da cauda. Harbert reconheceu o feroz rival do tigre, muito mais perigoso do que o puma, que é apenas o rival do lobo!

O jaguar avançou, olhou a sua volta com os pelos eriçados, olhar em chamas, como se não fosse a primeira vez que sentia a presença humana.

Nesse momento, o repórter contornava as rochas, e Harbert, imaginando que ele ainda não tinha visto o jaguar, ia correr até ele, mas Gédéon Spilett acenou com a mão e continuou a caminhar. Aquele não era o primeiro tigre que ele enfrentava, e, avançando dez passos na direção do animal, permaneceu imóvel sem que qualquer um de seus músculos tremesse.

O jaguar, contraído, saltou sobre o caçador, mas no meio do salto, uma bala o atingiu entre os olhos e ele caiu morto.

Harbert e Pencroff correram na direção do animal. Nab e Cyrus Smith também, e todos permaneceram alguns momentos a contemplar o animal, cuja pele magnífica enfeitaria o salão principal da Granite House.

– E agora – disse Gédéon Spilett –, uma vez que este jaguar deixou seu covil, não vejo razão para não ocupá-lo esta noite.

– Mas pode haver outros! – disse Pencroff.

– Basta acender uma fogueira na entrada da caverna – disse o repórter – e eles não vão se aventurar a atravessar o limiar.

– Para a casa do jaguar, então! – respondeu o marujo, puxando o cadáver do animal atrás dele.

Os colonos foram para o covil abandonado, e lá, enquanto Nab pelava o jaguar, seus companheiros empilhavam no limiar uma grande quantidade de madeira seca, que a floresta fornecia em abundância.

Isso feito, eles se estabeleceram na caverna, cuja areia estava coberta com ossos; as armas foram carregadas, caso fosse necessário se defender de um ataque repentino. Quando chegou o momento de descanso, atearam fogo na madeira empilhada na entrada da caverna.

Imediatamente, um verdadeiro estralar de fogos irrompeu no ar! Somente esse crepitar já seria suficiente para espantar até as bestas mais audaciosas!

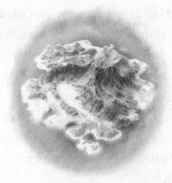

Capítulo 5

Cyrus Smith e seus companheiros dormiram como inocentes marmotas na caverna que o jaguar tinha deixado tão gentilmente à disposição deles.

Ao nascer do sol, todos foram até a margem e seus olhos se dirigiam para o horizonte, visível em dois terços de sua circunferência. Uma última vez, o engenheiro pôde ver que nenhuma vela ou carcaça de navio apareceu no mar, e o vasto horizonte não revelava pontos suspeitos.

Restava então explorar a costa sul da ilha. Será que eles iniciariam imediatamente essa exploração e dedicariam o dia 2 de novembro a ela?

Isso não fazia parte do projeto original. Quando a canoa foi deixada perto das fontes da Misericórdia, o acordo era que, depois de observar a costa oeste, eles voltariam para buscá-la e regressariam à Granite House pela rota da Misericórdia.

Foi Gédéon Spilett quem propôs continuar a exploração e perguntou quão longe o cabo da Garra poderia estar da extremidade da península.

– A cerca de cinquenta quilômetros – respondeu o engenheiro –, se levarmos em conta as curvaturas da costa.

– Cinquenta quilômetros! – exclamou Gédéon Spilett. – Vai ser um longo dia de caminhada. Acho que devemos voltar para a Granite House seguindo pela costa sul.

– Mas – observou Harbert –, do cabo da Garra até a Granite House, ainda temos ao menos quinze quilômetros para percorrer.

– Vamos considerar uns sessenta e cinco quilômetros no total – respondeu o repórter. – Pelo menos poderemos observar a costa desconhecida, e não teremos de começar a explorar outra vez.

– É verdade – concordou Pencroff. – Mas e a canoa?

– A canoa foi deixada sozinha por um dia nas fontes da Misericórdia – respondeu Gédéon Spilett – e pode muito bem ficar lá por dois dias!

– Mas... – disse Nab.

Nab tinha algo a dizer, mas abriu a boca para falar e não falou.

– O que você quer acrescentar, Nab? – perguntou o engenheiro.

– Se voltarmos pela costa até o cabo da Garra – respondeu Nab –, depois de passar esse cabo, ficaremos encurralados...

– Pela Misericórdia, sim! – respondeu Harbert. – E não teremos uma ponte ou um barco para atravessá-la!

– Bem, senhor Cyrus – respondeu Pencroff –, com alguns troncos flutuantes, não teremos dificuldades para atravessar esse rio!

– Ainda assim – disse Gédéon Spilett –, será útil construir uma ponte se quisermos ter acesso fácil ao Extremo Oeste!

– Uma ponte! – exclamou Pencroff! – Mas o senhor Smith é engenheiro e fará uma ponte quando quisermos uma! Quanto a transportá-los esta noite para o outro lado da Misericórdia sem molhar suas roupas, eu cuido disso. Vamos!

A proposta do repórter, fortemente apoiada pelo marujo, obteve aprovação geral, porque todos queriam acabar com suas dúvidas, e se chegassem ao cabo da Garra, a exploração estaria completa.

Às seis da manhã, o pequeno grupo partiu. A partir da extremidade do promontório, a costa se arredondava em uma distância de oito quilômetros, que foram rapidamente atravessados sem que as investigações mais cuidadosas encontrassem qualquer vestígio de um aportamento, recente ou antigo.

Os colonos chegaram ao ângulo onde a curvatura terminava para seguir a direção nordeste, formando a baía de Washington e puderam ver toda a extensão da costa sul da ilha.

– Um navio que chegasse até aqui – disse Pencroff – estaria inevitavelmente perdido. Bancos de areia que se estendem pela costa, e mais longe, escolhos! Paragem inóspita!

– Mas pelo menos restaria algo desse navio – disse o repórter.

– Haveria pedaços de madeira nos recifes e nada na areia – respondeu o marujo.

– Por quê?

– Porque essas areias, ainda mais perigosas que as rochas, engolem tudo o que flui para elas, e alguns dias são suficientes para que o casco de um navio de várias centenas de toneladas desapareça completamente!

– Então – perguntou o engenheiro –, se um navio se perdesse nesses bancos de areia, não seria estranho não haver nenhum indício dele agora?

– Não, senhor Smith, com a ajuda do tempo ou da tempestade.

– Vamos continuar nossa busca – respondeu Cyrus Smith.

À uma da tarde, os colonos chegaram ao fundo da baía de Washington e nessa altura já tinham atravessado uma distância de pouco mais de trinta quilômetros. Pararam para almoçar. As suaves ondulações do mar, quebradas nos topos das rochas, foram vistas desenvolvendo-se em franjas longas e espumosas.

Como resultado, ficaria mais difícil caminhar à medida que incontáveis deslizamentos de rochas bloqueavam a costa.

Após meia hora de descanso, os colonos partiram novamente, e seus olhos não deixaram nenhum ponto dos recifes e da praia sem observação. Pencroff e Nab se aventuravam no meio dos escolhos sempre que um objeto atraía seus olhares, mas nada de destroços. E, ainda assim, um objeto de alguma importância, como o casco de um navio, seria visível, ou seus detritos teriam sido levados para a costa, como tinha acontecido com a caixa encontrada a menos de trinta quilômetros dali. Mas não havia nada.

Por volta das três horas, Cyrus Smith e seus companheiros chegaram a uma estreita calheta fechada. Ela formava um porto natural, invisível a partir do mar, em que terminava uma passagem estreita que os escolhos distribuíam entre si. Gédéon Spilett propôs aos companheiros que parassem ali.

O lugar onde pararam estava a quinze ou dezesseis metros acima do nível do mar. O raio de visão era, portanto, bastante amplo, e, passando sobre as últimas rochas do cabo, perdia-se até a baía da União. Mas nem a ilhota, nem o planalto de Grande-Vista estavam visíveis, nem poderiam estar naquela época.

A luneta passeou por toda a parte da costa ainda por explorar, com o mesmo cuidado desde a costa até os recifes, e nenhum destroço surgiu no campo do instrumento.

– Muito bem – disse Gédéon Spilett –, sendo assim, vamos olhar o lado positivo e nos consolar pensando que ninguém virá disputar a posse da ilha Lincoln conosco!

– Mas e aquele grão de chumbo? – observou Harbert. – Suponho que não seja imaginário!

– Com mil diabos, não! – fez Pencroff, pensando no maxilar.

– Então, a que conclusão chegamos? – perguntou o repórter.

– À seguinte – respondeu o engenheiro – : há três meses, no máximo, um navio, voluntariamente ou não, desembarcou...

– O quê!? Você admite, Cyrus, que ele afundou sem deixar rastro? – interrogou o repórter.

– Não, meu caro Spilett, mas repare que, embora tenhamos certeza de que um ser humano pôs os pés nesta ilha, é certo que já a tenha deixado.

– Então, se eu compreendi bem, senhor Cyrus – disse Harbert –, o navio já teria partido?

– Evidentemente.

– E perdemos a oportunidade de sermos repatriados? – considerou Nab.

– Receio que sim.

– Pois bem! Já que a oportunidade está perdida, sigamos – disse Pencroff, que já estava com saudade da Granite House.

Mas ele tinha acabado de se levantar quando Top saiu do bosque segurando na boca um farrapo manchado de lama.

Nab arrancou o farrapo da boca do cão. Era um pedaço de lona muito resistente.

Top latia, e por suas idas e vindas, parecia convidar seu mestre a segui--lo até a floresta.

– Há algo ali que poderá explicar meu grão de chumbo! – exclamou Pencroff.

– Um náufrago! – respondeu Harbert.

– Ferido, talvez! – considerou Nab.

– Ou morto! – respondeu o repórter.

E todos empunharam suas armas e correram atrás das pegadas do cão, entre os grandes pinheiros que formavam a primeira camada da floresta.

Eles avançaram bastante no interior do bosque, mas não encontraram nenhuma pegada. Mas Top continuava indo e vindo, não como um cão que procura ao acaso, mas como um ser que segue uma ideia.

Depois de sete ou oito minutos de caminhada, Top parou. Os colonos chegaram a uma espécie de clareira rodeada de árvores altas, olharam em volta e não viram nada, nem sob as sarças, nem entre os troncos das árvores.

– O que é que há, Top? – disse Cyrus Smith.

Top ladrou com mais força, pulando aos pés de um pinheiro gigante. De repente, Pencroff exclamou:

– Ah, muito bem! Perfeito!

– O que é? – perguntou Gédéon Spilett.

– Estamos procurando um naufrágio na terra ou no mar!

– E então?

– Então, é no ar que ele se encontra!

E o marujo apontou para um grande trapo esbranquiçado, pendurado no topo do pinheiro, igual ao da amostra que Top havia encontrado no chão.

– Mas isso não é um destroço! – exclamou Gédéon Spilett. – É o que resta do nosso balão, que caiu em cima daquela árvore!

Pencroff soltou um belo "hurra", completando:

– Eis uma bela lona! Temos tecido suficiente para fazermos roupas durante anos! Não é, senhor Spilett? O que acha de uma ilha onde as camisas crescem em árvores?

Era de fato uma feliz circunstância para os colonos da ilha Lincoln que o balão, depois de seu último salto no ar, tivesse aterrissado na ilha e que eles tivessem a chance de reencontrá-lo. Ou eles manteriam o envelope sob essa forma, se quisessem tentar uma nova fuga pelos ares, ou usariam vantajosamente esses metros de tecido de algodão de boa qualidade quando ele ficasse livre de seu verniz.

Mas era necessário remover o envelope de cima da árvore em que estava pendurado e colocá-lo em um lugar seguro, o que não era tarefa simples. Nab, Harbert e o marujo subiram no topo da árvore e tiveram que ter muita habilidade para soltar o enorme e murcho balão. Era uma fortuna que caía do céu.

– Se um dia decidirmos sair da ilha – disse o marujo –, não será em um balão, não é mesmo? Esses navios aéreos não vão para onde queremos e sabemos bem disso! Se vocês acreditarem em mim, construiremos um bom barco de cerca de vinte toneladas, e com essa lona eu vou fazer um mastro e uma vela triangular. Quanto ao resto, será usado para nos vestirmos!

– Enquanto isso, precisamos manter tudo isso seguro – disse Nab.

Na verdade, não se podia pensar em transportar para a Granite House tamanha carga de lona e cordas, cujo peso era considerável, e, enquanto se aguardava um veículo adequado para transportá-las, era importante não deixar essas riquezas por muito tempo à mercê de um furacão. Os colonos combinaram seus esforços e conseguiram arrastar tudo para a costa, onde descobriram uma cavidade rochosa bastante grande, que nem o vento, nem a chuva, nem o mar poderiam visitar, graças à sua orientação.

Às seis da tarde, tudo foi armazenado e depois de batizarem a pequena chanfradura que formava o riacho com pertinente nome de "porto Balão", retomaram o caminho para o cabo da Garra.

A noite se aproximava e o céu já estava escuro quando os colonos chegaram à ponta do Destroço, onde tinham descoberto a preciosa caixa.

Seis quilômetros separavam a ponta do Destroço da Granite House, e eles foram rapidamente atravessados. Passava da meia-noite quando, depois de seguir a costa até a foz da Misericórdia, os colonos chegaram na primeira curva formada pelo rio.

Era preciso admitir que eles estavam exaustos. O percurso tinha sido longo, e o incidente do balão não lhes permitiu descansar pernas e braços. Estavam ansiosos para voltar à Granite House para jantar e dormir, e se uma ponte tivesse sido construída, estariam em casa em quinze minutos.

Harbert ia e vinha sem se distanciar muito. De repente, o jovem rapaz, que tinha subido o rio, voltou precipitadamente, e, mostrando a Misericórdia rio acima:

– O que é aquilo à deriva? – exclamou.

Pencroff viu um objeto em movimento que aparecia confusamente entre as sombras.

– Uma canoa! – ele disse.

Todos se aproximaram e viram, com surpresa, um barco seguindo o curso d'água. O barco ainda estava à deriva, a apenas dez passos de distância, quando o marujo disse:

– Mas é a nossa canoa! A amarra arrebentou e ela está seguindo a correnteza! Temos de admitir que ela vem a calhar!

– Nossa canoa?... – murmurou o engenheiro. Era de fato a canoa, cujo ancoradouro havia se quebrado e que voltava das fontes da Misericórdia! Era importante alcançá-la ao passar, antes que fosse arrastada pela corrente do rio, e foi o que Nab e Pencroff fizeram com o auxílio de uma vara comprida.

O barco acostou na margem. O engenheiro embarcou primeiro, agarrou o ancoradouro e certificou-se, ao toque, de que ele tinha realmente rompido pela fricção com as rochas.

– Isso é o que podemos chamar de circunstância... – disse o repórter em voz baixa.

– Estranho! – respondeu Cyrus Smith.

– Estranho ou não, ela veio em bom momento!

Harbert, o repórter, Nab e Pencroff embarcaram em seguida. Eles não tiveram dúvida de que a amarra estava gasta; mas o mais surpreendente foi a canoa ter chegado no exato momento em que os colonos estavam lá para pegá-la, pois quinze minutos depois, ela teria se perdido no mar.

Com algumas remadas, os colonos chegaram à embocadura da Misericórdia. A canoa foi arrastada pela costa até as Chaminés, e todos seguiram para a escada da Granite House.

Mas, naquele momento, Top ladrou furiosamente, e Nab, que estava prestes a pisar no primeiro degrau, gritou...

Não havia mais escada.

Capítulo 6

Cyrus Smith estancou sem dizer uma palavra. Seus companheiros procuraram no escuro, tanto nas paredes da muralha, caso o vento tivesse deslocado a escada, como no chão, caso ela tivesse se soltado, mas a escada tinha desaparecido.

– Se for uma piada – exclamou Pencroff –, ela é de péssimo gosto! Chegar em casa e não mais encontrar as escadas que o levam até seu quarto não faz as pessoas cansadas rirem! Estou começando a achar que coisas estranhas acontecem na ilha Lincoln!

– Estranhas? – disse Gédéon Spilett. – Nada é mais natural. Alguém veio quando estávamos fora, tomou posse da casa e removeu a escada!

– Alguém! – fez o marujo. – Mas quem pode ser?

– O caçador do grão de chumbo – respondeu o repórter. – De que isso serviria, a não ser para explicar nossa desventura?

Então, com a voz estrondosa, o marujo bradou um "Ô de casa!" tão prolongado que os ecos repercutiram com força.

Os colonos apuraram os ouvidos e pensaram ter escutado uma espécie de risada sair da Granite House. Mas nenhuma voz respondeu ao grito de Pencroff, que repetiu seu vigoroso apelo.

Havia ali algo que surpreenderia até os homens mais indiferentes do mundo.

Esquecendo-se da fadiga e dominados pela singularidade do evento, chegaram ao pé da Granite House sem saber o que pensar ou fazer e multiplicando todas as hipóteses, uma mais inadmissível que a outra.

– Meus amigos – disse Cyrus Smith –, só nos resta uma coisa a fazer, esperar o dia amanhecer para poder agir de acordo com as circunstâncias. Mas vamos esperar nas Chaminés. Lá estaremos seguros, e se não pudermos jantar, pelo menos poderemos dormir.

– Mas quem será o desavergonhado que nos enganou? – perguntou Pencroff outra vez, inconformado com o ocorrido.

Seja quem fosse o "desavergonhado", a única coisa a fazer era voltar às Chaminés e esperar o dia amanhecer. No entanto, Top foi ordenado a permanecer sob as janelas da Granite House.

Dizer que, apesar do cansaço, eles dormiram bem na areia das Chaminés seria faltar com a verdade.

A Granite House era mais do que a casa deles, era também o armazém. Lá havia todo o equipamento da colônia. Se tudo tivesse sido roubado, os colonos teriam de recomeçar sua morada e refazer armas e ferramentas. Então, cedendo à ansiedade, a cada instante um deles saía para ver se Top estava vigiando bem. Apenas Cyrus Smith esperava com sua paciência habitual, embora sua tenaz razão estivesse exasperada por estar diante de um fato absolutamente inexplicável, e ele se indignava com a ideia de que ao seu redor algo exercia uma influência que não sabia nomear.

– É uma piada que fizeram conosco! – disse Pencroff. – E eu não gosto de piadas e pobre do engraçadinho se ele cair em minhas mãos!

Assim que a primeira luz do dia surgiu no leste, os colonos, devidamente armados, foram até a costa, na beira dos recifes. A Granite House, atingida diretamente pelo sol nascente, estava prestes a ser iluminada pelas luzes da alvorada, e logo as janelas, com persianas fechadas, surgiram através das cortinas de folhagem.

Daquele lado estava tudo em ordem, mas um grito escapou da garganta dos colonos quando viram que a porta, que tinham fechado antes de sua partida, estava totalmente aberta.

Já não havia dúvidas de que alguém tinha invadido a Granite House.

A escada superior, geralmente estendida ao sopé da porta, estava em seu lugar, mas a escada inferior tinha sido removida e levantada até o limiar.

Pencroff voltou a chamar. Silêncio.

– Patifes! – fez o marujo. – Dormem tranquilamente como se estivessem em casa!

O dia amanheceu por completo e a fachada da Granite House foi iluminada pelos raios do sol. Mas dentro e fora, tudo estava calmo e silencioso.

Harbert teve a ideia de amarrar uma corda em uma flecha e atirar essa flecha para que ela passasse entre as primeiras barras da escada, que estavam penduradas no limiar da porta. A corda poderia puxar a escada até o chão e restabelecer a comunicação com a Granite House.

Felizmente, arcos e flechas tinham sido guardados em um corredor das Chaminés, onde havia também cerca de quarenta metros de corda de hibisco. Pencroff desenrolou a corda e a amarrou a uma flecha bem empenada. Em seguida, Harbert, depois de colocar a flecha em seu arco, mirou-a com extremo cuidado na ponta pendente da escada.

O arco relaxou, a flecha assobiou arrastando a corda e passou entre os dois últimos degraus. A operação foi bem-sucedida.

Harbert agarrou imediatamente a ponta da corda, mas quando deu um tranco para derrubar a escada, um braço passou entre a parede e a porta, agarrou-a e levou-a de volta para a Granite House.

– Mas que patife! – fez o marujo. – Se uma bala pode deixar você feliz, não vai esperar muito!

– Mas quem é? – perguntou Nab.

– Quem? Você não o reconheceu?

– Não.

– Mas é um macaco!

E, nesse momento, como se para dar razão ao marujo, três ou quatro quadrúmanos apareceram nas janelas e saudaram os verdadeiros donos do lugar com mil contorções e caretas.

– Eu sabia que era uma piada! – ralhou Pencroff. – Mas aí vem um dos engraçadinhos que vai pagar pelos outros!

O marujo empunhou sua arma, mirou em um dos macacos e disparou. Todos desapareceram, exceto um deles, que, mortalmente atingido, caiu sobre a areia. Harbert afirmou que era um orangotango, e sabemos que o rapaz conhece bem a zoologia.

– Que magnífico animal! – exclamou Nab.

– Pode chamar de magnífico! – respondeu Pencroff – Mas ainda não vejo como podemos entrar em casa!

Pencroff estava furioso. A situação tinha certo lado cômico, que ele, particularmente, não achava nada engraçado.

– Vamos nos esconder – disse o engenheiro. – Talvez os macacos pensem que fomos embora e reapareçam. Mas Spilett e Harbert devem se esconder atrás das rochas e disparar em tudo que aparecer.

As ordens do engenheiro foram obedecidas, e enquanto o repórter e o jovem rapaz se preparavam fora da vista dos macacos, Nab, Pencroff, e Cyrus Smith subiram o planalto e foram até a floresta para caçar algum animal, pois a hora do almoço se aproximava e não havia mais provisão.

Duas horas depois, a situação ainda não tinha mudado. Os quadrúmanos já não davam qualquer sinal de existência e era possível acreditar que tinham desaparecido.

– Decididamente, é muito estúpido – disse o repórter –, e não há qualquer motivo que os faça desistir!

– Temos de tirar aqueles bandidos de lá! – exclamou Pencroff. – Nós vamos vencê-los, ainda que sejam uns vinte, mas, para isso, temos de combatê-los de frente! Ah, não existe uma maneira de chegar até eles?

– Existe – respondeu o engenheiro, que acabava de ter uma ideia.

– E qual é?

– Vamos tentar chegar à Granite House através do antigo escoadouro do lago – respondeu o engenheiro.

– Ah! Com milhares de diabos! – fez o marujo. – E eu não pensei nisso!

A abertura do escoadouro estava fechada por uma parede de pedras cimentadas, que seria necessário destruir, mas elas a reconstruiriam depois.

Já passava do meio-dia quando os colonos, bem armados e munidos de picaretas e enxadas, deixaram as Chaminés, passaram por baixo das janelas da Granite House, depois de ordenarem que Top permanecesse em seu posto, e começaram a subir a margem esquerda da Misericórdia, a fim de alcançar o planalto da Grande-Vista.

Mas eles não tinham andado nem cinquenta passos nessa direção e começaram a ouvir gritos furiosos que soavam como um pedido de socorro. Todos desceram o rio em grande velocidade. Ao se aproximarem, viram que a situação havia mudado.

De fato, os macacos, assustados por alguma causa desconhecida, tentavam fugir. Logo, cinco ou seis estavam na mira dos colonos, que dispararam à vontade. Alguns deles, feridos ou mortos, caíram dentro dos quartos soltando gritos agudos. Outros correram para fora e se machucaram na queda, e, pouco tempo depois, era possível supor que não havia mais nenhum quadrúmano na Granite House.

– Hurra! – Pencroff gritou. – Hurra! Hurra!

– Não é para tantos hurras! – fez Gédéon Spilett.

– Por quê? Estão todos mortos – respondeu o marujo.

– Sim, mas isso não nos permite entrar em casa.

– Vamos para o escoadouro! – disse Pencroff.

– Sim – disse o engenheiro. – No entanto, seria melhor...

Nesse momento, e como resposta à observação de Cyrus Smith, a escada começou a deslizar pelo parapeito da porta, desdobrou-se e caiu no chão.

– Ah! Com mil cachimbos! Isso é fantástico! – exclamou o marujo, olhando para Cyrus Smith.

– Muito bom! – o engenheiro disse baixinho, que foi o primeiro a pisar na escada.

– Tenha cuidado, senhor Cyrus! – considerou Pencroff. – Ainda pode haver algum desses saguis...

Seus companheiros o seguiram, e em um minuto chegaram à porta. Procuraram por todos os lados. Ninguém nos quartos, nem na dispensa.

– Mas e a escada? – fez o marujo. – Quem a mandou de volta?

Então um grito foi ouvido, e um grande macaco, que tinha se refugiado no corredor, correu para a sala, seguido por Nab.

– Ah! o bandido! – exclamou Pencroff.

E com um machado na mão, ele estava prestes a partir a cabeça do animal quando Cyrus Smith o impediu:

– Poupe-o, Pencroff.

– Quer que eu tenha piedade desse trigueiro?

– Sim! Foi ele quem nos atirou a escada!

E o engenheiro disse isso em um tom de voz tão singular que era difícil saber se ele estava falando sério ou não.

Depois de tentar se defender valentemente, o macaco foi derrubado e amarrado.

– Ufa! – exclamou Pencroff. – E o que fazemos dele agora?

– Um criado! – respondeu Harbert.

E falando dessa maneira, o rapaz não estava de fato brincando, pois sabia dos benefícios que podiam ser tirados dessa raça inteligente dos quadrúmanos.

Os colonos se aproximaram do macaco e o observaram. Era um orangotango e não tinha nem a ferocidade do babuíno, nem a imprudência do macaco. Adotados nas casas, eles podem servir à mesa, limpar os quartos, cuidar das roupas, encerar os sapatos, manusear habilmente a faca, a colher e o garfo e até beber vinho...

O que estava amarrado no salão da Granite House era um grande animal, com um metro e oitenta de altura, um verdadeiro protótipo de antropomorfos. Seus olhos, um pouco menores que os humanos, brilhavam intensamente e ele tinha uma pequena barba encaracolada de cor avelã.

– Um belo rapagão! – disse Pencroff. – Se ao menos falássemos sua língua, poderíamos conversar!

– Então é sério, meu caro mestre? – perguntou Nab. – Vamos mantê-lo como doméstico?

– Sim, Nab – respondeu o engenheiro com um sorriso.

– E espero que ele seja um excelente serviçal – acrescentou Harbert. – Ele parece jovem, será fácil educá-lo, e não seremos obrigados a usar a força para subjugá-lo. Ele se apega a mestres que são bons para ele.

– E seremos – respondeu Pencroff, que tinha esquecido todo o seu rancor contra os "patifes". Então, aproximando-se do orangotango: – Então, meu rapaz, como está indo?

O orangotango respondeu com um pequeno grunhido que não indicava muito mau humor.

– Então você quer fazer parte da colônia? Vai servir ao senhor Cyrus Smith?

Novo grunhido de aprovação do macaco.

Foi assim que a colônia ganhou um novo membro que deveria prestar mais de um serviço. Quanto ao seu nome, o marujo pediu que, em memória de outro macaco que havia conhecido, ele fosse chamado de Júpiter, e Jup por abreviação.

E assim, sem mais demoras, mestre Jup foi instalado na Granite House.

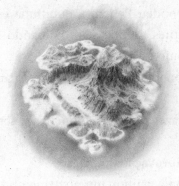

Capítulo 7

Os colonos haviam recuperado sua residência sem ter que apelar para o antigo escoadouro, livrando-se dos trabalhos de alvenaria. Foi, de fato, uma sorte que, no momento exato em que eles estavam indo fazer esse trabalho, o bando de macacos tivesse sido tomado pelo terror, tão repentino quanto inexplicável, que os expulsou da Granite House.

Durante as últimas horas daquele dia, os cadáveres dos macacos foram levados para a floresta, onde foram enterrados; então, os colonos se esforçaram para organizar a desordem causada pelos intrusos. Nab reacendeu seu forno e as reservas forneceram uma refeição substancial de que todos desfrutaram.

Jup não foi esquecido e comeu amêndoas de pinho e raízes de rizoma com muito apetite. Pencroff soltou-lhe os braços, mas achou apropriado manter as pernas presas até ter certeza de sua resignação.

Cyrus Smith e seus companheiros, sentados em volta da mesa, discutiram sobre alguns projetos que tinham urgência.

Os mais importantes eram a ponte sobre a Misericórdia, que conectaria a parte sul da ilha com a Granite House, e a fundação de um curral destinado a abrigar carneiros e outros animais de lã que fossem capturados no futuro.

Quanto ao curral, a intenção de Cyrus Smith era que ele fosse feito nas próprias fontes do córrego Vermelho, onde os ruminantes encontrariam pastagens que lhes forneceriam alimentos frescos e abundantes. A estrada entre o planalto da Grande-Vista e essas fontes já estava parcialmente pavimentada, e com uma carroça mais bem condicionada que a primeira, o carreto ficaria mais fácil, especialmente se capturassem um animal de tração.

No dia seguinte, 3 de novembro, as obras foram iniciadas pela construção da ponte, e toda mão de obra foi necessária para a execução desse trabalho. Serras, machados, tesouras e martelos foram carregados sobre os ombros dos colonos, que, agora carpinteiros, desceram até a praia. Ao chegarem, Pencroff fez esta observação:

– E se, enquanto estivermos fora, o mestre Jup tiver vontade de remover a escada que ele tão gentilmente nos devolveu ontem?

– Vamos prendê-la pela extremidade inferior – respondeu Cyrus Smith.

Depois, os colonos subiram pela margem esquerda da Misericórdia e logo chegaram à curva formada pelo rio. Lá, pararam e avaliaram se a ponte poderia ser construída no local que pareceu adequado.

Cyrus Smith dividiu com os companheiros um projeto que era simples de realizar e vantajoso. O projeto consistia em isolar completamente o planalto da Grande-Vista, a fim de protegê-lo de qualquer ataque de quadrúpedes ou quadrúmanos. Dessa forma, a Granite House, as Chaminés, o curral e toda a parte superior do planalto, destinada à semeadura, ficariam protegidos das depredações dos animais.

– Assim – acrescentou o engenheiro –, o planalto da Grande-Vista será uma verdadeira ilha, cercada de água por todos os lados, e irá se comunicar com o restante da ilha apenas pela ponte que vamos construir até a Misericórdia, os dois pontilhões já estabelecidos a montante e a jusante das quedas, juntamente aos outros dois que serão construídos, um sobre o leito que proponho cavar na margem esquerda da Misericórdia.

O projeto foi aprovado por unanimidade, e Pencroff, brandindo o machado de carpinteiro, exclamou:

– Então vamos à ponte!

Era o trabalho mais urgente. A ponte, fixada na parte que se apoiava na margem direita da Misericórdia, deveria ser móvel na parte que se ligaria à margem esquerda, para que pudesse ser levantada por meio de contrapesos, como algumas pontes de eclusa.

A construção da ponte de Misericórdia durou três semanas, muito seriamente ocupadas. Eles almoçavam no local onde o trabalho estava sendo feito e só voltavam à Granite House para jantar.

Durante esse período, puderam ver que mestre Jup se habituou e se familiarizou facilmente com seus novos mestres, a quem ele sempre olhava com extrema curiosidade. No entanto, como medida de precaução, Pencroff ainda não lhe permitia a completa liberdade de movimento, preferindo esperar que os limites do planalto ficassem intransitáveis como resultado das obras planejadas.

Em 20 de novembro, a ponte foi concluída. A parte móvel, equilibrada por contrapesos, inclinava facilmente, e não era necessário grande esforço para levantá-la.

Logo eles foram buscar o envelope do aerostato, pois estavam ansiosos para protegê-lo; mas, para transportá-lo, era necessário levar uma carroça até o porto Balão, e, consequentemente, abrir uma estrada em meio aos espessos maciços do Extremo Oeste. Nab e Pencroff primeiro fizeram um reconhecimento até o porto e como constataram que o "estoque de lona" não sofrera qualquer degradação na caverna onde estava armazenado, decidiram que os trabalhos no planalto da Grande-Vista continuariam sem interrupção.

– Isso nos permitirá construir nosso galinheiro em melhores condições, uma vez que não precisaremos temer a visita de raposas ou a invasão de outras bestas nocivas – observou Pencroff.

Na mesma época, o primeiro campo de trigo, semeado com apenas um grão, tinha florescido admiravelmente, graças aos cuidados de Pencroff. Ele tinha produzido as dez espigas prometidas pelo engenheiro e cada espiga produzia oitenta grãos, então a colônia produzia ao menos oitocentos grãos a cada seis meses, o que lhes permitia uma dupla colheita a cada ano.

Em 21 de novembro, Cyrus Smith desenhou o fosso que deveria fechar o planalto a oeste, do ângulo sul do lago Grant até a curva da Misericórdia. Em menos de quinze dias, uma vala foi escavada no solo duro do planalto. Pelos mesmos meios, uma nova fissura foi aberta na borda rochosa do lago, e as águas correram para o novo leito, formando um pequeno riacho que foi chamado de "córrego Glicerina", que se tornou um afluente da Misericórdia. Como o engenheiro havia previsto, o nível do lago caiu.

Na primeira quinzena de dezembro, as obras foram definitivamente concluídas, e o planalto da Grande-Vista, uma espécie de pentágono irregular com um perímetro de cerca de seis quilômetros, rodeado por uma cintura líquida, estava absolutamente protegido de qualquer ataque.

Durante o mês de dezembro, o calor foi intenso. Os colonos, no entanto, não queriam suspender a execução de seus planos, e como era urgente montar o galinheiro, os trabalhos prosseguiram.

Uma vez que o planalto estava completamente fechado, mestre Jup tinha sido libertado. Ele não abandonava seus mestres nem manifestava qualquer desejo de fugir. Era um animal surpreendentemente ágil. Quando se tratava de subir a escada da Granite House, ninguém era páreo para ele, que já estava encarregado de fazer alguns trabalhos, como transportar cargas de madeira e carregar as pedras extraídas do leito do riacho.

O galinheiro ocupou uma área de cento e sessenta metros quadrados à margem sudeste do lago. Ele foi cercado por uma paliçada e vários abrigos foram construídos para os animais que o habitariam.

Finalmente, havia chegado o momento de usar o envelope do balão para a confecção das roupas, pois mantê-lo da forma que estava e aventurar-se em um balão de ar quente para deixar a ilha navegando sobre um mar, por assim dizer, sem limites, seria admissível apenas para as pessoas que não tivessem mais qualquer esperança de viver, e Cyrus Smith, espírito prático, não considerava essa possibilidade.

Era preciso transportar o envelope para a Granite House, e os colonos trataram de transformar a pesada carroça em algo fácil e leve de manusear. Mas, se o veículo existia, faltava criar o motor! Não existiria na ilha algum ruminante que pudesse substituir cavalo, burro ou boi? Essa era a questão.

– Na verdade – disse Pencroff –, um animal de tração nos seria muito útil enquanto esperamos o senhor Cyrus construir uma carroça a vapor.

A Providência não fez Pencroff esperar por muito tempo até completar seu desejo.

No dia 23 de dezembro, ouviram Nab gritar e Top ladrar, um mais forte que o outro. Os colonos, ocupados nas Chaminés, correram imediatamente, temendo algum infeliz incidente.

Dois animais grandes e bonitos vagavam descuidadamente pelo planalto cujos pontilhões não tinham sido fechados. Pareciam dois cavalos, ou pelo menos dois burros. Eles olhavam os colonos com um olhar desconfiado de quem ainda não os reconhecia como seus donos.

– São onagros! – Harbert exclamou.

– E por que não são burros? – perguntou Nab.

– Porque não têm orelhas compridas e suas formas são mais graciosas!

– Burros ou cavalos – respondeu Pencroff –, são "motores", como diria o senhor Smith, e, como tal, devemos capturá-los!

O marujo deslizou no meio das plantas, sem assustar os dois animais, caminhou até o pontilhão do córrego Glicerina, chacoalhou-o e os onagros foram capturados.

Eles os dominariam pela força e os submeteriam à domesticação forçada? Não. Foi decidido que, durante alguns dias, eles seriam autorizados a entrar e sair livremente do planalto, onde a relva era abundante, e o engenheiro projetou a construção de uma cavalariça perto do galinheiro, onde os onagros encontrariam um bom leito e um bom refúgio à noite.

Enquanto isso, foram confeccionados arreios de fibra vegetal, e alguns dias após a captura dos onagros, não somente a carroça estava pronta para ser atrelada, mas uma estrada retilínea, ou melhor, uma clareira, tinha sido aberta na floresta do Extremo Oeste, da curva da Misericórdia até o porto Balão. A carroça poderia, portanto, ser conduzida por lá, e no fim de dezembro os onagros foram experimentados pela primeira vez.

Nesse dia, toda a colônia, exceto Pencroff, que andava à frente do gado, entrou na carroça e pegou a estrada para porto Balão. Eles foram intensamente sacudidos pela estrada recém-construída; mas o veículo chegou em segurança, e no mesmo dia o envelope e os vários acessórios do balão foram transportados.

Às oito da noite, depois de atravessar a ponte da Misericórdia, a carroça desceu pela margem esquerda do rio e parou na praia. Os onagros foram desamarrados e levados de volta à cavalariça, e Pencroff, antes de se recolher, deu um suspiro de satisfação que ecoou por toda a Granite House.

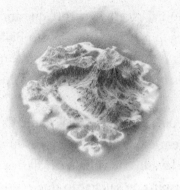

Capítulo 8

A primeira semana de janeiro foi dedicada à confecção das roupas necessárias à colônia. As agulhas encontradas na caixa atuaram entre os vigorosos dedos que, apesar de pouco delicados, costuravam com firmeza.

Não faltou linha, graças à ideia que Cyrus Smith teve de reaproveitar a que tinha sido usada para costurar as tiras do balão. Algumas dúzias de camisas e meias feitas de pano costurado foram preparadas. Que prazer os colonos tiveram ao finalmente vestir um linho branco e se deitar entre lençóis que deixaram as camas da Granite House muito confortáveis.

Foi também nessa época que fizeram sapatos de pele de foca, largos e compridos, que nunca incomodavam os pés dos andarilhos!

Com a chegada do ano de 1866, o calor aumentou, mas a caça sob os bosques não cessou, e Gédéon Spilett e Harbert eram atiradores bons demais para perder um só tiro.

Cyrus Smith sempre recomendava que eles poupassem as munições, e providenciou a substituição da pólvora e do chumbo que haviam sido encontrados no caixa, que pretendia reservar para o futuro, por um produto feito à base de piroxila. Os caçadores da ilha logo tiveram à disposição uma substância perfeitamente preparada e que deu excelentes resultados.

Na época, os colonos limparam um hectare do planalto de Grande-Vista, e o resto foi mantido como prado para a manutenção dos onagros. Fizeram excursões nas florestas do Jacamar e no Extremo Oeste, colheram plantas selvagens, espinafres, agriões e rábanos, que um cultivo inteligente iria logo modificar e que temperariam a dieta nitrogenada a que os colonos da ilha Lincoln eram submetidos até então. Cada excursão era, ao mesmo tempo, um meio de melhorar as estradas, cujo piso se assentava gradualmente sob as rodas da carroça.

Nessa época, também caçaram tartarugas marinhas que frequentavam as praias do cabo da Mandíbula. A praia estava coberta de intumescências contendo ovos perfeitamente esféricos, com uma casca branca e dura, e cuja albumina tem a propriedade de não coagular como a dos ovos das aves. O sol era responsável por eclodi-los, e havia uma boa quantidade deles, uma vez que cada tartaruga pode botar até duzentos e cinquenta ovos por ano.

– Um verdadeiro campo de ovos – observou Gédéon Spilett –, basta apenas colhê-los.

Mas eles não se contentaram apenas com os produtos, os produtores também foram caçados, e uma dúzia desses quelônios foi levada à Granite House. O caldo de tartaruga, cheio de ervas aromáticas e adornado com alguns crucíferos, resultava em elogios muito merecidos a Nab, o cozinheiro.

Foi também nessa época que o inteligente Jup foi promovido à função de criado. Vestiram-no com um fraque, um par de calças curtas de linho branco, e um avental com bolsos. O hábil orangotango tinha sido muito bem estilizado por Nab.

É possível imaginar a satisfação que mestre Jup manifestava em relação aos convivas da Granite House, quando, com a toalha no braço, ele vinha lhes servir. Ele realizava o serviço com perfeita destreza, trocando a louça, trazendo os pratos, servindo a bebida, tudo com uma seriedade que entretinha os colonos e entusiasmava Pencroff.

– Jup, a sopa!

– Jup, uma fatia de cotia!

– Jup, um prato!

– Bravo, Jup!

Era isso que se ouvia o tempo todo, e Jup, sem se deixar desconcentrar, respondia a tudo, observava tudo, e abanava sua cabeça inteligente a qualquer pedido que lhe fizessem.

O orangotango estava totalmente adaptado à Granite House e acompanhava seus mestres na floresta com frequência, sem manifestar qualquer desejo de escapar.

No fim de janeiro, os colonos empreenderam grandes obras na parte central da ilha. Foi decidido que, das fontes do córrego Vermelho até o sopé do monte Franklin, seria construído um curral destinado aos ruminantes, cuja presença era fundamental na Granite House, particularmente dos carneiros monteses, destinados a fornecer lã para a confecção das roupas de inverno.

Todas as manhãs, a colônia, geralmente representada apenas por Cyrus Smith, Harbert, e Pencroff, seguia até a fonte do córrego, e os onagros faziam o trajeto de oito quilômetros sob a cúpula verdejante, pelo caminho recém-traçado que ganhou o nome de estrada do Curral.

Lá eles escolheram um vasto campo no reverso do cume sul da montanha. Era um prado feito de bosques, situado no pé do contraforte que fechava um de seus lados. Um pequeno rio, nascido em suas encostas, ia se perder no córrego Vermelho. A relva era fresca, e as árvores que cresciam aqui e ali permitiam que o ar circulasse livremente pela superfície. Bastava cercar a referida pradaria com uma paliçada disposta circularmente, apoiando-a em cada extremidade do sopé e alta o suficiente para que os animais, mesmo os mais ágeis, não pudessem atravessá-la. Esse recinto poderia conter uma centena de animais com chifres, carneiros monteses ou cabras selvagens e os pequenos que deles nasceriam.

O perímetro do curral foi traçado pelo engenheiro, e as árvores necessárias para a construção da paliçada foram derrubadas. Na frente da paliçada, uma entrada bastante ampla foi construída e fechada por uma porta dupla feita de tábuas fortes, que deveriam ser fixadas por barras externas.

A construção do curral demorou cerca de três semanas, pois, além da paliçada, Cyrus Smith ergueu vastos hangares sob os quais os ruminantes poderiam se refugiar.

Quando o curral ficou pronto, passaram ao cerco do sopé do monte Franklin, no meio das pastagens frequentadas pelos ruminantes. Essa operação ocorreu no dia 7 de fevereiro. Os dois onagros, já bem treinados e montados por Gédéon Spilett e Harbert, prestaram grandes serviços.

Cerca de trinta ruminantes e uma dezena de cabras selvagens, gradualmente conduzidas até o curral, cuja porta aberta parecia oferecer uma saída, foram capturadas. A maioria dos monteses eram fêmeas, algumas das quais logo iriam dar à luz, então era certo que o rebanho prosperaria. Naquela noite, os caçadores voltaram exaustos à Granite House.

Durante o mês de fevereiro não houve qualquer incidente significativo. As atividades cotidianas seguiram metodicamente, e, ao mesmo tempo que as estradas do curral e do porto Balão era melhoradas, uma terceira começou a ser construída, partindo do cercado até a costa ocidental.

Antes da estação fria reaparecer, os cuidados mais diligentes foram consagrados ao cultivo das plantas selvagens que tinham sido transplantadas da floresta para o planalto da Grande-Vista. Harbert não voltava de uma excursão sem trazer alguns vegetais úteis. A horta, agora bem-cuidada regada e protegida dos pássaros, estava dividida em pequenos quadrados, onde cresciam alface, batata violeta, azeda, rábano e outras crucíferas. A terra do planalto era prodigiosamente fértil e esperava-se que as colheitas fossem abundantes.

Também não faltavam bebidas variadas. Ao chá de oswego, fornecido pelas monardas dídimas, e ao licor fermentado extraído das raízes do dragoeiro, Cyrus Smith adicionou uma verdadeira cerveja, que produziu com os brotos da "abies nigra", que, depois de fervidos e fermentados, resultaram na agradável e particularmente higiênica bebida que os anglo-americanos chamam de "cerveja da primavera".

Tudo ia bem, graças à atividade desses homens corajosos e inteligentes. A Providência fazia muito por eles, sem dúvida; mas, fiéis ao grande preceito, eles primeiro se ajudavam, depois o céu vinha ajudá-los.

Após os dias quentes de verão, à noite, quando o trabalho estava feito, e a brisa do mar soprava, eles gostavam de se sentar na beira do planalto da Grande-Vista, em uma espécie de varanda coberta com plantas trepadeiras que Nab tinha cultivado pessoalmente. Lá eles conversavam, faziam planos, e o bom humor do marujo encantava aquele pequeno universo no qual reinava a mais perfeita harmonia.

Também falavam de seu país, da querida e grande América. Em que pé estaria a Guerra de Secessão? Obviamente ela não se estenderia muito! Richmond sem dúvida tinha caído nas mãos do general Grant! A tomada da capital dos confederados deve ter sido o último ato dessa luta funesta! Agora o norte havia triunfado de forma justa. Ah, como um jornal seria bem-vindo aos exilados da ilha Lincoln! Passaram onze meses desde que toda a comunicação entre eles e o resto dos humanos tinha sido interrompida, e em pouco tempo, no dia 24 de março, seria o aniversário de quando o balão os atirou naquela terra desconhecida! Desde então, eles eram apenas náufragos e nem ao menos sabiam se poderiam defender sua miserável vida contra os elementos! E agora, graças à sabedoria de seu líder e à própria inteligência de cada um, eram verdadeiros colonos, munidos de armas, ferramentas e instrumentos, e haviam sido capazes de transformar em seu benefício, animais, plantas e minerais da ilha, isto é, os três reinos da natureza!

Cyrus Smith muitas vezes ficava em silêncio e ouvia seus companheiros mais frequentemente do que falava. Às vezes ele sorria com alguma reflexão de Harbert, ou com uma piada de Pencroff, mas sempre e em todos os lugares, ele pensava nesses fatos inexplicáveis, nesse estranho enigma cujo segredo ainda lhe escapava!

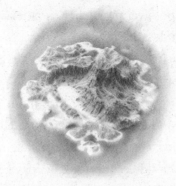

Capítulo 9

O tempo mudou durante a primeira semana de março. Havia uma lua cheia no início do mês, e o calor estava excessivo. Era possível sentir a atmosfera impregnada de eletricidade, e um período tempestuoso mais ou menos longo era temível.

No dia 2, uma violenta tempestade chegou. O vento soprava do leste e o granizo atacava diretamente a fachada da Granite House. As portas e janelas foram hermeticamente seladas, caso contrário, tudo teria sido inundado.

Quando Pencroff viu as pedras de granizo caírem, não conseguiu pensar em outra coisa: seu campo de trigo corria sério perigo. Imediatamente, ele correu até lá, onde as espigas já deixavam à mostra sua pequena cabeça verde, e conseguiu proteger a colheita com uma grossa tela. Ele foi apedrejado no lugar delas, mas não se queixou.

Durante oito dias o temporal caiu continuamente. O céu estava riscado de relâmpagos, e raios atingiam diversas árvores da ilha, incluindo um enorme pinheiro que se erguia perto do lago, na orla da floresta. Duas ou três vezes também, a praia foi atingida pelo fluido elétrico, que fundiu e vitrificou a areia. Ao encontrar estes fulgurites, o engenheiro foi levado a acreditar que seria possível preencher as janelas com vidros grossos e sólidos, que poderiam desafiar o vento, a chuva e o granizo.

Os colonos aproveitaram o mau tempo para trabalhar dentro da Granite House, cuja organização era aperfeiçoada e complementada diariamente. O engenheiro construiu um torno, que lhe permitiu produzir alguns utensílios de banheiro ou cozinha, especialmente botões, cuja ausência era muito sentida, e foi criada uma prateleira para as armas.

Mestre Jup não tinha sido esquecido e ocupava um quarto à parte, perto da dispensa, espécie de cabine mobiliada com uma cama confortável.

– Não temos do que reclamar desse corajoso Jup – repetia Pencroff –, nunca uma resposta insolente. Que criado!

A saúde dos membros da colônia, bípedes ou bímanos, quadrúmanos ou quadrúpedes, não deixava nada a desejar. Com a vida ao ar livre, no solo saudável, sob a zona temperada, trabalhando com a cabeça e com as mãos, eles não podiam acreditar que qualquer doença um dia os atingiria.

Todos estavam de fato muito saudáveis. Harbert já tinha crescido cinco centímetros durante um ano e seu rosto tomava forma e se tornava mais masculino. Além disso, ele aproveitava todas as oportunidades de aprender com as tarefas manuais, lia os poucos livros encontrados na caixa, e, após as aulas práticas que emergiram da própria necessidade de sua posição, encontrava no engenheiro, para as ciências, e no repórter, para as línguas, os professores que se dispunham a complementar sua educação.

A tempestade parou por volta de 9 de março, mas o céu permaneceu nublado durante todo o último mês do verão.

Por volta dessa época, o onagro fêmea deu à luz um filhote que pertencia ao mesmo sexo que sua mãe e que veio a calhar. No curral, sob as mesmas circunstâncias, houve um aumento no rebanho de carneiros, e vários cordeiros já baliam nos hangares, para grande alegria de Nab e Harbert, que tinham cada um o seu favorito entre os recém-nascidos.

Também tentaram domesticar os pecaris e foram bem-sucedidos. Um estábulo foi construído perto do galinheiro e logo surgiram vários filhotes em processo de civilização, ou seja, engordando sob os cuidados de Nab.

Um dia desse mês de março, Pencroff, conversando com o engenheiro, lembrou Cyrus Smith de uma promessa que ele ainda não tivera tempo de cumprir.

– O senhor falou de um dispositivo que substituiria as longas escadas da Granite House, senhor Cyrus. O senhor não pretende construí-lo?

– Você fala de um tipo de elevador? – perguntou Cyrus Smith.

– Chamemos de elevador. O nome não importa, desde que nos leve à casa sem fadiga.

– É simples fazê-lo, Pencroff, mas será útil?

– Certamente, senhor Cyrus. Depois de produzirmos o necessário, pensemos no conforto. Para as pessoas, será apenas um luxo; mas para as coisas, é essencial! Não é fácil subir uma escada quando estamos muito carregados!

– Bem, Pencroff, vou tentar satisfazê-lo.

– Mas o senhor não tem um motor à disposição.

– Nós faremos um.

– Um motor a vapor?

– Não, a água.

De fato, para manobrar o dispositivo, havia uma força natural à disposição do engenheiro, que ele podia usar sem grande dificuldade. Para isso, bastava aumentar o fluxo do pequeno desvio feito no lago que fornecia água para a Granite House.

Em 17 de março, o elevador funcionou pela primeira vez. A partir desse dia, todos os fardos, madeira, carvão, provisões e até os colonos foram erguidos por aquele sistema simples, que substituiu a escada primitiva de que ninguém deu falta. Top ficou satisfeito com a melhoria, pois não tinha a habilidade do mestre Jup para subir a escada, e muitas vezes ele subia nas costas de Nab, ou mesmo nas do orangotango para chegar à Granite House.

Nessa época, Cyrus Smith também tentou fazer vidro, e teve que adaptar o velho forno de cerâmica para essa nova função. Depois de várias tentativas fracassadas, ele conseguiu montar um ateliê de vidraçaria, que

Gédéon Spilett e Harbert, os ajudantes naturais do engenheiro, não abandonaram por alguns dias.

Depois que o primeiro vidro foi fabricado, bastava repetir a operação cinquenta vezes para obter cinquenta janelas. Assim, as janelas da Granite House logo foram revestidas com placas diáfanas suficientemente transparentes.

Os utensílios como copos e garrafas, foram fabricados como pura brincadeira. Além disso, eles eram aceitos da forma como se moldavam na ponta do bastão.

Durante uma das excursões feitas naquela época, descobriram uma nova árvore cujos produtos aumentaram ainda mais os recursos alimentares da colônia. Enquanto caçavam, Cyrus Smith e Harbert se aventuraram na floresta do Extremo Oeste, e, como sempre, o jovem fez mil perguntas ao engenheiro, que as respondeu de bom grado. Mas a caça exige tanto quanto qualquer outra atividade, e quando não se coloca zelo nisso, há muitas razões para não ter sucesso. O dia já avançava e os dois caçadores pensavam ter feito uma excursão inútil quando Harbert parou e deu um grito de alegria:

– Ah! Senhor Cyrus, está vendo esta árvore?

E ele apontava um tronco simples, revestido em uma casca escamosa, com folhas zebradas de pequenos veios paralelas.

– Que árvore é essa que se parece com uma pequena palmeira?

– É uma cica, cujo retrato está no nosso dicionário de história natural!

– Mas não vejo nenhum fruto nesse arbusto?

– Não, senhor Cyrus, mas seu tronco contém uma farinha que a natureza nos fornece já moída.

– Então esta é a árvore-do-pão?

– Sim! A árvore-do-pão.

– Bem, meu jovem, essa é uma descoberta preciosa enquanto esperamos pela colheita do trigo. Mãos à obra, e que os céus permitam que você não esteja enganado!

Harbert não estava enganado. Ele quebrou a haste de uma cica, composta de um tecido glandular e que continha certa quantidade de medula farinácea, atravessada por feixes lenhosos, separados por anéis da mesma substância, concentricamente dispostos. A esse amido, misturava-se um sumo mucilaginoso de sabor desagradável, mas que seria fácil de separar por pressão. Essa substância celular formava uma farinha de alta qualidade, extremamente nutritiva, e cuja exportação era proibida pelas leis japonesas antigamente.

Depois de estudarem cuidadosamente a parte do Extremo Oeste onde cresciam os cicas, eles anotaram alguns pontos de referência e retornaram à Granite House, onde relataram a descoberta.

No dia seguinte, os colonos partiram para a colheita e regressaram à Granite House com uma grande quantidade de cicas. O engenheiro montou uma prensa para extrair o suco mucilaginoso misturado ao amido e obteve uma quantidade de farinha que, nas mãos de Nab, transformou-se em bolos. Ainda não era o pão de trigo verdadeiro, mas era quase.

Os onagros, as cabras e os carneiros do curral forneciam diariamente todo o leite necessário à colônia. Então a carroça, ou melhor, a espécie de carriola leve que a havia substituído, fazia frequentes viagens ao curral.

Tudo prosperava, tanto no curral como na Granite House, e os colonos não tinham do que reclamar, a não ser o fato de estarem longe de sua terra natal. Eles estavam tão adaptados à nova vida e tão acostumados à ilha que não se arrependiam de ter deixado sua terra hospitaleira!

Porém, o amor pelo país está tão enraizado no coração do homem que se algum navio surgisse inesperadamente no horizonte da ilha, os colonos lhe fariam sinal, o atrairiam e abandonariam a ilha! Enquanto isso não acontecia, eles viviam felizes aquela existência, e tinham mais medo do que desejo de que qualquer acontecimento viesse perturbá-los.

A ilha Lincoln, na qual os colonos já viviam há mais de um ano, era sempre o assunto de suas conversas, e um dia, um deles fez uma observação que teria mais tarde sérias consequências.

– Meu caro Cyrus, desde que dispõe do sextante encontrado na caixa, o senhor voltou a calcular a posição da nossa ilha? – perguntou Gédéon Spilett.

– Não.

– Mas talvez fosse apropriado fazê-lo, com esse instrumento que é mais preciso do que aquele que usou.

– Para quê? – perguntou Pencroff. – A ilha está onde está!

– Sem dúvida, mas pode ser que a imprecisão do aparelho tenha afetado a justeza das observações, e, como é fácil verificar sua exatidão...

– Você está certo, meu caro Spilett – respondeu o engenheiro –, e eu deveria ter feito isso mais cedo. No entanto, se cometi algum erro, ele não deve exceder cinco graus em longitude ou latitude.

– Ah! quem sabe? – considerou o repórter. – E se estamos muito mais perto de uma terra habitada do que pensamos?

– Nós saberemos amanhã – respondeu Cyrus Smith.

– Ora! O senhor Cyrus é demasiado bom observador para ter cometido um erro, e se não se mexeu, a ilha está exatamente onde ele a deixou! – disse Pencroff.

No dia seguinte, com o auxílio do sextante, o engenheiro fez as observações necessárias para verificar as coordenadas que já tinha obtido. A primeira observação tinha indicado a seguinte localização da ilha Lincoln: longitude oeste: entre 150° e 155°; latitude sul: entre 30° e 35°.

A segunda deu exatamente: longitude oeste: 150° 30'; latitude sul: 34° 57'.

Assim, apesar da imperfeição de seu instrumento, Cyrus Smith havia calculado tão habilmente que seu erro não excedia nem cinco graus.

– Agora – disse Gédéon Spilett –, como além de um sextante também temos um atlas, vejamos a posição exata que a ilha Lincoln ocupa no Pacífico.

Harbert foi buscar o atlas. O mapa do Pacífico foi aberto, e o engenheiro, com a bússola na mão, apressou-se em determinar a localização. De repente, a bússola parou em sua mão, e ele disse:

– Mas já existe uma ilha nesta parte do Pacífico!

– Uma ilha? – exclamou Pencroff.

– A nossa, sem dúvida? – respondeu Gédéon Spilett.

– Não – respondeu Cyrus Smith. – A ilha está localizada a 153° de longitude e 37° 11' de latitude, dois graus e meio a oeste e dois graus a sul da ilha Lincoln.

– E que ilha é essa? – interrogou Harbert.

– A ilha Tabor.

– Uma ilha importante?

– Não, uma ilhota perdida no Pacífico, que talvez nunca tenha sido visitada!

– Bem, vamos visitá-la – disse Pencroff.

– Nós?

– Sim, senhor Cyrus. Vamos construir um barco coberto e eu me encarrego de conduzi-lo. A que distância estamos da ilha Tabor?

– Cerca de duzentos e cinquenta quilômetros a nordeste – respondeu Cyrus Smith.

– Duzentos e cinquenta quilômetros! Precisaremos de quarenta e oito horas e de um bom vento para chegar!

– Mas para quê? – perguntou o repórter.

– Não sabemos. Vamos ver!

E com essa resposta, foi decidido que construiriam um barco que pudesse navegar perto do mês de outubro, quando o tempo voltaria a ficar bom, favorecendo a navegação.

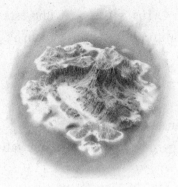

Capítulo 10

Quando Pencroff colocava uma ideia na cabeça, nada nem ninguém o fazia abandoná-la. Ele queria visitar a ilha Tabor, e uma vez que um barco de certo tamanho era necessário para essa travessia, era necessário construí-lo.

Eis o plano acordado entre o engenheiro e o marujo.

O navio teria dez metros de quilha e três metros de vau, e não deveria submergir por mais de dois metros, calado de água suficiente para não deixá-lo à deriva. Ele seria revestido em todo o seu comprimento, perfurado por duas escotilhas que dariam acesso a dois quartos separados por uma divisória, e armado com *sloop*, brigantina, traquete, varredoura, beque, foque e vela de fácil manobra, em caso de rajadas de vento, e fácil de posicionar a favor do vento. O casco seria construído de bordos livres, ou seja, eles não ficariam sobrepostos. Já o cavername seria aplicado "a quente" após o ajuste dos bordos, que seriam montados sobre traves horizontais.

Decidiram que a árvore usada seria o pinheiro, cuja madeira era mais fácil de "trabalhar" e que suporta tão bem a imersão na água quanto o olmo.

Também combinaram que, uma vez que o retorno da estação quente não ocorreria nos próximos seis meses, Cyrus Smith e Pencroff trabalhariam sozinhos no barco. Gédéon Spilett e Harbert deveriam continuar caçando, e nem Nab, nem mestre Jup abandonariam o trabalho doméstico que lhes foi designado.

Assim que as árvores foram escolhidas, eles as derrubaram, cortaram e serraram em pranchas, como fariam serralheiros experientes. Oito dias depois, na escavação que existia entre as Chaminés e a muralha, prepararam um canteiro, e uma quilha de dez metros de comprimento, equipada com uma popa e uma proa na frente, estendia-se sobre a areia.

Pencroff estava pronto para realizar seu novo empreendimento e não queria abandoná-lo nem por um momento.

Apenas a segunda colheita de trigo, que ocorreu em 15 de abril, teve o privilégio de tirá-lo do seu local de trabalho por um dia. Ela foi tão bem-sucedida quanto a primeira e forneceu a proporção de grãos anunciada com antecedência.

– Cinco alqueires, senhor Cyrus!

– Cinco alqueires – respondeu o engenheiro – e a cento e trinta mil grãos por alqueire, ou seja, seiscentos e cinquenta mil grãos.

– Pois bem! Vamos semear tudo desta vez!

– Sim, Pencroff, e, se a próxima colheita produzir uma quantidade proporcional, teremos quatro mil alqueires.

– E comeremos pão?

– Comeremos pão.

– Mas teremos de construir um moinho!

– Construiremos um moinho.

O terceiro campo de trigo era, portanto, muito maior do que os dois primeiros, e a terra, preparada com extremo cuidado, recebeu as preciosas sementes. Quando essa atividade terminou, Pencroff voltou ao trabalho.

Enquanto isso, Gédéon Spilett e Harbert caçavam nas proximidades e se aventuraram pelas regiões ainda desconhecidas do Extremo Oeste. Três grandes herbívoros foram mortos na última metade de abril. Eram kulas, que os colonos já tinham avistado ao norte do lago e que se deixavam matar facilmente entre os ramos das árvores onde procuravam refúgio.

Uma descoberta valiosa, de outro ponto de vista, também foi feita por Gédéon Spilett durante uma dessas excursões.

Era 30 de abril. Os dois caçadores tinham avançado no sudoeste do Extremo Oeste quando o repórter, precedendo Harbert, chegou em uma espécie de clareira onde as árvores deixavam penetrar alguns raios.

Gédéon Spilett ficou surpreso com o cheiro de algumas plantas de caules retos, cilíndricos e ramificados. Ele puxou um ou dois desses caules e se voltou para o rapaz, perguntando:

– Sabe o que é isso, Harbert?

– Onde encontrou essa planta, senhor Spilett?

– Ali, numa clareira, onde ela cresce abundantemente.

– Pois bem, senhor Spilett, esse é um achado que lhe garantirá toda a gratidão de Pencroff!

– Então é tabaco?

– Sim. Ainda que não seja de primeira qualidade, é tabaco!

– Ah, aquele corajoso Pencroff vai ficar muito feliz! Mas ele não vai fumar tudo! E vai deixar um pouco para nós!

– Tenho uma ideia, senhor Spilett. Não vamos dizer nada a Pencroff, vamos aproveitar o tempo de preparar as folhas, e, um belo dia, nós o presentearemos com um charuto bem gordo!

– Combinado, Harbert, e nesse dia, nosso digno companheiro não desejará mais nada deste mundo!

O repórter e o jovem rapaz fizeram uma boa provisão da preciosa planta e voltaram à Granite House, onde a guardaram "clandestinamente", como se Pencroff fosse o mais severo dos oficiais da alfândega.

Cyrus Smith e Nab foram informados do segredo, e o marujo não suspeitou de nada durante todo o tempo necessário para secar, triturar e torrar as folhas sobre pedras quentes. O processo levou dois meses.

Mais uma vez, o trabalho favorito de Pencroff foi interrompido por uma pesca da qual todos os colonos tiveram de participar.

Nos últimos dias, um enorme animal tinha sido observado nadando nas águas da ilha Lincoln, a três ou quatro quilômetros de distância. Era uma baleia enorme, pertencente à espécie conhecida como "baleia do Cabo".

– Que sorte seria capturá-la! – fez o marujo. – Ah, se tivéssemos um barco apropriado e um arpão em boas condições, eu diria "vamos até a besta, porque vale a pena capturá-la"!

– Ah! Pencroff – disse Gédéon Spilett –, eu adoraria vê-lo manipular o arpão. Isso deve ser curioso!

– Curioso, mas perigoso – disse o engenheiro –; mas como não temos meios para atacar este animal, é inútil perdermos tempo com ele.

– Estou surpreso em ver uma baleia sob esta latitude relativamente alta – disse o repórter.

– Por que, senhor Spilett? – perguntou Harbert. – Estamos na parte do Pacífico que os pescadores ingleses e americanos chamam de "Campo das baleias", e é aqui, entre a Nova Zelândia e a América do Sul, que as baleias do hemisfério sul são encontradas em maior número.

– Nada é mais verdadeiro – respondeu Pencroff. – O que me surpreende é que não tenhamos visto mais. Mas, como não podemos nos aproximar delas, pouco importa!

Pencroff voltou ao trabalho, não sem um suspiro de pesar, pois dentro de todo marujo há um pescador, e se o prazer da pesca é proporcional ao tamanho do animal, pode-se julgar o que um baleeiro sente na presença de uma baleia!

Acontece que a tal baleia parecia não querer abandonar as águas da ilha. Então, ou das janelas da Granite House, ou do planalto da Grande-Vista, Harbert e Gédéon Spilett, quando não estavam caçando, Nab, enquanto vigiava seus fornos, pegavam a luneta e observavam os movimentos do animal. Às vezes ela chegava tão perto da ilhota que era possível vê-la por completo.

Também era possível vê-la expelir, por seus espiráculos, uma grande nuvem de vapor – ou de água, porque por mais estranho que pareça, naturalistas e baleeiros ainda não chegaram em um acordo quanto a isso.

Os colonos estavam preocupados com a presença desse mamífero marinho. Isso angustiava sobretudo Pencroff, que se distraía durante o trabalho.

Mas o que os colonos não puderam fazer, o acaso fez por eles, e no dia 3 de maio, os gritos de Nab, apoiado à janela da cozinha, anunciaram que a baleia estava encalhada na costa da ilha.

Harbert e Gédéon Spilett, que estavam prestes a sair para caçar, abandonaram suas armas, Pencroff atirou seu machado, Cyrus Smith e Nab se juntaram a seus companheiros, e todos correram para o local do encalhe, que tinha ocorrido na praia da ponta do Destroço. Por conseguinte, era provável que o cetáceo não conseguisse se soltar facilmente. Eles correram com picaretas afiadas e cravadas de espinhos, e em menos de vinte minutos estavam perto o enorme animal sobre o qual já fervilhava um mundo de pássaros.

– Que monstro! – exclamou Nab.

E a expressão estava correta, pois era uma baleia austral de vinte e quatro metros de comprimento, que não devia pesar menos de sessenta toneladas!

No entanto, o monstro, encalhado, não se movia nem tentava voltar a flutuar enquanto o mar ainda estava alto. Os colonos logo tiveram uma explicação para essa imobilidade, quando, na maré baixa, circularam o animal.

Ela estava morta, e um arpão saía de seu flanco esquerdo.

– Então há baleeiros por perto? – disse Gédéon Spilett.

– Por quê? – perguntou o marujo.

– Porque o arpão ainda está aí...

– Ah! senhor Spilett, mas isso não prova nada – respondeu Pencroff. – Vi baleias percorrerem milhares de quilômetros com um arpão no flanco, e não seria surpresa ela ter sido atingida ao norte do Atlântico e morrer no Pacífico!

– Entretanto... – disse Gédéon Spilett, que não estava satisfeito com o raciocínio de Pencroff.

– É perfeitamente possível – respondeu Cyrus Smith –, mas vamos examinar esse arpão. Talvez, seguindo um costume bastante comum, os baleeiros tenham gravado nele o nome do seu navio?

De fato, quando Pencroff arrancou o arpão dos flancos do animal, encontrou esta inscrição:

Maria-Stella
Vineyard.

– Um navio de Vineyard! Um navio do meu país! – exclamou. – O *Maria-Stella!* Um belo baleeiro de Vineyard[6]! – E, agitando o arpão, ele repetia emocionado o nome que lhe era caro ao coração, o nome do seu país natal!

Mas, uma vez que não se podia esperar que o *Maria-Stella* viesse reclamar o animal arpoado, decidiram proceder com o esquartejamento antes da decomposição do animal. Pencroff já havia servido em um navio baleeiro e foi capaz de conduzir metodicamente a operação de esquartejamento.

Quando a operação foi concluída, os trabalhos diários da Granite House foram retomados. No entanto, antes de retornar ao local de construção, Cyrus Smith teve a ideia de fabricar utensílios que despertaram a curiosidade de seus companheiros. Ele pegou uma dúzia de barbatanas de baleia e cortou-as em seis partes iguais, afiando suas extremidades.

– E isso, senhor Cyrus – perguntou Harbert quando a operação foi concluída –, para que serve?

– Para matar lobos, raposas e até jaguares.

– Agora?

– Não, no inverno, quando tivermos gelo à disposição.

– Não entendi...

– Você vai entender, meu jovem – respondeu o engenheiro. – Este utensílio é frequentemente usado por caçadores aleutas da América russa. Quando essas barbatanas esfriarem, vou curvá-las e regá-las até que estejam completamente cobertas com uma camada de gelo que manterá sua curvatura, e as semearei na neve, tendo-as previamente escondido sob uma camada de gordura. Se algum animal esfomeado engolir uma dessas iscas, o calor do seu estômago derreterá o gelo, e a barbatana, ao desdobrar, o perfurará com suas pontas afiadas.

– Isso é muito engenhoso! – disse Pencroff.

– Isso é mais valioso que as armadilhas! – acrescentou Nab.

– Aguardemos o inverno, então!

---

[6] Porto do Estado de Nova Iorque. (N.T.)

Enquanto isso, a construção do barco avançava, e no fim do mês metade já estava pronta. Pencroff trabalhava com muito zelo e exigia de sua natureza robusta para resistir ao cansaço; mas seus companheiros preparavam secretamente uma recompensa para tanto esforço, e no dia 31 de maio ele receberia uma das maiores alegrias de sua vida.

Naquele dia, quando estava prestes a sair da mesa do jantar, Pencroff sentiu uma mão tocar seu ombro. Era a mão de Gédéon Spilett, que lhe disse:

– Um momento, mestre Pencroff, não se vai embora assim! Esqueceu a sobremesa?

– Obrigado, senhor Spilett, mas vou voltar ao trabalho.

– Um gole de café então?

– Também não.

– E um cachimbo?

Pencroff se levantou de repente e seu rosto empalideceu quando viu o repórter estender um cachimbo e Harbert lhe oferecer uma brasa ardente.

O marujo tentou articular alguma palavra sem conseguir; mas, ao pegar o cachimbo, levou-o diretamente aos lábios; em seguida, acendeu-o e tragou cinco a seis vezes seguidas.

– Tabaco de verdade! – ele disse.

– Sim, Pencroff – respondeu Cyrus Smith –, e um excelente tabaco!

– Oh! divina Providência! Não falta nada na nossa ilha!

E Pencroff fumava, fumava, fumava!

– E quem fez essa descoberta? Você, Harbert?

– Não, Pencroff, foi o senhor Spilett.

– Senhor Spilett! – exclamou o marujo, abraçando o repórter.

– Ufa, Pencroff! – respondeu Gédéon Spilett, recuperando a respiração entrecortada por alguns instantes. – Compartilhe essa gratidão com Harbert, que reconheceu essa planta, com Cyrus, que a preparou, e com Nab, que sofreu para guardar segredo!

– Bem, meus amigos, um dia eu os recompensarei por isso! – respondeu o marujo. – Agora é para sempre!

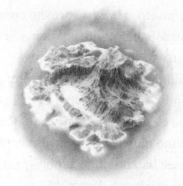

Capítulo 11

O inverno estava chegando com o mês de junho, e a grande ocupação foi a confecção de roupas quentes e sólidas.

Os carneiros do curral tinham sido despidos de sua lã, e essa preciosa matéria têxtil precisava ser transformada em tecido.

Cyrus Smith, não tendo à disposição máquinas de cardar, pentear, alisar, esticar, retorcer e fiar a lã, nem tear para tecê-la, teve de fazer de uma forma mais simples, a fim de economizar fiação e tecelagem. Ele propôs simplesmente usar a propriedade dos filamentos de lã que, quando pressionados em todos os sentidos, se entrelaçam e se fundem, por entrecruzamento, formando o tecido chamado de feltro.

Os colonos, portanto, tinham cobertores grossos e roupas boas e puderam ver sem medo a chegada do inverno de 1866-1867. O frio extremo começou a se fazer sentir em 20 de junho, e, para seu grande pesar, Pencroff teve que suspender a construção do barco, que teria que ser concluída na próxima primavera.

A ideia fixa do marujo era fazer uma viagem de reconhecimento à ilha Tabor, embora Cyrus Smith não aprovasse essa viagem por mera curiosidade, pois obviamente não havia possibilidade de encontrar ajuda naquele rochedo deserto e semiárido.

Cyrus Smith falava muito sobre este projeto com Pencroff e encontrava no marujo uma estranha teimosia em querer realizar essa jornada da qual talvez o próprio marujo não se desse conta.

– Senhor Cyrus, voltaremos a falar dessa viagem quando chegar a hora. Eu imagino que quando vir nosso barco bem equipado e guarnecido, quando observar como ele se comporta no mar, quando circum-navegarmos nossa ilha, eu afirmo que o senhor não hesitará em me deixar partir! Não posso negar que seu barco será uma obra-prima!

– Ao menos diga: nosso barco, Pencroff!

A primeira neve caiu no fim de junho. O curral foi previamente abastecido com suprimentos e já não precisava de visitas diárias, mas foi decidido que não deixariam passar uma semana sem ir lá.

As armadilhas foram novamente estendidas, e o equipamento fabricado por Cyrus Smith foi testado. As barbatanas curvadas, presas dentro de uma caixa de gelo e cobertas com uma camada espessa de gordura, foram colocadas na borda da floresta, onde os animais comumente passam para chegar ao lago.

Para grande satisfação do engenheiro, essa invenção foi um sucesso. Uma dúzia de raposas, alguns javalis selvagens e até um jaguar foram encontrados com os estômagos perfurados pelas barbatanas esticadas.

Na ocasião, aconteceu um experimento importante de ser relatado, pois foi a primeira tentativa dos colonos de se comunicar com seus semelhantes.

Gédéon Spilett já tinha pensado em lançar no mar um bilhete fechado em uma garrafa, que as correntes talvez levassem para uma costa habitada, ou em confiá-lo aos pombos.

Em 30 de junho, um albatroz, ligeiramente ferido na perna por um tiro de Harbert, foi capturado. Era uma magnífica ave da família desses grandes voadores que podem atravessar mares tão largos como o Pacífico.

Harbert teria gostado de guardar esse magnífico pássaro, cuja ferida cicatrizou rapidamente e que ele pretendia domesticar, mas Gédéon Spilett explicou que não podia negligenciar a oportunidade de tentar se corresponder por esse mensageiro com as terras do Pacífico, e Harbert teve de se render, pois, se o albatroz vinha de uma região habitada, ele retornaria a ela.

Gédéon Spilett escreveu então uma breve nota que foi colocada em um saco de tecido Panamá, com um pedido à vista para que quem o encontrasse o enviasse para o escritório do *New York Herald*. O pequeno saco foi amarrado no pescoço do albatroz, e não em sua perna, pois essas aves estão acostumadas a repousar sobre a superfície do mar; em seguida, a liberdade lhe foi restaurada, e não foi sem alguma emoção que os colonos o viram desaparecer entre as brumas distantes do oeste.

– Aonde ele vai? – perguntou Pencroff.

– Para a Nova Zelândia – respondeu Harbert.

– Boa viagem! – gritou o marujo, que não acreditava muito nesse método de correspondência.

Durante o mês de julho o frio foi intenso, mas nem a madeira nem o carvão foram poupados. Cyrus Smith tinha construído uma segunda Chaminé no grande salão, e era lá que eles passavam as longas noites de inverno.

Foi um verdadeiro prazer para os colonos ouvir, da sala iluminada com velas, bem aquecida com carvão, depois de um jantar reconfortante, o café de sabugueiro esfumaçando no copo, os cachimbos exalando uma fumaça cheirosa, a tempestade rugir lá fora! Eles falavam sempre de seu país, dos amigos que haviam deixado para trás, da grandeza da república norte-americana, cuja influência só crescia, e Cyrus Smith, que estava estreitamente envolvido nos assuntos da União, atraía o interesse dos ouvintes com suas histórias, opiniões e análises.

A conversa seguia, até que os latidos de Top, que começava a girar em torno do buraco no poço, que se abria no final do corredor interno, os interrompeu.

– Por que Top está latindo de novo desse jeito? – perguntou Pencroff.

– E por que Jup está rosnando dessa forma? – acrescentou Harbert.

Com efeito, o orangotango, juntando-se ao cão, dava sinais de inquietação, e os dois animais pareciam mais ansiosos do que irritados.

– É óbvio – disse Gédéon Spilett – que esse poço está em comunicação direta com o mar, e que algum animal marinho vem de vez em quando respirar no fundo.

– É óbvio – respondeu o marujo. – Vamos, silêncio, Top, e você, Jup, para o quarto!

O macaco e o cão se calaram. Jup voltou para a cama, mas Top permaneceu no salão e continuou a emitir pequenos rosnados durante a noite.

Durante o resto de julho, houve dias alternados de chuva e frio. A temperatura não caiu tanto quanto durante o inverno anterior. Mas se esse inverno foi menos frio, foi mais perturbado por tempestades e vendavais. Ainda houve ataques violentos vindos do mar, que atingiram as Chaminés mais de uma vez. Era como se um maremoto levantasse as ondas monstruosas e as atirasse contra a muralha da Granite House.

Os colonos, apoiados em suas janelas, observavam as enormes massas de água quebrando diante de seus olhos e só podiam admirar o magnífico espetáculo da fúria do oceano.

Na primeira semana de agosto, as rajadas começaram a diminuir e a atmosfera voltou a uma calma que parecia ter se perdido para sempre. Com a calma, a temperatura caiu e o frio se intensificou, chegando a 22° negativos.

Em 3 de agosto, uma excursão foi feita para o sudeste da ilha, em direção ao pântano de Tadornas. Os caçadores foram atraídos pelas presas aquáticas, que estabeleceram seus aposentos de inverno naquela região, e foi decidido que dedicariam um dia a uma expedição de caça a essas aves.

Não só Gédéon Spilett e Harbert, mas também Pencroff e Nab participaram da expedição. Apenas Cyrus Smith, alegando algum trabalho, não se juntou a eles e permaneceu na Granite House.

Os caçadores tomaram a estrada para porto Balão para chegar ao pântano, depois de prometer que estariam de volta à noite. Top e Jup foram com eles. Assim que atravessaram a ponte da Misericórdia, o engenheiro a levantou e voltou com a ideia de realizar um projeto que ele queria fazer sozinho.

O projeto consistia em explorar minuciosamente o poço interno, cujo orifício se abria no salão da Granite House, e que se conectava com o mar, uma vez que no passado serviu como uma passagem para as águas do lago.

Por que Top dava voltas em torno dele com tamanha frequência? Por que soltava latidos tão estranhos quando certa inquietude o atraía de volta ao poço? Por que Jup se juntava a Top em uma espécie de ansiedade compartilhada? O poço tinha alguma ramificação além da comunicação vertical com o mar? Ele se ramificava para outras partes da ilha? É o que Cyrus Smith queria saber, e, saber disso sozinho em primeiro lugar.

Era fácil descer até o fundo do poço com a escada de corda que não tinha sido usada desde a instalação do elevador. O engenheiro arrastou a escada até o buraco e a desenrolou, depois de prender firmemente a extremidade superior.

A parede era sólida em quase todas as partes, mas algumas saliências da rocha surgiam em certos lugares, e por meio delas teria sido realmente possível a um ser ágil ascender até o buraco do poço.

Esta foi a observação feita pelo engenheiro; mas ao passear com sua lanterna por essas saliências, não encontrou nenhuma marca ou fissura que pudesse indicar que elas tinham sido usadas para uma escalada.

Cyrus Smith desceu mais fundo, iluminando todos os pontos da parede, mas não encontrou nada de suspeito.

Quando chegou aos últimos degraus, sentiu a superfície da água, perfeitamente calma. A muralha, que Cyrus Smith golpeou com o cabo do cutelo, era completamente sólida: um granito compacto através do qual nenhum ser vivo conseguiria abrir um caminho.

Ao completar sua exploração, Cyrus Smith subiu, removeu a escada, cobriu o buraco do poço, e voltou pensativo ao salão principal da Granite House, pensando: "Eu não vi nada, mas há alguma coisa!".

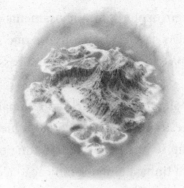

Capítulo 12

Naquela mesma noite, os caçadores fizeram uma boa caçada e retornaram carregados de toda a caça que podia ser transportada por quatro homens. Top tinha um feixe de patos selvagens em volta do pescoço e Jup, de narcejas em volta do corpo.

– Isso, meu mestre – exclamou Nab –, é um jeito eficiente de ocuparmos nosso tempo! Conservas, patês, teremos uma saborosa reserva! Mas preciso da ajuda de alguém. Conto com você, Pencroff?

– Não, Nab – respondeu o marujo. – O barco está à minha espera, você vai ter que se virar sem mim.

– E o senhor, Harbert?

– Amanhã tenho que ir ao curral, Nab.

– Então o senhor me ajudará, senhor Spilett?

– Posso lhe fazer companhia, Nab, mas aviso que se me revelar as receitas, eu as publicarei.

– À vontade, senhor Spilett, à vontade!

E foi assim que Gédéon Spilett se tornou assistente de Nab e se instalou em seu laboratório culinário. Mas antes, o engenheiro contou-lhe o resultado da exploração que tinha feito no dia anterior, e, a esse respeito, o repórter compartilhou a opinião de Cyrus Smith de que, embora ele não tivesse encontrado nada, havia ali um mistério a desvendar!

Durante essa semana, Pencroff, assistido por Harbert, trabalhou tão intensamente que as velas do barco ficaram prontas. Cyrus Smith fabricou as roldanas necessárias à guindagem e toda a aparelhagem ficou pronta antes do barco. Pencroff até hasteou uma bandeira azul, vermelha e branca, cujas cores tinham sido fornecidas por plantas da ilha. No entanto, às trinta e sete estrelas que representam os trinta e sete estados da União e que brilham nas bandeiras americanas, o marinheiro adicionou uma trigésima oitava, a estrela do "Estado de Lincoln", porque já considerava sua ilha anexada à grande república.

Enquanto isso, o pavilhão foi exibido na janela central da Granite House, e os colonos o saudaram com três "hurras".

No mês de setembro, o inverno terminou, e as obras foram retomadas.

A construção do barco avançou rapidamente. A borda já estava pronta, e ele foi envelopado internamente, de modo a conectar todas as partes do casco, com cavernames distendidos pelo vapor de água, que se adequavam a todos os requisitos do gabarito.

A escoa e o convés da embarcação foram concluídos em 15 de setembro. O desenho era muito simples. Na primeira semana de outubro estava tudo pronto, e foi acordado que fariam um teste nas proximidades da ilha, a fim de ver como o barco se comportava no mar e em que medida era confiável.

O tempo destinado ao trabalho não tinha sido negligenciado. O curral foi realocado, porque o rebanho de carneiros e cabras teve uma série de filhotes que precisavam ser alojados e alimentados. Os colonos não tinham deixado de visitar as criações de ostras, nem a reserva natural, nem os depósitos de carvão e ferro, ou algumas partes até então inexploradas das florestas do Extremo Oeste, que tinham muitos animais de caça.

No dia 10 de outubro, o navio foi lançado ao mar. Pencroff estava radiante. A operação funcionou perfeitamente. O barco foi empurrado sobre rolos até a orla, foi puxado pela maré cheia e flutuou sob os aplausos dos colonos, e especialmente de Pencroff, que não demonstrou qualquer modéstia na ocasião. O posto de capitão foi-lhe concedido sob aprovação de todos.

Para satisfazer o capitão Pencroff, foi necessário primeiro dar um nome ao barco, e, depois de várias propostas longamente discutidas, a escolha foi *Bonadventure*, que era o nome de batismo do honesto marujo.

Assim que o *Bonadventure* foi içado pela maré, foi possível ver que ele se mantinha perfeitamente sobre a linha d'água e que navegaria sob qualquer condição. Além disso, o teste ia ser feito no mesmo dia, em uma excursão pela costa.

– Embarquem! – gritou o capitão Pencroff.

Mas era preciso almoçar antes de sair, e pareceu pertinente levar provisões a bordo, caso a excursão se estendesse até a noite.

Cyrus Smith também estava ansioso para testar o barco, cujo desenho tinha sido projetado por ele, embora, a conselho do marujo, muitas vezes tivesse modificado algumas partes; mas ele não tinha a mesma confiança que Pencroff na embarcação, e como este não falava mais da viagem à ilha Tabor, Cyrus Smith acreditava que o marujo tinha renunciado a ela.

Às dez e meia, estavam todos a bordo, inclusive Jup e Top, e o *Bonadventure*, liderado por Pencroff, partiu em sua navegação.

Depois de ultrapassar a ponta do Destroço e o cabo da Garra, Pencroff teve que prolongar a costa sul da ilha, e, depois de percorrer algumas margens, observou que o *Bonadventure* podia chegar a cerca de cinco quartos do vento, e que ele se sustentava satisfatoriamente contra a deriva.

Os passageiros do *Bonadventure* estavam encantados. Eles tinham um barco, que, se necessário, poderia lhes render bons serviços, e com o bom tempo e a brisa leve, o passeio era muito charmoso.

A ilha surgiu em toda sua extensão e sob um novo aspecto, com o panorama de sua costa, do cabo da Garra até o promontório do Réptil, com as florestas em primeiro plano.

– Como é bonito! – exclamou Harbert.

– Sim, nossa ilha é bonita e boa – respondeu Pencroff. – Eu a amo como amei minha pobre mãe! Ela nos recebeu, completamente pobres, e o que falta a essas cinco crianças que lhe caíram do céu?

– Nada! – respondeu Nab. – Nada, capitão!

Enquanto isso, Gédéon Spilett, apoiado no pé do mastro, desenhava o panorama que se mostrava diante de seus olhos.

Cyrus Smith olhava em silêncio.

– E então, senhor Cyrus – perguntou Pencroff –, o que o senhor acha do nosso barco?

– Ele parece se comportar bem.

– Ora! E o senhor acredita que ele pode fazer uma viagem de que distância?

– Que viagem, Pencroff?

– Até a ilha Tabor, por exemplo?

– Meu amigo, eu acho que, em um caso premente, não se deve hesitar em confiar no *Bonadventure*, mesmo para uma travessia mais longa; mas, como você sabe, eu não gostaria de vê-lo partir para a ilha Tabor, já que nada o obriga a ir até lá.

O teimoso marujo não respondeu e desistiu da conversa, determinado a retomá-la em outro momento. Mas ele não fazia ideia de que um incidente viria em seu auxílio e transformaria em ação de humanidade o que até então era apenas um capricho.

Depois de se manter em alto-mar, o *Bonadventure* tinha acabado de se aproximar da costa, dirigindo-se para porto Balão.

Eles estavam a apenas oitocentos metros da costa, e a velocidade do *Bonadventure* era moderada, porque a brisa, em parte parada pelo terreno elevado, mal inflava suas velas, e o mar, unido como o gelo, ondulava apenas com o sopro dos ventos que passavam seguindo seus caprichos.

Harbert se mantinha na frente, a fim de indicar o caminho a seguir pelas passagens, e de repente gritou:

– Orce, Pencroff, orce.

– O que aconteceu? – respondeu o marujo, levantando-se. – É uma rocha?

– Não... espere – disse Harbert –, não consigo ver direito... continue orçando... chegue mais perto...

E, dizendo isso, Harbert, deitado ao longo da borda, mergulhou rapidamente o braço na água e se levantou dizendo:

– Uma garrafa!

Ele segurava uma garrafa fechada, que tinha acabado de pegar a alguns metros da costa.

Cyrus Smith pegou a garrafa. Sem dizer uma palavra, ele sacou a rolha e puxou um papel úmido onde estavam escritas estas palavras:

Naufrágio... ilha Tabor: 153° O. long. – 37° 11 lat. S.

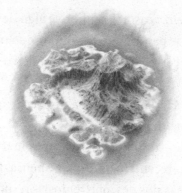

Capítulo 13

– Um náufrago! – exclamou Pencroff. – Abandonado a algumas centenas de quilômetros, na ilha Tabor! Ah, senhor Cyrus, o senhor não irá mais se opor ao meu plano de viagem!

– Não, Pencroff – respondeu Cyrus Smith –, e você vai partir amanhã.

O engenheiro segurava o papel que tinha retirado da garrafa. Ele refletiu por alguns instantes, depois retomou a palavra:

– Com este documento, meus amigos, e considerando a forma como ele foi concebido, podemos concluir, em primeiro lugar, que o náufrago da ilha Tabor é um homem com avançados conhecimentos náuticos, pois ele dá as coordenadas de latitude e longitude da ilha, que correspondem às que encontramos, e com um minuto de aproximação; segundo, que ele é americano ou inglês, uma vez que o documento está escrito em inglês.

– Isso é perfeitamente lógico – respondeu Gédéon Spilett –, e a presença desse náufrago explica a chegada da caixa às margens da ilha. Houve um naufrágio, uma vez que há um náufrago que, seja quem for, tem sorte de Pencroff ter tido a ideia de construir este barco e testá-lo hoje mesmo, porque, com um dia de atraso, a garrafa poderia ter se quebrado nos recifes.

– Isso não parece estranho? – perguntou Cyrus Smith a Pencroff.

– Parece-me um feliz acaso. O senhor vê algo de extraordinário nisso? Essa garrafa tinha de ir para algum lugar, por que não aqui?

– Você pode estar certo, Pencroff – respondeu o engenheiro –, e ainda assim...

– Mas – observou Harbert –, não há provas de que esta garrafa já não esteja flutuando no mar há muito tempo?

– Nenhuma prova – respondeu Gédéon Spilett –, mas o documento parece ter sido escrito recentemente. O que pensa, Cyrus?

– É difícil saber, mas nós descobriremos! – respondeu Cyrus Smith.

Todos pensavam no náufrago da ilha Tabor. Ainda havia tempo de salvá-lo? Grande acontecimento na vida dos colonos! Eles mesmos eram apenas náufragos, mas temiam que o outro não tivesse sido tão favorecido quanto eles, e o dever deles era correr para enfrentar o infortúnio.

O cabo da Garra foi contornado, e o *Bonadventure* chegou por volta das quatro horas na foz da Misericórdia.

Na mesma noite, os detalhes da nova expedição foram combinados. Pareceu apropriado que Pencroff e Harbert, que sabiam como operar um barco, viajassem sozinhos. Partindo no dia seguinte, 11 de outubro, eles poderiam chegar no dia 13. Um dia na ilha, três ou quatro dias para regressar, então era possível considerar que eles estariam de volta à ilha Lincoln no dia 17.

Gédéon Spilett, que não se esquecia de sua profissão como repórter do *New York Herald*, declarou que faria o percurso a nado para não perder tal oportunidade, e foi então autorizado a participar da viagem.

No dia seguinte, às cinco da manhã, as despedidas foram feitas, não sem certa emoção de ambos os lados, e Pencroff, abanando suas velas, seguiu na direção do cabo da Garra, que teve que atravessar a fim de seguir pela rota sudoeste.

O *Bonadventure* já estava a uns quatrocentos metros da costa quando seus passageiros viram nas alturas da Granite House dois homens acenando com um adeus. Eram Cyrus Smith e Nab.

– Os nossos amigos! Eis nossa primeira separação em quinze meses! – disse Gédéon Spilett.

Durante as primeiras horas do dia, o *Bonadventure* permaneceu visível na costa sul da ilha Lincoln, que logo aparecia apenas na forma de uma cesta verde, da qual emergia o monte Franklin. Três horas depois, toda a ilha Lincoln tinha desaparecido no horizonte.

À noite, a lua crescente, que chegaria a seu primeiro quarto apenas no dia 16, surgiu no crepúsculo solar e logo desapareceu.

Pencroff, por prudência, recolheu o tope da vela, não querendo se expor a alguma ventania excessiva com a lona no topo do mastro. O repórter dormiu parte da noite. Pencroff e Harbert se revezavam a cada duas horas no leme.

A noite correu bem, e o 12 de outubro transcorreu nas mesmas condições. A direção sudoeste foi estritamente mantida durante todo o dia, e se o *Bonadventure* não fosse atingido por alguma corrente desconhecida, chegaria diretamente à ilha Tabor.

O mar em que o barco navegava naquele momento estava absolutamente deserto. Às vezes, algum grande pássaro, como um albatroz ou uma fragata, passava dentro do alcance das armas.

Gédéon Spilett, Harbert e Pencroff não dormiram durante a noite de 12 a 13 de outubro. À espera do dia seguinte, eles não conseguiam conter uma forte emoção. Havia tantas incertezas naquela empreitada! Estavam perto da ilha Tabor? A ilha ainda era habitada pelo náufrago a quem iam salvar? Essas questões, que provavelmente seriam respondidas no dia seguinte, mantinham-nos despertos, e às primeiras luzes do amanhecer, eles fixaram sucessivamente seus olhares em todos os pontos do horizonte a oeste.

– Terra! – gritou Pencroff por volta das seis da manhã.

Que se consiga imaginar a alegria da pequena tripulação do *Bonadventure*! Em poucas horas ele estaria na costa da ilha!

A ilha Tabor, uma espécie de costa baixa, mal emergindo das ondas, não estava a mais de vinte e cinco quilômetros de distância.

– É apenas uma ilhota, menor do que a ilha Lincoln – observou Harbert.

Às onze da manhã, o *Bonadventure* estava apenas a três quilômetros de distância, e Pencroff, procurando um local para atracar, navegava com extrema cautela pelas águas desconhecidas.

Surpreendentemente, não havia qualquer fumaça ou sinal que indicasse que a ilhota era habitada. No entanto, o documento era claro: havia um náufrago, e ele devia estar à espreita! Gédéon Spilett percorria toda a costa com sua luneta, sem encontrar nada.

Finalmente, por volta do meio-dia, o *Bonadventure* atingiu uma praia de areia com sua proa. A âncora foi jogada, as velas recolhidas e a tripulação do pequeno barco desceu em terra firme.

O barco estava seguramente ancorado, de modo que o refluxo do mar não poderia levá-lo embora; então Pencroff e seus dois companheiros, devidamente armados, subiram pela margem até chegar a uma espécie de cone, a uns oitocentos metros dali.

– Do topo desta colina – disse Gédéon Spilett –, provavelmente poderemos fazer um reconhecimento superficial da ilhota que facilitará nossa pesquisa.

Enquanto conversavam, os exploradores caminhavam ao longo da orla de uma pradaria que terminava ao pé do cone.

Tendo chegado ao pé do cone, Pencroff, Harbert e Gédéon Spilett escalaram-no rapidamente e seus olhos percorreram os vários pontos do horizonte.

Eles estavam de fato em uma ilhota de menos de dez quilômetros de circunferência, cujo perímetro, salpicado de poucos cabos e promontórios e com poucas enseadas e calhetas, tinha uma forma oval alongada. Em toda a volta, o mar, absolutamente deserto. Não havia qualquer terra ou vela à vista!

Essa ilhota, arborizada em toda a superfície, não oferecia a mesma diversidade da ilha Lincoln. Aqui era uma massa uniforme de vegetação, dominada por duas ou três colinas pouco altas.

– A propriedade é pequena – disse Harbert.

– Sim – respondeu Pencroff –, seria pequena demais para nós!

– Além disso – respondeu o repórter –, ela parece desabitada.

– De fato – concordou Harbert –, nada revela a presença do homem.

– Vamos descer e procurar – sugeriu Pencroff.

Os três voltaram para a costa onde haviam deixado o *Bonadventure*. Eles decidiram dar a volta na ilhota a pé antes de se aventurarem em seu interior, para que nenhum ponto escapasse às suas investigações.

Os exploradores desceram para o sul, afugentando bandos de aves aquáticas e focas que se atiravam no mar assim que os avistavam.

– Essas bestas não estão vendo homens pela primeira vez – observou o repórter. – Elas nos temem porque nos reconhecem.

Não havia traços de habitação ou pegadas humanas em todo o perímetro da ilhota, que foi contornada em quatro horas de caminhada. Era preciso acreditar que a ilha Tabor não era habitada ou já não o era mais. Talvez o bilhete tivesse meses ou anos, e era possível, no caso, que o náufrago tivesse sido repatriado, ou morrido de pobreza.

Pencroff, Gédéon Spilett e Harbert, criando hipóteses plausíveis, comeram rapidamente a bordo do *Bonadventure*, a fim de retomar a excursão. Isso foi feito às cinco da tarde, quando eles se aventuraram pelo bosque.

Cabras e porcos fugiam com a aproximação deles. Provavelmente algum baleeiro os tinha desembarcado na ilha, onde eles se multiplicaram. Harbert prometeu capturar um ou dois deles vivos, para levá-los à ilha Lincoln.

Não havia dúvida de que em algum momento a ilhota tinha sido visitada pelo homem. Isso se tornou mais evidente quando, no meio da floresta, surgiram caminhos desenhados, troncos de árvores cortados com machado, e marcas de trabalho humano por toda parte; mas as árvores, apodrecidas, tinham sido derrubadas há anos, os entalhes de machado estavam cobertos de musgos, e a grama crescia em trilhas difíceis de percorrer.

– Mas – observou Gédéon Spilett –, isso prova não só que homens desembarcaram nesta ilhota, mas que viveram nela por algum tempo. Quem eram esses homens? Quantos eram? Quantos ainda restam?

– O documento fala de apenas um náufrago – disse Harbert.

– Bem, se ainda está na ilha – disse Pencroff –, vamos encontrá-lo!

O marujo e seus companheiros seguiram pela estrada que cortava diagonalmente a ilhota e chegaram ao riacho que corria em direção ao mar.

Em alguns lugares, no meio das clareiras, era visível que a terra tinha sido cultivada com plantas comestíveis. Qual foi a alegria de Harbert ao reconhecer batatas, chicórias, cenouras, couves, nabos, das quais ele só precisava colher a semente para enriquecer o solo da ilha Lincoln!

– Ah, sim! – concordou Pencroff. – Isso vai agradar Nab, e a nós também. Se porventura não encontrarmos o náufrago, ao menos nossa jornada não terá sido inútil, e Deus nos terá recompensado!

– Sem dúvida – respondeu o jornalista – ; mas, a julgar o estado destas plantações, devemos temer que a ilhota não esteja habitada há muito tempo.

– De fato – respondeu Harbert –, ninguém negligenciaria uma cultura tão importante!

– Sim! – concordou Pencroff – Dá para supor que o náufrago partiu.

– Então temos de admitir que o documento é antigo, e que a garrafa só chegou à ilha Lincoln depois de flutuar no mar durante muito tempo?

– Por que não? – perguntou Pencroff. – Mas está anoitecendo, acho melhor suspendermos nossa busca.

– Vamos voltar a bordo e amanhã recomeçamos – disse o repórter.

Era o mais sensato a fazer, e o conselho seria seguido, quando Harbert, mostrando uma massa confusa entre as árvores, gritou:

– Uma casa!

Os três foram até a habitação indicada. Sob o crepúsculo, era possível ver que ela tinha sido construída com tábuas cobertas com uma espessa lona.

A porta, semicerrada, foi empurrada por Pencroff, que logo entrou...

A casa estava vazia!

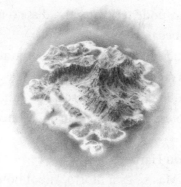

Capítulo 14

Pencroff, Harbert e Gédéon Spilett permaneceram em completo silêncio na escuridão.

Pencroff chamou em voz alta. Não houve resposta. Então o marujo riscou o isqueiro e acendeu um graveto. A luz iluminou fugazmente uma pequena sala, que parecia abandonada. No fundo, uma grosseira Chaminé com algumas cinzas frias sob uma mistura de madeira seca.

Eles viram uma cama em desordem, cujas cobertas, úmidas e amareladas, provavam que ela já não estava mais em uso há um bom tempo. Em um canto da Chaminé, duas chaleiras cobertas de ferrugem e um pote caído, um guarda-roupas com vestes de marinheiro um pouco emboloradas e muitos objetos no mesmo estado.

– Não há ninguém – disse o repórter.

– Ninguém! – concordou Pencroff.

– Esta sala já não é habitada há muito tempo – considerou Harbert.

– Senhor Spilett – disse Pencroff –, em vez de voltar a bordo, acho que é melhor passarmos a noite aqui.

– Tem razão, Pencroff, e se o dono voltar, talvez não se queixe por nos encontrar aqui!

– Ele não vai voltar, pode ter certeza! – disse o marujo, acenando negativamente com a cabeça.

– O senhor acha que ele deixou a ilha? – perguntou o repórter.

– Se ele tivesse deixado a ilha, teria levado suas armas e ferramentas. Não, ele não deixou a ilha! Se tivesse escapado numa canoa feita por ele, não teria abandonado esses objetos de primeira necessidade. Ele está na ilha!

– Vivo? – perguntou Harbert.

– Vivo ou morto. Mas se está morto, suponho que não enterrou a si mesmo, e encontraremos pelo menos seus restos mortais!

Os três colonos acordaram que passariam a noite na casa abandonada, que uma provisão de madeira manteria suficientemente aquecida.

Como aquela noite pareceu longa! Somente Harbert tinha dormido por duas horas, pois, na sua idade, dormir era uma necessidade. Os três estavam ansiosos para retomar a exploração do dia anterior e vasculhar os cantos mais secretos da ilha!

Amanheceu. Pencroff e seus companheiros começaram imediatamente a examinar a habitação. Ela tinha sido construída em um local privilegiado, na parte de trás de uma pequena colina, ao abrigo de cinco ou seis magníficos gomíferos.

A habitação tinha sido construída com tábuas que vinham do casco ou convés de um navio. Era, portanto, provável que um navio desamparado tivesse sido lançado na costa daquela ilha, que pelo menos um homem da tripulação tivesse se salvado, e que, com os escombros do navio e as ferramentas de que dispunha, ele tivesse construído a casa.

Gédéon Spilett, tendo dado a volta na habitação, viu sobre uma tábua estas letras já meio apagadas:

BR TAN A

– *Britannia*! – exclamou Pencroff, a quem o repórter tinha chamado. – É um nome comum de navios, eu não saberia dizer se é inglês ou americano!

– Pouco importa, Pencroff!

– Pouco importa, de fato, e, se estiver vivo, salvaremos o tripulante dessa embarcação, venha ele de onde vier! Mas antes de retomarmos nossa exploração, voltemos ao *Bonadventure*!

Uma ansiedade dominava Pencroff em relação à embarcação. Se a ilhota fosse habitada e alguns habitantes tomassem posse...

Então eles seguiram em direção à embarcação, enquanto vasculhavam com os olhos a floresta e os bosques onde cabras e porcos fugiam às centenas.

Vinte minutos depois de deixar a habitação, Pencroff e seus companheiros viram o *Bonadventure*, seguro por sua âncora, que se afundava na areia. Pencroff não conseguiu conter um suspiro de satisfação.

Eles subiram a bordo e almoçaram de modo a ter que jantar apenas bem tarde; depois a exploração foi retomada e conduzida com minuciosa atenção.

Era muito provável que o único residente da ilhota tivesse sucumbido. Então era na verdade um homem morto, e não vivo, que Pencroff e seus companheiros tentavam encontrar! Mas foi em vão que durante metade do dia eles procuraram pelos maciços arbóreos que cobriam a ilhota.

– Partiremos amanhã logo cedo – disse Pencroff aos companheiros.

– Acho que podemos, sem escrúpulos – acrescentou Harbert –, levar os utensílios que pertenciam ao náufrago.

– Concordo – respondeu Gédéon Spilett –, e essas armas e ferramentas irão completar o equipamento da Granite House.

– Mas não esqueçamos de capturar um ou dois casais de porcos que não existem na ilha Lincoln – disse Pencroff.

– Nem de colher as sementes que nos fornecerão todos os vegetais do antigo e do novo continente – acrescentou Harbert.

– Talvez fosse apropriado ficar mais um dia na ilha Tabor, a fim de podermos recolher tudo o que pode nos ser útil – observou o repórter.

– Não, senhor Spilett – respondeu Pencroff –, peço que partamos amanhã bem cedo. O vento parece tender a virar para o oeste e contaremos com ele para partir.

– Então não vamos perder tempo! – disse Harbert se levantando.

– Não vamos perder tempo – respondeu Pencroff. – Você, Harbert, fica responsável por recolher as sementes, que conhece melhor do que nós. Enquanto isso, o senhor Spilett e eu vamos caçar porcos!

Harbert tomou o caminho que o levaria de volta para a parte cultivada da ilhota, enquanto o marujo e o repórter seguiram para a floresta.

Após meia hora de perseguições, os caçadores conseguiram capturar um casal que tinha se refugiado em um bosque, quando ouviram gritos centenas de passos ao norte da ilhota. Os gritos se misturavam com urros que não tinham nada de humano.

Pencroff e Gédéon Spilett se levantaram, e os porcos aproveitaram o movimento para escapar.

– É a voz de Harbert! – observou o repórter.

– Vamos depressa!

Os dois saíram em disparada na direção do lugar de onde vinham os gritos. E fizeram bem em se apressar, porque, após uma curva da trilha, perto de uma clareira, viram o rapaz derrubado por um ser selvagem, um macaco gigante que estava prestes a atacá-lo.

Em poucos segundos, Pencroff e Gédéon Spilett derrubaram o monstro, tiraram Harbert de perto dele, depois o amarram com bastante firmeza. O marujo possuía uma força hercúlea e o repórter era também muito robusto.

– Você se machucou, Harbert? – perguntou Gédéon Spilett.

– Não!

– Ah! Se aquele macaco tivesse machucado você! – esbravejou Pencroff.

– Mas não é um macaco! – respondeu Harbert.

Ao ouvir essas palavras, Pencroff e Gédéon Spilett olharam para o ser singular deitado no chão.

De fato, não era um macaco! Era uma criatura humana, um homem! Um selvagem, na mais terrível acepção da palavra!

Cabelos arrepiados, barba comprida, corpo seminu, exceto por um trapo que lhe cobria parcialmente o ventre, olhar feroz, mãos enormes, unhas excessivamente longas, pele escura e manchada, pés endurecidos como se feitos de casco.

– Tem certeza de que isso é um homem, ou já foi um? – perguntou Pencroff ao repórter.

– Ai de mim! Não há dúvidas.

– Então é o náufrago? – observou Harbert.

– Sim – respondeu Gédéon Spilett –, mas o infeliz já não é humano!

O repórter tinha razão. Era óbvio que, se o náufrago alguma vez tivesse sido um ser civilizado, o isolamento o tornara um selvagem, e pior, talvez, um verdadeiro homem da floresta. Ele emitia sons roucos com a garganta, entre os dentes que tinham a acuidade dos dentes dos carnívoros, feitos para triturar apenas carne crua.

Gédéon Spilett falou com ele, que parecia não entender, nem mesmo ouvir. No entanto, olhando nos seus olhos, o repórter acreditou perceber que ele não havia perdido totalmente a razão.

O prisioneiro não se debatia, nem tentou quebrar as amarras. Depois de considerar o miserável com extremo cuidado:

– O que quer que ele seja, que tenha sido e que possa se tornar, é nosso dever levá-lo conosco para a ilha Lincoln! – disse Gédéon Spilett.

– Sim – concordou Harbert –, e pode ser possível, com cuidado, despertar nele algum vislumbre de inteligência!

– A alma não morre – disse o repórter –, e seria uma grande satisfação salvar esta criatura de Deus da brutalidade!

Pencroff abanou a cabeça com um ar de dúvida.

– Precisamos ao menos tentar – respondeu o repórter –, e a humanidade nos obriga a fazê-lo.

Era, de fato, seu dever como seres civilizados e cristãos. Os três compreendiam isso e sabiam que Cyrus Smith aprovaria a atitude.

– Vamos mantê-lo amarrado? – perguntou o marujo.

– Será que ele consegue andar se desamarrarmos seus pés? – observou Harbert.

– Vamos testar – respondeu Pencroff.

As cordas que amarravam os pés do prisioneiro foram cortadas, mas seus braços permaneceram presos. Ele se levantou sozinho e não manifestou qualquer desejo de fugir.

Seguindo o conselho do repórter, o homem foi levado até sua casa. Talvez a visão dos objetos que lhe pertenciam causasse alguma reação!

Mas o prisioneiro não reconheceu nada, e parecia que tinha perdido a consciência sobre todas as coisas!

Não havia mais nada a fazer, a não ser levá-lo a bordo do *Bonadventure*, o que foi feito, e lá ele permaneceu sob custódia de Pencroff.

Harbert e Gédéon Spilett retornaram à ilhota para completar suas provisões e algumas horas mais tarde retornaram à costa trazendo utensílios, armas, sementes, algumas caças e dois pares de porcos. Embarcaram tudo, e o *Bonadventure* foi preparado para levantar âncora assim que a maré da manhã seguinte subisse.

Pencroff ofereceu algo para o prisioneiro comer, mas ele rejeitou a carne cozida que, sem dúvida, já não lhe servia mais. O marujo então mostrou um dos patos que Harbert havia matado, e o homem se atirou sobre ele com avidez e o devorou.

– Vocês acham que ele vai se recuperar? – perguntou Pencroff.

– Talvez – respondeu o repórter. – Não é impossível que nossos cuidados surtam efeito, porque foi o isolamento que o deixou assim, e agora ele não está mais sozinho!

– Sem dúvida, já faz muito tempo que esse pobre homem está nesse estado! – observou Harbert. – Já reparou, senhor Spilett, na profundidade dos olhos dele debaixo da arcada?

– Sim, Harbert, mas eu acrescentaria que eles são mais humanos do que se pode acreditar olhando apenas sua aparência física.

A noite passou, e não era possível saber se o prisioneiro dormiu ou não, mas em todo caso, embora tivesse sido solto, não se moveu.

Na manhã seguinte, 15 de outubro, ocorreu a mudança climática prevista por Pencroff. Às cinco da manhã, a âncora foi içada. Pencroff ajustou a rizadura da vela e dirigiu o timão para leste-nordeste, de modo a navegar em direção à ilha Lincoln.

Não houve incidentes no primeiro dia da viagem. O prisioneiro permaneceu calmo na cabine da frente e como tinha sido marinheiro, parecia que as agitações do mar produziam sobre ele uma espécie de reação salutar.

No dia seguinte, 16 de outubro, o vento estava muito mais frio, indo mais para o norte, e, consequentemente, em uma direção menos favorável à navegação do *Bonadventure*, que saltava sobre as ondas. Pencroff foi obrigado a se manter mais perto da direção, e, sem dizer uma palavra, começava a se preocupar com o estado do mar, que quebrantava violentamente na proa do barco.

Na manhã do dia 17, quarenta e oito horas já tinham transcorrido desde a partida do *Bonadventure*, e não havia indicação de que já estivesse nas proximidades da ilha.

Vinte e quatro horas depois, não havia terra à vista. O vento estava forte e o mar, péssimo. No dia 18, o *Bonadventure* foi completamente encoberto por uma onda, e se os passageiros não tivessem tomado a precaução de se segurar no convés, teriam sido arrastados por ela.

Na ocasião, os colonos receberam uma inesperada ajuda do prisioneiro, que saltou para a escotilha, como se o instinto de marinheiro o chamasse, e quebrou os baluartes com um vigoroso golpe na alavanca, a fim de escoar o mais rápido possível a água que encheu o convés. Pencroff, Gédéon Spilett e Harbert, absolutamente atordoados, deixaram-no agir.

Aquela noite estava tenebrosa e fria. Por volta das onze horas, no entanto, o vento acalmou, as ondulações diminuíram, e o *Bonadventure* ganhou velocidade.

Nem Pencroff, nem Gédéon Spilett, nem Harbert pensaram em dormir. Eles vigiavam tudo com extremo cuidado, pois ou a ilha Lincoln não estava longe, e seria possível avistá-la ao nascer do dia, ou o *Bonadventure*, levado pelas correntes, tinha derivado ao vento e seria quase impossível corrigir sua direção.

Pencroff não se desesperava, pois tinha a alma blindada, e, sentado ao leme, procurava obstinadamente dissipar a espessa sombra que o envolvia. Por volta das duas da manhã, ele sobressaltou:

– Fogo! Fogo! – exclamou.

Uma luz brilhante apareceu trinta quilômetros a nordeste. A ilha Lincoln estava lá, e a luz, obviamente providenciada por Cyrus Smith, mostrava o caminho a seguir.

Pencroff, que se dirigia demasiado para o norte, alterou a direção e colocou o timão na direção do fogo que brilhava sobre o horizonte como uma estrela de primeira grandeza.

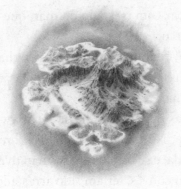

Capítulo 15

Às sete da manhã do dia 20 de outubro, depois de quatro dias de viagem, o *Bonadventure* atracou na foz da Misericórdia.

Cyrus Smith e Nab, muito preocupados com o mau tempo e com a ausência prolongada de seus companheiros, tinham subido ao planalto da Grande-Vista e finalmente avistaram o barco que tanto demorava a voltar!

A primeira ideia do engenheiro, ao contar as pessoas que ele podia ver no convés do *Bonadventure*, foi que Pencroff não tinha encontrado o náufrago da ilha Tabor, ou que o infeliz homem tinha se recusado a deixar a ilha e trocar sua prisão por outra.

E, de fato, Pencroff, Gédéon Spilett e Harbert estavam sozinhos no convés do *Bonadventure*.

Quando o barco atracou, o engenheiro e Nab esperavam por ele na costa, e antes que os passageiros pisassem na areia, Cyrus Smith disse:

– Estávamos muito preocupados com a demora de vocês, meus amigos! Aconteceu algo ruim?

– Não – respondeu Gédéon Spilett –, ao contrário, tudo correu perfeitamente bem. Vamos contar tudo.

– No entanto – retomou o engenheiro –, vocês falharam na busca, uma vez que continuam sendo apenas três?

– Desculpe, senhor Cyrus – respondeu o marujo –, mas nós somos quatro!

– Vocês encontraram o náufrago?

– Sim.

– E o trouxeram com vocês?

– Sim.

– Vivo?

– Sim.

– Onde ele está? Quem é?

– É – respondeu o repórter –, ou melhor, era um homem! É tudo o que podemos dizer!

Eles então contaram sobre as condições em que a busca tinha sido realizada, que a única habitação da ilhota estava há muito tempo abandonada, e como, finalmente, haviam capturado o náufrago que parecia já não pertencer à raça humana.

– E chegamos ao ponto – acrescentou Pencroff – em que não sei se fizemos a coisa certa ao trazê-lo.

– Vocês com certeza fizeram a coisa certa, Pencroff! – respondeu o engenheiro.

– Mas esse infeliz não tem mais razão!

– Agora é possível – respondeu Cyrus Smith – ; mas apenas alguns meses atrás esse infeliz era um homem como você e eu. E quem sabe o que seria de nós, depois de uma longa solidão nesta ilha?

– Mas, senhor Cyrus – perguntou Harbert –, o que o leva a acreditar que a brutalidade desse infeliz homem tem apenas alguns meses?

– Porque o documento que encontramos foi escrito recentemente – respondeu o engenheiro –, e o náufrago foi capaz de escrevê-lo sozinho.

– A menos que ele tenha sido escrito por algum companheiro seu, que morreu depois disso – observou Gédéon Spilett.

– Isso é impossível, meu caro Spilett.

– Por quê? – perguntou o repórter.

– Porque o documento deveria falar de dois náufragos, mas ele fala de apenas um.

Harbert contou em poucas palavras sobre a espécie de ressurreição temporária que tinha acontecido na mente do prisioneiro, quando, por um instante, ele se tornou novamente um marinheiro no auge da tempestade.

– Bem, Harbert – respondeu o engenheiro –, você está certo em dar grande importância a esse fato. Este infeliz não deve ser incurável, e aqui ele encontrará seus semelhantes, e como ainda tem uma alma, nós vamos salvá-la!

O náufrago da ilha Tabor foi então retirado da cabine que ocupava na dianteira do *Bonadventure*, e, uma vez colocado em sobre a areia, manifestou imediatamente a vontade de fugir.

Mas Cyrus Smith, aproximando-se, colocou a mão em seu ombro com um gesto cheio de autoridade e olhou para o homem com infinita gentileza. O infeliz, sofrendo uma espécie de dominação instantânea, foi aos poucos se acalmando e ele não ofereceu mais nenhuma resistência.

Cyrus Smith o observou atentamente. A julgar pela aparência, aquele ser já não tinha nada de humano, e ainda assim Cyrus Smith captou em seu olhar um vislumbre esquivo de inteligência.

Foi decidido que o desconhecido – como seus novos companheiros passaram a chamá-lo – permaneceria em um dos quartos da Granite House, de onde não poderia escapar. Ele se deixou conduzir sem qualquer resistência, e, com os cuidados que receberia, talvez um dia se tornasse mais um companheiro dos colonos da ilha Lincoln.

Durante o almoço preparado por Nab, Cyrus Smith foi informado em detalhes sobre os incidentes que marcaram a viagem de exploração à pequena ilha.

– Mas, a propósito – disse Gédéon Spilett, dirigindo-se a Harbert –, você não nos contou como encontrou esse selvagem; e nós não sabemos nada, a não ser que ele o teria estrangulado se não tivéssemos chegado a tempo de salvá-lo!

– Confesso que ficarei muito envergonhado em contar o que aconteceu. Eu estava ocupado colhendo plantas quando ouvi um som parecido com o de uma avalanche caindo de uma árvore alta. Mal tive tempo de me virar e o infeliz, que provavelmente estava aninhado na árvore, atacou-me em menos tempo do que estou gastando para contar o ocorrido, e sem o senhor Spilett e Pencroff...

– Meu filho! – disse Cyrus Smith – Você correu um verdadeiro perigo, mas talvez, sem ele, esse pobre ser tivesse se esquivado de suas buscas, e nós não teríamos um companheiro a mais.

– Então, Cyrus, você espera fazer dele um homem? – perguntou o repórter.

– Sim.

Após o almoço, Cyrus Smith e seus companheiros deixaram a Granite House e voltaram para a praia. Eles descarregaram o *Bonadventure*, e o engenheiro, tendo examinado as armas e os instrumentos, não encontrou nada que pudesse ajudá-lo a descobrir a identidade do desconhecido. Quando a descarga do barco foi concluída:

– Senhor Cyrus – disse Pencroff –, acho que seria prudente colocar nosso *Bonadventure* em um lugar seguro.

– Ele não está seguro na foz da Misericórdia?

– Não, senhor Cyrus. Metade do tempo ele está enterrado na areia, e isso o desgasta.

– Não podemos mantê-lo flutuando no próprio rio?

– Sem dúvida poderíamos, senhor Cyrus, mas a foz não tem nenhum abrigo, e acredito que o *Bonadventure* sofreria muito com as rajadas de vento leste e com os golpes marítimos.

– Onde você quer colocá-lo, Pencroff?

– No porto Balão.

– Mas ele não fica um pouco longe?

– Ora, ele não fica a mais de cinco quilômetros da Granite House, e temos um bom caminho direto para chegar lá!

– Faça isso, Pencroff, conduza o *Bonadventure* até lá. Quando tivermos tempo, construiremos um pequeno porto para ele.

– Ótimo! Um porto com um farol, um cais e uma doca!

Então Harbert e o marujo embarcaram de volta no *Bonadventure*, içaram a âncora e a vela, e duas horas depois, ele repousava nas águas tranquilas do porto Balão.

No início, acostumado ao ar livre, à liberdade ilimitada de que desfrutava na ilha Tabor, o desconhecido tinha acessos de fúria e temia-se que ele se jogasse na costa por uma das janelas da Granite House. Mas aos poucos ele se acalmou e foi possível deixá-lo livre para se movimentar.

Então, havia motivos para terem esperança. Já esquecendo seus instintos carnívoros, o desconhecido aceitava uma alimentação menos bestial do que aquela que tinha na ilhota, e a carne cozida já não produzia nele o sentimento de repulsa que havia manifestado a bordo do *Bonadventure*.

Cyrus Smith aproveitou um momento em que ele estava dormindo e cortou seu cabelo e sua barba, que lhe davam uma aparência muito selvagem. Ele também o vestiu de modo mais conveniente, depois de tê-lo livrado da tira de pano que o cobria.

Todos os dias, Cyrus Smith impunha a si próprio a tarefa de passar algumas horas na companhia dele. O engenheiro também tinha o cuidado de falar em voz alta, de modo a penetrar, através dos órgãos da audição e da visão, nas profundezas daquela inteligência adormecida. Às vezes, um de seus companheiros se juntava a ele. Falavam de assuntos relacionados à marinha, que deviam interessar bastante um marinheiro. Por vezes, o desconhecido prestava uma vaga atenção ao que se dizia, e os colonos logo concluíram que ele os entendia em parte.

Os colonos acompanhavam com sincera emoção todas as fases da cura empreendida por Cyrus Smith. Eles também o ajudaram naquela tarefa humanitária, e todos, exceto talvez o incrédulo Pencroff, começaram a compartilhar da mesma esperança e da mesma fé.

Cyrus Smith resolveu testar o desconhecido, levando-o para outro lugar, diante daquele oceano que seus olhos costumavam contemplar.

– Mas – disse Gédéon Spilett –, podemos esperar que quando ele for libertado não vai tentar escapar?

– É uma experiência a ser feita – respondeu o engenheiro.

– Vamos tentar – disse Gédéon Spilett.

Era dia 30 de outubro. Estava quente e o sol brilhava sobre a ilha. Cyrus Smith e Pencroff foram para a sala ocupada pelo desconhecido que encontraram deitado junto à janela, olhando para o céu.

– Venha, meu amigo – disse o engenheiro.

O desconhecido se levantou imediatamente. Seu olhar se fixou em Cyrus Smith e ele o seguiu, enquanto o marujo caminhava atrás dele, pouco confiante nos resultados da experiência.

Quando chegaram na areia, os colonos se afastaram do desconhecido para lhe dar alguma liberdade.

Ele deu alguns passos em direção ao mar e seu olhar brilhou com extrema animação, mas ele não tentou escapar.

– Ainda é apenas o mar – observou Gédéon Spilett –, e é possível que ele não o inspire a fugir!

– Sim – respondeu Cyrus Smith –, devemos levá-lo ao planalto, na borda da floresta. Então a experiência será mais conclusiva.

Então eles o levaram para a foz da Misericórdia, e, subindo pela margem esquerda do rio, chegaram ao planalto da Grande-Vista.

O estranho parecia sorver de modo inebriante o perfume penetrante que impregnava a atmosfera e um longo suspiro escapou de seu peito!

Os colonos ficaram para trás, prontos para segurá-lo se ele fizesse algum movimento para escapar!

E de fato, a pobre criatura estava prestes a saltar sobre o riacho que o separava da floresta, e suas pernas se dobraram por um momento, como uma mola. Mas quase imediatamente ele recuou, vacilou um pouco, e uma grande lágrima escorreu de seus olhos!

– Ah! – exclamou Cyrus Smith. – Agora você é um homem novamente, pois está chorando!

Capítulo 16

Sim! O pobre homem chorou! Alguma lembrança, sem dúvida, tinha atravessado sua mente, e, de acordo com a expressão de Cyrus Smith, as lágrimas o tornaram homem novamente.

Os colonos deixaram-no por algum tempo no planalto e se distanciaram para que ele se sentisse livre; mas ele não pensou em tirar vantagem dessa liberdade, e Cyrus Smith logo decidiu levá-lo de volta à Granite House.

Dois dias depois dessa cena, o desconhecido parecia querer se envolver aos poucos com as atividades comuns. Era óbvio que ele ouvia, que entendia, mas era ainda mais evidente que tinha uma estranha obstinação em não falar com os colonos, pois, uma noite, Pencroff colou o ouvido à porta do seu quarto e ouviu estas palavras escaparem de seus lábios:

– Não! Aqui! Eu! Nunca!

O desconhecido tinha começado a usar os instrumentos de cultivo e trabalhava na horta. Quando parava, o que acontecia com frequência, ele permanecia introspectivo. Será que era o remorso que o entristecia tanto? Era possível, e Gédéon Spilett fez um dia esta observação:

– Se ele não fala, é porque deve ter coisas muito graves a dizer!

Poucos dias depois, em 3 de novembro, o desconhecido, trabalhando no planalto, parou depois de deixar cair sua pá no chão, e Cyrus Smith, que o observava a certa distância, viu novamente lágrimas caírem de seus olhos. Uma espécie de compaixão o fez ir até ele, e ele tocou seu braço ligeiramente.

– Meu amigo?

Os olhos do desconhecido tentaram evitá-lo, e quando Cyrus Smith tentou tocar sua mão, ele rapidamente recuou.

– Meu amigo, olhe para mim, por favor!

O desconhecido olhou para o engenheiro e parecia hipnotizado, como um homem magnetizado sob o poder de seu magnetizador. Palavras tentaram escapar-lhe dos lábios. Ele não conseguia mais se conter! Finalmente, ele cruzou os braços e perguntou, baixinho:

– Quem são vocês?

– Náufragos, exatamente como você. Nós o trouxemos até aqui para ficar entre seus semelhantes.

– Meus semelhantes! Eles não existem!

– Você está entre amigos...

– Amigos! Meus! – ele exclamou, escondendo a cabeça entre as mãos. – Não... nunca! Deixem-me em paz!

Então ele fugiu para o lado do planalto que dava para o mar e lá permaneceu imóvel por um longo tempo.

Cyrus Smith se juntou aos seus companheiros e contou-lhes o que tinha acabado de acontecer.

Durante duas horas, o desconhecido permaneceu sozinho na praia, sob a influência de lembranças que construíram seu passado – funesto, certamente – e os colonos procuraram não perturbar seu isolamento.

No entanto, após duas horas, ele parecia ter tomado uma decisão, e foi procurar Cyrus Smith. Seus olhos estavam vermelhos das lágrimas que havia derramado, mas já não chorava.

– Senhor – disse ele a Cyrus Smith –, o senhor e seus companheiros são todos ingleses?

– Não, nós somos americanos.

– Ah! – fez o desconhecido, e depois murmurou estas palavras: – Melhor assim!

– E você, meu amigo?

– Inglês.

E, como se essas poucas palavras fossem difíceis de dizer, ele se distanciou pela praia num estado de extrema agitação.

Então, passando perto de Harbert, ele parou, e, com a voz entrecortada, perguntou:

– Que mês?

– Dezembro.

– Que ano?

– 1866.

– Doze anos! Doze anos! – exclamou. E em seguida partiu.

Harbert relatou aos colonos as perguntas e as respostas que lhe tinham sido ditas.

– Estou tentado a acreditar – disse Pencroff – que esse homem não chegou à ilha Tabor por um naufrágio, mas que foi abandonado lá por conta de algum crime.

– Meus amigos – disse Cyrus Smith –, não vamos lidar com essa questão até sabermos em que acreditar. E não vamos pressioná-lo a contar sua história! Além disso, só ele pode nos dizer se mantém, mais do que a esperança, a certeza de ser repatriado um dia, mas duvido!

– E por quê? – perguntou o repórter.

– Porque, se ele tivesse certeza de ser resgatado em algum momento, teria esperado por sua libertação e não teria lançado a garrafa ao mar!

– Mas – observou o marujo – há uma coisa que não consigo entender.

– Qual?

– Se esse homem foi abandonado na ilha Tabor há doze anos, podemos presumir que ele já estava nesse estado de selvajaria em que o encontramos há vários anos!

– Isso é provável – respondeu Cyrus Smith.

– Portanto, já tem muitos anos que ele escreveu esse bilhete!

– Provavelmente. Mas o documento parecia ter sido escrito recentemente!

– Além disso, como admitir que a garrafa que continha o bilhete levou vários anos para vir da ilha Tabor até a ilha Lincoln?

– Não é absolutamente impossível – respondeu o repórter. – Ela não poderia estar na ilha já há muito tempo?

– Não – respondeu Pencroff –, porque ela ainda flutuava. E ela poderia ter sido capturada pelo mar, pois há todas aquelas rochas na costa sul, e ela teria inevitavelmente quebrado lá!

– De fato – respondeu Cyrus Smith, que permaneceu pensativo.

– Também – acrescentou o marujo –, se o bilhete estivesse fechado na garrafa por vários anos, teria sido danificado pela umidade. Mas ele estava em perfeito estado de conservação.

Nos dias que se seguiram, o desconhecido não disse uma palavra e não saiu do planalto uma só vez.

Mas chegou finalmente o momento em que, inevitavelmente, e como se sua consciência o obrigasse, terríveis confissões lhe escaparam.

No dia 10 de novembro, perto das oito da noite, quando a escuridão começava a se instalar, ele apareceu inesperadamente diante dos colonos reunidos na varanda.

Cyrus Smith e seus companheiros ficaram chocados quando viram que, sob a influência de uma emoção terrível, seus dentes rangiam como os de alguém febril.

– Por que estou aqui? Com que direito me arrancaram da minha ilhota? Pode haver uma ligação entre nós? Sabem quem eu sou? O que fiz... Porque eu estava lá... sozinho? E quem disse que não fui abandonado lá? Condenado a morrer lá? Conhecem meu passado?

Os colonos ouviam o miserável homem sem interrupção, e as confissões pareciam escapar espontaneamente de seus lábios. Cyrus Smith tentou acalmá-lo, aproximando-se dele, mas ele recuou.

– Não! Não! Só uma pergunta... estou livre?

– Você está livre – respondeu o engenheiro.

– Então, adeus! – E fugiu como um louco.

Nab, Pencroff e Harbert correram na direção do bosque, mas voltaram sozinhos.

– Deixem-no tranquilo! – observou Cyrus Smith.

– Ele nunca mais vai voltar... – lamentou Pencroff.

– Ele voltará – respondeu o engenheiro.

E, desde então, passaram-se muitos dias; mas Cyrus Smith persistiu na inabalável ideia de que o infeliz voltaria mais cedo ou mais tarde.

Enquanto isso, os trabalhos continuaram, tanto no planalto da Grande-Vista como no curral. É claro que as sementes recolhidas por Harbert na ilha Tabor foram cuidadosamente semeadas. O planalto então formava uma vasta horta, bem projetada, bem-cuidada e que não deixava os braços dos colonos ociosos.

Em 15 de novembro, realizaram a terceira colheita, e a última quinzena de novembro foi dedicada à panificação.

Eles tinham o grão, mas não a farinha, e a instalação de um moinho era necessária. Após discutirem, decidiram fazer um moinho de vento simples nas alturas do planalto da Grande-Vista.

Cyrus Smith desenhou os planos, e a localização escolhida foi um pouco à direita do galinheiro, perto da margem do lago.

Todos trabalharam na construção do moinho que ficou pronto no dia 1.º de dezembro.

Como sempre, Pencroff ficou encantado com seu trabalho e não tinha dúvidas de que o aparelho era perfeito.

– Um bom vento – disse ele –, e vamos moer nossa primeira colheita!

Não havia razão para adiar a inauguração do moinho, pois os colonos estavam ansiosos para provar o primeiro pedaço de pão da ilha Lincoln. Naquele dia, portanto, dois ou três alqueires de trigo foram moídos, e no dia seguinte, no almoço, um magnífico pão, talvez um pouco massudo, embora fermentado com levedo de cerveja, surgiu à mesa da Granite House. Cada um deu sua bela mordida, e pode-se imaginar com que prazer o fizeram!

Durante esse período, o desconhecido não reapareceu. Várias vezes, Gédéon Spilett e Harbert caminharam pela floresta nas proximidades da

Granite House sem encontrar qualquer vestígio dele. No entanto, Cyrus Smith, por alguma espécie de pressentimento, insistia que ele voltaria.

– Sim, vai voltar! – ele repetia com uma confiança que seus companheiros não conseguiam compartilhar. – Quando o infeliz homem estava na ilha Tabor, ele sabia que estava sozinho! Aqui, sabe que seus semelhantes estão à sua espera! Uma vez que mencionou sua vida passada, esse pobre arrependido vai voltar e dizer tudo, e nesse dia ele será nosso!

No dia 3 de dezembro, Harbert deixou o planalto da Grande-Vista e foi pescar na margem sul do lago. Ele estava desarmado e até então nunca tinha precisado tomar qualquer precaução, pois os animais perigosos não apareciam naquela parte da ilha.

Enquanto isso, Pencroff e Nab estavam trabalhando no galinheiro, e Cyrus Smith e o repórter estavam ocupados nas Chaminés fabricando soda, pois o sabão tinha acabado. De repente, gritos ecoaram:

– Socorro! Socorro!

Cyrus Smith e o repórter, muito longe, não ouviram esses gritos. Pencroff e Nab correram apressadamente para o lago. Mas antes deles, o desconhecido, de cuja presença naquele lugar ninguém suspeitava, atravessou o córrego Glicerina, que separava o planalto da floresta, e saltou para a margem oposta.

Harbert estava de frente para um formidável jaguar. Pego de surpresa, ele se encontrava em pé diante de uma árvore, enquanto o animal, recuado, estava prestes a atacar. Mas o desconhecido, armado apenas com uma faca, precipitou-se sobre a temível besta, que se virou contra o novo adversário.

A luta foi curta. O homem tinha uma força e uma habilidade imensas. Ele agarrou o jaguar pelo pescoço, com a mão poderosa como uma tesoura, sem se preocupar se as garras da besta penetravam em sua carne, e com a outra, furou-lhe o coração com a faca. O jaguar caiu. O estranho empurrou o animal com o pé e estava prestes a fugir quando os colonos chegaram ao cenário da luta. Harbert o agarrou e, gritou:

– Não! Não! Você não vai fugir!

Cyrus Smith foi ter com o desconhecido, cujas sobrancelhas franziram com sua aproximação.

– Meu amigo – disse Cyrus Smith –, acabamos de contrair uma dívida de gratidão com você. Para salvar nosso garoto, você arriscou a própria vida!

– A minha vida! O que ela vale? Menos que nada!

– Você está ferido?

– Não importa.

– Dê-me sua mão?

E como Harbert tentou pegar aquela mão que tinha acabado de salvá-lo, o estranho cruzou os braços, seu peito inflou, seu olhar obscureceu, e ele parecia querer fugir; mas, fazendo um esforço violento, e em um tom brusco:

– Quem são vocês? E o que pretendem ser para mim?

Era a história dos colonos que ele queria ouvir, e pela primeira vez. Em poucas palavras, Cyrus Smith contou tudo o que tinha acontecido desde a saída de Richmond, como eles tinham escapado e que recursos tinham agora à disposição. O homem escutou com extrema atenção.

Em seguida, o engenheiro disse quem todos eles eram, Gédéon Spilett, Harbert, Pencroff, Nab, ele, e acrescentou que a maior alegria que eles tinham sentido desde sua chegada na ilha Lincoln foi o retorno da ilhota, quando podiam contar com mais um companheiro.

Com essas palavras, o desconhecido corou, baixou a cabeça contra o peito, e um sentimento de confusão se desenhou nele.

– E agora que você nos conhece – acrescentou Cyrus Smith –, aceita caminhar de mãos dadas conosco?

– Não – ele respondeu em um tom quase inaudível. – Não! Vocês são pessoas honestas! E eu...!

Capítulo 17

Estas últimas palavras justificaram os pressentimentos dos colonos. Havia na vida do infeliz homem algum passado doloroso, talvez expiado aos olhos dos homens, mas do qual sua própria consciência ainda não o havia absolvido. No entanto, desde aquele dia não abandonou mais a Granite House.

Por alguns dias, a vida em conjunto continuou sendo o que sempre foi. Cyrus Smith e Gédéon Spilett trabalhavam juntos, ora como químicos, ora como físicos. O repórter só deixava o engenheiro para caçar com Harbert, pois não seria prudente deixar o jovem percorrer sozinho a floresta e era preciso ser cuidadoso. Quanto a Nab e Pencroff, tinham bastante trabalho fosse nos estábulos, no galinheiro, no curral ou na Granite House.

O desconhecido trabalhava sozinho e havia retomado sua existência habitual, não comparecendo às refeições, dormindo sob as árvores do planalto e jamais se misturando aos demais companheiros. Parecia realmente que a sociedade daqueles que o salvaram lhe era insuportável!

Mas o dia da confissão estava próximo. Em 10 de dezembro, Cyrus Smith viu o desconhecido se aproximar e, com uma voz calma e em um tom humilde, dizer:

– Senhor, tenho um pedido a fazer.

– Faça, mas primeiro deixe-me fazer uma pergunta.

Ao ouvir essa frase, o desconhecido corou e quase se retirou. Cyrus Smith compreendeu o que passava pela mente do homem culpado, que sem dúvida temia que o engenheiro lhe perguntasse sobre seu passado! Cyrus Smith segurou-o pela mão:

– Camarada, não somos só seus companheiros, somos também seus amigos. Eu só queria dizer isso, agora sou todo ouvido.

O desconhecido passou a mão nos olhos. Ele foi tomado por uma espécie de tremor e permaneceu alguns instantes sem conseguir articular uma palavra.

– Senhor, vim pedir que me conceda uma graça.

– Qual?

– Vocês têm, a sete ou oito quilômetros daqui, no sopé da montanha, um curral para seus animais domésticos. Esses animais precisam de cuidados. O senhor me permite viver lá com eles?

Cyrus Smith olhou para o infeliz homem por alguns momentos com um sentimento de profunda compaixão. Depois, disse:

– Meu amigo, o curral tem estábulos adequados apenas aos animais...

– Será suficiente para mim, senhor.

– Bem, nós não iremos contrariá-lo em nada. Quer viver no curral, que assim seja. Você será sempre bem-vindo na Granite House. Mas cuidaremos dos preparativos necessários para que você se instale de modo conveniente lá.

– Seja como for, lá estarei confortável.

– Meu amigo – respondeu Cyrus Smith, que insistia nesse tratamento cordial –, deixe-nos decidir o que devemos fazer a esse respeito!

– Obrigado, senhor – respondeu o desconhecido, retirando-se.

O engenheiro logo informou seus companheiros sobre a proposta que lhe havia sido feita, e decidiram construir uma casa no curral do modo mais confortável possível.

Em menos de uma semana, fizeram uma casa para o anfitrião. Ela tinha sido construída a cerca de seis metros de distância dos estábulos, e de lá seria fácil manter um olho sobre o rebanho de carneiros que já tinha mais de oitenta cabeças.

O desconhecido não tinha ido ver sua nova casa, e deixou os colonos trabalharem sem ele enquanto ficava no planalto, sem dúvida desejando finalizar sua atividade. E, graças a ele, toda a terra foi arada e ficou pronta para ser semeada assim que o tempo melhorasse.

As instalações do curral foram concluídas em 20 de dezembro. O engenheiro anunciou ao desconhecido que sua casa estava pronta para recebê-lo, e ele respondeu que dormiria lá naquela noite.

Eram então oito horas. Não querendo incomodá-lo, impondo-lhe, com sua presença, um adeus que lhe seria custoso, eles o deixaram sozinho e retornaram à Granite House.

Eles conversavam no grande salão por algum tempo quando ouviram leves batidas na porta. Quase imediatamente, o desconhecido entrou, e sem qualquer outro preâmbulo:

– Senhores, antes de vos deixar, é importante que conheçam minha história. Ei-la.

Essas palavras simples e inesperadas impressionaram os colonos. O engenheiro se levantou.

– Não lhe pedimos nada, meu amigo. É seu direito se calar...

– É meu dever falar.

– Sente-se então.

– Vou ficar de pé.

– Estamos prontos para ouvi-lo.

O estranho estava num canto da sala, um pouco protegido pela escuridão. E foi ali que, em voz baixa, ele fez o seguinte relato, sem ser interrompido:

"No dia 20 de dezembro de 1854, um iate recreativo a vapor, o *Duncan*, pertencente ao lorde escocês Glenarvan, ancorou no cabo Bernouilli, na costa oeste da Austrália. A bordo desse iate estavam o lorde Glenarvan, sua esposa, um major do exército inglês, um geógrafo francês, uma menina e um menino, ambos filhos do capitão Grant, cujo navio *Britannia* tinha afundado um ano antes, com toda a tripulação. O *Duncan* era comandado pelo capitão John Mangles e contava com uma tripulação de quinze homens.

"Seis meses antes, uma garrafa contendo um bilhete foi encontrada no mar da Irlanda e recolhida pelo *Duncan*. O documento dizia que ainda havia três sobreviventes do naufrágio do *Britannia*: o capitão Grant e dois de seus homens, haviam encontrado refúgio em uma terra cuja latitude estava indicada no bilhete. Mas a longitude havia sido apagada pela água do mar.

"A latitude era 37° 11' sul. Então, como a longitude era desconhecida, se seguissem o trigésimo sétimo paralelo através de continentes e mares, era certo que chegariam à terra habitada pelo capitão Grant e seus companheiros.

"Como o almirantado inglês hesitou em realizar a busca, lorde Glenarvan resolveu fazer todos os esforços para encontrar o capitão. Mary e Robert Grant foram colocados em contato com ele. O *Duncan* foi equipado para uma longa viagem da qual a família do lorde e os filhos do capitão desejavam participar, e deixando Glasgow, seguiram para o Atlântico, cruzaram o Estreito de Magalhães e navegaram pelo Pacífico até a Patagônia, onde, de acordo com uma primeira interpretação do bilhete, podia-se supor que o capitão Grant tinha sido aprisionado por nativos.

"O *Duncan* desembarcou seus passageiros na costa oeste da Patagônia e partiu para buscá-los na costa oriental, no cabo Corrientes.

"Lorde Glenarvan cruzou a Patagônia seguindo o paralelo 37, e, não encontrando nenhum vestígio do capitão, seguiu navegando pelo oceano.

"O *Duncan* chegou ao cabo Bernoulli, na costa australiana no dia 20 de dezembro de 1854.

"A intenção de lorde Glenarvan era atravessar a Austrália como havia atravessado a América, então desembarcou. A poucos quilômetros da costa, encontrou uma fazenda de propriedade de um irlandês, que ofereceu abrigo aos viajantes. Lorde Glenarvan contou ao irlandês as razões que o levaram até lá, e perguntou-lhe se sabia que um navio inglês de três mastros, o *Britannia*, tinha se perdido na costa oeste da Austrália há menos de dois anos.

"O irlandês nunca tinha ouvido falar do naufrágio; mas, para grande surpresa dos assistentes, um dos servos do irlandês interveio:

"– Meu senhor, louvado seja Deus. Se o capitão Grant ainda está vivo, está vivo em solo australiano.

"– Quem é o senhor? – perguntou lorde Glenarvan.

"– Um escocês como o senhor, meu senhor, e um dos companheiros do capitão Grant, um náufrago do *Britannia*.

"O nome daquele homem era Ayrton, o contramestre do *Britannia*, como seus documentos atestavam. Mas, separado do capitão Grant quando o navio se chocou contra os recifes, ele acreditava até então que seu capitão tinha morrido com toda a tripulação, e que ele era o único sobrevivente".

"– Porém – acrescentou –, não foi na costa oeste, mas na costa leste da Austrália que o *Britannia* se perdeu, e se o capitão Grant ainda está vivo, ele é prisioneiro dos nativos australianos, na costa oposta.

"Ao falar, esse homem tinha a voz clara e o olhar seguro, e suas palavras não podiam ser postas em dúvida. Lorde Glenarvan acreditou na lealdade daquele homem e resolveu atravessar a Austrália seguindo o paralelo 37. O lorde, sua esposa, os dois filhos, o major, o francês, o capitão Mangles e alguns marinheiros compunham o pequeno grupo sob a liderança de Ayrton, enquanto o *Duncan*, sob as ordens do imediato, Tom Austin, seguiria para Melbourne, onde esperaria por instruções.

"Eles partiram em 23 de dezembro de 1854.

"Está na hora de dizer que Ayrton era um traidor. Ele era, de fato, o contramestre do *Britannia*; mas, depois de discutir com seu capitão, ele incitou a tripulação a se revoltar e tomar o navio, e o capitão Grant o fez desembarcar na costa oeste da Austrália no dia 8 de abril de 1852, e partiu deixando-o para trás – o que era absolutamente justo.

"Portanto, o miserável homem não sabia nada sobre o naufrágio do *Britannia*. Ele tinha acabado de descobrir isso com o relato de Glenarvan! Desde que foi abandonado, ele tinha se tornado, sob o nome de Ben Joyce, o líder dos fugitivos, e se afirmou que o naufrágio havia ocorrido na costa leste, se incitou o lorde Glenarvan a seguir nessa direção, era porque esperava separar o lorde de seu navio, sequestrar o *Duncan* e transformá-lo em um navio pirata do Pacífico.

"A expedição partiu e seguiu por terras australianas. Naturalmente ela foi malsucedida, já que Ayrton ou Ben Joyce, como queiram chamá-lo, a conduzia, ora precedido, ora seguido por seu bando de condenados, que tinham sido avisados do golpe.

"Enquanto isso, o *Duncan* tinha sido levado a Melbourne para ser reparado. Portanto, era necessário levar lorde Glenarvan a ordenar que o iate deixasse Melbourne para seguir até a costa leste da Austrália, onde seria fácil sequestrá-lo. Depois de liderar a expedição em meio a vastas florestas sem recursos, Ayrton obteve uma carta que levou ao imediato do *Duncan*. A carta instruía o iate a prosseguir imediatamente para a costa leste, na baía Twofold, a poucos dias do local onde a expedição tinha parado. Foi lá que Ayrton marcou um encontro com seus cúmplices.

"Quando a carta estava prestes a ser entregue, o traidor foi descoberto e teve que fugir. Mas ele precisava, a qualquer custo, conseguir a carta que o *Duncan* lhe entregaria. Ayrton conseguiu pegá-la, e dois dias depois chegou a Melbourne.

"Ao chegar em Melbourne, Ayrton entregou a carta ao imediato, Tom Austin, que partiu assim que tomou conhecimento do assunto; mas imaginem a decepção e ira de Ayrton quando, no dia seguinte, ele soube que o imediato conduzia o navio, não na costa leste da Austrália, mas na costa leste da Nova Zelândia. Quando quis intervir, Austin lhe mostrou a carta! E, por um erro providencial do geógrafo francês que a havia escrito, a costa leste da Nova Zelândia tinha sido indicada como destino.

"Todos os planos de Ayrton foram por água abaixo! Ele quis se rebelar. Mas o prenderam. Ele foi, então, levado para a costa da Nova Zelândia, não sabendo mais o que aconteceria com seus cúmplices, nem com lorde Glenarvan.

"O *Duncan* seguiu atravessando a costa até 3 de março. Naquele dia, Ayrton ouviu explosões. Eram as caronadas do *Duncan* que disparavam, e logo lorde Glenarvan e sua tripulação chegaram a bordo.

"Eis o que aconteceu: depois de muito cansaço e inúmeros perigos, lorde Glenarvan completou sua viagem e chegou à costa leste da Austrália, na baía de Twofold. Nada do *Duncan*! Ele telegrafou para Melbourne e lhe responderam: 'O *Duncan* partiu dia 18 para um destino desconhecido'.

"Lorde Glenarvan só podia pensar uma coisa: que o iate tinha caído nas mãos de Ben Joyce e sido transformado em um navio pirata!

"Mas lorde Glenarvan não quis desistir do caso. Era um homem destemido e generoso. Ele embarcou em um navio mercante e seguiu para a costa oeste da Nova Zelândia, cruzou-a seguindo o paralelo 37, mas não encontrou qualquer vestígio do capitão Grant; no entanto, na outra costa, para sua grande surpresa, e por vontade do céu, encontrou o *Duncan*, sob o comando do imediato, que esperava por ele há cinco semanas!

"Era dia 3 de março de 1855. Então lorde Glenarvan subiu a bordo do *Duncan*, mas Ayrton também estava lá. Ele apareceu diante do lorde, que tentou extrair do bandido tudo o que ele podia saber sobre o capitão. Ayrton, em troca do que tinha a dizer, propôs que fosse abandonado em uma das ilhas do Pacífico. O lorde, determinado a saber tudo sobre o capitão Grant, concordou.

"Ayrton então contou sua vida inteira, e foi constatado que ele não sabia nada desde o dia em que o capitão Grant o expulsou na costa australiana.

"Mesmo assim, lorde Glenarvan manteve sua palavra. O *Duncan* seguiu viagem e chegou à ilha Tabor. Foi lá que Ayrton foi deixado, e foi também lá que, por milagre, o capitão Grant e seus dois homens foram encontrados, precisamente no paralelo 37. O condenado ia substituí-los na ilhota deserta, e quando deixou o iate, foram estas as palavras do lorde Glenarvan:

"– Aqui, Ayrton, você ficará longe de toda a terra e sem qualquer comunicação possível com seus semelhantes. Você estará sozinho, sob o olhar de um Deus que lê as profundezas dos corações, mas não estará perdido, nem será ignorado como o capitão Grant foi. Por mais indigno que seja para a memória dos homens, os homens se lembrarão de você. Sei onde está, Ayrton, e sei onde encontrá-lo. Jamais o esquecerei!

"E o *Duncan*, velejando, logo desapareceu. Era 18 de março de 1855[7].

"Senhores, Ayrton se arrependeu, envergonhou-se de seus crimes e é muito infeliz! Ele pensou que se os homens viessem buscá-lo um dia naquela ilhota, ele teria que ser digno de voltar a viver entre eles! Como sofreu, o miserável!

"Por dois ou três anos foi assim, mas Ayrton, abatido pelo isolamento, sempre vigiando se algum navio apareceria no horizonte da ilha e se perguntando se o tempo de expiação já havia terminado, sofria como nunca havia sofrido antes! Ah, como é difícil essa solidão para uma alma consumida pelo remorso!

"Mas, sem dúvida, o céu não achava que o infeliz tinha sido suficientemente castigado, pois ele sentia que aos poucos se transformava em um selvagem, o embrutecimento o dominava! Ele não sabe dizer se foi depois de dois ou quatro anos de abandono, mas finalmente, ele se transformou no miserável que vocês encontraram!

"– Não preciso dizer, senhores, que Ayrton, ou Ben Joyce, e eu somos a mesma pessoa!"

Cyrus Smith e seus companheiros se levantaram ao final do relato. É difícil dizer como ficaram comovidos com tanta miséria, dor e desespero!

– Ayrton – disse Cyrus Smith –, você foi um grande criminoso, mas o céu certamente deve achar que já expiou seus crimes! Ele provou isso ao trazê-lo para perto de seus semelhantes. Você está perdoado! E agora, será nosso companheiro?

Ayrton recuou.

– Aqui está minha mão! – disse o engenheiro.

Ayrton se precipitou para a mão de Cyrus Smith, e grossas lágrimas escorreram de seus olhos.

– Você quer viver conosco?

– Senhor Smith, dê-me um pouco mais de tempo, deixe-me sozinho na casa do curral!

---

[7] Os acontecimentos que acabam de ser relatados foram retirados de um livro que se intitula *Os filhos do capitão Grant*. (N.T.)

– Como quiser, Ayrton.

Ayrton estava prestes a se retirar quando o engenheiro lhe fez uma última pergunta:

– Só mais uma coisa. Se o seu objetivo era viver isolado, por que lançou ao mar o bilhete que nos deu uma pista sobre sua localização?

– Um bilhete? – respondeu Ayrton, que parecia não saber do que o engenheiro estava falando.

– Sim, aquele bilhete dentro da garrafa que encontramos e que dava a localização exata da ilha Tabor!

Ayrton pôs a mão na testa. Então, depois de refletir:

– Eu nunca atirei um bilhete ao mar! – ele respondeu.

– Nunca? – exclamou Pencroff.

– Nunca!

E Ayrton os saudou e saiu pela porta.

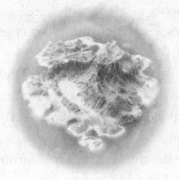

Capítulo 18

– Pobre homem! – disse Harbert, que correu até a porta e voltou, depois de ver Ayrton deslizar pela corda do elevador e desaparecer na escuridão.

– Ele vai voltar – disse Cyrus Smith.

– Ah, senhor Cyrus – exclamou Pencroff –, o que significa isso? Como assim! Se não foi Ayrton quem atirou a garrafa no mar? Quem foi então?

Com certeza, se existia uma pergunta a ser feita, era essa!

– Foi ele – respondeu Nab –, mas o infeliz já estava meio louco.

– Só pode ser isso, meus amigos – respondeu Cyrus Smith –, e eu entendo agora que Ayrton pudesse indicar a localização exata da ilha Tabor, uma vez que já conhecia os eventos que precederam o seu abandono.

– Mas se ele ainda não era um homem bruto quando redigiu o bilhete, e se lançou a garrafa no mar há sete ou oito anos, como o papel não foi danificado pela umidade? – indagou Pencroff.

– Isso prova que Ayrton foi privado de inteligência há menos tempo do que ele acredita – respondeu Cyrus Smith.

– Mas Ayrton disse a verdade? – perguntou o marujo.

– Sim – respondeu o repórter –, a história que ele contou é verdadeira em todos os sentidos. Lembro-me que os jornais noticiaram a tentativa feita pelo lorde Glenarvan e o resultado que ele alcançou.

– Ayrton disse a verdade – confirmou Cyrus Smith –, não duvide disso, Pencroff, pois ela lhe é suficientemente cruel!

No dia seguinte, 21 de dezembro, os colonos desceram até a praia, subiram o planalto, mas não encontraram Ayrton, que tinha ido para sua casa do curral durante a noite, e acharam melhor não incomodá-lo com sua presença. O tempo faria o que os encorajamentos não puderam fazer.

Naquele dia, os mesmos trabalhos reuniram Cyrus Smith e o repórter no ateliê das Chaminés.

– Sabe, meu caro Cyrus – disse Gédéon Spilett –, a explicação que você deu ontem sobre a garrafa não me satisfez! Como podemos admitir que aquele infeliz homem escreveu o bilhete e atirou a garrafa ao mar, sem guardar qualquer memória disso?

– Então não foi ele quem atirou, meu caro Spilett.

– Então o senhor acredita...

– Não acredito em nada, não sei de nada! Eu simplesmente coloco esse incidente entre aqueles que ainda não sei explicar!

– Nunca desvendaremos esses enigmas?

– Sim! Quando tivermos explorado todas as entranhas desta ilha!

– Talvez o acaso nos dê a chave desse mistério!

– O acaso, Spilett! Não acredito no acaso, tampouco nos mistérios deste mundo. Há uma causa para tudo o que acontece de inexplicável aqui, e eu vou desvendá-la.

O ano de 1867 chegou. Os trabalhos de verão foram realizados assiduamente. Harbert e Gédéon Spilett, tendo ido para os lados do curral, puderam ver que Ayrton tinha tomado posse da casa construída para ele. Ele cuidava dos rebanhos que lhe foram confiados, e poupava seus companheiros da fadiga de ir a cada dois ou três dias visitar o curral. No entanto, para não deixar Ayrton isolado por muito tempo, os colonos visitavam-no muitas vezes.

Também não era segredo que essa parte da ilha estava sujeita a vigilância, e Ayrton, se algum incidente ocorresse, não deixaria de informar os habitantes da Granite House.

Mas também era possível que o incidente fosse repentino e tivesse de ser prontamente informado ao engenheiro. Além de todos os fatos relacionados com o mistério da ilha Lincoln, muitos outros poderiam acontecer, que demandassem uma intervenção rápida dos colonos, como o aparecimento de um navio que passasse pela costa ocidental, um náufrago pela costa oeste, a possível chegada de piratas, etc. Assim, Cyrus Smith resolveu colocar o curral em comunicação direta com a Granite House.

No dia 10 de janeiro, ele relatou o projeto a seus companheiros.

– Ora! Como vai fazer isso, senhor Cyrus? – perguntou Pencroff. – Por acaso, o senhor considera criar um telégrafo?

– Precisamente.

– Elétrico? – perguntou Harbert.

– Elétrico – respondeu Cyrus Smith. – Temos todos os elementos para fazer uma pilha. O mais difícil será esticar os fios, mas com uma fieira, acho que conseguiremos fazê-lo.

– Bem, depois disso – respondeu o marujo –, não me surpreenderá se um dia estivermos correndo sobre trilhos!

Então eles se puseram a trabalhar. Tudo ficou pronto no dia 12 de fevereiro e Cyrus Smith lançou a corrente pelo fio, perguntou se estava tudo bem no curral e instantes depois recebeu uma resposta afirmativa de Ayrton.

Este método de comunicação tinha duas grandes vantagens, em primeiro lugar, permitia assegurar a presença de Ayrton no curral e, em segundo lugar, não o deixava completamente isolado. Além disso, Cyrus Smith nunca deixava passar uma semana sem ir vê-lo, e Ayrton vinha de vez em quando à Granite House, onde era sempre bem recebido.

As plantas que trouxeram da ilha Tabor tinham sido perfeitamente bem-sucedidas. O planalto da Grande-Vista tinha um belo aspecto.

A temperatura ficava muito quente durante o dia, mas à noite as brisas do mar temperavam os ardores da atmosfera e traziam noites frias aos habitantes da Granite House. No entanto, houve algumas tempestades que caíram com uma força extraordinária.

Nessa época, a pequena colônia estava extremamente próspera. Os anfitriões do curral proliferavam, e a capacidade estava no limite, tornando urgente reduzir sua população a um número mais moderado.

Várias pesquisas foram realizadas, nessa mesma época, nas profundezas das florestas do Extremo Oeste. Os exploradores podiam se aventurar sem temer as temperaturas excessivas, pois os raios solares mal penetravam pelas ramagens espessas que se enredavam sobre suas cabeças.

O engenheiro participou algumas vezes e expedições feitas nas partes desconhecidas da ilha que ele observava com grande atenção. Eram outros vestígios, que não os dos animais, que ele procurava nas partes mais densas dos vastos bosques, mas não encontrou nada de suspeito.

Foi nessa época que Gédéon Spilett, assistido por Harbert, registrou as partes mais pitorescas da ilha com a câmera que tinha sido encontrada na caixa e que ainda não tinha sido usada.

O repórter e seu assistente obtiveram belos registros de paisagens, como o conjunto de toda a ilha, e não se esqueceram de fazer o retrato de todos os seus habitantes, sem exceção.

Pencroff ficou encantado ao ver sua imagem fielmente reproduzida, adornando as paredes da Granite House, e parava com frequência em frente a essa exposição, como faria diante das mais ricas vitrines da Broadway.

O forte calor do verão terminou com o mês de março, que não foi tão bonito quanto se esperava. Talvez anunciasse um inverno precoce e rigoroso.

Alguns dias depois, em 26 de março, completou dois anos que os náufragos tinham sido lançados na ilha Lincoln!

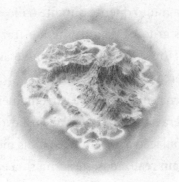

Capítulo 19

Dois anos já! E por dois anos os colonos não tiveram nenhuma comunicação com seus semelhantes! Eles não tinham notícias do mundo civilizado, perdidos na ilha como se estivessem em um pequeno asteroide do mundo solar!

A imagem da pátria estava sempre presente em suas lembranças, essa pátria, dilacerada pela guerra civil quando a deixaram! Era uma grande tristeza para eles e muitas vezes falavam sobre o assunto, mas sem nunca duvidar que a causa do Norte havia triunfado pela honra da Confederação americana.

Durante os dois anos, nenhum navio passou à vista da ilha. Era evidente que a ilha Lincoln estava fora da rota das navegações e que provavelmente ela ainda era desconhecida.

No entanto, existia uma chance de salvação, e essa chance foi bastante discutida pelos colonos, reunidos no salão da Granite House, na primeira semana de abril.

– Decididamente, temos apenas uma maneira deixar a ilha Lincoln – disse Gédéon Spilett –, que é construir um navio grande o suficiente para se manter no mar por algumas centenas de quilômetros.

– E podemos ir a Pomotou – acrescentou Harbert –, uma vez que fomos à ilha Tabor!

– Eu não discordo – respondeu Pencroff, que tinha autoridade nos assuntos marítimos –, embora não seja a mesma coisa navegar para perto e para longe!

– Se fosse possível, você se arriscaria nessa aventura, Pencroff? – perguntou o repórter.

– Eu arriscaria qualquer coisa, senhor Spilett – respondeu o marujo –, pois não sou homem de recuar!

– Lembrem-se que temos mais um marinheiro entre nós – disse Nab.

– Quem? – perguntou Pencroff.

– Ayrton.

– É verdade – respondeu Harbert.

– Se ele concordar em vir! – observou Pencroff.

– Ora! – disse o repórter. – Vocês acham que se o iate de lorde Glenarvan tivesse chegado à ilha Tabor enquanto ele ainda vivia lá, Ayrton teria se recusado a partir?

– Mas a questão não é essa. A questão é se devemos contar com o regresso do navio escocês como uma das nossas possibilidades de resgate. Lorde Glenarvan prometeu a Ayrton que voltaria para buscá-lo na ilha Tabor quando julgasse que ele já tinha pagado por seus crimes, e eu acho que ele vai voltar – considerou Cyrus Smith.

– Sim – disse o repórter –, e eu acrescentaria que ele voltará em breve, pois já passaram doze anos desde que Ayrton foi abandonado!

– Ah! – respondeu Pencroff – eu concordo que o lorde vai voltar e em breve. Mas ele vai aportar na ilha Tabor, não na ilha Lincoln.

– Por isso, meus amigos – continuou o engenheiro –, devemos tomar as precauções necessárias para garantir que a nossa presença e a de Ayrton na ilha Lincoln cheguem à ilha Tabor.

– É claro – respondeu o repórter –, e o mais fácil é colocar na casa do capitão Grant e de Ayrton um bilhete indicando a localização da nossa ilha, de modo que lorde Glenarvan ou sua tripulação possam encontrá-lo facilmente.

– E se o iate escocês retornar nesse meio-tempo? – disse Pencroff.

– Não é provável – respondeu o engenheiro –, porque lorde Glenarvan não escolheria o inverno para se aventurar por mares distantes. Ou ele já voltou para a ilha Tabor desde que Ayrton está conosco e já foi embora, ou só voltará mais tarde, e teremos tempo, nos primeiros dias de outubro, de ir à ilha Tabor e deixar um aviso.

Com essa decisão em mente, não se falou mais em construir um navio grande o suficiente para se aventurar e seguiram apenas com os trabalhos habituais para um terceiro inverno na Granite House.

Também foi decidido que fariam uma viagem em torno da ilha, pois o reconhecimento da costa ainda não estava terminado.

O projeto dessa excursão foi apresentado por Pencroff e Cyrus Smith deu total apoio, pois queria ver com os próprios olhos essa parte da propriedade.

O tempo estava instável, mas o barômetro não oscilava por movimentos bruscos e podia-se contar com um tempo manobrável. Durante a primeira semana de abril, depois de uma acentuada queda no barômetro, a retomada de sua subida foi sinalizada por um forte vendaval que durou cinco ou seis dias.

A partida da excursão foi marcada para 16 de abril, e o *Bonadventure*, ancorado no porto Balão, foi abastecido com suprimentos para uma viagem que poderia durar um bom tempo.

Cyrus Smith avisou Ayrton sobre a expedição e convidou-o a participar, mas ele preferiu ficar, e foi decidido que ele permaneceria na Granite House durante a ausência de seus companheiros, acompanhado de Jup.

Na manhã do dia 16, os colonos embarcaram acompanhados por Top. O vento soprava do sudoeste e o *Bonadventure* teve de manobrar ao deixar porto Balão, a fim de chegar ao promontório do Réptil.

Foi preciso um dia inteiro para chegar ao promontório, pois o barco, ao deixar o porto, ficou apenas duas horas a jusante e seis horas de maré alta, difícil de superar. Cyrus Smith sugeriu ancorar a algumas centenas de metros da costa, a fim de rever essa parte na manhã seguinte.

No dia 17 de abril, Pencroff aparelhou ao amanhecer, e, a todo pano e vento de estibordo, conseguiu navegar paralelo à costa ocidental. Gédéon Spilett fez fotos panorâmicas do belo litoral.

Ao meio-dia, o *Bonadventure* chegou à foz do rio da Cachoeira. As árvores também reapareceram, mas mais esparsas, e, cinco quilômetros mais adiante, elas formavam apenas arvoredos isolados entre os contra-fortes ocidentais do monte, cujo árido espinhaço se estendia até o litoral.

Que contraste entre as partes sul e norte dessa costa! Esta era tão arbo-rizada e verde como a outra era árida e selvagem!

Cyrus Smith e seus companheiros olhavam com um sentimento de surpresa. Mas, se eles permaneciam em silêncio, Top não hesitava em lançar latidos que ecoavam na muralha basáltica. O engenheiro observou que havia algo estranho naqueles latidos, iguais aos do orifício da Granite House.

– Vamos atracar – disse ele.

E o *Bonadventure* chegou o mais perto possível dos rochedos do lito-ral. Talvez houvesse lá alguma caverna a explorar? Cyrus Smith não viu nada, nem caverna, nem anfractuosidade que pudesse servir de abrigo a qualquer ser, pois o pé das rochas era banhado pelas águas. Logo os lati-dos de Top cessaram, e o barco retomou sua distância da costa.

Na parte noroeste da ilha, a costa era plana e arenosa novamente. Algumas árvores raras se perfilavam sobre uma terra pantanosa, que os colonos já haviam encontrado.

À noite, o *Bonadventure* atracou em um pequeno recôncavo do litoral, ao norte da ilha, perto de terra, pois as águas eram profundas ali.

Às oito da manhã, o *Bonadventure* aparelhou e navegou até o cabo da Mandíbula-Norte, pois tinha o vento em popa e a brisa tendia a arrefecer.

Os cirros se espalhavam pelo zênite e não mediam menos de um quilômetro de altura. Eram como pedaços leves de lã, cuja presença nor-malmente prenunciava alguma mudança repentina dos elementos.

– Bem – disse Cyrus Smith –, vamos carregar tudo o que pudermos e procurar refúgio no Golfo do Tubarão. Acho que o *Bonadventure* perma-necerá em segurança.

– Perfeitamente – respondeu Pencroff – e, além disso, a costa norte é formada apenas por dunas pouco interessantes.

– Eu não me importaria – acrescentou o engenheiro – em passar o dia de amanhã nesta baía, que merece ser explorada com cuidado.

– Acho que seremos forçados a fazê-lo, gostemos ou não – respondeu Pencroff –, porque o tempo está fechando!

– Em todo caso, temos vento favorável para chegar ao cabo da Mandíbula – observou o repórter.

– Pencroff – disse Cyrus Smith –, faça o que for melhor, nós responderemos a você.

– Fique tranquilo, senhor Cyrus – respondeu o marujo –, eu não vou me expor sem necessidade! Em duas horas e meia estaremos do outro lado do cabo. Infelizmente, a maré vai reverter nesse momento e a vazante vai refluir do golfo. Temo, portanto, que seja difícil entrar, tendo vento e mar contra nós.

– Especialmente porque estamos na lua cheia – observou Harbert –, e essas marés de abril são muito fortes.

– Bem, Pencroff – perguntou Cyrus Smith –, você não consegue ancorar na ponta do cabo?

– Ancorar perto de terra, com mau tempo em perspectiva! – fez o marujo. – Seria como se lançar voluntariamente contra o litoral!

– Então, o que você faria?

– Eu tentaria nos manter em mar aberto até a maré cheia, isto é, até sete horas da noite, e se ainda estiver um claro, entrar no golfo; caso contrário bordejaremos durante toda a noite e entraremos ao amanhecer.

– Como eu disse, Pencroff, confiamos em você – disse Cyrus Smith.

– Ah – disse Pencroff – se houvesse apenas um farol nesta costa, seria mais conveniente para os navegadores!

– Sim – respondeu Harbert –, e desta vez não teremos um engenheiro complacente que acenderá um fogo para nos guiar ao porto!

– A propósito, meu caro Cyrus – disse Gédéon Spilett –, nós nunca lhe agradecemos; mas sem esse fogo, jamais teríamos conseguido...

– Fogo? – perguntou Cyrus Smith, surpreso com as palavras ditas pelo repórter.

– Queremos dizer, senhor Cyrus – respondeu Pencroff –, que estávamos perdidos a bordo do *Bonadventure* durante as últimas horas antes do nosso retorno e teríamos passado reto da ilha sem a precaução que tomou de acender uma fogueira na noite do dia 19 ao dia 20 de outubro.

– Sim, sim! Foi uma ideia feliz que tive! – respondeu o engenheiro. E alguns momentos depois, sozinho na dianteira do barco com o repórter, o engenheiro disse em seu ouvido: – Se há uma coisa certa neste mundo, Spilett, é que eu nunca acendi um fogo na noite de 19 a 20 de outubro, em nenhuma parte da ilha!

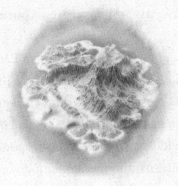

Capítulo 20

As coisas aconteceram como Pencroff tinha previsto. O vento refrescou e, com uma boa brisa, passou à condição de vendaval. Eram cerca de seis horas quando o *Bonadventure* chegou do outro lado do golfo, nesse momento começaram a sentir a vazante e foi impossível entrar no golfo. Era, portanto, necessário manter-se à deriva, pois ainda que quisesse fazê--lo, Pencroff sequer conseguiria chegar à foz da Misericórdia.

Durante essa noite, Cyrus Smith e Gédéon Spilett não tiveram a oportunidade de conversar, mas a sentença pronunciada ao ouvido do repórter pelo engenheiro precisava ser mais uma vez discutida a fim de buscar compreender essa misteriosa influência que parecia reinar na ilha Lincoln.

Gédéon Spilett prometeu voltar a esse incidente assim que o *Bonadventure* regressasse e convencer Cyrus Smith a informar seus companheiros sobre esses estranhos fatos. Talvez eles decidissem, juntos, fazer uma investigação completa de todas as partes da ilha Lincoln.

Quando as primeiras luzes da aurora se desenharam no horizonte oriental, o vento, que havia se acalmado ligeiramente, virou dois quartos e permitiu a Pencroff mirar mais facilmente a entrada estreita do golfo. Perto das sete da manhã, o *Bonadventure* entrou prudentemente na passagem e se aventurou por suas águas, cercadas por uma curiosa moldura de lavas.

– Eis um pedaço de mar que daria um belo ancoradouro, onde as frotas poderiam manobrar à vontade! – disse Pencroff.

– Estamos na goela do tubarão – disse Nab, aludindo à forma do golfo.

– Mas as águas são profundas? – perguntou o engenheiro. – O que é suficiente para a quilha do *Bonadventure* pode não ser para a dos navios de guerra.

– Fácil saber – respondeu Pencroff.

O marujo atirou uma corda comprida ao fundo, que serviu de sonda, e à qual ele amarrou um bloco de ferro. A linha media cerca de cinquenta braças e se desenrolou inteira sem alcançar o fundo.

– Vejam – disse Pencroff –, nossos navios não vão encalhar aqui!

Uma vez que, decididamente, não havia nada para fazer naquele golfo, conduziu o barco pelo gargalo e saiu por volta das duas horas da tarde.

Perto das quatro horas, Pencroff entrou no canal que os separava da costa, e às cinco horas a âncora do *Bonadventure* mordiscou a areia do fundo da foz da Misericórdia.

Havia três dias que os colonos tinham deixado sua casa. Ayrton esperava por eles na praia, e mestre Jup veio alegremente recebê-los.

A exploração das costas da ilha estava completa, e nenhum vestígio suspeito foi encontrado.

Gédéon Spilett discutiu com o engenheiro, e foi acordado que eles chamariam a atenção de seus companheiros para o caráter estranho de certos incidentes que tinham ocorrido na ilha.

Alguns dias depois, em 25 de abril, quando todos os colonos estavam reunidos no planalto da Grande-Vista, Cyrus Smith disse:

– Meus amigos, acho que devo chamar sua atenção para certos fatos que aconteceram na ilha e que são, de certa forma, sobrenaturais...

– Sobrenaturais! – exclamou o marujo baforando seu tabaco. – Será que nossa ilha é sobrenatural?

– Não, Pencroff, mas misteriosa – respondeu o engenheiro –, a menos que possam explicar o que Spilett e eu ainda não conseguimos entender.

– Fale, senhor Cyrus – respondeu o marujo.

– Pois bem! Vocês conseguem compreender como poderia ser possível que depois de cair no mar, eu tenha sido encontrado a uns quatrocentos metros no interior da ilha e isso sem que eu estivesse ciente desse deslocamento? Ou como Top descobriu o abrigo de vocês, a oito quilômetros da caverna onde eu estava, e como um tempo depois, nosso cão foi lançado para fora das águas do lago depois de lutar com os dugongos? Vocês compreendem, meus amigos, como esse grão de chumbo foi parar no corpo do jovem pecari, como aquela caixa foi lançada na costa sem que houvesse qualquer vestígio de naufrágio, como a garrafa com o bilhete chegou de modo tão conveniente durante nossa primeira excursão no mar, como nossa canoa, depois de romper sua amarração, veio pela corrente da Misericórdia nos encontrar quando precisávamos, como, após a invasão dos macacos, a escada foi enviada de volta das alturas da Granite House e, finalmente, o bilhete que Ayrton afirma que nunca escreveu caiu em nossas mãos?

Cyrus Smith tinha acabado de enumerar, sem esquecer nenhum, os fatos estranhos que tinham acontecido na ilha. Harbert, Pencroff e Nab se entreolharam sem saber o que dizer.

– O senhor tem razão, senhor Cyrus – disse Pencroff –, são coisas difíceis de explicar!

– Bem, meus amigos – continuou o engenheiro –, um último fato veio se somar a esses e é tão incompreensível quanto os outros!

– Qual, senhor Cyrus? – perguntou avidamente Harbert.

– Quando vocês voltaram da ilha Tabor, disseram que viram um fogo na ilha Lincoln?

– Certamente – respondeu o marujo.

– E vocês têm certeza de ter visto esse fogo?

– Da mesma forma que o vejo agora.

– Você também, Harbert?

– Ah! senhor Cyrus, aquele fogo brilhava como uma estrela de primeira magnitude!

– Bem, meus amigos – respondeu Cyrus Smith –, na noite do dia 19 ao dia 20 de outubro, nem Nab nem eu acendemos uma fogueira na costa.

– Vocês não...? – disse Pencroff, absolutamente espantado, e não conseguiu sequer terminar a frase.

– Nós não saímos da Granite House e se um fogo apareceu na costa, foi aceso por outra mão que não a nossa!

Pencroff, Harbert e Nab ficaram atordoados. Não havia nenhuma ilusão, foi um fogo que eles avistaram na noite do dia 19 a 20 de outubro.

Sim. Tinham que concordar que existia um mistério. Uma influência inexplicável, obviamente favorável aos colonos, mas de uma curiosidade desesperadora, tomava conta da ilha Lincoln. Havia então algum ser escondido em seus recônditos?

Os dias feios chegaram com o mês de maio. Aparentemente, o inverno seria rigoroso e precoce. Por isso, os trabalhos de inverno foram realizados sem demora.

Ayrton recebeu roupas confortáveis. Cyrus Smith o convidou a passar a temporada fria na Granite House, onde ele estaria bem alojado, e Ayrton prometeu fazê-lo assim que concluísse as últimas obras do curral, o que aconteceu em meados de abril. A partir desse momento, ele compartilhou da vida em comunidade e se mostrou prestativo em todas as ocasiões; mas, sempre humilde e triste, não compartilhava dos prazeres de seus companheiros.

Os quatro rigorosos meses de inverno passaram em meio a muitos trabalhos. Durante esse inverno, não houve mais incidentes inexplicáveis. Nada de estranho aconteceu, embora Pencroff e Nab estivessem à procura dos fatos mais insignificantes que pudessem estar ligados a uma causa misteriosa. Mas um acontecimento da maior gravidade, cujas consequências poderiam ser fatais, desviou temporariamente Cyrus Smith e seus companheiros dos seus planos.

Recorde-se que Gédéon Spilett e Harbert registraram, em várias ocasiões, as paisagens da ilha Lincoln em fotografias.

No dia 17 do mês de outubro, por volta das três da tarde, Harbert, seduzido pela pureza do céu, pensou em registrar toda a baía da União que estava de frente para o planalto da Grande-Vista, do cabo da Mandíbula até o cabo da Garra.

A objetiva tinha sido colocada em uma das janelas do salão da Granite House e conseguia alcançar a praia e a baía. Harbert procedeu como de costume, e, tendo obtido o registro, foi pendurá-la com as substâncias que estavam guardadas em um lugar obscuro da Granite House.

Voltando à plena luz, e examinando bem, Harbert viu em sua fotografia um pequeno ponto, quase imperceptível, que manchava o horizonte do mar. Ele tentou fazê-lo desaparecer com sucessivas lavagens, mas não conseguiu.

"É um defeito no vidro", ele pensou.

E então ele teve a curiosidade de examinar esse defeito com uma lente forte que desenroscou de um dos binóculos. Mas ao olhar, soltou um grito e quase derrubou a fotografia.

Então correu depressa até a sala onde estava Cyrus Smith, e entregou a fotografia e a lente para o engenheiro, apontando para o pequeno ponto.

Após examinar o ponto, ele pegou sua luneta e correu para a janela. A luneta percorreu o horizonte lentamente e parou no ponto suspeito, e Cyrus Smith, baixando-a, disse apenas esta palavra: "Navio"!

De fato, havia um navio no horizonte da ilha Lincoln!

TERCEIRA PARTE

O SEGREDO DA ILHA

Capítulo I

Há dois anos e meio, os náufragos do balão tinham sido lançados na ilha Lincoln e até então nenhuma comunicação tinha sido estabelecida entre eles e seus semelhantes. Uma vez, o repórter tentou entrar em contato com o mundo habitado, confiando a um pássaro um bilhete que continha o segredo de sua situação, mas essa era uma chance com que era impossível contar seriamente. Somente Ayrton, e nas circunstâncias que conhecemos, tinha vindo se juntar aos membros da pequena colônia. E eis que naquele 17 de outubro outros homens apareceram inesperadamente à vista da ilha, naquele mar sempre deserto!

Cyrus Smith e Harbert chamaram imediatamente Gédéon Spilett, Pencroff e Nab ao salão principal da Granite House e os alertaram sobre o ocorrido. Pencroff agarrou a luneta, percorreu rapidamente o horizonte, e, parando no ponto indicado:

– Com mil diabos! É um navio! – ele disse com um tom de voz que não denotava nenhuma satisfação extraordinária.

– Ele está vindo em nossa direção? – perguntou Gédéon Spilett.

– É impossível afirmar alguma coisa ainda – respondeu Pencroff –, porque apenas sua mastreação aparece acima do horizonte!

– O que devemos fazer? – perguntou Harbert.

– Esperar – respondeu Cyrus Smith.

Por um longo tempo, os colonos permaneceram em silêncio, entregues a todos os pensamentos, emoções, medos e esperança que o incidente podia suscitar. Eles não tinham meios de relatar sua presença. Uma bandeira não seria notada; um som não seria ouvido; um fogo não seria visto.

Mas por que aquele navio aportaria ali? Seria uma mera coincidência que o impulsionava naquela parte do Pacífico, onde os mapas não mencionavam a existência de nenhuma terra, exceto a ilha Tabor que, aliás, estava fora das rotas geralmente seguidas pelos longos correios dos arquipélagos da Polinésia, Nova Zelândia e da costa americana?

– Aquele não é o *Duncan*? – interrogou Harbert.

Ora, a ilhota não estava tão longe da ilha Lincoln para que um navio, em seu caminho para uma, não pudesse avistar a outra.

– Devemos avisar Ayrton – disse Gédéon Spilett – e trazê-lo imediatamente. Só ele pode dizer se aquele é o *Duncan*.

Todos concordaram, e o repórter foi até o telégrafo que os colocava em comunicação com o curral e enviou este telegrama:

"Venha depressa". Momentos depois, receberam a resposta.

"Estou indo".

– Bem – disse Pencroff –, suponhamos que esse navio ancore aqui, a poucos metros da nossa ilha. O que devemos fazer?

– O que faremos, meus amigos, é o seguinte: nos comunicaremos com o navio, embarcaremos nele e deixaremos nossa ilha, tendo tomado posse dela em nome dos estados da União. Então retornaremos a ela com todos que nos acompanharem para colonizá-la definitivamente e fornecer à república americana uma estação útil nesta parte do Oceano Pacífico!

Uma hora depois de ter sido convocado, Ayrton chegou à Granite House. Ele adentrou o grande salão dizendo:

– Às suas ordens, senhores.

Cyrus Smith estendeu-lhe a mão, como estava acostumado a fazer, e guiando-o até a janela:

– Ayrton, pedimos que você viesse por uma razão séria. Há um navio perto da ilha.

Ayrton primeiro empalideceu ligeiramente e seus olhos embaçaram por um momento. Então, inclinando-se para fora da janela, ele percorreu o horizonte, mas não viu nada.

– Use esta luneta – disse Gédéon Spilett – e olhe bem, Ayrton, pois é possível que esse navio seja o *Duncan*.

– O *Duncan*! – balbuciou Ayrton. – Já!

Esta última palavra escapou involuntariamente dos lábios de Ayrton. Doze anos abandonado em uma ilha deserta não lhe pareciam expiação suficiente?

– Não pode ser o *Duncan* – ele disse.

– Olhe bem, Ayrton – disse o engenheiro –, porque é importante que saibamos de antemão o que esperar.

Ayrton apontou a luneta na direção indicada. Depois, disse:

– É de fato um navio, mas não acho que seja o *Duncan*.

– Por que não? – perguntou Gédéon Spilett.

– Porque o *Duncan* é um iate a vapor, não vejo nenhum sinal de fumaça, nem por cima, nem próximo desse navio.

Dito isso, Ayrton foi se sentar em um canto do salão e permaneceu em silêncio.

Os colonos estavam em um estado de espírito que não lhes permitia retomar o trabalho. Gédéon Spilett e Pencroff estavam singularmente nervosos, indo e vindo, incapazes de ficar parados. Harbert estava sobretudo curioso. Apenas Nab mantinha sua calma habitual. Seu país não era onde estava seu mestre? Quanto ao engenheiro, ele permaneceu absorto em seus pensamentos, e, no fundo, ele temia mais do que desejava a chegada do navio.

Enquanto isso, o navio tinha chegado um pouco mais perto da ilha. Com a ajuda da luneta, tinha sido possível reconhecer que era um longo curso. Era, portanto, razoável acreditar que as apreensões do engenheiro não se justificavam, e que a presença daquele navio nas águas da ilha Lincoln não constituía perigo.

Mas se ele continuasse na mesma velocidade, logo desapareceria atrás do cabo da Garra, pois estava a sudoeste e para observá-lo seria necessário então chegar às alturas da baía de Washington, perto de porto Balão.

– O que faremos quando anoitecer? – perguntou Gédéon Spilett. – Vamos acender uma fogueira para assinalar nossa presença na costa?

Era uma questão séria e eles decidiram fazê-lo. Durante a noite, o navio podia desaparecer para sempre, e se desaparecesse, algum outro surgiria nas águas da ilha Lincoln?

Foi, portanto, decidido que Nab e Pencroff iriam até porto Balão e acenderiam uma grande fogueira cujo brilho atrairia a atenção da tripulação do brigue.

Mas assim que Nab e o marujo se prepararam para sair da Granite House, o navio mudou seu curso e fluiu livremente em direção à baía da União.

Nab e Pencroff suspenderam sua partida, e a luneta foi dada a Ayrton para que ele pudesse reconhecer definitivamente se aquele navio era ou não o *Duncan*. O iate escocês também dispunha de um brigue. A verificação foi fácil e Ayrton logo deixou cair sua luneta dizendo:

– Não é o *Duncan*!

– No entanto –, acrescentou o marujo –, uma bandeira flameja em seu mastro, mas não consigo distinguir suas cores.

O dia começava a se por, e o vento do mar também diminuía. O pavilhão do brigue, menos esticado, enrolou-se nas driças e tornou cada vez mais difícil sua observação.

– Não é uma bandeira americana – dizia Pencroff –, nem inglesa, cujo vermelho seria facilmente visto, nem são as cores francesas ou alemãs, nem a bandeira branca da Rússia, nem...

Nesse momento, uma brisa estendeu a bandeira desconhecida. Ayrton, agarrando a luneta que o marujo tinha abandonado, fixou seus olhos e disse em voz baixa:

– Uma bandeira preta!

A partir de então era possível considerar aquele um navio suspeito.

O engenheiro estava certo nos palpites? Era um navio pirata? O que ele procurava nos arredores da ilha Lincoln?

Essas ideias surgiram instintivamente na mente dos colonos. Além disso, não havia dúvidas quanto ao significado ligado à cor da bandeira. Eram corsários do mar!

– Meus amigos – disse Cyrus Smith –, será que esse navio quer apenas observar a costa da ilha? Talvez sua tripulação não desembarque? De qualquer forma, temos de fazer tudo o que pudermos para esconder nossa presença. O moinho construído no planalto da Grande-Vista é facilmente reconhecível. Ayrton e Nab corram para desmontá-lo rapidamente. Escondamos também as janelas da Granite House. Apaguem todos os fogos. Que nada traia a presença humana nesta ilha!

– E o nosso barco? – observou Harbert.

– Ele está abrigado no porto Balão, e desafio aqueles crápulas a encontrarem-no lá! – respondeu Pencroff.

Nab e Ayrton subiram ao planalto e tomaram as medidas necessárias para garantir que qualquer evidência da habitação fosse dissimulada.

Quando todas as precauções foram tomadas:

– Meus amigos – disse Cyrus Smith, e era possível sentir em sua voz que ele estava emocionado –, se esses desgraçados quiserem tomar a ilha Lincoln, nós vamos defendê-la, não vamos?

– Sim, Cyrus – respondeu o repórter –, e se necessário, morreremos em sua defesa!

O engenheiro estendeu a mão aos seus companheiros que a pressionaram com efusão.

Apenas Ayrton, que tinha permanecido em seu canto, não se juntou aos colonos. Talvez ainda se sentisse indigno!

– E você, Ayrton, o que faria? – perguntou Cyrus Smith.

– Meu dever – respondeu Ayrton.

Eram sete e meia. O sol tinha desaparecido há cerca de vinte minutos atrás da Granite House. Enquanto isso, o brigue avançada na direção da baía da União.

Cyrus Smith via com profunda ansiedade o navio suspeito que arvorava a bandeira negra. No entanto, ele e seus companheiros estavam determinados a resistir até o último momento. Aqueles piratas eram numerosos e melhor armados do que os colonos? É isso que seria importante saber! Mas como chegar até eles?

O vento tinha diminuído completamente ao anoitecer. Não se via nada do navio, todas as suas luzes estavam apagadas, e, se ainda estivesse à vista da ilha, ninguém poderia sequer saber o lugar que ocupava.

– Talvez esse maldito navio navegue durante a noite e não o encontraremos mais ao amanhecer? – observou Pencroff.

Como resposta à observação do marujo, uma luz cintilou no mar, e um tiro de canhão ressoou.

O navio ainda estava lá e havia uma artilharia a bordo. Passaram seis segundos entre a luz e o tiro. Portanto, o brigue estava a cerca de dois quilômetros da costa. Ao mesmo tempo, ouviu-se um som de correntes descendo pelos escovéns.

O navio tinha acabado de atracar à vista da Granite House!

Capítulo 2

Já não havia dúvidas sobre as intenções dos piratas. Eles tinham ancorado a uma curta distância da ilha e era óbvio que no dia seguinte, com suas canoas, planejavam chegar à praia!

Cyrus Smith e seus companheiros estavam prontos para agir, mas, por mais determinados que fossem, precisavam ser muito prudentes. Talvez a presença deles ainda pudesse ser dissimulada, caso os piratas desembarcassem na costa sem subirem para o interior da ilha.

– Estamos em uma situação inexpugnável aqui – observou Cyrus Smith. – O inimigo não conseguirá descobrir a abertura do escoadouro, agora que ele está escondido sob os juncos e as gramíneas, e, portanto, será impossível ele chegar à Granite House.

– Senhor Smith – disse Ayrton, enquanto caminhava em direção ao engenheiro –, o senhor me concederia uma permissão?

– Qual, meu amigo?

– Ir até o navio para descobrir o tamanho da tripulação.

– Mas, Ayrton... – respondeu o engenheiro, hesitante – você vai arriscar sua vida!

– Você iria com a piroga até o navio? – perguntou Gédéon Spilett.

– Não, senhor, a nado.

– Mas o senhor sabe que o brigue está a mais de dois quilômetros da costa? – observou Harbert.

– Sou um bom nadador, senhor Harbert. Peço isso como um favor. Talvez seja uma maneira de me fazer perdoar por mim mesmo!

– Vá, Ayrton – respondeu o engenheiro, que sentiu que uma recusa deixaria o ex-condenado profundamente triste, e ele já era um homem honesto de novo.

– Eu o acompanho – disse Pencroff.

– Está desconfiando de mim!? – respondeu rispidamente Ayrton.

– Na verdade – respondeu o marujo –, eu proponho acompanhar Ayrton somente até a ilhota. Pode ser, embora improvável, que um desses patifes tenha desembarcado.

Detalhes acertados, Ayrton fez seus preparativos para a partida. O seu plano era ousado, mas podia ter sucesso graças à escuridão da noite. Uma vez no navio, Ayrton, poderia calcular quantos eram e talvez descobrir as intenções dos condenados.

Ayrton e Pencroff, seguidos pelos companheiros, desceram à costa. Um cobertor foi atirado sobre os ombros de Ayrton, e os colonos vieram apertar-lhe a mão.

Seguido por Pencroff, ele atravessou rapidamente a pequena ilha e, sem hesitar, se jogou no mar e nadou calmamente na direção do navio de onde saíam algumas luzes, recentemente acesas, indicando sua localização exata.

Pencroff se refugiou em uma fenda da costa e esperou pelo retorno de seu companheiro.

Ayrton nadou com braçadas vigorosas e deslizou dentro d'água sem produzir a menor ondulação. Meia hora depois, sem ser visto ou ouvido, chegou ao navio e, subindo pelas correntes, conseguiu chegar no púlpito da proa.

Ninguém dormia a bordo do brigue. Pelo contrário. Eles falavam, cantavam, riam. E estas foram as palavras ouvidas, acompanhadas de palavrões, que atingiam principalmente Ayrton:

– Uma boa aquisição esse nosso brigue!

– O *Speedy*[8] navega bem! Faz jus ao nome!

– Um viva ao seu comandante!

– Um viva a Bob Harvey!

Logo entenderemos o que Ayrton sentiu ao ouvir esse fragmento de conversa, quando soubermos que ele tinha acabado de reconhecer em Bob Harvey um de seus ex-companheiros da Austrália, que tinha dado continuidade a seus projetos criminosos.

Os condenados falavam em voz alta, e Ayrton conseguiu ouvir o seguinte: a atual tripulação do *Speedy* era composta apenas de prisioneiros ingleses que escaparam de Norfolk, uma ilha que se tornou a sede de uma instituição onde estão alojados os condenados mais intratáveis das penitenciárias inglesas. Às vezes, apesar da vigilância excessiva a que estão sujeitos, vários conseguem escapar, sequestrando navios que depois conduzem pelos arquipélagos polinésios.

Assim fizeram Bob Harvey e seus companheiros. Assim Ayrton quis fazer no passado.

Como a conversa continuou no meio dos gritos e das libações, Ayrton descobriu que o acaso tinha trazido o *Speedy* para as águas da ilha Lincoln. Bob Harvey nunca tinha posto os pés na ilha antes, mas, encontrando em seu caminho aquela terra desconhecida que nenhum mapa indicava, planejou de visitá-la, e, se lhe conviesse, faria dela seu porto de base.

A propriedade dos colonos estava então terrivelmente ameaçada. Evidentemente, a vida dos colonos também não seria respeitada, e o primeiro cuidado de Bob Harvey e de seus cúmplices seria matá-los sem piedade.

Ayrton resolveu descobrir a todo custo qual era o armamento do brigue e o número de homens que o ocupavam, e não hesitou em se arriscar sobre o convés do *Speedy*, que os faróis apagados deixaram em uma profunda escuridão.

Ele constatou que o *Speedy* estava armado com quatro canhões que atiravam balas de quatro a cinco quilos. Verificou também, tocando-os,

---

[8] Palavra inglesa que significa *veloz*. (N.T.)

que os canhões eram carregados pela culatra. Enquanto Ayrton ouvia os homens falarem, supôs haver cerca de cinquenta deles a bordo.

Agora ele precisava voltar e relatar aos seus companheiros a missão que havia empreendido. Mas para o homem que queria fazer mais do que o seu dever, surgiu um pensamento heroico. Ele sacrificaria sua vida, mas salvaria a ilha e os colonos. Então ele teve o irresistível desejo de explodir o brigue com tudo o que ele carregava consigo. Ayrton morreria na explosão, mas cumpriria o seu dever.

Não devia faltar pólvora em um navio como aquele, e uma só faísca seria suficiente para destruir tudo em um instante.

Ayrton pegou um revólver e se certificou de que estava carregado e destravado. Então rastejou para a popa, de modo a chegar ao tombadilho do brigue, onde devia estar o paiol.

Finalmente, ele chegou à divisória que fechava o compartimento da popa e encontrou a porta que deveria dar no compartimento de carga. Disposto a forçá-la, começou a trabalhar. Era uma tarefa difícil de realizar sem fazer barulho, porque precisava quebrar um cadeado. Mas a fechadura saltou e a porta foi aberta sob sua mão forte. Nesse momento, um braço pousou em seu ombro.

– O que você está fazendo aqui? – perguntou com uma voz rude um homem alto, que iluminou a figura de Ayrton com uma lanterna.

Ayrton caiu para trás. Sob um rápido flash da lanterna, reconheceu seu ex-cúmplice, Bob Harvey, que devia achar que Ayrton já estava morto há muito tempo.

Ayrton repeliu vigorosamente o líder dos condenados e tentou saltar para dentro do paiol. Um tiro no meio daqueles barris de pólvora e tudo estaria acabado...!

– Socorro, rapazes! – gritou Bob Harvey.

Dois ou três piratas despertaram com o chamado, levantaram-se e, pulando sobre Ayrton, tentaram derrubá-lo, mas Ayrton conseguiu se livrar. Dois tiros foram disparados com seu revólver e dois condenados caíram; mas uma facada que ele não conseguiu impedir a tempo o golpeou no ombro.

Ayrton percebeu que não podia mais realizar seu projeto. Bob Harvey tinha fechado a porta do paiol, e um movimento no convés indicava um despertar geral dos piratas. Ele tinha que se salvar para lutar ao lado de Cyrus Smith. Ele só poderia fugir!

Ainda lhe restavam quatro tiros. Dois foram disparados, e um deles, dirigido a Bob Harvey, não o atingiu, pelo menos não gravemente, e, aproveitando-se de um breve recuo de seus adversários, ele correu para a escada da escotilha a fim de chegar no convés do brigue. Ao passar pelo farol, quebrou-o com uma coronhada, e uma escuridão profunda se fez, favorecendo sua fuga.

Dois ou três piratas, acordados pelo barulho, desciam pela escada naquele exato momento. Um quinto tiro do revólver de Ayrton derrubou um pelas escadas, e os outros desapareceram sem entender o que estava acontecendo. Ayrton, em dois saltos, chegou ao convés do brigue, atravessou o parapeito e se jogou ao mar. Ele não tinha nadado nem dez metros e as balas começaram a estalar ao seu redor como granizo.

Qual não deve ter sido a tensão de Pencroff, escondido sob uma rocha da ilhota, e a de Cyrus Smith, do repórter, de Harbert, de Nab, refugiados nas Chaminés, quando ouviram as detonações rebentarem a bordo do brigue. Eles partiram para a praia, e, empunhando suas armas, prepararam-se para revidar qualquer agressão.

Para eles, não havia dúvida! Ayrton, surpreendido pelos piratas, tinha sido massacrado, e talvez aqueles desgraçados aproveitassem a noite para ir até a ilha! Meia hora se passou no meio de transes mortais. No entanto, as detonações tinham parado, e nem Ayrton nem Pencroff apareceram. A ilhota tinha sido invadida? Não seria preciso salvar Ayrton e Pencroff?

Finalmente, por volta da meia-noite e meia, uma canoa com dois homens chegou na praia. Eram Ayrton, ligeiramente ferido no ombro, e Pencroff, sãos e salvos, que os amigos receberam de braços abertos.

Imediatamente, todos se refugiaram nas Chaminés. Lá Ayrton relatou o que tinha acontecido e não escondeu seu plano de tentar explodir o brigue.

Os piratas estavam acordados, sabiam que a ilha Lincoln era habitada e certamente chegariam, numerosos e bem armados!

– Ora! saberemos morrer! – observou o repórter.

– Vamos entrar e vigiar – respondeu o engenheiro.

– Temos chance de nos safarmos, senhor Cyrus? – perguntou o marujo.

– Sim, Pencroff.

– Hum! Seis contra cinquenta!

– Sim, seis! Sem contar...

– Quem? – perguntou Pencroff.

Cyrus não respondeu, mas apontou para o céu com a mão.

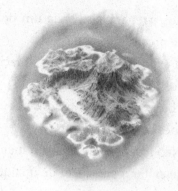

Capítulo 3

A noite passou sem incidentes. Os colonos estavam em alerta e não tinham abandonado o posto das Chaminés. Os piratas, por outro lado, não pareciam ter feito qualquer tentativa de desembarcar. A rigor, era possível pensar que ele tinha içado a âncora, pensando que estava lidando com uma situação de grande perigo e se afastado daquelas paragens.

Mas não foi o caso, e quando começou a amanhecer, os colonos entreviram uma massa confusa em meio às brumas. Era o *Speedy*.

– Meus amigos – disse o engenheiro –, eis as disposições que me parece conveniente tomar antes que esse nevoeiro se dissipe por completo. Ele nos esconde dos piratas, e podemos agir sem atrair a atenção deles. O mais importante é que os condenados acreditem que os habitantes desta ilha são numerosos e capazes de combatê-los. Proponho que nos dividamos em três grupos, o primeiro nas próprias Chaminés, o segundo na foz da Misericórdia e o terceiro na ilhota, a fim de evitar qualquer tentativa de desembarque. Temos duas espingardas e quatro fuzis conosco. Cada um de nós estará armado, e como estamos abastecidos de pólvora e balas, não pouparemos tiros. E, como não vamos disparar das janelas da Granite House, os piratas não terão a ideia de enviar projéteis que poderiam causar danos irreparáveis. Cada um de nós tem oito ou dez inimigos para matar, e precisamos matá-los!

Cyrus Smith havia exposto claramente a situação, falando com a voz calma e assim os postos foram organizados.

Cyrus Smith e Harbert ficaram escondidos nas Chaminés e de lá vigiavam toda a praia aos pés da Granite House.

Gédéon Spilett e Nab foram se refugiar no meio das rochas na foz da Misericórdia, a fim de evitar a passagem de qualquer canoa para a margem oposta.

Ayrton e Pencroff empurraram a canoa para a água e atravessaram o canal para ocupar dois postos separados na ilhota. Assim, tiros disparados de quatro pontos diferentes fariam os condenados pensar que a ilha era suficientemente povoada e severamente defendida.

Nenhum deles podia ser visto, pois eles próprios mal distinguiam o brigue em meio ao nevoeiro. Eram seis e meia da manhã.

Logo, a névoa se dissipou nas camadas superiores do ar, e a ponta dos mastros do brigue emergiu dos vapores.

O *Speedy* apareceu por inteiro, duplamente ancorado, timão voltado para norte e apontando à ilha sua popa a estibordo, a menos de dois quilômetros da costa.

O *Speedy* permanecia em silêncio. Era possível ver cerca de trinta piratas caminhando pelo convés, observando a ilha com atenção.

Certamente, Bob Harvey e sua equipe mal se deram conta do que tinha acontecido durante a noite a bordo do brigue.

Às oito horas, os colonos observaram algum movimento a bordo do *Speedy*. Uma canoa foi lançada ao mar com sete homens armados com fuzis prontos para disparar. O objetivo deles era fazer um reconhecimento inicial, mas não desembarcar, porque no caso eles teriam vindo em maior número.

Pencroff e Ayrton, escondidos cada um em uma fenda estreita do rochedo, viram o barco se aproximar e esperaram até que estivesse ao seu alcance.

A canoa navegava com extrema cautela e era possível ver que um dos condenados, posicionado na dianteira, segurava uma linha de sonda e procurava reconhecer o canal cavado pela corrente da Misericórdia. Isto indicava a intenção de Bob Harvey de aproximar seu brigue da costa o máximo que pudesse.

Dois tiros foram disparados. O timoneiro e o homem da sonda caíram sentados na canoa. As balas de Ayrton e de Pencroff atingiram os dois no mesmo instante.

Quase de imediato, uma violenta explosão foi ouvida, e um jato brilhante de vapor saiu dos flancos do brigue. Um tiro de canhão, atingindo o topo das rochas que abrigavam Ayrton e Pencroff, a fez voar pelos ares em estilhaços, mas os dois não foram atingidos.

O timoneiro foi imediatamente substituído por um de seus camaradas, e os remos mergulharam avidamente na água, seguindo em direção à foz da Misericórdia.

Pencroff e Ayrton, embora tivessem percebido que estavam em perigo, não deixaram seu posto, ou porque ainda não tinham a intenção de se mostrar aos assaltantes e se expor aos canhões do *Speedy*, ou porque contavam com Nab e Gédéon Spilett, vigiando a foz do rio, e com Cyrus Smith e Harbert à espreita nas rochas das Chaminés.

Vinte minutos depois dos primeiros tiros, a canoa estava diante da Misericórdia. Duas balas os saudaram e acertaram mais dois homens do barco. Nab e Spilett não falharam.

O brigue enviou uma segunda bala na direção do local que foi denunciado pela fumaça das armas de fogo, mas só esfolou algumas rochas.

Nesse momento, apenas três homens vivos permaneciam na canoa, que seguiu para o canal e passou diante de Cyrus Smith e Harbert que, não julgando que ela estava em sua mira, permaneceram em silêncio. Contornando a ponta norte da ilhota com os dois remos que restavam, a canoa seguiu de volta para o brigue.

Nota-se que as disposições organizadas pelo engenheiro foram vantajosas. Os piratas podiam acreditar que estavam lidando com adversários numerosos e fortemente armados, que dificilmente seriam vencidos.

Gritos terríveis foram ouvidos quando eles subiram a bordo do *Speedy* com os feridos, e três ou quatro tiros de canhão foram disparados, sem qualquer resultado.

Mas então doze outros condenados, dominados pela raiva, desceram à embarcação. Uma segunda canoa foi lançada no mar com oito homens, e enquanto a primeira seguiu direto para a ilhota, a segunda manobrou para forçar a entrada na Misericórdia.

A situação estava obviamente se tornando muito perigosa para Pencroff e Ayrton, e eles perceberam que precisavam regressar à ilha, mas esperaram que a primeira canoa estivesse ao alcance, e duas balas, habilmente direcionadas, foram novamente levar desordem à tripulação. Depois se juntaram a Cyrus Smith e Harbert, e a ilhota foi invadida e os piratas do primeiro barco a percorreram em todas as direções.

Quase ao mesmo tempo, novas explosões foram ouvidas no posto da Misericórdia, do qual a segunda canoa se aproximou. Dois dos oito homens que a ocupavam foram mortalmente atingidos por Gédéon Spilett e Nab, e o próprio barco, irresistivelmente levado pelos recifes, bateu na foz da Misericórdia. Mas os seis sobreviventes, protegendo as armas do contato com a água, conseguiram chegar à margem direita do rio.

A situação atual, portanto, era a seguinte: na ilhota, havia doze condenados, vários dos quais feridos, mas ainda com uma canoa à disposição; na ilha, seis homens haviam desembarcado, mas eram incapazes de chegar à Granite House porque não podiam atravessar o rio, cujas pontes estavam levantadas.

– Estamos indo bem! – disse Pencroff correndo para as Chaminés. – Eles não vão conseguir atravessar o canal – disse o marujo. – As espingardas do Ayrton e do senhor Spilett estão lá para impedi-los.

– Sem dúvida – respondeu Harbert –, mas o que nossas espingardas podem fazer contra os canhões do brigue?

– Ah! Acho que o brigue ainda não está no canal! – observou Pencroff.

– E se ele vier? – interrogou Cyrus Smith.

– É impossível, porque ele pode encalhar e se perder!

– É possível – respondeu Ayrton. – Os condenados podem aproveitar a maré cheia para entrar no canal, mesmo que encalhem quando ela baixar, e depois, sob o fogo de seus canhões, nossos postos não conseguirão resistir.

– Pelos mil diabos do inferno! – vociferou Pencroff. – Parece, de fato, que os patifes estão se preparando para içar âncora!

– Talvez sejamos forçados a nos refugiarmos na Granite House? – observou Harbert.

– Vamos esperar! – respondeu Cyrus Smith.

– Mas e Nab e o senhor Spilett? – perguntou Pencroff.

– Eles se juntarão a nós em tempo hábil. Mantenha-se alerta, Ayrton. É a sua espingarda e a do Spilett que precisam agir agora.

O *Speedy* realmente começou a manobrar e expressar a intenção de se aproximar da ilhota. Mas quanto à entrada no canal, Pencroff, contrário à opinião de Ayrton, não queria admitir que ele ousaria tentar.

Enquanto isso, os piratas que ocupavam a ilhota começaram a ganhar a costa oposta e só se separaram da terra pelo canal.

As espingardas de Ayrton e Gédéon Spilett dispararam e atingiram dois dos condenados que caíram de costas.

Foi uma debandada geral. Os outros dez nem sequer perderam tempo ajudando seus companheiros feridos ou mortos e fugiram.

– Menos oito! – comemorou Pencroff. – De fato, parece que o senhor Spilett e Ayrton estão trabalhando juntos!

– Senhores – respondeu Ayrton, recarregando sua espingarda –, isso vai ficar ainda mais sério. O brigue está zarpando!

Com efeito, o *Speedy* resgatou sua âncora e começou a derivar em direção à terra.

Dos dois postos, da Misericórdia e das Chaminés, era possível vê-lo manobrar sem dar qualquer sinal de vida, mas não sem certa emoção.

Cyrus Smith se perguntava o que era possível fazer. Em pouco tempo, ele seria chamado a tomar uma decisão. Mas qual? Enclausurar-se na Granite House, ficar sitiado nela por semanas, até meses, já que havia muita comida lá? Sim! Mas e depois? Os piratas controlariam a ilha, a devastariam à vontade, e com o tempo derrotariam os prisioneiros da Granite House.

O brigue tinha se aproximado da ilhota, e foi possível perceber que ele procurava chegar à extremidade inferior.

A rota anteriormente seguida pelos barcos tinha lhe permitido encontrar o canal e ele ousou adentrar. Seu plano era muito compreensível: ele queria amarrar de través diante das Chaminés e, a partir daí, responder com projéteis e balas de canhão aos tiros que tinham dizimado sua tripulação.

O *Speedy* chegou rapidamente à ponta da ilhota; ele a contornou com facilidade; a brigantina foi aberta e o brigue foi posicionado a barlavento diante da Misericórdia.

– Bandidos! Eles estão vindo! – vociferou Pencroff.

Nesse momento, Nab e Gédéon Spilett se juntaram a Cyrus Smith, Ayrton, ao marujo e a Harbert.

O repórter e seu companheiro tinham considerado apropriado abandonar o posto da Misericórdia, a partir do qual não podiam fazer nada contra o navio e agiram sabiamente.

– Spilett! Nab! – o engenheiro exclamou. – Vocês não estão feridos?

– Não! Apenas alguns hematomas causados por estilhaços – respondeu o repórter. – Mas aquele maldito brigue está indo para o canal!

– Sim! – respondeu Pencroff. – E dentro de dez minutos ele estará na frente da Granite House!

– Você tem um plano, Cyrus? – perguntou o repórter.

– Temos de nos refugiar na Granite House enquanto é tempo e enquanto os condenados ainda não nos podem ver.

– Vamos então e depressa! – observou o repórter.

– Não quer que eu e Ayrton fiquemos aqui, senhor Cyrus? – perguntou o marujo.

– Não. Não nos separemos! – respondeu o engenheiro.

Não havia um segundo a perder. Os colonos deixaram as Chaminés. Um pequeno retorno da cortina impedia que os vissem do brigue, mas duas ou três detonações indicaram que o *Speedy* estava próximo.

Em pouco tempo, eles correram para o elevador, subiram até a porta da Granite House, onde Top e Jup estavam confinados desde o dia anterior, e chegaram à sala principal.

Já era tempo. Através dos ramos, viram o *Speedy*, rodeado de fumaça, seguir para o canal. Eles tiveram até que se abaixar, pois as descargas eram incessantes, e as balas dos quatro canhões atingiam cegamente tanto o posto da Misericórdia, que não estava mais ocupado, quanto as Chaminés.

No entanto, esperava-se que a Granite House fosse poupada, graças à precaução que Cyrus Smith tinha tomado de esconder as janelas, quando uma bala, passando rente à porta, penetrou no corredor.

– Maldição! Fomos descobertos? – interrogou Pencroff.

Talvez os colonos não tivessem sido vistos, mas era certo que Bob Harvey julgou pertinente lançar um projétil através da folhagem suspeita que mascarava aquela parte da muralha.

A situação era desesperadora. O esconderijo havia sido descoberto e os colonos não podiam resistir os projéteis. Tudo o que lhes restava fazer era se refugiar no corredor superior da Granite House e abandonar a casa à devastação. De repente, ouviram um forte barulho seguido por gritos assustadores!

Cyrus Smith e seus companheiros correram para uma das janelas.

O brigue, erguido por uma espécie de tromba-d'água, tinha acabado de se partir em dois, e em menos de dez segundos foi engolido com toda sua criminosa tripulação!

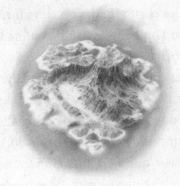

Capítulo 4

– Eles explodiram! – exclamou Harbert.

– Sim! Explodiram como se Ayrton tivesse colocado fogo na pólvora! – Pencroff respondeu correndo para o elevador, ao mesmo tempo que Nab e o jovem rapaz.

– Mas o que aconteceu? – perguntou Gédéon Spilett, ainda espantado com o resultado inesperado.

– Ah! Desta vez, saberemos! – respondeu o engenheiro.

– O que vamos saber?

– Depois! Venha, Spilett. O importante é que os piratas foram exterminados!

E Cyrus Smith, puxando o repórter e Ayrton, juntou-se a Pencroff, Nab e Harbert na praia.

Não se via mais nada do brigue, nem sequer seu mastro. Depois de ser levantado pela tromba-d'água, ele deitou de lado e afundou nessa posição, provavelmente como resultado de alguma enorme fissura.

Alguns destroços flutuavam na superfície do mar, mas não havia detritos à deriva, nem tábuas do convés, nem bordagens do casco, o que tornava inexplicável o afundamento repentino do *Speedy*.

Eles não podiam deixar à maré tempo suficiente para que carregasse consigo suas riquezas, e Ayrton e Pencroff subiram na canoa com a intenção de amarrar todos os destroços, quer na costa da ilha, quer no litoral da ilhota. Mas quando estavam prestes a embarcar, um pensamento de Gédéon Spilett os impediu.

– E os seis condenados que desembarcaram na margem direita da Misericórdia?

Com efeito, não podiam esquecer que seis homens, cuja canoa tinha se partido contra as rochas, tinham conseguido chegar à ponta dos Destroços.

– Mais tarde, cuidaremos deles – disse Cyrus Smith. – Eles ainda podem ser perigosos, porque estão armados, mas como seremos seis contra seis, as chances são iguais. Vamos depressa.

Ayrton e Pencroff embarcaram na canoa e remaram vigorosamente em direção aos destroços. Eles tiveram tempo de amarrar os mastros e os demais destroços com cordas, cujas extremidades foram presas na praia da Granite House. Depois a canoa recuperou tudo o que flutuava, gaiolas, barris e caixas, que foram imediatamente transportados para as Chaminés.

Alguns cadáveres também flutuavam, e Ayrton reconheceu Bob Harvey. Com a voz embargada, disse:

– O que eu fui um dia, Pencroff!

– Mas já não é mais, bravo Ayrton!

Durante duas horas, Cyrus Smith e seus companheiros ficaram envolvidos em rebocar as alavancas até a areia e desenvergá-las, e em colocar as velas para secar. Eles falavam pouco, mas tantos pensamentos lhes passavam pela cabeça! Um navio é, de fato, como um pequeno mundo completo, e o material da colônia ia crescer com muitos objetos úteis.

"Além disso", Pencroff pensou, "por que não salvar aquele brigue? Se ele tem apenas uma fissura, pode ser tapada, e um navio de trezentas a quatrocentas toneladas é um transatlântico perto do nosso *Bonadventure*! E podemos ir longe com ele! E aonde quisermos! Senhor Cyrus, Ayrton e eu precisamos avaliar o caso! Vale a pena!"

De fato, se o brigue ainda estivesse apto para a navegação, as chances de repatriamento dos colonos da ilha Lincoln aumentariam.

Quando os destroços foram deixados em segurança na costa, Cyrus Smith e seus companheiros tiraram alguns minutos para almoçar. Eles comeram nas Chaminés, e, como se pode imaginar, só se falou do evento inesperado que milagrosamente salvou a colônia.

– É preciso admitir que aqueles patifes explodiram no momento exato! – observou Pencroff.

– E você imagina, Pencroff – perguntou o repórter –, como aquilo aconteceu e quem pode ter provocado a explosão do brigue?

– Ah! senhor Spilett, é muito simples – respondeu Pencroff. – Os condenados não são marinheiros! É certo que o paiol do brigue estava aberto, uma vez que fomos incansavelmente alvejados, e bastava um único imprudente para fazer a máquina saltar pelos ares!

– Senhor Cyrus – disse Harbert –, o que me surpreende é que a explosão não produziu tantos efeitos.

– A mim também, Harbert, mas quando visitarmos o casco do brigue, sem dúvida encontraremos a explicação para esse fato.

– Ah! senhor Cyrus – disse Pencroff –, o senhor acredita que o *Speedy* simplesmente afundou como um navio que se choca contra um escolho?

– Por que não, se há rochas no canal? – observou Nab.

– Ora, Nab! – respondeu Pencroff. – Você não abriu os olhos no momento certo. Um instante antes de afundar, o brigue foi erguido por uma onda enorme e caiu a bombordo. Se ele só tivesse se chocado, teria descido calmamente, como um navio quando afunda.

– É que não era um navio comum! – respondeu Nab.

– Veremos, Pencroff – disse o engenheiro.

– Aposto minha vida que não há rochas no canal – disse o marujo. – Vejamos, senhor Cyrus, o senhor está querendo dizer que há algo de sobrenatural nesse acontecimento?

Cyrus Smith não respondeu.

– Em todo caso – disse Gédéon Spilett –, choque ou explosão, você deve concordar, Pencroff, que isso aconteceu na hora certa!

– Sim, sim! – respondeu o marujo. – Mas a questão não é essa. Pergunto ao senhor Smith se ele vê algo sobrenatural em tudo isso.

– Prefiro não comentar, Pencroff – disse o engenheiro. – É tudo o que posso responder.

Perto da uma e meia da tarde, os colonos embarcaram na canoa e foram até o local do acidente. O casco do *Speedy* começava a surgir sobre a água. Ele tinha sido verdadeiramente virado por uma inexplicável e assustadora ação subaquática, que se manifestou sob o deslocamento de uma enorme tromba-d'água.

– Com mil diabos! – exclamou Pencroff. – Aí está um navio difícil de ser recuperado!

– Eu diria impossível – disse Ayrton.

– De todo modo – observou Gédéon Spilett –, se houve uma explosão, ela produziu efeitos singulares, pois perfurou o casco do navio em suas partes inferiores em vez de explodir o convés! Estas aberturas largas parecem fruto mais do choque de um escolho do que da explosão de um paiol!

– Não há escolho no canal! – repetiu o marujo. – Admito tudo o que quiserem, exceto o choque com uma rocha!

– Vamos tentar entrar no brigue – sugeriu o engenheiro. – Talvez consigamos descobrir a causa dessa destruição.

Cyrus Smith e seus companheiros, com um machado na mão, avançaram pelo convés rachado. O que os colonos puderam primeiro constatar é que o brigue possuía uma carga muito variada de artigos de todos os tipos, utensílios, bens manufaturados e ferramentas, como é costume haver nos navios que fazem a grande cabotagem da Polinésia.

No entanto – e Cyrus Smith observou isso com uma silenciosa surpresa –, não só o casco do brigue sofreu enormemente com o choque que causou a catástrofe, mas a organização também estava devastada, especialmente na dianteira.

Os colonos, em seguida, foram até a traseira do brigue, na área em que outrora ficava o tombadilho. Era lá que, de acordo com a indicação de Ayrton, seria necessário procurar pelo paiol. Cyrus Smith pensava que ele não tinha explodido, que era possível que alguns barris pudessem ser salvos, e que a pólvora, geralmente armazenada em invólucros de metal, não teria sofrido com o contato da água.

Foi, de fato, o que aconteceu. Foram encontrados cerca de vinte barris cujo interior era forrado de cobre. Pencroff se convenceu com os próprios olhos de que a destruição do *Speedy* não podia ser atribuída a uma explosão.

Muitas horas se passaram nessas buscas, e o fluxo estava começando a ser sentido. O trabalho de resgate teve de ser suspenso.

Era possível esperar pela próxima vazante antes de retomar as operações. Mas o navio em si estava mesmo desenganado.

Eles comeram com um grande apetite. No entanto, não podiam esquecer que seis sobreviventes da tripulação do *Speedy* tinham pisado na ilha, e que era necessário se defender deles. Embora a ponte da Misericórdia e os pontilhões tivessem sido levantados, os condenados não se preocupariam com um rio ou córrego, e, movidos pelo desespero, poderiam ser muito perigosos.

A noite passou sem que os condenados tentassem qualquer ataque. Mestre Jup e Top, de guarda aos pés da Granite House, os teriam denunciado rapidamente.

Os três dias seguintes, 19, 20 e 21 de outubro, foram usados para salvar tudo de valor ou útil. Na maré baixa, esvaziavam o porão. Na alta, guardavam os objetos salvos. Grande parte do revestimento de cobre poderia ser removido do casco, que afundava mais a cada dia. Mas antes que as areias engolissem os objetos pesados que tinham descido para o fundo, Ayrton e Pencroff, tendo várias vezes mergulhado até o leito do canal, encontraram as correntes e âncoras do brigue, os pedaços de ferro de seu lastro e até os quatro canhões, que, aliviados dos barris vazios, puderam ser levados para a terra firme.

Na noite de 23 para 24, o casco do brigue foi completamente desmantelado e uma parte dos destroços encalhou na costa.

Embora Cyrus Smith tenha vasculhado completamente os armários do tombadilho, não encontrou nenhum vestígio de papéis a bordo. Os piratas tinham obviamente destruído tudo o que dizia respeito ao capitão ou ao proprietário do *Speedy*, e como o nome do seu porto de origem não estava gravado no quadro da proa, não era possível saber sua nacionalidade.

Oito dias após o desastre, nada mais foi visto do navio, nem mesmo na maré baixa. No entanto, o mistério que escondia sua estranha destruição nunca teria sido esclarecido se, em 30 de novembro, Nab, andando na costa, não tivesse encontrado um pedaço de um cilindro de ferro grosso, que tinha traços de explosão.

Nab levou esse pedaço de metal a seu mestre, que estava trabalhando com seus companheiros na oficina das Chaminés. Cyrus Smith examinou cuidadosamente o cilindro.

– Meus amigos – ele disse –, vocês se lembram que, antes de afundar, o brigue subiu ao topo de uma verdadeira tromba-d'água?

– Sim, senhor Cyrus! – respondeu Harbert.

– E querem saber o que causou o turbilhão? Foi isso – disse o engenheiro, mostrando o tubo quebrado.

– Isso? – disse Pencroff.

– Sim! Este cilindro é tudo o que resta de um torpedo!

– Um torpedo! – os companheiros do engenheiro exclamaram.

– E quem pôs o torpedo lá? – perguntou Pencroff, que não queria se render.

– Só o que posso dizer é que não fui eu! – respondeu Cyrus Smith. – Mas ele estava lá, e vocês puderam testemunhar a intensidade de sua potência!

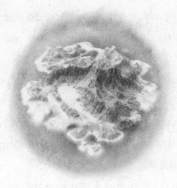

Capítulo 5

Tudo estava explicado pela explosão submarina do torpedo. Cyrus Smith, que durante a Guerra da União teve a oportunidade de experimentar esses terríveis dispositivos de destruição, não podia estar enganado.

Sim! estava tudo explicado. Tudo... exceto a presença daquele torpedo nas águas do canal!

– Meus amigos – retomou Cyrus Smith –, não podemos mais duvidar da presença de um ser misterioso, um náufrago como nós talvez, abandonado em nossa ilha e digo isso para que Ayrton possa saber o que aconteceu de estranho nesses dois anos. Ayrton deve ser tão grato como nós, pois se foi o desconhecido que me salvou das ondas depois da queda do balão, foi obviamente ele quem escreveu o documento, que colocou a garrafa no caminho para o canal e que nos fez conhecer a situação do nosso companheiro. Eu gostaria de acrescentar que aquela caixa, tão bem equipada com tudo o que nos faltava, foi ele quem a levou e encalhou na ponta dos Destroços; que a fogueira acesa nas alturas da ilha e que lhes permitiu aportar, foi ele quem acendeu; que o grão de chumbo encontrado no corpo do pecari, foi ele quem atirou; que o torpedo que destruiu o brigue, foi ele quem o imergiu no canal; enfim, temos uma dívida, e espero que possamos pagá-la um dia.

– Tem razão em dizer isso, meu caro Cyrus – respondeu Gédéon Spilett. – Sim, há um ser, quase onipotente, escondido em alguma parte da ilha, cuja influência tem sido singularmente útil à nossa colônia.

– Sim – respondeu Cyrus Smith –, se a intervenção de um ser humano não está mais em dúvida, concordo que ele tem à disposição meios de ação diferentes daqueles de que a humanidade dispõe. Então a questão é a seguinte: temos que respeitar o incógnito desse ser generoso ou temos que fazer tudo para chegar até ele? Qual é a opinião de vocês sobre isso?

– A minha opinião – respondeu Pencroff – é que seja quem for, ele é um bom homem e tem a minha estima!

– Concordo – continuou Cyrus Smith –, mas isso não é uma resposta, Pencroff.

– Meu mestre – disse Nab –, eu penso que podemos procurar o tempo que quisermos pelo cavalheiro em questão, mas só vamos encontrá-lo quando ele quiser.

– Isso faz muito sentido, Nab – respondeu Pencroff.

– Eu concordo com Nab – respondeu Gédéon Spilett –, mas isso não é razão para não tentarmos. Quer encontremos esse ser misterioso ou não, pelo menos teremos cumprido nosso dever para com ele.

– E você, meu filho, quero que me dê sua opinião – disse o engenheiro, voltando-se para Harbert.

– Ah, eu gostaria de poder agradecer aquele que o salvou primeiro e que depois nos salvou!

– Está querendo demais, meu garoto – brincou Pencroff –, e eu também, e todos nós! Eu acho que ele deve ser bonito, alto, forte, com uma bela barba, cabelos como raios e que deve dormir sobre as nuvens, com uma grande bola na mão!

– Ei, Pencroff – respondeu Gédéon Spilett –, é o retrato de Deus que você está descrevendo!

– Possivelmente, senhor Spilett – respondeu o marujo –, mas é assim que eu o imagino!

– E você, Ayrton? – perguntou o engenheiro.

– Senhor Smith – respondeu Ayrton –, não posso opinar sobre o assunto, mas quando quiser me envolver em suas buscas, estarei pronto para segui-lo.

– Eu agradeço, Ayrton – continuou Cyrus Smith –, mas gostaria de uma resposta mais direta à pergunta que lhe fiz. Você é nosso companheiro, já se dedicou muitas vezes a nós, e, como todos nós aqui, deve ser consultado quando se trata de tomar alguma decisão importante. Então, fale.

– Senhor Smith – respondeu Ayrton –, acho que devemos fazer tudo o que pudermos para encontrar o desconhecido benfeitor. Como o senhor disse, eu também tenho uma dívida de gratidão com ele e nunca a esquecerei!

– Então está decidido – disse Cyrus Smith. – Vamos começar a busca o mais rápido possível. Não deixaremos uma só parte da ilha inexplorada, e que esse amigo desconhecido nos perdoe pela nossa intenção!

Durante alguns dias, os colonos ficaram ativamente envolvidos no trabalho de fenação e colheita. Antes de realizar o plano de explorar as partes ainda inexploradas da ilha, eles queriam que todo o trabalho indispensável fosse concluído.

– A propósito – disse o marujo certa manhã –, e os seis patifes escondidos na ilha, o que devemos fazer com eles? São verdadeiros jaguares, e acho que não devemos hesitar em tratá-los como tal? O que você acha, Ayrton? – disse Pencroff, voltando-se para seu companheiro.

Ayrton primeiro hesitou em responder, e Cyrus Smith lamentou que Pencroff lhe tivesse feito essa pergunta levianamente. Depois ficou muito comovido quando Ayrton respondeu com voz humilde:

– Fui um desses jaguares, senhor Pencroff, e não tenho o direito de opinar...

E ele se afastou lentamente do grupo. Pencroff entendeu.

– Que maldita besta eu sou! – ele exclamou. – Pobre Ayrton! Ele tem o direito de falar tanto quanto qualquer outro! Mas voltemos ao assunto. Penso que esses bandidos não merecem misericórdia e que temos de livrar a ilha deles o mais depressa possível.

– É essa a sua opinião, Pencroff? – perguntou o engenheiro.

– Absolutamente.

– E antes de os perseguirmos impiedosamente, você não prefere esperar que eles ajam de modo hostil contra nós?

– Mas o que eles fizeram não foi suficiente?

– Eles podem voltar com outros sentimentos! – disse Cyrus Smith. – E talvez arrependidos...

– Arrependidos, eles!

Pencroff olhou seus companheiros, um a um. Nunca pensou que sua proposta daria origem a qualquer hesitação. Sua natureza dura não lhe permitia tolerar os patifes que tinham desembarcado na ilha. Ele os via como animais selvagens a serem destruídos sem hesitação e sem remorso.

– Vejam! – ele observou. – Estão todos contra mim! Querem ser generosos com aqueles patifes! Que assim seja. Que não nos arrependamos!

– Que perigo correremos se permanecermos atentos? – disse Harbert.

– Eles são seis e estão bem armados. Que cada um deles se esconda num canto e mate um de nós, em breve serão mestres da colônia! – considerou o repórter.

– Por que ainda não o fizeram? – respondeu Harbert. – Provavelmente porque não é do interesse deles fazê-lo. Além disso, também somos seis.

– Ora! Muito bem! – respondeu Pencroff, que nenhuma lógica poderia convencer. – Deixemos esses bons homens com suas ocupações e não nos preocupemos mais com eles!

– Vamos, Pencroff – disse Nab –, não seja tão intransigente. Se um desses pobres desgraçados estivesse aqui mesmo, na sua frente, ao alcance da sua arma, ainda assim você não atiraria...

– Atiraria nele como se fosse um cão raivoso, Nab – respondeu Pencroff friamente.

– Pencroff – disse o engenheiro –, você mostrou muitas vezes grande deferência à minha opinião. Nestas circunstâncias, você aceita se reportar a mim novamente?

– Farei o que quiser, senhor Smith – respondeu o marujo, que não estava nem um pouco convencido.

– Bem, vamos esperar e atacar apenas se formos atacados.

Essa foi a decisão tomada em relação aos piratas, embora Pencroff não tivesse um bom pressentimento sobre ela. A ilha era grande e fértil, e se algum senso de honestidade tivesse permanecido em suas almas, talvez esses desgraçados pudessem selar a paz.

No presente, os colonos estavam em maior número contra Pencroff. Teriam eles razão no futuro? É o que veremos.

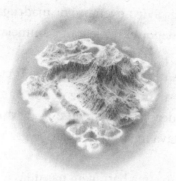

Capítulo 6

A grande preocupação dos colonos era realizar a completa exploração da ilha, que tinha dois propósitos: descobrir o misterioso ser cuja existência não era mais discutível e saber o que tinha sido feito dos piratas.

Cyrus Smith desejava partir sem demora, mas, uma vez que a expedição duraria vários dias, parecia conveniente carregar a carroça com objetos de acampamentos e utensílios que facilitariam a organização das paradas.

Antes da partida, combinaram de finalizar os trabalhos no planalto da Grande-Vista. Também era necessário que Ayrton retornasse ao curral, onde animais domésticos reclamavam seus cuidados. Foi, portanto, decidido que ele passaria dois dias lá e não voltaria à Granite House até que tivesse abastecido os estábulos.

Quando estava prestes a sair, Cyrus Smith perguntou se ele queria que um dos colonos o acompanhasse.

Ayrton respondeu que era inútil, que ele seria suficiente para a tarefa, e que, além disso, não temia nada. Se algum incidente ocorresse no curral ou nos arredores, ele notificaria imediatamente os colonos com um telegrama.

Ayrton partiu no dia 9 de novembro de madrugada, levando a carroça consigo, e duas horas depois um telegrama anunciava que tudo estava em ordem no curral.

Durante esses dois dias, Cyrus Smith teve o cuidado de realizar um projeto que colocaria a Granite House definitivamente a salvo de qualquer surpresa: esconder completamente a abertura superior do velho escoadouro, que já estava meio escondida sob gramas e plantas, no ângulo sul do lago Grant.

A ideia era construir uma barragem nas duas aberturas feitas no lago, pelas quais o córrego Glicerina e o córrego da Cachoeira se alimentavam. Esse trabalho foi rapidamente concluído, e Pencroff, Gédéon Spilett e Harbert encontraram tempo para construir uma ponte para o porto Balão. O marujo estava ansioso para saber se a pequena enseada no fundo da qual o *Bonadventure* estava encalhado tinha sido visitada pelos condenados.

Os três colonos partiram na tarde de 10 de novembro, bem armados. Nab os acompanhou até a curva da Misericórdia e depois da passagem deles levantou a ponte. Foi acordado que um tiro de fuzil anunciaria o retorno dos colonos, e que Nab então retornaria para restabelecer a comunicação entre as duas margens do rio.

A pequena tropa seguiu pela estrada do porto em direção à costa sul da ilha. Eles levaram duas horas para percorrê-la, pois procuraram por toda a orla da estrada, tanto do lado da floresta como do lado do pântano das Tadornas, mas não encontraram nenhum vestígio dos fugitivos.

Pencroff chegou ao porto Balão e viu com extrema satisfação o *Bonadventure* calmamente ancorado na estreita âncora.

– Temos que concordar que os patifes ainda não estiveram aqui – disse Pencroff. – A grama comprida é mais adequada aos répteis, e é obviamente no Extremo Oeste selvagem que se pode encontrá-los.

– E isso é muito bom, pois se eles tivessem encontrado o *Bonadventure* – acrescentou Harbert –, eles o teriam apreendido para fugir, o que nos impediria de voltar à ilha Tabor em breve.

– E é importante levar um bilhete lá que informe a localização da ilha Lincoln e a nova residência de Ayrton, caso o iate escocês venha buscá-lo.

– Pois bem, o *Bonadventure* ainda está aqui, senhor Spilett! – disse o marujo. – Ele e sua tripulação estão prontos para partir ao primeiro sinal!

– Acho, Pencroff, que isso será feito assim que nossa expedição pela ilha estiver concluída. É possível que esse estranho, se o encontrarmos, saiba muito sobre a ilha Lincoln e a ilha Tabor.

– Com mil diabos! Quem pode ser essa pessoa? Ele nos conhece, mas nós não o conhecemos! Se é apenas um náufrago, por que se esconde? Somos boas pessoas, acredito, e a sociedade das boas pessoas não é desagradável para ninguém!

Conversando assim, Pencroff, Harbert e Gédéon Spilett embarcaram no *Bonadventure* e caminharam por seu convés. De repente, o marujo, tendo examinado a abita na qual estava amarrado o cabo da âncora:

– Ah! vejam isso!

– O que foi, Pencroff? – perguntou o repórter.

– Não fui eu quem fez este nó!

E Pencroff mostrou uma corda que amarrava o cabo à própria abita para evitar que ela escorregasse.

– Como, não foi você? – perguntou Gédéon Spilett.

– Não! Juro por Deus. Isto é um nó plano, e estou habituado a fazer dois nós simples[9].

– Talvez você tenha se enganado, Pencroff.

– Tenho o hábito de fazer isso, e as mãos não se enganam!

– Será que os condenados subiram a bordo? – interrogou Harbert.

– Não sei de nada, mas o certo é que a âncora do *Bonadventure* foi içada e baixada novamente! Repito, alguém usou nossa embarcação!

– Mas se os condenados o tivessem usado, ou o teriam saqueado, ou teriam fugido...

– Fugido! Para onde? Para a ilha Tabor? – questionou Pencroff. – O senhor acha que eles se aventurariam neste pequeno barco?

– Seria necessário admitir que eles conhecem bem a ilhota – respondeu o repórter.

– Seja como for, por mais que eu seja o verdadeiro Bonadventure Pencroff, de Vineyard, nosso *Bonadventure* navegou sem nós!

---

[9] Tipo de nó familiar aos marinheiros e que tem a vantagem de sempre ser firme. (N.T.)

O marujo estava tão convicto que nem Gédéon Spilett nem Harbert podiam contestar sua declaração. Para o marujo, não havia dúvida de que a âncora tinha sido levantada e depois devolvida ao fundo. Mas por que, se o barco não tinha sido empregado em nenhuma expedição?

– Pencroff – disse Harbert –, talvez seja prudente levar o *Bonadventure* de volta para a frente da Granite House!

– Sim e não, ou melhor, não. A foz da Misericórdia é um lugar ruim para um barco, e o mar lá é duro.

– Mas e se o arrastarmos até a areia, aos pés das Chaminés?

– Talvez. Em todo o caso, uma vez que deixaremos a Granite House para realizar uma expedição longa, acredito que o *Bonadventure* ficará mais seguro aqui.

– Concordo – disse o repórter. – Pelo menos, em caso de mau tempo, ele não ficará exposto como estaria na foz da Misericórdia.

Pencroff, Harbert e Gédéon Spilett voltaram para Granite House e relataram ao engenheiro o que tinha acontecido, e ele aprovou suas disposições para o presente e para o futuro. Ele inclusive prometeu ao marujo estudar a parte do canal situada entre a ilhota e a costa, para ver se seria possível construir um porto artificial por meio de barragens. Dessa forma, o *Bonadventure* estaria sempre ao alcance, sob os olhos dos colonos e, se necessário, fechado a sete chaves.

Naquela noite, um telegrama foi enviado a Ayrton para pedir-lhe para trazer do curral duas cabras que Nab queria aclimatar nos prados do planalto. Singularmente, Ayrton não confirmou o recebimento do pedido, como costumava fazer. Isso surpreendeu o engenheiro, mas poderia ser que Ayrton não estivesse no curral no momento, ou que estivesse no caminho de volta para a Granite House.

Os colonos esperaram Ayrton aparecer nas alturas da Grande-Vista. Nab e Harbert vigiaram também as proximidades da ponte, de modo a baixá-la assim que seu companheiro aparecesse. Mas, até as dez da noite, Ayrton não apareceu. Eles acharam melhor enviar um novo telegrama, solicitando uma resposta imediata. A campainha da Granite House permaneceu em silêncio.

O que teria acontecido? Ayrton não estava mais no curral ou, se ainda estava lá, tinha perdido a liberdade de movimentos por alguma razão? Deveriam ir ao curral naquela noite escura? Eles conversaram a respeito.

– Mas será que o telégrafo não está com algum problema e parou de funcionar? – perguntou Harbert.

– É possível – disse o repórter.

– Vamos esperar até amanhã – respondeu Cyrus Smith. – Talvez Ayrton não tenha recebido nossa mensagem, ou nós não tenhamos recebido a dele.

Eles decidiram esperar, e, compreensivelmente, com certa ansiedade. Assim que raiou a primeira luz do dia 11 de novembro, Cyrus Smith acionou novamente a corrente elétrica através do fio e não recebeu resposta. Tentou uma segunda vez: nada.

– Vamos para o curral! – ele ordenou.

– E bem armados! – acrescentou Pencroff.

Decidiram também que a Granite House não ficaria sozinha e que Nab permaneceria lá. Depois de acompanhar o grupo até o córrego da Glicerina, ele ergueria a ponte, e, espreitando atrás de uma árvore, vigiaria o retorno ou do grupo ou de Ayrton.

Caso os piratas viessem e tentassem atravessar a passagem, ele tentaria pará-los com tiros de fuzil, e, depois, se refugiaria na Granite House.

Cyrus Smith, Gédéon Spilett, Harbert e Pencroff iriam diretamente para o curral, e se não encontrassem Ayrton lá, procurariam no bosque ao redor.

Depois de passar pelo planalto da Grande-Vista, os colonos seguiram imediatamente a estrada para o curral. Eles carregavam os fuzis nas mãos, prontos para disparar sob qualquer manifestação hostil.

Os colonos caminhavam rápida e silenciosamente. Top os precedia, ora correndo pela estrada, ora pegando alguma presa sob o bosque, mas sempre mudo e não parecendo perceber nada de incomum.

Ao mesmo tempo que a estrada, Cyrus Smith e seus companheiros seguiram o fio telegráfico que ligava o curral à Granite House. Depois de caminharem cerca de três quilômetros, ainda não tinham notado qualquer problema de continuidade. A partir desse ponto, no entanto, o engenheiro observou que a tensão parecia ser menos completa, e finalmente, chegando ao poste n.º 74, Harbert, que estava na frente dele, parou gritando:

– O fio está partido!

Seus companheiros apertaram o passo e chegaram ao lugar onde o rapaz havia parado. Ali, o poste caído atravessava a estrada. A descontinuidade do fio foi assim constatada, e era evidente que os despachos da Granite House não tinham sido recebidos no curral, nem os do curral na Granite House.

– Não foi o vento que derrubou esse poste – observou Pencroff.

– Não – respondeu Gédéon Spilett. – A terra foi escavada em seu pé, e ele foi arrancado por uma mão humana.

– Para o curral! Para o curral! – ordenou o marujo.

Sem dúvida, Ayrton poderia ter enviado um telegrama que não chegou, mas esta não era a principal razão que preocupava seus companheiros, mas o fato de Ayrton ainda não ter reaparecido.

Os colonos corriam abalados pela emoção. Tinham-se afeiçoado de verdade ao novo companheiro. Será que o encontrariam atingido pelas mãos daqueles de quem foi chefe?

Logo eles moderaram os passos, de modo a não ficar sem fôlego quando a luta pudesse ser necessária. Os fuzis já estavam a postos. Cada um vigiava um lado da floresta. Top emitiu alguns pequenos ruídos que não pareciam bom agouro.

Finalmente, a muralha paliçada surgiu através das árvores. Não havia sinais de danos. A porta estava trancada, como de costume. Um profundo silêncio reinava no curral. Nem o balir habitual dos carneiros, nem a voz de Ayrton foram ouvidos.

– Vamos entrar! – disse Cyrus Smith.

E o engenheiro avançou, enquanto seus companheiros, vigiando a vinte passos dele, estavam prontos para disparar.

Cyrus Smith levantou o trinco interno da porta e estava prestes a empurrá-la quando Top ladrou violentamente. Uma detonação ressoou sobre a paliçada e um grito de dor respondeu a ela.

Harbert, atingido por uma bala, estava caído ao chão!

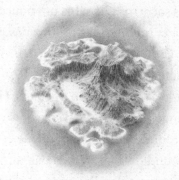

Capítulo 7

Ao grito de Harbert, Pencroff largou a arma e correu em sua direção.

– Eles o mataram! O meu filho! Eles o mataram!

Cyrus Smith e Gédéon Spilett correram para Harbert. O repórter ouviu o coração.

– Ele está vivo, mas temos que levá-lo daqui.

– Para a Granite House? É impossível! – respondeu o engenheiro.

– Para o curral, então! – exclamou Pencroff.

– Um momento – disse Cyrus Smith.

Ele correu para a esquerda para dar a volta na muralha. Lá, viu-se diante de um condenado que, apontando a arma para sua cabeça, atravessou seu chapéu com uma bala. Alguns segundos depois, mesmo antes de ter tido tempo de disparar o segundo tiro, o homem caiu, atingido no coração pelo punhal de Cyrus Smith.

Enquanto isso, Gédéon Spilett e o marujo subiram pela paliçada, atravessaram-na e penetraram no recinto. Eles arrancaram as escoras que fechavam a porta por dentro, entraram na casa vazia e logo o pobre Harbert descansava sobre o leito de Ayrton.

Eles fizeram tudo o que estava ao seu alcance para lutar contra a morte da pobre criança que agonizava. Gédéon Spilett tinha alguma prática em medicina de primeiros socorros. Ele sabia um pouco de tudo, e em muitas circunstâncias já tinha curado feridas produzidas por facas ou armas de fogo. Com a ajuda de Cyrus Smith, ele procedeu com os cuidados que o estado do jovem demandava.

Harbert estava pálido e seu pulso tão fraco que Gédéon Spilett o sentia bater em intervalos longos, como se estivesse prestes a parar.

O peito de Harbert foi desnudado e o sangue estancado com pedaços de pano. A ferida contundida apareceu. Havia um buraco oval no peito, entre a terceira e a quarta costelas. Foi onde a bala o atingiu.

Cyrus Smith e Gédéon Spilett, em seguida, viraram a pobre criança, que deixou escapar um gemido tão fraco que era possível pensar que tinha sido seu último suspiro.

Outro ferimento sangrava nas costas de Harbert, e a bala que o atingiu escapou imediatamente.

– Deus seja louvado! – disse o repórter. – A bala não ficou no corpo e não teremos que extraí-la.

– Mas e o coração? – perguntou Cyrus Smith.

– O coração não foi atingido, senão Harbert estaria morto!

– Morto! – gritou Pencroff, soltando um grito de desespero.

O marujo ouviu apenas as últimas palavras ditas pelo repórter.

– Não, Pencroff – respondeu Cyrus Smith –, não! Ele não está morto. O pulso ainda está batendo!

Gédéon Spilett tentava consultar sua memória e proceder metodicamente. De acordo com sua observação, não havia dúvida de que a bala tinha entrado pela frente e saído por trás. Mas que estragos essa bala causou em sua trajetória? Que órgãos essenciais tinham sido afetados?

O mais importante era fazer um curativo em ambas as feridas, sem demora. A hemorragia tinha sido abundante, e Harbert já estava enfraquecido pela perda de sangue. Harbert foi virado sobre o lado esquerdo e mantido nessa posição.

– Ele não deve se mexer – orientou Gédéon Spilett. – Está na posição mais favorável para que as feridas das costas e peito possam purgar confortavelmente, e o descanso absoluto é necessário.

Gédéon Spilett tinha examinado novamente a criança ferida com extremo cuidado. Harbert continuava tão assustadoramente pálido que o repórter se sentiu perturbado.

O repórter explicou a Cyrus Smith que ele achava necessário, em primeiro lugar, estancar a hemorragia, mas não fechar as duas feridas, nem provocar sua cicatrização imediata, porque havia uma perfuração interna e não podiam deixar a supuração se acumular no peito.

Cyrus Smith aprovou completamente essa indicação, e decidiram que as duas feridas seriam curadas sem tentar fechá-las.

O marujo havia acendido uma fogueira na Chaminé da habitação, que dispunha de todo o necessário para viver. Açúcar de bordo e plantas medicinais – que o menino tinha colhido nas margens do lago Grant – permitiram a preparação de alguns chás refrescantes de ervas, e eles o fizeram tomar sem que percebesse. Sua febre estava extremamente alta, e o dia e a noite passaram assim, sem que ele recuperasse a consciência. A vida de Harbert estava por um fio, e esse fio podia se romper a qualquer momento.

No dia seguinte, 12 de novembro, Cyrus Smith e seus companheiros recuperaram alguma esperança. Harbert tinha regressado do seu longo estupor. Pencroff sentia o coração esvaziar lentamente. Era como uma mãe na cabeceira da cama do filho.

– Diga-me outra vez o que o senhor tem esperança, senhor Spilett! – disse Pencroff. – Diga-me outra vez que vai salvar Harbert!

– Sim, vamos salvá-lo! – respondeu o repórter. – A ferida é grave, e talvez a bala tenha perfurado o pulmão, mas essa perfuração não é fatal.

– Que Deus lhe ouça! – rogou Pencroff.

Como se pode imaginar, os colonos estavam há vinte e quatro horas no curral e não tinham outro pensamento a não ser curar Harbert. Mas, naquele dia, enquanto Pencroff velava a cama do doente, Cyrus Smith e o repórter discutiram sobre o que devia ser feito.

Não havia nenhum sinal de Ayrton. Será que o infeliz tinha sido levado por seus ex-cúmplices? Teria ele sido surpreendido por eles no curral? Ou teria lutado e sucumbido? Gédéon Spilett, enquanto escalava a muralha paliçada, tinha visto perfeitamente um dos condenados fugir através do sopé sul do monte Franklin, para onde Top tinha corrido.

– Será necessário explorar toda a floresta e livrar a ilha desses desgraçados. Os pressentimentos de Pencroff não estavam enganados quando ele quis caçá-los como animais selvagens. Isso nos teria poupado muitos infortúnios! Mas agora somos forçados a esperar algum tempo e permanecer no curral até que seja seguro transportar Harbert para a Granite House.

– Mas e Nab? – perguntou o repórter.

– Nab está em segurança.

– E se, preocupado com a nossa ausência, ele se aventurar até aqui?

– Ele não pode vir! Ele seria assassinado no caminho!

– É muito provável que ele tente se juntar a nós!

– Ah! se o telégrafo ainda funcionasse, poderíamos avisá-lo! Mas agora é impossível! E não podemos deixar Pencroff e Harbert sozinhos aqui! Vou sozinho à Granite House.

– Não, Cyrus, você não deve se expor! Aqueles miseráveis estão obviamente vigiando o curral, e se você partir, em breve teremos de nos arrepender de duas desgraças em vez de uma!

– Mas e Nab? Ele não tem notícias nossas há vinte e quatro horas! Ele vai querer vir!

Enquanto o engenheiro refletia sobre o que fazer, seus olhos se voltaram para Top, que, indo e vindo, parecia dizer: "Eu não estou aqui, por acaso?".

– Top!

O animal saltou ao chamamento do seu mestre.

– Sim, Top conseguirá passar por onde não conseguiríamos! Ele vai levar notícias para a Granite House, e nos trazer notícias de lá!

Gédéon Spilett rasgou rapidamente uma página do seu caderno e escreveu estas linhas:

"Harbert ferido. Estamos no curral. Fique de guarda. Não saia da *Granite House*. Os condenados por acaso apareceram nas redondezas? Mande resposta por Top."

O bilhete continha tudo o que Nab precisava saber e, ao mesmo tempo, perguntava tudo o que os colonos queriam descobrir. Ele foi dobrado e preso à coleira de Top de forma aparente.

– Top, meu garoto! – disse o engenheiro. – Nab, Top! Nab! Vai!

Top pulou ao ouvir essas palavras. Ele compreendia, adivinhava o que queriam dele. A rota do curral lhe era familiar. Ele poderia cruzá-la em menos de meia hora, correndo pela grama ou sob os bosques.

O engenheiro foi até a porta do curral e empurrou um dos batentes. Top correu para fora e desapareceu quase imediatamente.

– Que horas são? – perguntou Gédéon Spilett.

– Dez horas.

– Ele pode estar de volta daqui a uma hora. Vamos ficar de olho.

Os colonos esperaram ansiosos pelo regresso de Top. Pouco antes das onze horas, Cyrus Smith e o repórter, com a espingarda na mão, estavam atrás da porta, prontos para abri-la ao primeiro latido de seu cão. Ambos estavam lá, há cerca de dez minutos, quando um estrondo soou e foi imediatamente seguido por latidos.

– Top, Top! – gritou o engenheiro, segurando a cabeça do cão.

Um bilhete estava preso ao seu pescoço, e Cyrus Smith leu estas palavras, escritas com a letra grande de Nab:

"Não há piratas nas proximidades da Granite House. Não sairei daqui. Pobre Harbert!"

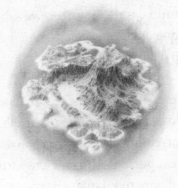

Capítulo 8

Então os condenados ainda estavam lá, observando o curral, e determinados a matar os colonos um após o outro! Tudo o que lhes restava fazer era tratá-los como animais selvagens.

Cyrus Smith se organizou de modo a viver no curral, cujos suprimentos poderiam durar muito tempo. A casa de Ayrton tinha sido provida de tudo o que era necessário para viver, e os condenados, assustados com a chegada dos colonos, não tiveram tempo de pilhá-la.

Agora, os condenados – reduzidos a cinco, é verdade, mas bem armados –, circulavam pela floresta, e aventurar-se lá era se expor aos seus ataques, sem haver qualquer possibilidade de impedi-los ou revidar.

– Esperar! – repetia Cyrus Smith. – Quando Harbert estiver curado, poderemos organizar uma revista geral na ilha e nos livrar daqueles condenados. Essa será, ao mesmo tempo, nossa grande expedição...

– Que será também a busca pelo nosso misterioso protetor – adicionou Gédéon Spilett. – É preciso admitir, meu caro Cyrus, que desta vez a proteção dele falhou, e no exato momento em que ela era mais necessária para nós!

– Quem sabe?

– O que você quer dizer?

– Que não estamos no fim dos nossos problemas, meu caro Spilett e que a poderosa intervenção talvez ainda tenha a oportunidade de se exercitar. Mas a vida de Harbert está acima de tudo.

Esta era a preocupação mais dolorosa dos colonos. Alguns dias se passaram, e a saúde do pobre rapaz felizmente não piorou. Graças aos cuidados incessantes de que estava cercado, Harbert voltou à vida e sua febre diminuiu. Ele foi, além disso, submetido a uma dieta severa, e, portanto, sua fraqueza era extrema; mas não lhe faltaram chás de ervas, e o repouso absoluto lhe fez muito bem.

O repórter tomava extremo cuidado com os curativos, sabendo o quão importante era essa etapa, e repetiu para seus companheiros o que a maioria dos médicos prontamente admite: talvez seja mais raro ver um curativo bem feito do que uma cirurgia bem feita.

Dez dias depois, em 22 de novembro, Harbert estava visivelmente melhor. Ele conversava um pouco, e perguntou sobre Ayrton, mas o marujo, não querendo afligi-lo, contentou-se em responder que Ayrton havia se juntado a Nab para defender a Granite House.

Finalmente, as coisas pareciam ter melhorado, e, enquanto não surgissem complicações, a cura de Harbert poderia ser considerada como assegurada.

Como em tantas outras situações, os colonos tinham apelado à lógica do senso comum que os tinha servido tantas vezes, e novamente, graças a seus conhecimentos gerais, eles tinham conseguido! Mas não chegaria o momento em que toda a ciência deles seria posta à prova? Eles estavam sozinhos na ilha. Ora, os homens se complementam pelo convívio em sociedade e são necessários uns aos outros. Cyrus Smith sabia bem disso, e às vezes se perguntava se não surgiria alguma circunstância que eles seriam incapazes de superar!

Há mais de dois anos e meio eles tinham fugido de Richmond, e pode-se dizer que tudo estava indo bem. Além disso, em certas circunstâncias, uma influência inexplicável tinha vindo em seu auxílio! Mas tudo não duraria para sempre, e Cyrus Smith pensava ter compreendido que a sorte estava se virando contra eles.

Será que os últimos acontecimentos eram os primeiros golpes que o infortúnio endereçava aos colonos? Era isso que Cyrus Smith se perguntava e repetia constantemente ao repórter!

Mas que não imaginemos que Cyrus Smith e seu companheiro, por falarem dessas coisas, fossem pessoas de se desesperar! Longe disso. Eles enfrentavam a situação cara a cara, analisavam as chances, preparavam-se para qualquer acontecimento, permaneciam firmes diante do futuro, e se a adversidade acaso os atingisse, encontraria neles homens prontos para combatê-la.

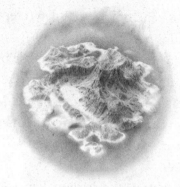

Capítulo 9

A convalescença do jovem paciente evoluía e a única coisa desejável agora era que sua condição lhe permitisse ser levado de volta à Granite House. Lá, no meio da massa inexpugnável e inacessível, eles não teriam nada a temer, e qualquer tentativa contra eles certamente fracassaria.

Apesar de não terem notícias de Nab, não se inquietavam por ele. Como estava bem entrincheirado nas profundezas da Granite House, ele não se deixaria atacar.

A questão de saber como, nas condições atuais, iriam agir contra condenados, foi tratada exaustivamente no dia 29 de novembro entre Cyrus Smith, Gédéon Spilett e Pencroff, num momento em que Harbert, adormecido, não podia ouvi-los.

– Meus amigos – disse o repórter –, acredito, como vocês, que se aventurar pela estrada do curral seria enfrentar o risco de receber um tiro de fuzil sem consegui revidar. Mas não acham que deveríamos caçar aqueles miseráveis?

– É só nisso que eu penso – respondeu Pencroff. – Suponho que não temos medo de uma bala e, de minha parte, se o senhor Cyrus autorizar, estou pronto para me embrenhar na floresta! Um homem vale outro!

– Mas acaso vale cinco? – perguntou o engenheiro.

– Posso me juntar a Pencroff – respondeu o repórter –, e ambos, bem armados, acompanhados por Top...

– Meus caros, vamos raciocinar friamente. Se os condenados estivessem em um lugar da ilha conhecido por nós, e se fosse apenas questão de encontrá-los, eu entenderia um ataque direto. Mas não há razão para recear que eles tenham certeza de disparar o primeiro tiro?

– Ora, senhor Cyrus – discordou Pencroff –, uma bala nem sempre atinge seu destinatário!

– A que acertou Harbert não se desviou, Pencroff. Além disso, se vocês dois deixarem o curral, terei que defendê-lo sozinho.

– Tem razão, senhor Cyrus – respondeu Pencroff, cujo peito estava estufado de raiva –, e eles farão qualquer coisa para recuperar o curral, que sabem que é bem abastecido! Ah, se estivéssemos na Granite House!

– Se ao menos Ayrton ainda estivesse conosco! – considerou Gédéon Spilett. – Pobre homem! Seu retorno à vida social foi de curta duração!

– Em quanto tempo, meu caro Spilett, você acha que Harbert pode ser transportado para a Granite House? – perguntou o engenheiro.

– É difícil dizer, Cyrus, porque a imprudência pode ter consequências desastrosas. Mas sua convalescença está progredindo, e se dentro de oito dias as forças dele tiverem normalizado, veremos!

Isso adiava o retorno à Granite House para o início de dezembro. Uma ou duas vezes, o repórter se aventurou na estrada e contornou a muralha paliçada. Top o acompanhou, e Gédéon Spilett, com a espingarda armada, estava pronto para qualquer eventualidade.

O cão o advertiria de qualquer perigo, e como Top não ladrou, era possível concluir que não havia nada a temer no momento, e que os condenados estavam ocupados em outra parte da ilha.

No entanto, em sua segunda saída, no dia 27 de novembro, Gédéon Spilett notou que Top cheirava algo que parecia suspeito.

O repórter seguiu Top, excitou-o com a voz, mantendo-se à espreita com a espingarda a postos. Não era provável que Top sentisse a presença de um homem, pois, nesse caso, ele o teria anunciado por um latido fraco e uma espécie de raiva silenciosa. De repente o cão correu em direção a um mato espesso e puxou uma peça de roupa lacerada, que Gédéon Spilett levou imediatamente ao curral.

Lá, os colonos a examinaram e reconheceram que era um pedaço do casaco de Ayrton, feito na oficina da Granite House.

– Há, parece-me, uma conclusão a tirar desse fato – disse Pencroff.

– Qual? – perguntou o repórter.

– Ayrton não foi morto no curral! Ele foi arrastado vivo porque resistiu! Ou talvez ele ainda esteja vivo!

– Talvez – respondeu o engenheiro, que ficou pensativo.

Havia uma esperança em que os companheiros de Ayrton poderiam se apegar. Mas se os condenados não o tivessem matado, se o tivessem levado vivo para outra parte da ilha, não seria possível acreditar que ele ainda era prisioneiro deles?

Este incidente foi, portanto, interpretado favoravelmente e não parecia mais impossível encontrar Ayrton. Ao mesmo tempo, se fosse apenas prisioneiro, Ayrton certamente faria qualquer coisa para escapar das mãos daqueles bandidos e seria um poderoso auxiliar para os colonos!

– Em todo caso – observou Gédéon Spilett –, se Ayrton conseguir escapar, ele vai direto para Granite House, pois não sabe da tentativa de assassinato de Harbert e não pode imaginar que estamos presos no curral.

– Ah! Quem dera ele estivesse na Granite House! – disse Pencroff. – E que nós pudéssemos ir também! Porque, se os patifes não podem fazer nada contra nossa casa, eles podem destruir o planalto, nossas plantações, o galinheiro!

É importante dizer que Harbert estava mais ansioso do que todos para retornar à Granite House, pois sabia como a presença dos colonos era necessária lá. Várias vezes ele pressionou Gédéon Spilett, mas este, com razão, temendo que as feridas de Harbert, mal curadas, reabrissem no caminho, não autorizou sua partida.

No entanto, ocorreu um incidente que fez que Cyrus Smith e seus dois amigos cedessem aos desejos do rapaz, e Deus sabe a dor e o remorso que essa determinação lhes causaria!

Era 29 de novembro, sete da manhã. Os três colonos conversavam no quarto de Harbert quando ouviram o latido de Top. Cyrus Smith, Pencroff e Gédéon Spilett empunharam suas armas e saíram de casa.

Top, tendo corrido ao pé da muralha paliçada, saltitava e ladrava, mas era de alegria, não de raiva.

– Está chegando alguém!

– Sim!

– E não é um inimigo!

Assim que estas palavras foram trocadas entre o engenheiro e seus dois companheiros, um corpo saltou sobre a paliçada e caiu no chão do curral.

Era Jup, que Top recebeu como um verdadeiro amigo!

– Jup! – exclamou Pencroff.

– Foi Nab quem o enviou! – observou o repórter.

– Então – respondeu o engenheiro –, ele deve ter trazido algum bilhete.

Pencroff se aproximou do orangotango. Se Nab tivesse algum fato importante para reportar a seu mestre, não poderia empregar um mensageiro mais seguro e mais rápido, que passaria por onde nem os colonos nem Top seriam capazes de passar.

Cyrus Smith não estava enganado. No pescoço de Jup estava amarrado um pequeno saco, e dentro havia um bilhete com a caligrafia de Nab. Que se julgue o desespero de Cyrus Smith e seus companheiros, quando lerem estas palavras:

"Sexta-feira, seis da manhã.
Planalto invadido por condenados!
Nab."

Eles se olharam sem dizer uma palavra e entraram em casa. O que deviam fazer?

Harbert, vendo o engenheiro, o repórter e Pencroff entrarem, entendeu que a situação tinha piorado, e quando viu Jup, não mais duvidou de que um infortúnio ameaçava a Granite House.

– Senhor Cyrus – disse ele –, eu quero partir. Eu aguento a estrada!

Gédéon Spilett se aproximou de Harbert. Então, depois de avaliá-lo:

– Vamos partir!

Logo decidiram se Harbert seria transportado em uma maca ou na carroça que Ayrton tinha levado para o curral. A maca teria movimentos mais suaves para o ferido, mas precisaria de dois carregadores, ou seja, duas armas a menos para a defesa, se um ataque ocorresse no caminho.

A carroça foi trazida. Pencroff atrelou o onagro.

– As armas estão prontas? – perguntou Cyrus Smith.

Estavam. O engenheiro e Pencroff, cada um armado com um fuzil, e Gédéon Spilett, segurando sua espingarda, estavam prontos para partir.

– Você está bem, Harbert? – perguntou o engenheiro.

– Ah! senhor Cyrus, fique tranquilo, eu não vou morrer no caminho!

O engenheiro sentiu o coração apertar dolorosamente. Ele hesitou, mas não partir desesperaria Harbert, talvez até o matasse.

– Vamos! – ele ordenou.

A porta do curral foi aberta. Jup e Top foram na frente. A carroça partiu.

Claro que teria sido melhor tomar uma estrada diferente daquela que ia diretamente do curral para a Granite House, mas a carroça teria dificuldade para seguir sob o bosque. Era, portanto, necessário seguir pelo caminho que devia ser conhecido pelos condenados.

O bilhete de Nab tinha sido escrito e enviado assim que os condenados apareceram. O ágil orangotango tinha levado apenas quarenta e cinco minutos para atravessar os oito quilômetros que o separavam da Granite House. Então, se um tiro fosse disparado, isso aconteceria nas proximidades da Granite House.

Mas os colonos estavam alertas. Top e Jup, este armado com seu bastão, ora caminhando na frente, ora verificando os bosques em torno da estrada, não sinalizavam nenhum perigo.

A estrada estava deserta, assim como toda a parte do bosque do Jacamar que se estendia entre a Misericórdia e o lago.

Eles se aproximaram do planalto. Mais dois quilômetros e poderiam ver o pontilhão do córrego da Glicerina. Cyrus Smith não tinha dúvidas de que o pontilhão estaria em seu lugar, ou porque os condenados tinham entrado por ele, ou porque, tendo passado por um dos rios que fechavam a muralha, eles tinham tomado a precaução de abaixá-lo, a fim de garantir um retiro. Nesse momento, Pencroff parou o onagro e com uma voz terrível:

– Ah, miseráveis! – exclamou.

E apontou com a mão uma fumaça espessa rodopiando sobre o moinho, os estábulos e os depósitos do curral.

Um homem se debatia no meio da fumaça. Era Nab. Seus companheiros gritaram. Ele os ouviu e correu em direção a eles...

Os condenados tinham deixado o planalto há cerca de meia hora, depois de tê-lo devastado!

– E o senhor Harbert? – interrogou Nab.

Gédéon Spilett voltou para a carroça.

Harbert estava desacordado!

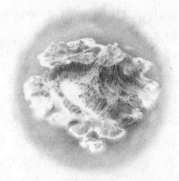

Capítulo 10

Os condenados, os perigos que ameaçavam a Granite House, as ruínas em que o planalto tinha se transformado, nada mais importava. O estado de Harbert era a única preocupação.

Dez minutos depois, Cyrus Smith, Gédéon Spilett e Pencroff estavam no sopé da muralha, deixando para Nab a função de levar a carroça de volta ao planalto da Grande-Vista.

O elevador foi acionado, e logo Harbert estava deitado em seu leito na Granite House. Os cuidados que recebeu trouxeram-no de volta à vida. Gédéon Spilett examinou suas feridas. Ele temia que elas tivessem reaberto, estando imperfeitamente curadas, mas não era o caso. Por que o estado de Harbert havia piorado?

O rapaz foi tomado por uma espécie de sono febril, e o repórter e Pencroff permaneceram junto à sua cama.

Enquanto isso, Cyrus Smith informou Nab sobre o que tinha acontecido no curral, e Nab contou a seu mestre sobre os eventos do planalto.

Na noite anterior, os condenados apareceram na borda da floresta, próximos ao córrego da Glicerina. Nab vigiava perto do galinheiro e não hesitou em disparar sobre um dos piratas, que ia atravessar o riacho; mas, na noite obscura, não pôde saber se o miserável havia sido atingido. Isso também não foi suficiente para expulsar o bando, e Nab voltou para a Granite House, onde ao menos estaria seguro.

Cyrus Smith e seus companheiros tinham partido em 11 de novembro, e já era dia 29: Ayrton desaparecido, Harbert gravemente ferido, o engenheiro, o repórter e o marujo presos no curral!

O que fazer? O pobre Nab se perguntava. As construções, as plantações, tudo estava à mercê dos piratas! Não era apropriado deixar Cyrus Smith julgar o que fazer e avisá-lo do perigo que o ameaçava?

Nab teve a ideia de confiar um bilhete a Jup. Ele conhecia a extrema inteligência do orangotango, tantas vezes posta à prova.

– Você fez bem, Nab – respondeu Cyrus Smith –, mas talvez tivesse feito melhor ainda não nos avisando!

Ao dizer isso, Cyrus Smith pensava em Harbert, cujo transporte parecia ter comprometido seriamente a convalescença.

Nab concluiu sua história. Os condenados não tinham mais aparecido. Sem saber quantas pessoas viviam na ilha, eles poderiam presumir que a Granite House era defendida por uma grande tropa. Eles se entregaram ao instinto de depredação, saqueando, queimando e se retiraram apenas meia hora antes da chegada dos colonos.

Nab saiu de seu esconderijo e foi até o planalto, correndo o risco de ser baleado e tentou inutilmente apagar o fogo que queimava o armazém do galinheiro quando viu a carroça surgir no bosque.

Esses tinham sido os graves acontecimentos. Gédéon Spilett permaneceu na Granite House perto de Harbert e de Pencroff, enquanto Cyrus Smith, acompanhado por Nab, foi avaliar a dimensão do desastre! Eles foram até a Misericórdia e subiram pela margem esquerda, sem encontrar qualquer vestígio da passagem dos condenados.

Eis o que se poderia admitir: ou os condenados sabiam do retorno dos colonos para a Granite House, pois os haviam visto passar pela estrada do curral; ou, após a devastação do planalto, eles tinham se embrenhado no bosque do Jacamar e ignoravam esse retorno.

Portanto, seria possível pegá-los; mas qualquer tentativa de livrar a ilha deles estava subordinada à situação de Harbert.

A figura de Cyrus Smith, mais pálida do que o habitual, indicava uma raiva interior que ele não conseguia conter, mas não falava uma palavra.

Os dias que se seguiram foram os mais tristes dos colonos até então na ilha! A fraqueza de Harbert se intensificava e alguns sintomas de delírio se manifestavam. Parecia que uma doença mais grave, consequência da profunda desordem fisiológica que ele sofreu, o ameaçava, e Gédéon Spilett pressentia que seria impotente para combater tamanho agravamento dessa condição!

A febre ainda não era muito alta, mas parecia querer se estabelecer por acessos regulares.

Era 6 de dezembro. Gédéon Spilett não deixava Harbert, que agora sofria de uma febre intermitente e a única certeza era que essa febre tinha que ser cortada a todo custo antes que se agravasse.

– Para parar essa febre – disse Gédéon Spilett a Cyrus Smith –, precisamos de um febrífugo.

– Um febrífugo! Não temos nem quinina nem sulfato de quinina!

Naquela noite, Harbert teve alguns delírios, mas a febre não voltou. Nem no dia seguinte.

Pencroff retomou alguma esperança. Gédéon Spilett nada dizia. Poderia ser que as intermitências não fossem diárias, mas que a febre voltasse no dia seguinte. Outro sintoma assustou o repórter: o fígado de Harbert estava começando a congestionar e logo um delírio mais intenso mostrou que seu cérebro também estava sendo afetado.

Gédéon Spilett ficou chocado com a nova complicação. Ele chamou o engenheiro num canto.

– É uma febre perniciosa!

– Uma febre perniciosa! Está enganado, Spilett. A febre perniciosa não ocorre espontaneamente. Deve-se ter tido o germe!

– Não estou enganado. Harbert deve ter contraído esse germe nos pântanos da ilha, e isso é suficiente. Ele já teve um primeiro acesso. Se ocorrer um segundo e não conseguirmos impedir o terceiro... ele está perdido! Um terceiro acesso de febre perniciosa, quando não é cortado com quinina, é sempre fatal!

Na metade do dia, ocorreu o segundo acesso. A crise foi terrível. Harbert se sentia perdido! Ele estendia os braços para os colonos! Ele não queria morrer! A cena era devastadora. Foi preciso afastar Pencroff.

O acesso durou cinco horas. Foi uma noite terrível. Harbert delirava, depois caía de novo em uma profunda prostração que o aniquilava completamente. Várias vezes Gédéon Spilett pensou que o pobre rapaz estava morto!

No dia 8 de dezembro, aconteceu uma sucessão de fraquezas. As mãos de Harbert se agarravam aos lençóis.

– Se até amanhã de manhã não lhe dermos um febrífugo energético, Harbert estará morto!

A noite chegou – a última noite, sem dúvida, daquela criança corajosa que todos amavam como a um filho! O único remédio que existia contra a terrível febre perniciosa não existia na ilha Lincoln!

Durante a noite do dia 8 ao dia 9, Harbert foi tomado por um intenso delírio. Viveria até o dia seguinte, até o terceiro acesso que estava destinado a levá-lo para sempre? Já não era provável. Suas forças estavam esgotadas.

Por volta das três da manhã, Harbert deu um grito assustador e parecia se contorcer numa convulsão intensa. Nab, que estava perto dele, assustado, correu para o quarto ao lado, onde seus companheiros estavam descansando!

Nesse momento, Top começou a ladrar de forma estranha...

Todos correram imediatamente até o quarto e conseguiram segurar a criança moribunda, que queria se jogar para fora da cama, enquanto Gédéon Spilett, tomando seu braço, sentiu sua pulsação aumentar pouco a pouco.

Um raio atingiu a mesa que ficava ao lado da cama. De repente, Pencroff deu um grito, apontando para um objeto colocado sobre a mesa...

Era uma caixinha oblonga, em cuja tampa estavam escritas estas palavras: *Sulfato de quinina.*

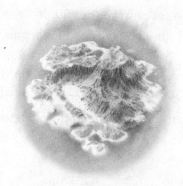

Capítulo 11

Gédéon Spilett abriu a caixa. Ela continha cerca de duzentos grãos de um pó branco. Ele levou as partículas até os lábios. Sim, era o precioso alcaloide da quinquina, o antiperiódico por excelência. Era preciso administrar esse pó a Harbert sem hesitação. Como ele havia chegado ali, discutiriam mais tarde.

– Café – pediu Gédéon Spilett.

Momentos depois, Nab trouxe uma chávena de infusão morna. Gédéon Spilett colocou cerca de dez grãos do pó na chávena e Harbert bebeu a mistura.

Ainda estava em tempo, pois o terceiro surto de febre perniciosa não tinha ocorrido! E, acrescente-se, ele não aconteceria!

Após algumas horas, Harbert descansou mais pacificamente. Os colonos puderam então conversar sobre o incidente. Como o desconhecido tinha conseguido entrar na Granite House durante a noite? Era absolutamente inexplicável. E a maneira como o "gênio da ilha" procedeu não foi menos estranha do que o gênio em si.

Durante esse dia, e de três em três horas, o sulfato de quinina foi administrado em Harbert.

Já no dia seguinte, ele sentiu uma ligeira melhora. Enfim, uma imensa esperança voltou ao coração de todos.

Essa esperança não foi em vão. Em 20 de dezembro, Harbert começou a se recuperar. Ele ainda estava debilitado, mas nenhum acesso havia retornado.

Pencroff era como um homem que puxaram do fundo de um abismo. Ele tinha acessos de alegria que beiravam o delírio. Após o tempo do terceiro ataque ter passado, ele abraçou o repórter até quase sufocá-lo. Desde então, ele só o chamava de doutor Spilett. Restava encontrar o verdadeiro médico.

– Vamos encontrá-lo! – repetia o marujo.

O mês de dezembro chegou ao fim, e com ele o ano 1867, quando os colonos da ilha Lincoln foram tão severamente testados. Eles entraram no ano de 1868 com um tempo magnífico, uma temperatura tropical que a brisa do mar vinha alegremente refrescar. Harbert renascia, e de sua cama, colocada perto de uma das janelas da Granite House, respirava o ar salubre, carregado de emanações salinas que lhe restauravam a saúde.

Ao longo desse período, os condenados não tinham aparecido uma única vez nas proximidades da Granite House, nem os colonos tiveram qualquer notícia de Ayrton.

Harbert estava cada vez melhor. A congestão do fígado tinha desaparecido e as feridas podiam ser consideradas curadas. As forças lhe retornavam a olhos vistos, tão vigorosa era sua constituição. Ele tinha então 18 anos. No fim do mês, já caminhava pelo planalto da Grande-Vista e pela praia.

Cyrus Smith pensou que poderia fixar o dia da partida para caçar os condenados para 15 de fevereiro. As noites, muito claras nessa época do ano, seriam propícias à busca que fariam em toda a ilha.

Da ilha Lincoln, os colonos conheciam toda a costa leste, desde o cabo da Garra até os cabos das Mandíbulas, os vastos pântanos das Tadornas, os arredores do lago Grant, o bosque do Jacamar, os cursos da Misericórdia e do córrego Vermelho, e os sopés do monte Franklin, entre os quais estava o curral.

Mas eles ainda não tinham visitado nenhuma parte das grandes porções arborizadas que cobriam a península Serpentina, toda a porção direita da Misericórdia, a margem esquerda do rio da Cachoeira e o emaranhado de contrafortes e contravales que sustentam três quartos da base do monte Franklin.

Decidiu-se, portanto, que a expedição atravessaria o Extremo Oeste, de modo a abranger toda a parte à direita da Misericórdia.

A carroça estava em perfeitas condições. Os onagros, bem descansados, poderiam arrastar a carroça por uma boa extensão. Não se deve esquecer que os condenados estavam talvez na floresta, e que no meio delas, um tiro seria rapidamente disparado e recebido. Daí a necessidade de a pequena tropa permanecer compacta e não se dividir sob nenhuma circunstância.

Também foi decidido que ninguém ficaria na Granite House. Inclusive Top e Jup fariam parte da expedição. A casa, inacessível, podia se manter sozinha.

O domingo 14 de fevereiro, véspera da partida, foi consagrado em sua totalidade para descansar e santificado pela ação de graças que os colonos dirigiram ao Criador.

No dia da partida, o tempo estava magnífico.

A carroça estava à espera na costa, em frente às Chaminés. O repórter exigiu que Harbert tomasse seu lugar nela, pelo menos nas primeiras horas da viagem, e o menino teve que se submeter às prescrições do médico.

A carroça primeiro contornou o ângulo da foz; em seguida, atravessou a ponte que dava na estrada para o porto Balão, e os exploradores começaram a penetrar sob a cobertura dos bosques que formam a região do Extremo Oeste.

O mundo das aves habituais na ilha estava lá e isso lembrou os colonos das primeiras excursões que tinham feito após sua chegada.

– No entanto – observou Cyrus Smith –, percebi que esses animais estão mais temerosos do que antes. Estes bosques foram recentemente percorridos pelos condenados, cujos vestígios certamente nós encontraremos.

Na noite desse primeiro dia, os colonos acamparam a cerca de quinze quilômetros da Granite House, na beira de um pequeno afluente da Misericórdia, cuja existência eles ignoravam e que devia se conectar ao sistema hidrográfico a que esse solo devia sua fertilidade.

A vigilância foi severamente organizada. Dois dos colonos vigiariam juntos, e de duas em duas horas revezariam com seus companheiros. Como, apesar de suas queixas, Harbert foi dispensado do dever, Pencroff e Gédéon Spilett, de um lado, e o engenheiro e Nab, do outro, ficaram em guarda ao redor do acampamento.

No dia seguinte, 16 de fevereiro, a caminhada, mais lenta do que árdua, foi retomada através da floresta. Harbert descobriu novas essências cuja presença ainda não havia sido identificada na ilha, como samambaias arborescentes com palmas caídas, alfarrobeiras que os onagros avidamente devoraram. Os colonos também encontraram magníficos kauris, árvores-rainhas da Nova Zelândia, tão famosas como os cedros do Líbano.

Quanto aos vestígios deixados pelos condenados na floresta, encontraram mais alguns. Perto de um fogo que parecia ter sido recentemente extinto, os colonos notaram pegadas que foram observadas com extremo cuidado. Medindo-as uma após a outra, de acordo com o seu comprimento e largura, foi possível identificar marcas de pés de cinco homens. Os cinco condenados acamparam ali, obviamente; mas não conseguiram identificar uma sexta pegada, que neste caso teria sido a dos pés de Ayrton.

– Ayrton não estava com eles! – observou Harbert.

– Não – respondeu Pencroff –, e se ele não estava com eles, é porque esses desgraçados já o mataram! Mas esses patifes não têm um covil onde possamos caçá-los como tigres! Sabe, senhor Cyrus, que bala que coloquei no meu fuzil?

– Não, Pencroff!

– A bala que atravessou o peito de Harbert e prometo que ela atingirá seu alvo!

Mas essas represálias legítimas não podiam trazer Ayrton de volta à vida, e o exame das pegadas deixadas no chão, concluiu, infelizmente, que não havia esperança de voltar a vê-lo!

No dia seguinte, chegaram à extremidade da península, e a floresta foi atravessava em toda a sua extensão; mas não havia nenhuma evidência sobre o retiro onde os condenados tinham se refugiado, nem do, não menos secreto, que dava refúgio ao misterioso desconhecido.

Capítulo 12

O dia 18 de fevereiro foi dedicado à exploração de toda a parte arborizada que formava a costa do promontório do Réptil até o rio da Cachoeira. Os colonos puderam procurar pela floresta que se situava entre as duas margens da península Serpentina.

Na costa ocidental, não encontraram mais nenhum vestígio, por mais cuidadosa que tivesse sido a busca.

– Isso não me surpreende – disse Cyrus Smith aos seus companheiros. – Os condenados entraram na ilha pelo entorno da ponta dos Destroços, imediatamente seguiram para as florestas do Extremo Oeste e depois de atravessar o pântano das Tadornas. Seguiram mais ou menos o caminho que fizemos ao sair da Granite House, que explica os vestígios que encontramos no bosque. Mas quando chegaram à costa, eles entenderam que não encontrariam nenhum retiro adequado ali, e foi então que, subindo para o norte, descobriram o curral.

– Para onde eles podem ter voltado – disse Pencroff.

– Eu acho que não – respondeu o engenheiro. – O curral é para eles apenas um lugar de abastecimento, não um acampamento permanente.

– Então, senhor Cyrus, vamos ao curral! – exclamou Pencroff. – Temos de acabar com isso e até agora só perdemos tempo!

– Não, meu amigo. Você esquece que era do nosso interesse saber se as florestas do Extremo Oeste continham moradias. Nossa exploração tem um duplo objetivo, Pencroff. Se, por um lado, temos de punir o crime, por outro, temos um ato de reconhecimento a cumprir!

– Isso é bem verdade, senhor Cyrus. Creio, no entanto, que só encontraremos esse cavalheiro se ele o quiser!

E, de fato, Pencroff apenas expressou a opinião de todos. Era provável que o retiro do desconhecido não fosse menos misterioso do que ele próprio!

No dia seguinte, 19 de fevereiro, os colonos saíram da costa e ascenderam o curso do rio pela margem esquerda, a dez quilômetros do monte Franklin.

O plano era observar minuciosamente todo o vale cujo talvegue formava o leito do rio e chegar às proximidades do curral. Se o curral estivesse ocupado, eles o livrariam à força, se não estivesse, eles se estabeleceriam lá e fariam dele o centro de operações, com o objetivo de explorar o monte Franklin.

Top e Jup caminhavam como escoteiros, rivalizando em inteligência e habilidade, mas não havia indicação de que as margens do rio tinham sido frequentadas recentemente.

Por volta das cinco da tarde, a carroça parou a cerca de seiscentos passos da muralha paliçada. Era necessário ir até o curral para saber se ele estava ocupado. Mas ir até lá abertamente, em pleno dia, quando os condenados poderiam estar emboscados, era se expor a receber um golpe maléfico. Era melhor esperar até que a noite chegasse.

Mas Gédéon Spilett queria visitar logo as proximidades do curral, e Pencroff, no limite de sua paciência, ofereceu-se para acompanhá-lo.

– Não, meus amigos – respondeu o engenheiro. – Esperem anoitecer. Não vou deixar que vocês se exponham em plena luz do dia.

Os colonos permaneceram perto da carroça e observaram cuidadosamente as partes circundantes da floresta.

Três horas se passaram assim. O vento tinha diminuído, e o silêncio absoluto reinava sob as grandes árvores. Top, deitado no chão com a cabeça sobre as patas, não dava sinais de preocupação.

Às oito horas, a noite parecia avançada o suficiente para que o reconhecimento pudesse ser realizado em boas condições. Gédéon Spilett se declarou pronto para partir na companhia de Pencroff. Cyrus Smith consentiu.

– Não entrem imprudentemente. Vocês não precisam tomar posse do curral, apenas descobrir se ele está ocupado.

– Entendido, senhor Cyrus – respondeu Pencroff. E ambos partiram.

Sob as árvores, certa escuridão deixava os objetos invisíveis para além de um raio de nove ou dez metros. O repórter e Pencroff, parando a qualquer barulho suspeito, avançavam com o máximo cuidado.

Cinco minutos depois de deixar a carroça, eles chegaram à borda do bosque, em frente à clareira no fundo da qual estava a muralha paliçada.

Pararam. A trinta passos de distância estava a porta do curral que parecia fechada. Gédéon Spilett e o marujo não eram homens de recuar, mas sabiam que uma imprudência da parte deles recairia também sobre seus companheiros. Se morressem, o que seria de Cyrus Smith, Nab e Harbert?

Pencroff, empolgado por se sentir tão perto do curral, onde supunha que os condenados estavam refugiados, ia seguir em frente quando o repórter o segurou com uma mão vigorosa.

– Em alguns instantes ficaremos no breu completo – murmurou –, e esse será o momento de agir.

Pencroff, convulsivamente agarrado à coronha de seu fuzil, manteve-se quieto e esperou enquanto praguejava.

Logo a última luz do crepúsculo desapareceu por completo. Esse era o momento.

O curral parecia completamente abandonado. No entanto, se os condenados estavam lá, certamente um deles estaria a postos, de modo a evitar qualquer surpresa.

Gédéon Spilett apertou a mão de seu companheiro, e ambos rastejaram em direção ao curral, com as armas prontas para disparar, e chegaram à entrada da muralha.

Pencroff tentou empurrar a porta, que, como supunham, estava fechada. No entanto, o marujo pôde constatar que as barras exteriores não tinham sido recolocadas.

Portanto, era possível concluir que os condenados ocupavam o curral naquele momento e que tinham trancado a porta.

Não havia qualquer barulho do lado de dentro da muralha. Os carneiros e as cabras, sem dúvida dormindo em seus estábulos, não perturbavam a calma da noite.

O repórter e o marujo, não ouvindo nada, se perguntaram se deveriam subir a paliçada e entrar no curral, o que contrariava as instruções de Cyrus Smith.

É verdade que a operação podia ter êxito, mas também podia fracassar. O repórter achava razoável esperar até que os colonos estivessem todos reunidos para tentar entrar no curral.

Pencroff provavelmente partilhava dessa opinião, pois não teve dificuldade em seguir o repórter quando ele voltou ao bosque.

Poucos minutos depois, o engenheiro foi informado da situação e concluiu:

– Bem, agora tenho razões para acreditar que os condenados não estão no curral.

– Saberemos – respondeu Pencroff – quando nós tivermos escalado a muralha.

– Ao curral, meus amigos! – disse Cyrus Smith.

– Deixamos a carroça no bosque? – perguntou Nab.

– Não – respondeu o engenheiro –, é nosso furgão de munição e provisões, e, se necessário, servirá como entrincheiramento.

– Então vamos! – disse Gédéon Spilett.

A carroça saiu do bosque e começou a rolar calmamente em direção à paliçada. A escuridão era profunda e o silêncio tão completo como quando Pencroff e o repórter tinham rastejado pelo chão.

Os colonos estavam preparados para disparar. Jup, por ordem de Pencroff, mantinha-se atrás. Nab puxava Top pela coleira para que ele não avançasse.

A clareira logo apareceu. Estava deserta. Sem hesitar, a pequena tropa seguiu para a muralha. Num curto espaço de tempo, a zona perigosa foi atravessada. Nenhum tiro foi disparado. O engenheiro, o repórter, Harbert e Pencroff foram até a porta para ver se estava trancada por dentro. Uma das portas estava aberta!

– Mas o que vocês disseram? – perguntou o engenheiro, voltando-se para o marujo e Gédéon Spilett.

Ambos ficaram atordoados.

– Juro por Deus – disse Pencroff – que essa porta estava fechada mais cedo!

Os colonos hesitaram. Então os condenados estavam no curral quando Pencroff e o repórter fizeram a vistoria? Eles ainda estavam lá, ou um deles tinha acabado de sair?

Nesse momento, Harbert, que tinha avançado alguns passos na direção da muralha, recuou rapidamente e agarrou a mão de Cyrus Smith.

– O que há? – perguntou o engenheiro.

– Uma luz!

– Na casa?

– Sim!

Os cinco caminharam em direção à porta, e, de fato, viram uma luz fraca tremendo pela janela.

Os colonos entraram no recinto com a arma pronta para disparar. A carroça foi deixada do lado fora, sob os cuidados de Jup e Top, que foram amarrados nela.

Cyrus Smith, Pencroff e Gédéon Spilett de um lado, Harbert e Nab do outro lado, prolongaram a paliçada e observaram essa parte do curral que estava absolutamente escura e deserta. Em pouco tempo eles estavam na frente da porta fechada.

Cyrus Smith fez um sinal com a mão para os companheiros não se mexerem e se aproximou da janela vagamente iluminada pela luz interior.

Seu olhar mergulhou na única peça que formava o térreo da casa.

Sobre a mesa, uma lanterna acesa. Perto da mesa, a cama que Ayrton usava antigamente, e sobre a cama, o corpo de um homem repousava.

De repente, Cyrus Smith recuou e com uma voz abafada:

– Ayrton!

Imediatamente a porta foi arrombada em vez de aberta, e os colonos correram para o quarto.

Ayrton parecia estar dormindo. Seu rosto mostrava que ele tinha sofrido por muito tempo e cruelmente. Cyrus Smith se inclinou sobre ele:

– Ayrton! – gritou, agarrando o braço do homem que ele encontrou em circunstâncias tão inesperadas.

Com esse chamado, Ayrton abriu os olhos e olhou Cyrus Smith no rosto e depois os outros:

– Vocês!

– Ayrton! Ayrton! – repetia Cyrus Smith.

– Onde estou?

– Na casa do curral!

– Sozinho?

– Sim!

– Mas eles vão voltar! Protejam-se! Protejam-se! – E caiu exausto.

– Spilett – disse o engenheiro –, podemos ser atacados a qualquer momento. Tragam a carroça para o curral, tranquem a porta e voltem pra cá.

Não havia um segundo a perder. O repórter e seus dois companheiros atravessaram o curral e voltaram à porta da paliçada, atrás da qual se podia ouvir Top rosnar intensamente.

O engenheiro, deixando Ayrton por um momento, saiu de casa pronto para disparar. Harbert estava ao seu lado. Ambos vigiavam a crista do contraforte que dominava o curral. Se os condenados estivessem escondidos lá, podiam atingir os colonos um após o outro.

Nesse momento, a lua apareceu no leste, acima da cortina negra da floresta, e uma camada branca de luz se espalhou do lado de dentro da muralha. Do lado da montanha, a casa e parte da paliçada se destacavam em branco. Do lado oposto, em direção à porta, o recinto permaneceu escuro.

Então Top rompeu violentamente sua coleira e começou a latir furiosamente, correndo para o fundo do curral, à direita da casa.

– Atenção, meus amigos, preparem as armas! – ordenou Cyrus Smith.

Os colonos empunharam suas armas e aguardavam o momento de disparar. Top continuava latindo, e Jup começou a emitir gritos agudos.

Os colonos os seguiram e chegaram à beira do pequeno riacho, sombreado por grandes árvores. Ali, em plena luz, viram cinco corpos estendidos na margem!

Eram os condenados que, quatro meses antes, tinham desembarcado na ilha Lincoln!

Capítulo 13

O que aconteceu? Quem matou os condenados? Ayrton? Não, porque, um momento antes, ele temia o regresso deles!

Ayrton estava sob a influência de um sono profundo do qual não era possível resgatá-lo.

Os colonos, tomados de mil pensamentos confusos, esperaram toda a noite sem sair da casa e sem retornar ao lugar onde estavam os corpos dos condenados. Quanto às circunstâncias em que tinham morrido, era provável que Ayrton não soubesse nada. Mas pelo menos ele poderia contar os fatos que precederam a terrível execução.

Na manhã seguinte, Ayrton saiu do torpor e seus companheiros lhe mostraram toda a alegria que sentiram ao vê-lo novamente, vivo, após cento e quatro dias de separação. Ayrton contou em poucas palavras o que tinha acontecido, ou pelo menos o que sabia.

No dia seguinte à sua chegada ao curral, em 10 de novembro, ele foi surpreendido pelos condenados, que tinham escalado a muralha. Eles o amarraram e amordaçaram e ele foi levado para uma caverna escura no sopé do monte Franklin, onde os condenados estavam refugiados.

Tinham decidido matá-lo no dia seguinte, quando um dos condenados o reconheceu e o chamou por seu nome da Austrália. Aqueles desgraçados queriam matar Ayrton, mas respeitavam Ben Joyce!

Desde então, Ayrton foi atormentado pelas obsessões dos seus ex-
-cúmplices que desejavam trazê-lo de volta para o bando e contavam com
ele para dominar a Granite House e se tornar o mestre da ilha, depois de
assassinar os colonos!

Ayrton resistiu. O ex-condenado, arrependido e perdoado, estava
mais disposto a morrer do que trair seus companheiros.

Mas os condenados tinham descoberto o curral pouco depois de sua
chegada à ilha, e desde então tinham vivido de suas reservas, mas não
viviam nele. Em 11 de novembro, dois dos bandidos, inesperadamente
surpreendidos pela chegada dos colonos, dispararam sobre Harbert, e um
deles voltou se gabando de ter matado um dos habitantes da ilha. Seu
companheiro, como sabemos, tinha caído sob o punhal de Cyrus Smith.

Pode-se imaginar a ansiedade e o desespero de Ayrton quando ouviu
a notícia da morte de Harbert! Restavam apenas quatro colonos e, por
assim dizer, à mercê dos condenados!

Os maus-tratos a Ayrton redobraram. Suas mãos e seus pés ainda tinham a marca sangrenta das amarras que o prendiam dia e noite.

Foi assim até a terceira semana de fevereiro. O infeliz, enfraquecido,
caiu numa profunda prostração que já não lhe permitia ver ou ouvir.
Então, a partir daquele momento, ou seja, durante dois dias, ele nem sequer podia dizer o que tinha acontecido.

– Mas, senhor Smith, se eu estava preso na caverna, como é possível
que eu esteja no curral?

– Como é que os condenados estão lá fora? Estão mortos? – respondeu
o engenheiro.

– Mortos! – gritou Ayrton, que, mesmo fraco, se ergueu um pouco.

Ele se levantou com certa dificuldade, e todos seguiram em direção ao
pequeno riacho.

Na margem do riacho, estavam os cinco cadáveres dos condenados!

Ayrton ficou horrorizado. Cyrus Smith e seus companheiros olharam
para ele sem falar uma palavra.

A um sinal do engenheiro, Nab e Pencroff visitaram os corpos e, depois de um exame cuidadoso, Pencroff viu na testa de um deles, no peito

do outro, nas costas do outro e no ombro do seguinte, uma pequena mancha vermelha cuja origem era impossível reconhecer.

– Foi aí que foram atingidos! – observou Cyrus Smith.

– Mas com que arma? – interrogou o repórter.

– Uma arma fulminante cujo segredo desconhecemos!

– E quem os fulminou? – perguntou Pencroff.

– O justiceiro da ilha – respondeu Cyrus Smith –, aquele que trouxe Ayrton, e cuja influência mais uma vez se manifestou, aquele que faz por nós tudo o que não podemos fazer sozinhos, e que, depois de fazê-lo, foge de nós.

– Vamos procurá-lo! – exclamou Pencroff.

– Sim, vamos procurá-lo – concordou Cyrus Smith –, mas o ser superior que faz tais maravilhas só será encontrado se nos chamar até ele!

Essa proteção invisível irritava e comovia o engenheiro ao mesmo tempo.

– Vamos procurá-lo – disse ele –, e que Deus permita que um dia possamos provar a esse arrogante protetor que ele não está lidando com ingratos!

Desde esse dia, a busca foi a única preocupação dos habitantes da ilha Lincoln. Tudo os levava a querer descobrir a palavra desse enigma, que só podia ser o nome de um homem dotado de um poder que era verdadeiramente inexplicável e de alguma forma sobre-humano.

Nab e Pencroff levaram os corpos dos condenados para a floresta, a alguma distância do curral, e enterraram-nos profundamente.

Ayrton foi então informado dos eventos que tinham ocorrido durante seu sequestro.

– E agora – disse Cyrus Smith no final de seu relato – temos um dever a cumprir. Metade da nossa tarefa está concluída, mas se os condenados não são mais temidos, não é nosso o mérito de voltarmos a ser os mestres da ilha.

– Pois bem! – respondeu Gédéon Spilett. – Vamos vasculhar todo o labirinto dos sopés do monte Franklin! Não deixaremos uma escavação, nenhum buraco inexplorado! Ah, se alguma vez um repórter se viu na presença de um mistério, esse repórter é este que vos fala, meus amigos!

– E só regressaremos à Granite House quando encontrarmos nosso benfeitor – respondeu Harbert.

– Vamos ficar no curral? – perguntou Pencroff.

– Vamos – respondeu Cyrus Smith –, pois as provisões são abundantes, e aqui estamos no centro do nosso cerco de investigações. Além disso, se necessário, a carroça pode chegar rapidamente à Granite House.

– Bem – respondeu o marujo. – Só uma observação.

– Qual?

– A boa estação está avançada, e não devemos esquecer que temos uma travessia a fazer.

– Uma travessia? – interrogou Gédéon Spilett.

– Sim! até a ilha Tabor – respondeu Pencroff. – É necessário levar um aviso que indica a posição da nossa ilha, onde Ayrton está atualmente, no caso de o iate escocês retornar para levá-lo de volta. Quem sabe se já não é tarde demais?

– Mas, Pencroff – disse Ayrton –, como você pretende fazer essa travessia?

– Com o *Bonadventure*!

– O *Bonadventure*! – exclamou Ayrton. – Ele não existe mais.

– Meu *Bonadventure* não existe mais!? – berrou Pencroff.

– Não! – respondeu Ayrton. – Os condenados o descobriram em seu pequeno porto, há apenas oito dias, foram para o mar e...

– E? – disse Pencroff com o coração disparado.

– E sem Bob Harvey para manobrar, encalharam nas rochas, e o barco ficou completamente partido!

– Ah! Miseráveis! Bandidos! Patifes infames!

– Pencroff – disse Harbert, pegando a mão do marujo –, construiremos outro *Bonadventure*, um bem maior!

– Mas vocês sabem que leva pelo menos cinco a seis meses para construir um barco de trinta a quarenta toneladas?

– Levaremos o tempo que for necessário – respondeu o repórter – e vamos realizar ainda este ano a travessia para a ilha Tabor.

– Pencroff – disse o engenheiro –, temos que nos resignar e espero que esse atraso não nos seja prejudicial.

– Ah, meu *Bonadventure*! Meu pobre *Bonadventure*! – lamentou Pencroff.

A destruição do *Bonadventure* foi um fato lamentável para os colonos, e eles combinaram que a perda seria reparada o mais rápido possível. Com isso em mente, procederam com a exploração das partes mais secretas da ilha até concluí-la.

As buscas começaram no mesmo dia, 19 de fevereiro e duraram uma semana inteira. Os colonos visitaram pela primeira vez todo o vale que se abria ao sul do vulcão e coletava a nascente do rio da Cachoeira. Foi lá que Ayrton lhes mostrou a caverna onde os condenados se refugiaram e na qual ele tinha ficado preso até ser transportado para o curral. A caverna estava no mesmo estado em que Ayrton a havia deixado.

A parte norte do monte Franklin era composta somente de dois vales. Os colonos visitaram túneis escuros que datavam do período plutoniano e que se afundavam no maciço do monte. Eles vasculharam as menores escavações e sondaram as menores funduras. Por toda parte, silêncio e escuridão. Tudo estava exatamente como o vulcão havia projetado sobre as águas no momento da emersão da ilha.

No entanto, Cyrus Smith foi obrigado a admitir que não havia ali um silêncio absoluto. Chegando ao fundo de uma das cavidades sombrias, ele ficou surpreso ao ouvir ruídos surdos cujo som aumentava em intensidade.

Gédéon Spilett, que o acompanhava, também ouviu os murmúrios distantes, que indicavam um renascimento dos fogos subterrâneos.

– Então o vulcão não está extinto? – observou o repórter.

– É possível que, desde nossa exploração da cratera, algum trabalho tenha sido feito nas camadas inferiores. Qualquer vulcão considerado extinto pode voltar à atividade.

– Mas se uma erupção do monte Franklin estiver em curso, não há perigo para a ilha Lincoln?

– Acredito que não. A cratera, que é a válvula de segurança, existe, e o excesso de vapores e lavas escapará, como aconteceu no passado, através de sua saída habitual.

– A menos que essas lavas abram uma nova passagem na direção das partes férteis da ilha!

– Por que, meu caro Spilett, elas não seguiriam o curso que lhes é naturalmente traçado?

– Ah, os vulcões são inconstantes!

– Perceba que a inclinação do maciço do monte Franklin favorece o derramamento das matérias na direção dos vales que estamos explorando atualmente. Um terremoto teria que mudar o centro de gravidade da montanha para que essa efusão mudasse.

– Mas um terremoto deve ser sempre temido.

– Sempre, especialmente quando as forças subterrâneas começam a acordar e as entranhas do globo são suscetíveis de serem obstruídas após um longo descanso. Além disso, meu caro Spilett, uma erupção seria um fato grave para nós, e seria melhor que esse vulcão não tivesse o desejo de acordar! Mas não podemos evitar, não é mesmo?

– Ainda não vimos na cabeça do monte qualquer fumaça que indique que alguma erupção se aproxima.

– Não, nenhum vapor escapa da cratera, cujo cume observei ontem mesmo. Mas é possível que, na parte inferior da Chaminé, o tempo tenha acumulado pedras, cinzas, lavas endurecidas, e que a válvula de que eu falava esteja momentaneamente sobrecarregada. Mas, no primeiro esforço sério, todos os obstáculos desaparecerão, e você pode estar certo, meu caro Spilett, que nem a ilha, que é a caldeira, nem o vulcão, que é a Chaminé, irá rebentar sob a pressão dos gases. No entanto, repito, seria melhor se não houvesse erupção.

– Mas não estamos enganados. Ouvimos barulhos surdos murmurarem nas entranhas do vulcão!

– De fato – respondeu o engenheiro, que ouviu com extrema atenção –, não há como estarmos enganados. Trata-se de uma reação cuja importância e o resultado não podemos avaliar.

Cyrus Smith e Gédéon Spilett saíram e encontraram seus companheiros, a quem contaram o estado das coisas.

– Ah, muito bem! – exclamou Pencroff. – Esse vulcão quer aprontar das suas! Que ele se atreva! Ele vai encontrar seu mestre!

– Quem? – perguntou Nab.

– O nosso gênio, Nab, que amordaçará a cratera se o vulcão se atrever a abri-la!

Como podemos ver, a confiança do marujo no deus da sua ilha era absoluta, e, é claro, o poder do oculto que tinha se manifestado até aqui por tantas ações inexplicáveis parecia ilimitado.

De 19 a 25 de fevereiro, o círculo de investigações se estendeu por toda a região norte da ilha Lincoln, onde os mais secretos redutos foram explorados. E foram além: visitaram o abismo, ainda extinto, nas profundezas em que os murmúrios eram distintamente ouvidos. No entanto, nenhuma fumaça, nenhum vapor, nenhum aquecimento da parede indicavam uma erupção iminente. Mas os colonos não encontraram vestígios do que procuravam.

As investigações foram então direcionadas para toda a região das dunas. Eles visitaram cuidadosamente as altas muralhas de lava do Golfo do Tubarão. Ninguém! Nada!

Essas duas palavras resumem o desgaste, a fadiga, a obstinação que não produziu nenhum resultado, e havia uma espécie de raiva na decepção de Cyrus Smith e de seus companheiros.

Era, portanto, necessário considerar o retorno, uma vez que essa busca não poderia continuar indefinidamente. As hipóteses mais loucas assombravam a imaginação dos colonos. Pencroff e Nab, em particular, deixaram de se contentar com o estranho e foram levados para o mundo sobrenatural.

Em 25 de fevereiro, retornaram à Granite House. Um mês depois, no vigésimo quinto dia de março, eles saudaram o terceiro aniversário de sua chegada à ilha Lincoln!

Capítulo 14

Três anos se passaram desde que os prisioneiros tinham fugido de Richmond e muitas vezes durante esses três anos eles falaram do país, sempre presente em seu pensamento!

Não tinham dúvidas de que a Guerra Civil tinha acabado, e parecia impossível que a justa causa do Norte não tivesse ganhado. Mas quais teriam sido os incidentes daquela guerra terrível? Quanto sangue lhe custou? Que amigos sucumbiram na luta? Era disso que falavam muitas vezes, sem saber ao certo o dia em que lhes seria dada a oportunidade de voltar a ver o seu país. Voltar, mesmo que apenas por alguns dias, para renovar o vínculo social com o mundo habitado, e, em seguida, passar mais tempo, talvez o melhor, de sua existência na colônia que eles tinham fundado e que estaria então sob a jurisdição da metrópole, era um sonho irrealizável?

Mas esse sonho só poderia ser realizado de duas maneiras: ou um navio apareceria algum dia nas águas da ilha Lincoln, ou os próprios colonos construiriam um navio forte o suficiente para enfrentar o mar até a terra mais próxima.

– A não ser – disse Pencroff –, que nosso gênio possa no fornecer os meios de nos levar de volta para casa!

Mas Cyrus Smith aconselhou-os a voltar à realidade, e isso tratava da construção urgente de um navio, uma vez que era necessário depositar o mais rapidamente possível na ilha Tabor um bilhete que indicasse a nova residência de Ayrton.

O *Bonadventure* já não mais existia, e seriam necessários pelo menos seis meses para a construção de um novo navio. Mas o inverno se aproximava, e a viagem não poderia acontecer antes da próxima primavera.

O engenheiro estava falando sobre essas coisas com Pencroff.

– E quantos meses levaria para construir um navio de aproximadamente trezentas toneladas? – perguntou Cyrus Smith.

– Sete ou oito meses pelo menos. Mas não podemos esquecer que o inverno está chegando e que, no frio extremo, é difícil trabalhar a madeira. Portanto, contamos com algumas semanas de folga, e se nosso navio estiver pronto para o próximo mês de novembro, podemos nos dar por satisfeitos.

– Bem, será precisamente a época favorável para empreender uma travessia de qualquer importância, seja para a ilha Tabor ou para uma terra mais distante.

– Sim, senhor Cyrus. Então faça o projeto, seus operários estão prontos, e imagino que Ayrton também possa nos ajudar.

Cyrus Smith criou então o projeto para o navio e determinou o seu tamanho. Durante esse tempo, seus companheiros trabalharam no corte e transporte das árvores que serviriam para fazer as cintas, o cavername e o costado. Foi a floresta do Extremo Oeste que forneceu as melhores espécies de carvalho e olmeiros.

Era importante que as madeiras fossem prontamente cortadas e abertas, pois não podiam ser usadas ainda verdes e era necessário tempo para endurecê-las.

O mês de abril foi muito bonito. Ao mesmo tempo, as obras da terra foram ativamente realizadas, e logo todos os vestígios de devastação desapareceram do planalto da Grande-Vista. Cada um dos colonos fazia sua parte da obra, e seus braços nunca estavam ociosos. Além disso, que bela saúde a daqueles trabalhadores e que belo humor eles tinham para animar as noites da Granite House, elaborando mil projetos para o futuro!

Ayrton partilhava absolutamente a existência comum e já não pensava mais em viver no curral. No entanto, ele permanecia triste, pouco comunicativo e juntava-se mais aos trabalhos do que aos prazeres de seus companheiros.

Dentre os trabalhos realizados, o fio telegráfico que ligava o curral à Granite House tinha sido consertado e funcionava quando um dos colonos estava no curral e achava necessário passar a noite lá. A ilha estava segura agora, e não temiam nenhuma agressão – pelo menos vinda dos homens.

Uma noite, o engenheiro contou a seus amigos sobre o projeto que ele havia criado para fortificar o curral. Parecia-lhe prudente levantar a muralha paliçada e protegê-la com uma espécie de fortaleza onde, se necessário, os colonos poderiam enfrentar uma força inimiga. A Granite House podia ser considerada inacessível graças à sua localização, mas o curral seria sempre alvo dos piratas, e se os colonos fossem obrigados a se refugiar nele, precisariam ser capazes de resistir sem desvantagem.

Pencroff e Ayrton, os dois construtores mais zelosos do novo navio, continuaram o seu trabalho enquanto puderam. Eles não eram homens de se incomodar com o vento que emaranhava seus cabelos, com a chuva que lhes atravessava os ossos, e um golpe de martelo é tão bom em um mau tempo como em um bom tempo. Mas quando o período úmido foi seguido por um frio muito severo, a madeira, cujas fibras adquiriram a dureza do ferro, tornou-se extremamente difícil de trabalhar, e em 10 de junho a construção do barco teve de ser definitivamente abandonada.

Um dia, Cyrus Smith explicava aos companheiros sobre as diferenças de temperatura que existiam entre as latitudes mais distantes, e também acrescentou:

– Já se observou, inclusive, que, em latitudes iguais, as ilhas e as regiões costeiras não são atingidas pelo frio com a mesma intensidade como os países mediterrâneos. As ilhas estão, portanto, na melhor posição para se beneficiar dessa restituição.

– Mas então, senhor Cyrus – perguntou Harbert –, por que a ilha Lincoln parece escapar dessa lei comum?

– É difícil de explicar. No entanto, eu estaria disposto a admitir que essa singularidade se deve à situação da ilha no hemisfério sul, que, como você sabe, é mais fria do que a do hemisfério norte.

– De fato – disse Harbert –, os blocos de gelo se encontram em latitudes mais baixas no sul do que no norte do Pacífico.

– Isso é verdade – respondeu Pencroff –, e quando eu era baleeiro, vi icebergs por todo o cabo Horn.

– Talvez possamos explicar então – disse Gédéon Spilett – os severos frios que atingem a ilha Lincoln pela presença de gelos ou banquisas em uma distância relativamente próxima.

– Sua opinião é muito lógica, de fato, meu caro Spilett – respondeu Cyrus Smith –, e é obviamente à proximidade de banquisas que devemos nossos invernos rigorosos. Gostaria também de salientar que uma causa física torna o hemisfério sul mais frio do que o hemisfério norte. Uma vez que o sol está mais próximo deste hemisfério durante o verão, fica necessariamente mais distante dele durante o inverno. Isso explica o excesso de temperatura nos dois sentidos, e, se achamos os invernos muito frios na ilha Lincoln, não esqueçamos que os verões também são muito quentes.

– Mas por que, senhor Smith – perguntou Pencroff, franzindo a sobrancelha –, nosso hemisfério está tão mal dividido? Isso não é justo!

– Amigo Pencroff – respondeu o engenheiro, rindo –, seja justo ou injusto, é preciso suportar a situação. Não há o que fazer quanto a isso, e os homens, Pencroff, por mais inteligentes que sejam, nunca serão capazes de mudar nada da ordem cosmográfica estabelecida por Deus.

– E ainda assim – acrescentou Pencroff, que mostrou certa dificuldade em se resignar –, o mundo é muito sábio! Que grande livro, senhor Cyrus, faríamos com tudo o que sabemos!

– E que livro ainda maior faríamos com tudo o que não sabemos – respondeu Cyrus Smith.

Por uma razão ou outra, o mês de junho trouxe de volta o frio com sua violência habitual, e os colonos ficaram confinados na Granite House.

Essa clausura parecia difícil para todos, e talvez mais particularmente para Gédéon Spilett.

– Sabe – ele disse um dia para Nab –, eu lhe daria com escritura todas as heranças que um dia devo receber, se você fosse gentil o bastante para ir a qualquer lugar assinar um jornal para mim! Decididamente, o que mais falta para minha felicidade é saber todas as manhãs o que aconteceu no dia anterior, em outro lugar que não aqui!

Nab começou a rir.

– Quanto a mim – respondeu ele –, o que me ocupa é o trabalho diário!

A verdade é que, dentro ou fora, não faltava trabalho. A colônia da ilha Lincoln estava então em seu ponto mais alto de prosperidade, resultado de três anos de trabalho duro.

Assim se passaram os meses de inverno, junho, julho e agosto. Eles foram muito rigorosos, e a média das observações termométricas chegou a 13° negativos.

Homens e animais estavam bem. Mestre Jup se revelava um pouco friorento, é preciso admitir. Talvez fosse o seu único defeito, e foi necessário fazer um roupão bem felpudo para ele. Mas que doméstico! Hábil, zeloso, incansável, discreto, pouco falante e alguém poderia justificadamente oferecê-lo como modelo para os seus irmãos bípedes do Velho e do Novo Mundo!

– Mas – disse Pencroff –, quando você tem quatro mãos ao seu serviço, o mínimo que você faz é o seu trabalho corretamente!

E, de fato, o inteligente quadrúmano o fazia muito bem!

Durante os sete meses desde a última busca pela montanha e durante o mês de setembro, que trouxe de volta os belos dias, não houve nenhum sinal do gênio da ilha. Sua ação não se manifestou em nenhuma circunstância. É verdade que teria sido inútil, pois não ocorreu nenhum incidente que pudesse pôr os colonos a alguma prova dolorosa.

Cyrus Smith observou, inclusive, que se, por acaso, as comunicações entre o desconhecido e os anfitriões da Granite House nunca se tinham estabelecido através do maciço de granito, e se o instinto de Top tinha, por assim dizer, sentido sua presença, isso já não aconteceu mais durante esse período. Os rosnados do cão tinham cessado por completo, bem como a inquietação do orangotango. Os dois amigos já não circundavam o buraco do poço interior, nem ladravam ou gemiam daquela maneira singular que tinha deixado o engenheiro alerta desde o início. Mas será que ele admitia que tudo havia sido dito sobre o enigma e que nunca mais teria como retribuir? Poderia ele afirmar que alguma conjuntura não voltaria a acontecer, trazendo de volta à cena o misterioso personagem? Quem sabe o que o futuro lhes reservava?

Finalmente, o inverno terminou; mas um fato cujas consequências poderiam ser graves ocorreu precisamente nos primeiros dias que marcaram o retorno da primavera.

Em 7 de setembro, Cyrus Smith, tendo observado o topo do monte Franklin, viu uma fumaça se contorcendo acima da cratera, cujos primeiros vapores eram lançados no ar.

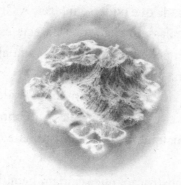

Capítulo 15

Os colonos, advertidos pelo engenheiro, suspenderam seu trabalho e observavam em silêncio o topo do monte Franklin.

O vulcão tinha acordado, e os vapores perfuravam a camada mineral empilhada no fundo da cratera. Mas os incêndios subterrâneos causariam alguma erupção violenta? Essa era uma eventualidade que não podia ser prevista.

No entanto, mesmo admitindo a hipótese de uma erupção, era provável que a ilha Lincoln não sofresse por completo. Os derramamentos de materiais vulcânicos nem sempre são desastrosos. A ilha já tinha sido submetida a esse teste, como evidenciavam os fluxos de lava que listravam as encostas do norte da montanha. Além disso, a forma da cratera, o gotejamento em sua borda superior, deviam projetar a matéria vomitada para o lado oposto das porções férteis da ilha.

Mas o passado não implicava necessariamente o futuro. Muitas vezes, no topo dos vulcões, crateras antigas se fecham e novas se abrem. Basta um terremoto para que a disposição interna da montanha seja alterada e novos caminhos sejam pavimentados com lavas incandescentes.

Cyrus Smith explicou essas coisas aos seus companheiros e fez-lhes saber dos prós e dos contras.

Afinal, não havia nada que pudessem fazer. A Granite House, a menos que um terremoto abalasse o chão, não parecia estar ameaçada. Mas o curral teria tudo a temer se alguma nova cratera abrisse nas paredes do sul do monte Franklin.

A partir desse dia, os vapores continuaram a adornar o topo da montanha e foi até possível perceber que eles aumentavam em altura e em espessura, sem que qualquer chama se misturasse com suas espessas volutas.

Os trabalhos de construção, que seguiam bem, tiveram que ser interrompidos por uma semana para dar lugar aos da colheita, da fenação e do armazenamento das colheitas que abundavam no planalto da Grande-Vista. Uma vez concluído esse trabalho, cada momento foi dedicado à conclusão da escuna.

Quando anoitecia, os trabalhadores estavam genuinamente exaustos. Às vezes, porém, a conversa, quando se tratava de algo interessante, atrasava um pouco o momento de dormir. Os colonos falavam sobre o futuro e sobre a mudança que causaria em sua situação a viagem de escuna para a terra mais próxima. Mas no meio desses projetos ainda predominava o pensamento de um retorno posterior à ilha Lincoln. Pencroff e Nab esperavam viver ali até o fim de seus dias.

– Harbert – dizia o marujo –, você nunca abandonará a ilha Lincoln?

– Nunca, Pencroff, especialmente se você também decidir ficar!

– Está decidido, meu rapaz, estarei à sua espera! Você pode trazer sua mulher e seus filhos, e eu vou tornar os seus filhos corajosos!

– Combinado – respondia Harbert, rindo e corando ao mesmo tempo.

– E o senhor, senhor Cyrus – retomava Pencroff, entusiasmado –, será sempre o governador da ilha! Ah, quantas pessoas ela poderia alimentar? Dez mil, pelo menos!

Conversavam sobre o futuro, deixavam Pencroff divagar, e de ideia em ideia, o repórter acabaria por fundar um jornal, o *New Lincoln Herald!*

Assim funciona o coração do homem. A necessidade de fazer um trabalho que dure, que sobreviva a ele, é o sinal da sua superioridade sobre tudo o que vive na Terra.

Ayrton, silencioso, pensava que gostaria de rever lorde Glenarvan e se apresentar a todos, reabilitado.

Na noite do dia 15 de outubro, a conversa seguia na direção dessas hipóteses e foi prolongada mais do que o habitual. Eram nove horas. Bocejos longos, mal dissimulados, anunciavam a hora do descanso, e Pencroff tinha acabado de ir para a cama quando a campainha elétrica, situada na sala, de repente soou.

Estavam todos lá, Cyrus Smith, Gédéon Spilett, Harbert, Ayrton, Pencroff, Nab. Então não havia nenhum dos colonos no curral.

Cyrus Smith se levantou. Seus companheiros se entreolharam, pensando que tinham ouvido mal.

– O que significa isso! – exclamou Nab. – É o diabo que está chamando?

– O tempo está tempestuoso – observou Harbert. – Não pode ser a influência da eletricidade que...

Harbert não terminou sua frase. O engenheiro, para quem todos olhavam, balançou a cabeça negativamente.

– Vamos esperar – disse Gédéon Spilett. – Se for um sinal, quem quer que o tenha feito, irá repeti-lo.

– Mas quem você quer que seja? – perguntou Nab.

– Ora – respondeu Pencroff –, aquele que... A frase do marujo foi cortada por um novo tremor do sino. Cyrus Smith foi em direção ao aparelho e jogando a corrente através do fio, enviou esta pergunta ao curral:

– O que você quer?

Alguns momentos depois, a agulha, movendo-se no mostrador alfabético, deu esta resposta aos hóspedes da Granite House: "Venham depressa ao curral".

– Finalmente! – exclamou Cyrus Smith.

Sim! Finalmente o mistério seria revelado! Diante desse imenso interesse que os empurraria para o curral, todo o cansaço dos colonos tinha desaparecido. Sem dizer uma palavra, em poucos momentos eles saíram da Granite House e chegaram à praia. Só Jup e Top ficaram. Era possível ir sem eles.

A noite estava escura. Como Harbert havia observado, nuvens pesadas formavam uma abóbada baixa e pesada, o que impedia qualquer radiação estelar.

Era provável que, algumas horas mais tarde, raios e trovões atingiriam a ilha. A noite estava ameaçadora.

Mas a escuridão, por mais profunda que fosse, não podia parar as pessoas acostumadas com a estrada curral.

Eles caminhavam depressa, tomados de uma intensa emoção. Para eles, não havia dúvida de que finalmente conheceriam a tão procurada palavra do enigma, o nome do ser misterioso profundamente enraizado na vida deles, tão generoso em sua influência, tão poderoso em sua ação!

O silêncio durante os primeiros quinze minutos de marcha foi interrompido por esta observação de Pencroff:

– Devíamos ter trazido uma lanterna.

E por esta resposta do engenheiro:

– Vamos encontrar uma no curral.

Grandes clarões esbranquiçados de relâmpagos se desenhavam sobre a ilha e tingiam de preto os cortes das folhagens. A tempestade estava prestes a rebentar. Rumores distantes eram ouvidos nas profundezas do céu. A atmosfera estava sufocante.

Parecia que os colonos estavam sendo empurrados para a frente por alguma força irresistível.

Em um instante, o curral foi cruzado e Cyrus Smith chegou diante da habitação. Era possível que a casa estivesse ocupada pelo desconhecido, já que era da própria casa que o telegrama tinha saído. No entanto, não havia luz na janela.

O engenheiro bateu à porta. Silêncio.

Cyrus Smith abriu a porta, e os colonos entraram na sala, que estava profundamente escura.

Nab acendeu um isqueiro e, um instante depois, uma lanterna foi acesa e percorreu cada canto da sala.

Não havia ninguém. Tudo estava como eles haviam deixado.

– Fomos enganados por uma ilusão? – sussurrou Cyrus Smith.

Não! Não era possível! O telegrama dizia claramente: "Venham depressa ao curral".

Eles se aproximaram da mesa que foi especialmente construída para o telégrafo. Estava tudo em seu devido lugar, a bateria e a caixa que a continha, bem como o receptor e o transmissor.

– Quem veio aqui pela última vez? – perguntou o engenheiro.

– Eu, senhor Smith – respondeu Ayrton.

– E isso foi...?

– Há quatro dias.

– Um bilhete! – fez Harbert, mostrando um papel sobre a mesa.

Nesse papel estavam escritas estas palavras, em inglês: "Sigam o novo fio".

– Vamos! – gritou Cyrus Smith, que entendeu que a mensagem não tinha partido do curral, mas do misterioso retiro que um fio adicional, ligado ao antigo, levava diretamente até a Granite House.

Nab pegou a lanterna acesa, e todos deixaram o curral.

A tempestade caía com extrema violência. O intervalo entre cada raio e cada trovão diminuiu significativamente. O brilho intermitente das luzes iluminava o topo do vulcão, que estava cheio de vapores.

Não havia nenhuma comunicação telegráfica em toda a parte do curral que separava a casa da muralha paliçada. Mas, ao passar pela porta, o engenheiro viu no clarão do relâmpago que um novo fio estava caindo do isolante até o chão.

– Aqui está ele! – disse.

O fio se arrastava pelo chão, mas estava envolto por uma substância isolante por toda sua extensão, como se faz com um cabo submarino, o que assegurava a livre transmissão das correntes. Por sua direção, ele parecia adentrar pelos bosques e sopés do sul da montanha e seguia para oeste.

– Vamos segui-lo! – disse Cyrus Smith.

E, ora à luz da lanterna, ora pelos raios, os colonos seguiram o caminho traçado pelo fio.

Os trovões eram contínuos, e sua violência tal que nenhuma palavra poderia ser ouvida. Mas não se tratava de falar, e sim de seguir em frente.

Cyrus Smith e seus homens escalaram pela primeira vez o contraforte entre o vale do curral e o do rio da Cachoeira, que atravessaram em sua parte mais estreita. O fio, ora esticado sobre os ramos inferiores das árvores, ora estendido pelo chão, os guiava.

Foi necessário subir os contrafortes do sudoeste e descer novamente no planalto árido que acabava na muralha de basaltos, tão estranhamente amontoados. De tempos em tempos, um ou outro colono se abaixava, tateava o fio com a mão e corrigia a direção, se necessário. Mas não havia mais nenhuma dúvida de que o fio corria diretamente para o mar.

O céu ardia em fogo. Um relâmpago não esperava pelo outro. Muitos atingiam o topo do vulcão e se precipitavam na cratera, no meio da espessa fumaça.

Um pouco antes das onze, os colonos chegaram à orla que dominava o oceano a oeste. Cyrus Smith calculou que ele e seus companheiros tinham caminhado por dois quilômetros e meio desde o curral.

Nesse ponto, o fio entrava no meio das rochas, seguindo a inclinação bastante íngreme de um barranco estreito e cuidadosamente traçado.

Os colonos adentraram, correndo o risco de provocar algum colapso das rochas desequilibradas e serem atirados ao mar. A descida era muito perigosa, mas eles não se importavam, já não se controlavam mais, e uma atração irresistível os levava a esse ponto misterioso.

Então eles desceram quase inconscientemente o barranco, que, mesmo à luz do dia, seria quase intransponível. As pedras rolavam e brilhavam como chamas quando atravessavam as zonas de luz. Cyrus Smith estava na liderança e Ayrton fechava o grupo.

Finalmente, o fio, formando um ângulo brusco, tocava as rochas do litoral. Os colonos tinham atingido o limite inferior da muralha basáltica.

Lá se desenvolvia uma estreita espalda que corria horizontalmente e paralelamente ao mar. O fio seguia por ela e os colonos a acompanharam. Eles não tinham caminhado nem cem passos, e a espalda, inclinando-se moderadamente, chegava ao mesmo nível das ondas. O engenheiro pegou o fio e viu que ele afundava no mar.

Seus companheiros, parados perto dele, estavam espantados. Um grito de decepção, quase de desespero, escapou deles! Seria necessário se precipitar sob as águas e procurar por alguma caverna submarina? No estado de superexcitação moral e física em que estavam, não teriam hesitado em fazê-lo, mas uma reflexão do engenheiro os impediu.

Cyrus Smith conduziu seus companheiros sob uma anfractuosidade de rochas, e lá, disse:

– Vamos esperar. A maré está alta. Na maré baixa, o caminho estará aberto.

– Mas quem o faz acreditar...? – fez Pencroff.

– Ele não nos teria chamado se não existissem meios suficientes para chegar até ele!

Cyrus Smith tinha falado com tal convicção que nenhuma objeção foi levantada. Sua observação, a propósito, era lógica. Era preciso admitir que uma abertura, praticável na maré baixa, se abria ao pé da muralha.

Era necessário esperar algumas horas. Os colonos então permaneceram silenciosamente escondidos sob uma espécie de pórtico profundo escavado na rocha. A chuva começou a cair, e logo as nuvens se condensaram se transformando em torrentes, rasgadas por relâmpagos.

A emoção dos colonos era extrema. Milhares de pensamentos estranhos, sobrenaturais, passavam pela mente deles e evocavam uma grande e sobre-humana aparição que seria a única a responder à ideia que eles faziam do gênio misterioso da ilha.

À meia-noite, Cyrus Smith, carregando a lanterna, desceu ao nível da praia para observar o arranjo das rochas. O engenheiro tinha razão. A curvatura de uma vasta escavação começava a se desenhar sobre a água. Ali, o fio, deitado em ângulo reto, penetrava na escavação aberta.

Cyrus Smith se aproximou de seus companheiros e disse:

– Dentro de uma hora, a abertura estará penetrável.

– Então ela existe? – perguntou Pencroff.

– Vocês duvidavam disso? – questionou Cyrus Smith.

– Mas essa caverna deve estar cheia de água até certa altura – observou Harbert.

– Ou essa caverna seca completamente – respondeu Cyrus Smith –, e nesse caso vamos atravessá-la a pé, ou ela não vai secar, e algum meio de transporte será posto à nossa disposição.

Passou uma hora. Todos desceram sob a chuva até o nível do mar. A maré tinha diminuído cinco metros.

Inclinando-se, o engenheiro viu um objeto negro flutuando na superfície do mar e o puxou para si.

Era uma canoa, amarrada por uma corda a uma saliência interna da parede. A canoa era feita de metal parafusado. Dois remos estavam no fundo, sob os bancos.

– Vamos embarcar – disse Cyrus Smith.

Nab e Ayrton assumiram os remos, Pencroff, o leme. Cyrus Smith ficou na frente, com a lanterna sobre a proa, iluminando o caminho.

O arco, muito baixo, sob o qual a canoa passou primeiro, levantou-se de repente; mas a escuridão era demasiado profunda e a luz da lanterna insuficiente para que se pudesse reconhecer a extensão, largura, altura e profundidade da caverna. No meio da substrução basáltica, reinava o silêncio. Nenhum som exterior penetrava nela e os clarões do relâmpago não conseguiam adentrar em suas paredes grossas.

Em certas partes do globo, existem cavernas enormes como essa, uma espécie de cripta natural que remonta à era geológica. Algumas são invadidas por águas marinhas, outras contêm lagos inteiros em seu interior.

Quanto a essa caverna que os colonos estavam explorando, será que se estendia até o centro da ilha? Durante quinze minutos, a canoa avançava fazendo desvios que o engenheiro apontava para Pencroff quando ele ordenou:

– Mais à direita!

A embarcação, mudando de direção, imediatamente se aproximou da parede direita. O engenheiro queria saber se o fio ainda se estendia ao longo da parede. O fio estava lá, pregado nas saliências da rocha.

– Avante! – repetiu Cyrus Smith.

A canoa continuou por mais quinze minutos, e desde a abertura da caverna, devia ter atravessado uma distância de oitocentos metros quando a voz de Cyrus Smith foi ouvida novamente.

– Parem!

A canoa parou e os colonos viram uma luz brilhante iluminando a enorme cripta, tão profundamente escavada nas entranhas da ilha.

A uma altura de trinta metros, havia uma abóbada arredondada sobre barris de basalto que pareciam ter sido derretidos no mesmo molde. Os pedaços de basalto, encaixados uns nos outros, mediam de doze a quinze metros de altura, e a água, calma apesar das agitações do exterior, vinha banhar suas bases. O brilho da lanterna, direcionado pelo engenheiro, iluminava cada aresta prismática, penetrava nas paredes como se fossem diáfanas e transformava em cabochões brilhantes as menores saliências daquela substrução.

Como resultado de um fenômeno de reflexão, a água reproduzia os vários brilhos em sua superfície, de modo que a canoa parecia flutuar entre duas zonas cintilantes.

Não havia dúvidas sobre a natureza da irradiação projetada pelo centro luminoso, cujos raios, claros e retilíneos, quebravam-se em diferentes ângulos, em todas as nervuras da cripta. Essa luz provinha de uma fonte elétrica e sua cor branca denunciava sua origem. Era o sol da caverna, e a preenchia por completo.

Sob um sinal de Cyrus Smith, os remos caíram fazendo jorrar uma verdadeira chuva de carbúnculos, e a canoa seguiu em direção à luz, que estava a menos de cem metros de distância.

Para além do centro ofuscante, havia uma enorme parede basáltica que fechava todas as saídas daquele lado. A caverna tinha ficado mais larga e o mar formava um pequeno lago. Mas a abóbada, as paredes laterais, a parede da cabeceira, todos esses prismas, cilindros e cones eram banhados pelo fluido elétrico, de modo que o brilho lhes parecia próprio, e era possível dizer que essas pedras, facetadas como diamantes de grande valor, transpiravam a luz!

No centro do lago, um longo objeto fusiforme flutuava na superfície da água, silencioso e imóvel. A luz brilhante saía de seus flancos. Esse objeto, semelhante ao corpo de um enorme cetáceo, tinha cerca de oitenta metros de comprimento e estava três ou quatro metros acima do nível do mar.

Na frente da canoa, Cyrus Smith se levantou. Ele observava, dominado por uma violenta agitação. Então, de repente, agarrando o braço do repórter:

– Mas é ele! Só pode ser ele! – exclamou.

Então ele caiu sentado em seu banco, murmurando um nome que Gédéon Spilett foi o único a ouvir.

Sem dúvida o repórter conhecia esse nome, pois isso lhe surtiu um efeito maravilhoso, e ele respondeu com uma voz surda:

– Ele! Um homem fora da lei!

Por ordem do engenheiro, a canoa se aproximou do objeto flutuante.

Cyrus Smith e seus companheiros subiram na plataforma. Havia um capô aberto. Todos entraram pela abertura. No final da escada havia um corredor interno, eletricamente iluminado, e no final desse corredor, uma porta que Cyrus Smith abriu.

Uma sala ricamente decorada, que os colonos atravessaram, se ligava a uma biblioteca na qual um teto luminoso derramava uma torrente de luz.

No fundo dessa biblioteca, uma porta larga, também fechada, foi aberta pelo engenheiro.

Um vasto salão, uma espécie de museu onde estavam empilhados, junto de todos os tesouros da natureza mineral, obras de arte, maravilhas da indústria, surgiu diante dos olhos dos colonos, que acreditaram ter sido febrilmente transportados para o mundo dos sonhos.

Deitado numa rica poltrona, eles viram um homem que não parecia notar sua presença. Então Cyrus Smith levantou a voz, e, para surpresa de seus companheiros, pronunciou estas palavras:

– Capitão Nemo, o senhor nos chamou? Aqui estamos.

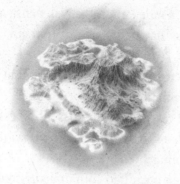

Capítulo 16

Ao ouvir essas palavras, o homem se levantou e seu rosto apareceu em plena luz: cabeça magnífica, grande fronte, olhar confiante, barba branca, cabelo abundante e jogado para trás.

O homem apoiou a mão no braço da poltrona de onde tinha acabado de se levantar. Seu olhar estava calmo. Era possível perceber que uma doença lenta o minava, mas sua voz ainda parecia forte quando ele disse em inglês, e em um tom de extrema surpresa:

– Não tenho nome, senhor.

– Eu o conheço! – respondeu Cyrus Smith.

O capitão Nemo fixou o engenheiro, como se quisesse fulminá-lo.

– Pouco importa, eu vou morrer!

Cyrus Smith se aproximou do capitão Nemo e Gédéon Spilett pegou sua mão, que estava queimando. Ayrton, Pencroff, Harbert e Nab ficaram respeitosamente afastados em um canto da magnífica sala.

Nesse momento, o capitão Nemo retirou sua mão e fez sinal ao engenheiro e ao repórter para se sentar.

Todos olhavam para ele com verdadeira emoção. Então lá estava ele, aquele a quem chamavam "gênio da ilha", o poderoso ser cuja intervenção em tantas circunstâncias tinha sido tão eficaz, o benfeitor a quem eles deviam tanta gratidão! Onde Pencroff e Nab pensavam que encontrariam praticamente um deus, havia apenas um homem, e ele estava prestes a morrer!

Mas como é que Cyrus Smith conhecia o capitão Nemo? Por que ele se levantou tão repentinamente ao ouvir seu nome?

– Sabe o nome que carreguei comigo, senhor? – perguntou.

– Eu sei – respondeu Cyrus Smith –, como sei também o nome deste admirável aparato submarino...

– O *Nautilus?* – disse o capitão com um sorriso discreto.

– O *Nautilus.*

– Mas o senhor sabe... quem eu sou?

– Sei.

– Passaram-se trinta anos desde que tive a última comunicação com o mundo habitado, trinta anos que vivo nas profundezas do mar, onde encontrei a independência! Quem poderia ter traído o meu segredo?

– Um homem que nunca se comprometeu com o senhor, capitão Nemo, e que, portanto, não pode ser acusado de traição.

– Aquele francês que o acaso me atirou a bordo há dezesseis anos?

– Ele mesmo.

– Então eles não pereceram no Maelstrom, para onde o *Nautilus* foi levado?

– Não. E apareceu, sob o título de *Vinte mil léguas submarinas*, uma obra que contém a sua história.

– A minha história de apenas alguns meses, senhor!

– É verdade, mas alguns meses dessa estranha vida foram suficientes para conhecê-lo...

– Como um grande culpado, sem dúvida? – o capitão Nemo respondeu, deixando entrever um sorriso arrogante em seus lábios. – Sim, um rebelde, talvez banido da humanidade!

O engenheiro não respondeu.

– Então, meu senhor?

– Eu não tenho nenhuma razão para julgar o capitão, pelo menos no que diz respeito à sua vida passada. Eu ignoro os motivos desta estranha existência e não posso julgar o efeito sem saber das causas. O que eu sei é que uma benfazeja mão tem se estendido sobre nós desde a nossa chegada à ilha Lincoln, e que todos nós devemos nossa vida a um ser bom, generoso e poderoso e que esse ser é o senhor, capitão Nemo!

– Sou eu.

O engenheiro e o repórter se levantaram. Seus companheiros se aproximaram, e a gratidão que transbordava do coração deles ia ser expressa em gestos, em palavras, mas o capitão Nemo os impediu com um sinal e com uma voz mais comovida do que ele gostaria:

– Só depois de me ouvirem.[10]

E o capitão contou toda sua vida em frases claras e apressadas.

A história foi breve e ainda assim ele teve que concentrar sua energia restante para contá-la até o fim. Era óbvio que ele estava lutando contra uma intensa fraqueza. Por diversas vezes, Cyrus Smith pediu-lhe que descansasse um pouco, mas ele abanava a cabeça como um homem a quem o dia seguinte já não pertence, e quando o repórter lhe ofereceu cuidados:

– Eles são inúteis, minhas horas estão contadas.

O capitão Nemo era um indiano, o príncipe Dakkar, filho de um rajá do território então independente de Bundelkhand e sobrinho do herói da Índia, Tipu Sahib. Aos dez anos de idade, seu pai o enviou para a Europa, para receber uma educação completa, e com a intenção secreta de que um dia ele pudesse lutar, com armas iguais, com aqueles que considerava serem os opressores de seu país.

Até os trinta anos de idade, o príncipe Dakkar foi educado sobre todas as coisas, e nas ciências, nas letras, nas artes, avançou muito.

O príncipe viajou por toda a Europa, mas as seduções do mundo nunca o atraíram. Jovem e bonito, ele permaneceu sério, sombrio, devorado pela sede de aprender, tendo um ressentimento implacável no coração.

Ele odiava. Odiava o único país em que nunca quis pisar, a única nação onde se recusava a ir: a Inglaterra, tanto mais que em mais de um ponto a admirava.

Esse indiano carregava consigo todo o ódio do vencido contra o vencedor. O invasor não conseguiu encontrar graça no invadido. Filho de

---

[10] A história do capitão Nemo foi, de fato, publicada sob o título de *Vinte mil léguas submarinas*. (N.T.)

um soberano cuja servidão o Reino Unido só poderia assegurar nominalmente, esse príncipe, da família de Tipu Sahib, criado com ideias de reivindicação e vingança, tendo o inelutável amor por seu poético país preso em correntes inglesas, nunca quis pôr os pés na terra por ele amaldiçoada e à qual a Índia devia sua escravização.

Dakkar tornou-se um artista a quem as maravilhas da arte impressionaram nobremente, um estudioso a quem nada das ciências superiores era estranho, um estadista formado pelas cortes europeias. Aos olhos daqueles que o observavam de forma incompleta, ele passava por um desses cosmopolitas curiosos por aprender, mas desdenhosos ao agir.

Ele não era nada disso. Esse artista e estudioso tinha permanecido indiano de coração, pelo desejo de vingança e pela esperança que alimentava de um dia poder reivindicar os direitos de seu país, expulsar o estrangeiro e ter de volta sua independência.

O príncipe Dakkar regressou a Bundelkhand em 1849 e se casou com uma nobre indiana cujo coração sangrava como o dele pelos infortúnios de sua pátria. Ele teve dois filhos que amava muito. Mas a felicidade doméstica não podia fazê-lo esquecer a escravidão da Índia, e uma oportunidade se apresentou.

O jugo inglês talvez tivesse pesado muito sobre as populações hindus. O príncipe Dakkar pediu emprestada a voz dos descontentes e incutiu neles todo seu ódio pelo estrangeiro.

Em 1857, a grande revolta dos sipaios eclodiu e o príncipe Dakkar era sua alma. Ele organizou a grande rebelião e colocou talentos e riquezas a serviço da causa. Foi para a linha de frente, arriscou a vida como o mais humilde dos heróis ressuscitado para libertar o seu país, foi ferido em combates e não encontrou a morte quando os últimos soldados da independência caíram sob balas inglesas.

O nome do príncipe Dakkar se tornou ilustre. Sua cabeça foi colocada a prêmio, e se ele não encontrou um traidor para entregá-la, seus pais, sua esposa e seus filhos pagaram por ele antes que pudesse saber dos perigos que eles estavam correndo por sua causa.

O direito, mais uma vez, tinha perdido para a força. Os sipaios foram derrotados, e a terra dos antigos rajás voltou ao domínio ainda mais vigilante da Inglaterra.

O príncipe Dakkar regressou às montanhas Bundelkhand. Ali, sozinho a partir de então, tomado por um imenso desgosto contra tudo o que era humano, tendo ódio e horror do mundo civilizado, querendo fugir para sempre, ele se deu conta da tragédia de sua fortuna, reuniu cerca de vinte de seus companheiros mais fiéis, e, um dia, todos desapareceram.

Aonde foi então o príncipe Dakkar para procurar a independência que a terra habitada lhe negou? Para debaixo d'água, nas profundezas dos mares, onde ninguém poderia segui-lo.

O guerreiro foi substituído pelo cientista. Ele usou uma ilha deserta do Pacífico para montar seus estaleiros, e lá um barco submarino foi construído segundo suas projeções. A eletricidade, cuja imensurável força mecânica ele tinha conseguido usar, por meios que serão conhecidos um dia, e que ele extraía de fontes inesgotáveis, foi usada para todas as necessidades de seu aparato flutuante. O mar, com seus infinitos tesouros, suas miríades de peixes, suas colheitas de algas e sargaços, seus enormes mamíferos, e não apenas tudo o que a natureza produzia, mas também tudo o que os homens tinham perdido nela, eram suficientes para as necessidades do príncipe e de sua tripulação – e essa foi a realização de um de seus maiores desejos, pois ele não queria ter mais qualquer comunicação com a terra. Ele chamou seu submarino de *Nautilus*, e a si mesmo de capitão Nemo, e desapareceu sob os mares.

Durante um longo tempo, ele não teve nenhuma comunicação com seus companheiros quando, na noite de 6 de novembro de 1866, três homens foram lançados a bordo de sua embarcação. Eram um professor de francês, seu criado e um pescador canadense. Esses três homens tinham sido atirados no mar em um confronto que ocorreu entre o *Nautilus* e a fragata *Abraham Lincoln*, dos Estados Unidos, que o estava caçando.

O capitão Nemo soube pelo professor que o *Nautilus*, ora confundido com um mamífero gigante da família dos cetáceos, ora com um objeto submarino que continha uma tripulação de piratas, estava sendo perseguido por todos os mares.

O capitão podia ter devolvido ao oceano aqueles três homens, mas não o fez e os manteve presos por sete meses, quando eles puderam contemplar todas as maravilhas de uma viagem que seguiu por vinte mil léguas sob os mares.

Em 22 de junho de 1867, esses três homens conseguiram escapar, tendo tomado uma das canoas do *Nautilus*. Mas como naquele momento o *Nautilus* foi arrastado para a costa da Noruega, nos turbilhões do Maelstrom, o capitão acreditava que os fugitivos tinham encontrado a morte no fundo do abismo. Ele ignorava que o francês e seus dois companheiros tinham sido miraculosamente rejeitados para a costa, que os pescadores das ilhas Lofoten os haviam acolhido, e que o professor, em seu retorno à França, tinha publicado a obra na qual os sete meses dessa estranha e aventureira navegação do *Nautilus* foram contados e entregues à curiosidade pública.

Durante muito tempo ainda, o capitão Nemo continuou a viver assim, navegando pelos mares. Mas, pouco a pouco, seus companheiros morreram e foram descansar em seu cemitério de corais no fundo do Pacífico.

O capitão Nemo tinha então sessenta anos. Quando ficou sozinho, conseguiu levar o *Nautilus* de volta para um dos portos submarinos. Um desses portos foi escavado sob a ilha Lincoln e era ela quem abrigava o *Nautilus* neste momento.

Durante seis anos o capitão esteve lá, esperando pela morte, quando o acaso o fez testemunhar a queda do balão que carregava os prisioneiros dos sulistas. Vestindo seu escafandro, ele passeava sob a água, a poucos metros da costa da ilha, quando o engenheiro foi jogado no mar. Um impulso generoso fez o capitão agir... e ele salvou Cyrus Smith.

Em um primeiro momento, ele quis fugir dos cinco náufragos, mas seu porto de refúgio estava fechado, e, como resultado da elevação do basalto que tinha ocorrido sob influência das ações vulcânicas, ele não podia mais atravessar a entrada da cripta. Onde havia ainda água suficiente para um barco leve passar, não havia o suficiente para o *Nautilus*, que tinha um calado relativamente grande.

O capitão Nemo permaneceu então observando esses homens atirados sem recursos em uma ilha deserta. Pouco a pouco, quando viu que eram honestos, enérgicos, ligados uns aos outros por uma amizade fraterna, interessou-se por seus esforços. Por meio do escafandro, foi fácil chegar ao fundo do poço interno da Granite House, e, subindo pelas saliências das rochas até o orifício superior, ele ouvia os colonos falar do passado e estudar o presente e o futuro. Ele descobriu com eles sobre o imenso esforço da América contra a própria América para abolir a escravidão. Sim! Aqueles eram homens dignos de reconciliar o capitão Nemo com a humanidade!

O capitão Nemo salvou Cyrus Smith, levou o cão até as Chaminés, jogou Top acima das águas do lago, encalhou na ponta dos Destroços a caixa contendo objetos úteis para os colonos, enviou a canoa de volta para a corrente da Misericórdia, jogou a corda do alto da Granite House durante o ataque dos macacos, tornou conhecida a presença de Ayrton na ilha Tabor por meio do bilhete na garrafa, fez explodir o brigue com um torpedo colocado no fundo do canal, salvou Harbert da morte entregando o sulfato de quinina e atingiu os condenados com as balas elétricas cujo segredo ele detinha. Assim, tantos incidentes que pareciam sobrenaturais, foram explicados, atestando a generosidade e o poder do capitão.

Mas o grande misantropo tinha sede de bondade. Ele ainda tinha conselhos úteis para dar a seus protegidos e, sentindo pelas batidas do coração que a morte se aproximava, convocou os colonos da Granite House por meio de um fio que ligava o curral ao *Nautilus*, que estava equipado com um aparelho alfabético. Talvez não o tivesse feito se soubesse que Cyrus Smith sabia o suficiente de sua história para saudá-lo pelo nome de Nemo.

O capitão tinha terminado o relato da sua vida e Cyrus Smith tomou a palavra. Ele lembrou dos incidentes que tinham exercido uma influência salutar sobre a colônia, e, em nome de seus companheiros, e também em seu próprio, agradeceu o ser generoso a quem eles deviam tanto.

Mas o capitão Nemo não pensava em cobrar pelos serviços que tinha prestado. Um último pensamento agitava sua mente, e antes de apertar a mão que o engenheiro lhe estendia:

– Agora que conhece a minha vida, senhor, julgue-a.

Ao falar assim, o capitão estava evidentemente aludindo a um incidente grave do qual os três estranhos a bordo tinham sido testemunhas, e o professor francês certamente tinha contado em seu livro, que deve ter tido uma terrível repercussão.

Alguns dias antes da fuga do professor e dos seus dois companheiros, o *Nautilus*, perseguido por uma fragata no norte do Atlântico, correu como um carneiro sobre ela e a afundou impiedosamente. Cyrus Smith compreendeu a alusão e permaneceu sem resposta.

– Era uma fragata inglesa, senhor – exclamou o capitão Nemo, que por um momento se tornou o príncipe Dakkar –, uma fragata inglesa, o senhor entende! Ela estava me atacando! Eu estava confinado em uma baía estreita e rasa! Eu precisava passar e... passei!

Então, com uma voz mais calma:

– Eu estava no direito de fazê-lo. Fiz todo o bem que pude e todo o mal que precisei fazer. Nem toda justiça está no perdão!

Alguns momentos de silêncio se seguiram a essa resposta, e o capitão Nemo pronunciou esta sentença novamente:

– O que pensam de mim, cavalheiros?

Cyrus Smith respondeu com uma voz grave:

– Capitão, o seu erro foi acreditar que era possível ressuscitar o passado, e lutou contra o progresso necessário. Foi um desses erros que alguns admiram, outros culpam, mas dos quais só Deus é juiz e que a razão humana deve absolver. Aquele que está errado em uma intenção que acredita ser boa pode ser combatido, mas não deixa de ser estimado. Seu erro é daqueles que não excluem a admiração, e seu nome não tem nada a temer dos julgamentos da história. Ela ama as loucuras heroicas, ao mesmo tempo que condena os resultados que elas trazem.

O peito do capitão Nemo se ergueu e sua mão se estendeu para o céu.

– Eu estava errado, ou certo? – ele murmurou.

Cyrus Smith continuou:

– Todas as grandes ações voltam para Deus, e elas vêm dele! Capitão Nemo, as pessoas honestas que estão aqui, as que o senhor socorreu, vão lamentar sua perda para sempre!

Harbert se aproximou do capitão, se ajoelhou, pegou a sua mão e a beijou.

Uma lágrima escorreu dos olhos do moribundo.

– Meu filho – disse ele –, seja abençoado!

Capítulo 17

O dia tinha amanhecido. Nenhum raio de luz penetrava na cripta profunda, mas a luz artificial que escapava em longos feixes através das paredes do *Nautilus* não tinha enfraquecido, e a água ainda brilhava em torno do aparelho flutuante.

O capitão Nemo, caído na poltrona, sofria de uma intensa fadiga. Não era possível cogitar transportá-lo para a Granite House, pois ele manifestava sua vontade de permanecer no meio daquelas maravilhas do *Nautilus* e esperar lá por uma morte que não tardaria. Toda sua vida estava concentrada no coração e na cabeça.

O engenheiro e o repórter tinham-se consultado em voz baixa. Havia algum cuidado a dar ao moribundo? Podemos, se não salvá-lo, prolongar sua vida por alguns dias? Ele mesmo havia dito que não havia cura e que esperava calmamente pela morte que ele não temia.

– Não podemos fazer nada – disse Gédéon Spilett.

– Mas de que é que ele está morrendo? – perguntou Pencroff.

– Ele está se apagando – respondeu o repórter.

– Mas se o levássemos ao ar livre, será que ele não se reanimaria?

– Não, Pencroff – respondeu o engenheiro –, não há nada a fazer! Além disso, o capitão Nemo não concordaria em deixar sua embarcação. Ele vive no *Nautilus* há 30 anos e é no *Nautilus* que ele quer morrer.

Sem dúvida, o capitão Nemo ouviu a resposta de Cyrus Smith, pois ele disse com uma voz fraca, mas ainda inteligível:

– Tem razão, senhor. Eu devo e quero morrer aqui. Mas tenho um pedido a fazer.

Podia-se ver o olhar do moribundo percorrer todas as maravilhas daquela sala de estar. Ele olhou, uma a uma as pinturas penduradas na esplêndida tapeçaria das paredes, as obras-primas de mestres italianos, flamencos, franceses e espanhóis, as reduções de mármore e de bronze expostas em seus pedestais, o magnífico órgão encostado à divisória do fundo, depois para as vitrines organizadas em torno de uma pia central, em que prosperavam os mais admiráveis produtos do mar, e, finalmente, seus olhos pararam neste lema inscrito na frente do museu, o lema do *Nautilus*:

Mobilis in mobile.

Cyrus Smith respeitou o silêncio do capitão Nemo e esperou que ele voltasse a falar.

Após alguns minutos, durante os quais viu toda sua vida passar diante de seus olhos, o capitão Nemo se voltou para os colonos e disse:

– Vocês acham, cavalheiros, que me devem alguma gratidão?

– Capitão, daríamos nossa vida para prolongar a sua!

– Bem! Prometam que farão minhas últimas vontades e eu serei pago por tudo o que fiz por vocês.

– Nós prometemos – respondeu Cyrus Smith.

E com essa promessa ele comprometia a si mesmo e a todos os seus companheiros.

– Senhores, amanhã estarei morto. Ele fez um sinal a Harbert, que fez menção de protestar. – Amanhã estarei morto, e não desejo outro túmulo senão o *Nautilus*. É o meu caixão! Todos os meus amigos descansam no fundo do mar, eu também quero descansar nele.

"Ouçam-me atentamente, cavalheiros. O *Nautilus* está preso nesta caverna cuja entrada foi escavada. Mas se ele não pode sair da prisão, pode ao menos afundar no abismo que ela cobre e guardar meus restos mortais.

"Amanhã, depois da minha morte, senhor Smith, o senhor e seus companheiros vão deixar o *Nautilus*, pois todas as riquezas que estão nele devem desaparecer junto comigo. Apenas uma memória do príncipe Dakkar, cuja história conhecem agora, lhes restará. Aquele cofre ali... que contém vários milhões de diamantes, a maioria memórias da época em que fui pai e marido, eu quase acreditei na felicidade, e uma coleção de pérolas coletadas por meus amigos e por mim no fundo do mar. Com esse tesouro, vocês poderão fazer coisas boas algum dia. Nas mãos de pessoas como os senhores, o dinheiro não será um perigo. E de lá de cima eu estarei ligado às suas obras e não temerei por elas!

"Amanhã, vocês pegarão este cofre, deixarão esta sala, cuja porta deve ser fechada; então, deverão subir até o convés do *Nautilus* e fechar o capô com seus parafusos."

– Nós o faremos, capitão – respondeu Cyrus Smith.

– Depois embarcarão na canoa que os trouxe até aqui. Mas, antes de abandonar o *Nautilus*, vão até o fundo e abram duas grandes torneiras que estão na linha de flutuação. A água entrará nos reservatórios e o *Nautilus* afundará pouco a pouco sob as águas, para descansar no fundo do abismo.

Nem Cyrus Smith nem seus companheiros pensaram ser necessário fazer qualquer observação ao capitão Nemo. Eram suas últimas vontades que ele lhes transmitia, e eles só tinham que cumpri-las.

– Tenho a sua promessa, cavalheiros? – insistiu o capitão Nemo.

– O senhor a tem, capitão – respondeu o engenheiro.

O capitão fez um sinal de agradecimento e pediu aos colonos que o deixassem em paz por algumas horas. Gédéon Spilett insistiu em ficar perto dele, no caso de uma crise acontecer, mas o moribundo recusou, dizendo:

– Viverei até amanhã, meu senhor!

Os colonos subiram à plataforma, que estava a uns dois metros e meio acima da água.

Cyrus Smith e seus companheiros permaneceram em silêncio no início, muito impressionados com o que tinham acabado de ver e ouvir, e o coração deles estava apertado ao pensar que aquele cujo braço os tinha ajudado tantas vezes, o protetor que eles conheceram por apenas algumas horas, estava na véspera da morte!

– Eis um verdadeiro homem! – disse Pencroff. – Não é inacreditável que ele tenha vivido no fundo do oceano?! E quando penso que talvez ele não tenha encontrado mais tranquilidade ali do que em qualquer outro lugar!

– O *Nautilus* talvez pudesse nos servir para deixar a ilha Lincoln e chegar em alguma terra habitada – observou Ayrton.

– Com mil diabos! – protestou Pencroff. – Eu é que não me atrevo a conduzir um barco assim. Correr sobre os mares, ótimo! Mas sob os mares, não!

– Meus amigos – disse o engenheiro –, é inútil, pelo menos em relação ao *Nautilus*, discutir essa questão. O *Nautilus* não é nosso e não temos o direito de usá-lo. Além do fato de que ele não pode mais sair da caverna, cuja entrada está fechada por uma elevação das rochas basálticas, o capitão Nemo quer que ele afunde consigo depois de sua morte. A sua vontade é legítima e vamos cumpri-la.

Depois de uma conversa que continuou por algum tempo, eles voltaram para o interior do *Nautilus*.

O capitão Nemo tinha saído daquela prostração que o afligia e seus olhos tinham recuperado o brilho. Dava para ver um sorriso desenhado em seus lábios. Os colonos se aproximaram dele.

– Cavalheiros, vocês são homens corajosos, honestos e bons. Todos vocês se dedicaram sem reservas à obra comum. Eu os observei muitas vezes. Eu os amei, eu os amo! A sua mão, senhor Smith!

Cyrus Smith estendeu a mão ao capitão, que a apertou afetuosamente.

– Isto é bom! – ele confessou. Em seguida, retomou: – Mas chega de falar de mim! Quero falar sobre vocês e sobre a ilha Lincoln, onde se refugiaram. Vocês pretendem abandoná-la?

– Para depois regressar, capitão! – respondeu Pencroff.

– Regressar? De fato, Pencroff – disse o capitão com um sorriso –, sei o quanto ama esta ilha. Ela foi modificada pelos cuidados de vocês, então ela realmente lhes pertence!

– Nosso plano, capitão – disse Cyrus Smith –, seria entregá-la aos Estados Unidos e fundar para nossa marinha um local de repouso situado nesta parte do Pacífico.

– Estão pensando no seu país, cavalheiros. Trabalham para sua prosperidade e glória. Os senhores têm razão. É à pátria que devemos regressar! É nela que devemos morrer! E eu vou morrer longe de tudo o que amei!

– O senhor teria um último pedido a fazer? Alguma lembrança para entregar aos amigos que possa ter deixado nas montanhas da Índia?

– Não, senhor Smith. Não tenho mais amigos! Sou o último da minha espécie... Mas voltemos aos senhores. A solidão, o isolamento são coisas tristes, acima das forças humanas... Vou morrer por pensar que era possível viver sozinho... Vocês precisam fazer tudo o que puderem para sair da ilha Lincoln e rever a terra onde nasceram. Sei que aqueles miseráveis destruíram o barco que vocês fizeram...

– Estamos construindo um navio grande o suficiente para nos levar para as terras mais próximas – disse Gédéon Spilett – ; mas se conseguirmos deixá-la mais cedo ou mais tarde, retornaremos à ilha Lincoln. Demasiadas memórias nos ligam a ela para que possamos esquecê-la!

– Foi aqui que conhecemos o capitão Nemo – disse Cyrus Smith.

– Só aqui encontraremos sua lembrança completa! – acrescentou Harbert.

– E é aqui que descansarei o sono eterno, se... – respondeu o capitão. Ele hesitou, e em vez de terminar sua frase, ele simplesmente disse: – Senhor Smith, eu gostaria de falar com o senhor... Em particular!

Os companheiros do engenheiro, respeitando o desejo do moribundo, retiraram-se.

Cyrus Smith permaneceu apenas alguns minutos trancado com o capitão Nemo, e logo chamou seus amigos, mas não lhes disse nada sobre as coisas secretas que o capitão lhe confiou.

O dia acabou sem qualquer mudança. Os colonos não deixaram o *Nautilus* em nenhum momento.

O capitão Nemo não sofria, mas estava se apagando. Sua nobre figura, pálida pela aproximação da morte, estava calma. Uma ou duas vezes ele falou com os colonos ao seu lado e sorriu para eles com aquele último sorriso que permanece mesmo depois da morte.

Então, pouco depois da meia-noite, o capitão Nemo fez um movimento supremo e conseguiu cruzar os braços sobre o peito, como se quisesse morrer nessa posição.

À uma da manhã, toda a vida se refugiara no seu olhar. Um último fogo brilhou sob as pupilas de onde tantas chamas haviam jorrado no passado. Em seguida, murmurando estas palavras: "Deus e pátria!", ele expirou suavemente.

Cyrus Smith se curvou e fechou os olhos do antigo príncipe Dakkar, que já não era mais sequer o capitão Nemo.

Harbert e Pencroff choraram. Ayrton limpou uma lágrima furtiva. Nab se ajoelhou ao lado do repórter, transformado em estátua.

Cyrus Smith, levantando a mão acima da cabeça do morto, disse:

– Que Deus tenha piedade da sua alma! – E voltando-se para seus amigos, acrescentou: – Oremos por aquele que acabamos de perder!

Algumas horas depois, os colonos cumpriram a promessa feita ao capitão e realizaram seu último desejo.

Eles deixaram o *Nautilus* depois de terem levado a única memória que seu benfeitor havia legado a eles, a caixa que continha uma centena de fortunas.

A maravilhosa sala de estar, sempre inundada de luz, tinha sido fechada cuidadosamente. A porta de metal do capô foi então parafusada de modo que nenhuma gota de água entrasse nos quartos do *Nautilus*.

Em seguida, os colonos foram para a canoa ancorada ao lado do barco submarino.

A canoa foi levada para a parte de trás. Lá, na linha de água, havia duas grandes válvulas em comunicação com os tanques usados para determinar a imersão do aparelho.

As torneiras foram abertas, os reservatórios se encheram e o *Nautilus*, afundando pouco a pouco, desapareceu sob a camada líquida.

Mas os colonos ainda puderam segui-lo através das camadas profundas. Sua luz potente iluminava as águas transparentes, enquanto a cripta se tornou obscura. Então o vasto derramamento de emanações elétricas finalmente desapareceu, e logo o *Nautilus*, que tinha se transformado no caixão do capitão Nemo, descansou no fundo do mar.

Capítulo 18

Ao amanhecer, os colonos haviam silenciosamente retornado para a entrada da caverna, à qual deram o nome de "cripta Dakkar", em memória do capitão Nemo.

A tempestade tinha parado à noite. Os últimos raios desapareciam a oeste. Não chovia mais, mas o céu ainda estava cheio de nuvens.

Cyrus Smith e seus companheiros seguiram pela estrada do curral. No caminho, Nab e Harbert tiveram o cuidado de soltar o fio que tinha sido esticado pelo capitão entre o curral e a cripta e que poderia ser usado mais tarde.

Os colonos conversavam um pouco enquanto caminhavam. Os vários incidentes daquela noite de 15 a 16 de outubro os impressionaram enormemente. Aquele desconhecido, cuja influência os protegeu tão eficazmente, o homem que a imaginação deles tinha transformado em um gênio, o capitão Nemo, já não existia mais. Ele e o seu *Nautilus* foram enterrados nas profundezas de um abismo. Todos sentiam que estavam mais isolados do que antes. Eles estavam, por assim dizer, acostumados a confiar nessa poderosa intervenção que agora lhes faltava, e Gédéon Spilett e Cyrus Smith não escaparam dessa sensação.

Por volta das nove da manhã, os colonos chegaram à Granite House.

Foi acordado que a construção do navio seria acelerada, e Cyrus Smith dedicou ainda mais seu tempo e seus cuidados ao projeto. Ninguém sabia o que o futuro reservava. Se quando o navio ficasse pronto, os colonos ainda não tivessem decidido deixar a ilha Lincoln para chegar a um arquipélago polinésio do Pacífico ou às costas da Nova Zelândia, pelo menos eles conseguiriam chegar o mais rápido possível na ilha Tabor para deixar o bilhete sobre a localização de Ayrton. Era uma precaução indispensável a tomar caso o iate escocês reaparecesse por aqueles mares e nada podia ser negligenciado a esse respeito.

A nova embarcação precisava ficar pronta em cinco meses, ou seja, no início de março, se quisessem visitar a ilha Tabor antes que os ventos equinócios tornassem a travessia impraticável.

O final do ano de 1868 chegou em meio a esse importante trabalho, quase excluindo todos os outros. No entanto, as reservas da Granite House precisavam ser mantidas para o inverno seguinte e o bravo marujo não ficava feliz quando os trabalhadores desapareciam da oficina. Nessas ocasiões, resmungando, ele fazia – por raiva – o trabalho de seis homens.

Toda a temporada de verão foi ruim. Durante alguns dias, o calor foi esmagador e a atmosfera, saturada de eletricidade, foi descarregada por tempestades violentas que perturbaram profundamente as camadas de ar. Era raro não ouvir trovões a distância. Era como um murmúrio surdo, mas permanente, como ocorre nas regiões equatoriais do globo.

Em 1.º de janeiro de 1869, houve uma tempestade violenta, e diversos relâmpagos caíram sobre a ilha. Será que esse temporal tinha alguma relação com os fenômenos que ocorriam nas entranhas da Terra? Existia alguma conexão entre os problemas do ar e os problemas das partes interiores do globo? Cyrus Smith foi levado a acreditar que sim, pois o desenvolvimento dessas tempestades marcou um aumento dos sintomas vulcânicos.

Foi em 3 de janeiro que Harbert, tendo ascendido de madrugada ao planalto da Grande-Vista para selar um dos onagros, viu um enorme penacho se formar no topo do vulcão. Ele imediatamente preveniu os colonos, que logo foram observar o cume do monte Franklin.

– Ora! – exclamou Pencroff. – Desta vez não são vapores! Parece que o gigante já não se contenta mais em só respirar e começou a fumar!

Essa imagem usada pelo marujo traduzia perfeitamente a modificação que tinha ocorrido na boca do vulcão. Já fazia três meses que a cratera emitia vapores mais ou menos intensos, provenientes de uma ebulição interna das matérias minerais. Dessa vez os vapores tinham sido sucedidos por uma fumaça espessa, subindo na forma de uma coluna acinzentada com quase cem metros de largura na base e que florescia como um imenso cogumelo em uma altura de mais de duzentos metros acima do topo da montanha.

– O fogo está na Chaminé – disse Gédéon Spilett.

– E não vamos conseguir apagá-lo! – respondeu Harbert.

– Os vulcões também deveriam ser limpos – comentou Nab, que parecia falar muito seriamente.

– Bem, Nab – fez Pencroff. – Por acaso você se encarregaria de fazer essa limpeza? – E soltou uma gargalhada.

Cyrus Smith observava com atenção a fumaça grossa projetada pelo monte Franklin e tinha também os ouvidos atentos, como se quisesse captar algum murmúrio distante. Então, aproximando-se de seus companheiros, de quem tinha se distanciado um pouco:

– De fato, meus amigos, uma mudança importante ocorreu, e não devemos ignorar isso. As matérias vulcânicas não estão apenas em estado de ebulição, eles pegaram fogo, e com certeza seremos ameaçados por uma erupção em breve!

– Bem, senhor Cyrus, veremos a erupção e se ela for bem-sucedida, vamos aplaudi-la! Não creio que isso seja motivo de preocupação! – exclamou Pencroff.

– Não, Pencroff – respondeu Cyrus Smith –, pois a antiga estrada da lava ainda está aberta, e, graças à sua disposição, a cratera até então as derramou para o norte. E ainda assim...

– E ainda assim, uma vez que não há nenhum benefício a ser ganho com uma erupção, seria melhor se não acontecesse – disse o repórter.

– Quem sabe? – respondeu o marujo. – Pode haver algum material útil e valioso que esse vulcão vomitará alegremente, e nós faremos bom uso dele!

Cyrus Smith sacudiu a cabeça como um homem que não esperava nada de bom do fenômeno cujo desenvolvimento era tão repentino. Se as lavas, por causa da orientação da cratera, não ameaçavam diretamente as partes arborizadas e cultivadas da ilha, outras complicações poderiam surgir. Não é incomum que as erupções sejam acompanhadas por terremotos, e uma ilha da natureza da ilha Lincoln, composta de materiais tão diversos, basalto de um lado, granito do outro, lava ao norte, solo macio ao sul, e que, consequentemente, não podiam se ligar solidamente, corriam o risco de se desintegrar.

– Parece – disse Ayrton, que tinha se deitado e colado o ouvido no chão – o som de rolamentos surdos, como uma espécie de carruagem carregada de barras de ferro.

Os colonos ouviram com atenção e puderam ver que Ayrton não estava enganado. Os rolamentos às vezes se misturavam com rugidos subterrâneos que formavam uma espécie de *rinforzando* e diminuíam pouco a pouco, como se uma brisa violenta tivesse passado pelas profundezas do globo.

– Ora! – disse Pencroff. – Então não vamos voltar ao trabalho? Que o monte Franklin fume, grite, gema, vomite fogo e chamas à vontade, isso não é razão para não fazermos nada! Vamos, hoje é necessário que todos ponham a mão na massa! Quero nosso novo *Bonadventure* pronto em menos de dois meses flutuando nas águas do porto Balão!

Todos trabalharam assiduamente durante o dia 3 de janeiro, sem se preocupar com o vulcão, que, aliás, não podia ser visto da praia da Granite House. Mas uma ou duas vezes, grandes sombras, velando o sol, indicaram que uma nuvem de fumaça espessa passava entre seu disco e a ilha. Cyrus Smith e Gédéon Spilett notaram essas sombras passageiras e em várias ocasiões falaram do progresso que o fenômeno vulcânico claramente realizava, mas o trabalho não foi interrompido. Além disso, era de grande interesse, de todos os pontos de vista, que o navio fosse concluído o mais depressa possível. Quem sabe se ele não seria seu único refúgio?

À noite, após o jantar, Cyrus Smith, Gédéon Spilett e Harbert subiram até o planalto da Grande-Vista.

– A cratera está em chamas! – exclamou Harbert, que, mais veloz do que seus companheiros, tinha chegado primeiro ao planalto.

O monte Franklin, a cerca de seis milhas de distância, parecia uma tocha gigantesca no topo da qual estavam algumas chamas fuliginosas. Tanta fumaça, escórias e cinzas estavam misturadas que seu brilho, ofuscado, já não penetrava na escuridão da noite.

– O progresso está rápido! – observou o engenheiro.

– Isso não é surpreendente – respondeu o repórter. – O despertar do vulcão já dura algum tempo. Você lembra, Cyrus, que os primeiros vapores apareceram na época em que vasculhamos os sopés da montanha para descobrir o esconderijo do capitão Nemo? Se não me engano, foi por volta de 15 de outubro. Os incêndios subterrâneos estão, portanto, fumegando há dez semanas e não é surpreendente que estejam agora se desenvolvendo com essa violência!

– Vocês estão sentindo vibrações no chão? – perguntou Cyrus Smith.

– De fato – respondeu Gédéon Spilett –, mas daí a isso ser considerado um terremoto...

– Não estou dizendo que estamos ameaçados por um terremoto – respondeu Cyrus Smith –, e que Deus nos livre disso! Essas vibrações são efeito da efervescência do fogo central. A crosta da terra é como a parede de uma caldeira, e vocês sabem que a parede de uma caldeira, sob a pressão do gás, vibra como uma placa sonora. É esse efeito que ocorre neste momento.

– Os magníficos feixes de fogo! – exclamou Harbert.

Naquele momento, jorrava da cratera uma espécie de feixe de fogos de artifício cujos vapores não tinham diminuído o brilho.

Depois de uma hora, Cyrus Smith, o repórter e o garoto voltaram para a Granite House. O engenheiro ficou pensativo, até preocupado, a ponto de Gédéon Spilett pensar em lhe perguntar se ele sentia algum perigo iminente, cuja erupção seria a causa direta ou indireta.

– Sim e não – respondeu Cyrus Smith.

– No entanto – continuou o repórter –, o maior infortúnio que poderia acontecer conosco não seria um terremoto que perturbasse a ilha? Não creio que seja preciso temer isso, uma vez que os vapores e as lavas encontram uma passagem livre para se espalhar.

– Eu não temo um terremoto no sentido usual que se dá às convulsões do solo causadas pela expansão dos vapores subterrâneos, mas outras causas podem causar grandes desastres.

– Quais, meu caro Cyrus?

– Não tenho certeza... preciso ver... visitar a montanha... Dentro de alguns dias, terei certeza disso.

Três dias se passaram: 4, 5 e 6 de janeiro. Os trabalhos na construção do barco continuaram. O monte Franklin foi então coberto por uma nuvem escura de aparência sinistra e junto com as chamas ele cuspia rochas incandescentes, algumas das quais caíam de volta na cratera. Isso fez Pencroff, que só queria considerar o fenômeno pelo lado divertido, dizer:

– Vejam! O gigante jogando bilboquê! O gigante malabarista!

E de fato, o vômito caía de volta no abismo e não parecia que as lavas, infladas pela pressão interna, conseguissem subir até o orifício da cratera. Pelo menos o gotejamento do nordeste não derramava nenhuma torrente sobre a encosta norte da montanha.

No entanto, por mais acelerada que a construção estivesse, outros cuidados exigiam a presença dos colonos em outras partes da ilha. Foi então acordado que Ayrton iria cuidar do curral no dia seguinte, 7 de janeiro, e como ele poderia fazer este trabalho sozinho, Pencroff e os outros ficaram surpresos quando ouviram o engenheiro dizer a Ayrton:

– Já que o senhor vai ao curral amanhã, eu o acompanho.

– Ah, senhor Cyrus! Nossos dias de trabalho estão contados! – protestou o marujo. – Se o senhor sair, serão quatro braços a menos!

– Estaremos de volta no dia seguinte – respondeu Cyrus Smith, – mas eu preciso ir ao curral... Quero saber onde está a erupção.

– A erupção! A erupção! – respondeu Pencroff com um ar não muito satisfeito. – É algo importante a tal erupção, mas isso não me preocupa!

Apesar do protesto do marujo, a exploração planejada pelo engenheiro foi mantida para o dia seguinte.

Ao nascer do dia, Cyrus Smith e Ayrton subiram na carroça atrelada aos dois onagros e seguiram para o curral a toda velocidade.

Sobre a floresta passavam nuvens pesadas para as quais a cratera do monte Franklin fornecia incessantemente matérias fuliginosas. Essas nuvens, que rolavam pesadamente na atmosfera, eram obviamente compostas por substâncias heterogêneas. Escórias em forma de poeira, como pozolana pulverizada e cinzas tão finas como a mais fina fécula, mantinham-se suspensas no meio de suas grossas volutas.

Cyrus Smith e Ayrton tinham acabado de chegar ao curral quando uma espécie de neve negra, semelhante a pólvora, caiu e alterou instantaneamente a aparência do solo.

– Isso é curioso, senhor Smith – disse Ayrton.

– Isso é perigoso. Essa pozolana, essas pedras pulverizadas, demonstram quão profunda é a desordem nas camadas mais baixas do vulcão.

– Mas não há nada que possamos fazer?

– Nada, exceto acompanhar o progresso do fenômeno. Cuide das atividades do curral, Ayrton. Enquanto isso, vou além das fontes do córrego Vermelho para examinar a situação do monte na sua encosta norte. Depois...

– Depois... senhor Smith?

– Depois visitaremos a cripta Dakkar. Voltarei para encontrá-lo em duas horas.

Ayrton entrou no corredor do curral e, enquanto aguardava o retorno do engenheiro, cuidou dos carneiros e das cabras que pareciam sentir certo mal-estar diante dos primeiros sintomas da erupção.

Enquanto isso, Cyrus Smith aventurou-se no cume dos contrafortes do leste, contornou o córrego Vermelho e chegou ao local onde seus companheiros e ele haviam descoberto uma fonte sulfurosa durante a primeira exploração.

As coisas tinham mudado! Em vez de uma única coluna de fumaça, ele contou treze que escorriam pelo chão, como se tivessem sido violentamente empurradas por algum pistão. Era evidente que a crosta terrestre sofria uma tremenda pressão nesse ponto do mundo. Cyrus Smith sentiu o tremor dos tufos vulcânicos que semeavam a planície e que não eram nada além de cinzas pulverulentas que o tempo tinha transformado em blocos duros, mas ainda não viu nenhum vestígio de lava nova.

Ao norte do monte Franklin, redemoinhos de fumaça e chamas escapavam da cratera, um granizo de escórias caía no chão, mas nenhum derramamento de lava ocorria pela garganta da cratera, o que provava que o nível de matérias vulcânicas ainda não tinha atingido o orifício superior da Chaminé central.

"Eu preferia que isso estivesse acontecendo!", pensou Cyrus Smith. "Pelo menos eu teria certeza de que as lavas estavam seguindo pelo caminho habitual. Quem sabe se elas não vão escorrer por uma nova saída? Mas não é aí que está o perigo! O capitão Nemo pressentiu corretamente! Não, o perigo não está aí!"

Cyrus Smith avançou para o enorme aterro cujo prolongamento enquadrava o estreito Golfo do Tubarão. Ele pôde examinar suficientemente desse lado as antigas ranhuras das lavas. Não havia dúvida de que a última erupção era de um tempo muito distante.

Às nove da manhã, ele estava de volta ao curral. Ayrton à sua espera.

– Os animais estão cuidados, senhor Smith.

– Muito bem, Ayrton.

– Eles parecem inquietos, senhor Smith.

– Sim, o instinto fala com eles, e o instinto não engana.

– Quando o senhor quiser...

– Pegue uma lanterna e um isqueiro, Ayrton, e vamos embora.

Ayrton fez o que lhe foi recomendado. Ambos caminhavam sobre um chão coberto de matéria pulverulenta que tinha caído da nuvem. Nenhum quadrúpede apareceu no bosque. Até mesmo os pássaros tinham fugido. Às vezes, uma brisa passava e levantava a camada de cinzas, e os dois colonos, presos em um turbilhão opaco, não conseguiam mais se ver. Eles tiveram o cuidado de proteger os olhos e a boca com um lenço, pois corriam o risco de ficarem cegos e sufocados. A cada cem passos, tinham de parar e recuperar o fôlego. Eram mais de dez horas quando alcançaram a crista do enorme monte de rochas basálticas que formavam a costa noroeste da ilha.

Ayrton e Cyrus Smith começaram a descer a costa íngreme. Em plena luz do dia, a descida era menos perigosa, e, além disso, a camada de cinzas que cobria as rochas polidas mantinha o pé mais firme em suas superfícies inclinadas.

Embora a maré estivesse baixa no momento, nenhuma praia estava visível, e as ondas, sujas de poeira vulcânica, vinham diretamente bater nos basaltos costeiros.

Cyrus Smith e Ayrton encontraram a abertura da cripta Dakkar sem dificuldade e pararam sob a última rocha, que formava o nível inferior do parapeito.

– Será que a canoa de ferro está aqui? – perguntou o engenheiro.

– Ali está ela, senhor Smith – respondeu Ayrton, puxando para si a pequena embarcação que estava abrigada sob a curvatura do arco.

– Vamos embarcar, Ayrton.

Uma ligeira ondulação os levou mais fundo sob o arco baixo da cripta, e lá Ayrton acendeu a lanterna. Então ele tomou os dois remos, e a lanterna foi colocada na proa da canoa, de modo a projetar seus raios para a frente, e Cyrus Smith assumiu o leme e seguiu na direção da escuridão da cripta.

O *Nautilus* já não estava mais lá para iluminar a caverna escura. Talvez a radiação elétrica, sempre alimentada por seu poderoso farol, ainda se propagasse nas profundezas das águas, mas nenhuma faísca saía do abismo onde repousava o capitão Nemo.

A luz da lanterna permitia que o engenheiro avançasse seguindo a parede direita da cripta. Um silêncio sepulcral reinava sob a abóbada, pelo menos em sua porção anterior, pois logo Cyrus Smith ouviu distintamente o barulho das entranhas da montanha.

– É o vulcão – disse ele.

Logo, com esse barulho, as combinações químicas foram traídas por um cheiro forte, e vapores sulfurosos penetraram pela garganta do engenheiro e de seu companheiro.

– Era isso que o capitão Nemo temia! – murmurou Cyrus Smith, cuja figura empalideceu ligeiramente. – Temos de ir até ao fim.

– Vamos!

Vinte e cinco minutos depois de passar a abertura, a canoa chegou à parede terminal e parou. Cyrus Smith passeou a lanterna pelas várias partes da parede que separava a cripta da Chaminé central do vulcão. Quão espessa era essa parede? Tinha cem metros, ou dez? Não era possível saber. Mas os ruídos subterrâneos eram demasiado perceptíveis para serem muito espessas.

Em uma altura maior na parede basáltica, através de fendas pouco visíveis e de prismas mal unidos, uma fumaça ocre transpirava infectando a atmosfera da caverna. Fraturas arranhavam a parede e algumas, mais claramente desenhadas, desciam a apenas noventa centímetros das águas da cripta.

Cyrus Smith ficou um tempo pensativo. Depois murmurou estas palavras outra vez:

– Sim, o capitão tinha razão! Aqui está o perigo e terrível!

Ayrton não disse nada, mas, a um sinal de Cyrus Smith, ele retomou seus remos, e, meia hora depois, eles saíam da cripta Dakkar.

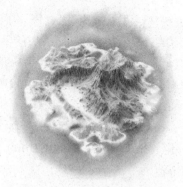

Capítulo 19

Na manhã seguinte, 8 de janeiro, depois de um dia e uma noite passados no curral, Cyrus Smith e Ayrton retornaram à Granite House.

Imediatamente o engenheiro reuniu os companheiros e lhes disse que a ilha Lincoln estava em grande perigo e que nenhum poder humano poderia evitá-lo.

– Meus amigos – disse ele, e sua voz transparecia uma emoção profunda –, a ilha Lincoln não deve durar tanto quanto o próprio globo. Ela está destinada à destruição em um futuro mais ou menos próximo, cuja causa está nela e da qual ninguém poderá salvá-la!

Os colonos se entreolharam e olharam para o engenheiro. Eles não conseguiam entender.

– Explique, Cyrus! – pediu Gédéon Spilett.

– Eu vou explicar – respondeu Cyrus Smith –, ou melhor, vou contar a vocês a explicação que, durante os nossos poucos minutos de conversa secreta, o capitão Nemo me deu.

– O capitão Nemo! – os colonos exclamaram.

– Sim, foi o último favor que ele quis fazer antes de morrer!

– O último favor! – exclamou Pencroff. – Mesmo morto ainda vai nos ajudar!

– Mas o que lhe disse o capitão Nemo? – perguntou o repórter.

– Vou lhes contar, meus amigos. A ilha Lincoln não está nas mesmas condições que as outras ilhas do Pacífico e uma disposição particular que o capitão Nemo me explicou deve eventualmente levar ao deslocamento de sua estrutura submarina.

– Um deslocamento! Da ilha Lincoln! Ora, vamos! – exclamou Pencroff que, apesar de todo o respeito que tinha por Cyrus Smith, não pôde deixar de tripudiar.

– Ouça-me, Pencroff. Isso foi o que o capitão Nemo constatou, e que eu confirmei ontem durante a exploração da cripta Dakkar. A cripta se estende por baixo da ilha até o vulcão e só está separada da Chaminé central pela parede que encerra sua cabeceira. Essa parede é cravada por fissuras que já permitem a passagem dos gases sulfurosos desenvolvidos no interior do vulcão.

– E então? – perguntou Pencroff, cuja testa estava franzida.

– Então essas fraturas estão crescendo sob a pressão interna, a parede de basalto está se abrindo e em um tempo mais ou menos curto dará passagem às águas do mar de que a caverna está cheia.

– Ora! – respondeu Pencroff, que tentou brincar novamente. – O mar vai apagar o vulcão e tudo estará acabado!

– Sim, tudo estará acabado! No dia em que o mar se precipitar pela parede e penetrar através da Chaminé central para as entranhas da ilha, onde os materiais eruptivos estão borbulhando, nesse dia, Pencroff, a ilha Lincoln vai saltar como faria a Sicília se o Mediterrâneo se precipitasse no Etna!

Os colonos não responderam a essa frase tão afirmativa do engenheiro. Eles compreenderam o perigo que os ameaçava.

Deve-se dizer, aliás, que Cyrus Smith em nada exagerou. Muitas pessoas já tiveram a ideia de que talvez pudessem extinguir os vulcões, que geralmente se erguem às margens do mar ou dos lagos, abrindo passagem para as águas. Mas elas não sabiam que se fizessem isso arriscariam explodir uma parte do globo. A água, precipitando-se em um ambiente fechado cuja temperatura pode ser estimada em milhares de graus, vaporizaria com uma energia tão repentina que nenhuma tampa poderia resistir.

Não havia, portanto, qualquer dúvida de que a ilha, ameaçada por um terrível e iminente deslocamento, só duraria enquanto as muralhas da cripta de Dakkar resistissem. Não seria uma questão de meses ou semanas, mas uma questão de dias, horas talvez!

O primeiro sentimento dos colonos foi uma dor profunda! Eles não pensaram no perigo que os ameaçava diretamente, mas na destruição da ilha que haviam fecundado, que amavam e que queriam ver florescer ainda mais! Tanto sacrifício em vão!

Pencroff não conseguiu conter uma grande lágrima que escorreu por seu rosto e que ele não procurou esconder.

A conversa continuou por algum tempo. As chances que restavam aos colonos foram discutidas; mas, para resumir, chegaram à conclusão de que não tinham nenhum minuto a perder, que a construção e a aparelhagem do navio tinham que ser aceleradas, e que agora essa era a única chance de salvação dos habitantes da ilha Lincoln!

Todos os braços eram, portanto, necessários. Os trabalhos foram retomados com fervor. Em 23 de janeiro, o navio estava metade contornado. Até então, nenhuma mudança tinha ocorrido no topo do vulcão. Mas durante a noite de 23 para 24, sob a pressão da lava, que chegou ao nível do primeiro andar do vulcão, este ficou sem o cone que formava seu chapéu. Houve um barulho terrível. Os colonos acharam que a ilha estava se movendo e saíram da Granite House. Eram cerca de duas horas da manhã.

O céu ardia em fogo. O cone superior tinha sido lançado na ilha, cujo chão tremeu. Felizmente, o cone se inclinou para o norte e caiu sobre a planície de areia entre o vulcão e o mar. A cratera, então largamente aberta, projetava em direção ao céu uma luz tão intensa que, pelo simples efeito da reverberação, a atmosfera parecia incandescente. Ao mesmo tempo, uma torrente de lavas, inflando até o novo topo, se derramava em grandes cascatas, como a água que escapa de uma banheira cheia de água, e mil serpentes de fogo rastejavam nas encostas do vulcão.

– O curral! O curral! – gritou Ayrton.

Foi, de fato, em direção ao curral que as lavas escorreram, como resultado da orientação da nova cratera, e, consequentemente, eram as partes férteis da ilha, que estavam ameaçadas de destruição imediata.

Todos tinham um só pensamento: correr para o curral e libertar os animais.

Às três da manhã, eles chegaram ao curral. Os terríveis uivos foram suficientes para indicar o pânico dos carneiros e das cabras. Uma torrente de materiais incandescentes caía do sopé sobre a pradaria e corroía esse lado da paliçada. A porta foi aberta bruscamente por Ayrton, e os animais, assustados, escaparam em todas as direções.

Uma hora depois, a lava fervente encheu o curral, volatilizou a água do pequeno rio que passava por ele, incendiou a habitação, que ardeu como palha, e devorou todo o recinto. Os colonos queriam lutar contra a invasão, tentaram, mas inutilmente, porque o homem está desarmado diante desses grandes cataclismos.

O dia 24 de janeiro amanheceu. Cyrus Smith e seus companheiros, antes de retornar à Granite House, quiseram observar a direção definitiva do dilúvio de lavas. O declive geral do solo descia do monte Franklin para a costa leste, e era temeroso que, apesar das matas espessas do Jacamar, a torrente se espalhasse pelo planalto da Grande-Vista.

– O lago vai nos dar cobertura – disse Gédéon Spilett.

– Espero que sim! – respondeu Cyrus Smith, e não disse mais nada.

Os colonos tentaram chegar à planície na qual o cone superior do monte Franklin havia caído, mas as lavas bloquearam o caminho. O vulcão, descoroado, estava irreconhecível. Uma espécie de ardósia o completava e substituía a antiga cratera. Acima dessa nova cratera, uma nuvem de fumaça e cinza se misturava com os vapores do céu, acumulados sobre a ilha. Grandes raios caíram e foram confundidos com os estrondos da montanha.

Por volta das sete da manhã, a posição já não era sustentável para os colonos, que se refugiaram na borda da floresta do Jacamar. Não só os projéteis começaram a chover em torno deles, mas a lava, transbordando do leito do córrego Vermelho, ameaçava obstruir a estrada para o curral.

Os colonos tinham retomado o caminho para o curral e caminhavam devagar, a contragosto. Enquanto isso, a corrente principal do vale do córrego Vermelho se tornava mais ameaçadora.

Os colonos pararam perto do lago, a oitocentos metros da foz do córrego Vermelho. Eles precisavam decidir sobre uma questão de vida ou morte.

Cyrus Smith, acostumado a enfrentar situações graves, e sabendo que estava falando com homens capazes de ouvir a verdade, disse:

– Existem duas possibilidades: ou o lago vai parar essa corrente, e parte da ilha será preservada da devastação completa, ou a corrente vai invadir as florestas do Extremo Oeste e nenhuma árvore ou planta restará na superfície do solo. Não teremos outra perspectiva sobre estas rochas nuas senão uma morte que a explosão da ilha não tardará a nos dar!

– Então – disse Pencroff, cruzando os braços e golpeando o chão com o pé –, não há necessidade de trabalhar no barco, certo?

– Pencroff – disse Cyrus Smith –, é preciso cumprir o seu dever até o fim!

Nesse momento, o rio de lavas, seguindo seu caminho através das belas árvores que devorava, chegou à beira do lago. Ali havia certa elevação do solo que, se fosse mais considerável, poderia conter a torrente.

– Ao trabalho! – exclamou Cyrus Smith.

O pedido do engenheiro foi imediatamente cumprido. Essa torrente precisava ser contida, e, assim, forçada a fluir para o lago.

Os colonos correram para o estaleiro, pegaram pás, picaretas, machados, e lá conseguiram, em poucas horas, levantar um dique de um metro de altura por algumas centenas de metros de comprimento.

Já não era sem tempo. O material liquefeito quase imediatamente atingiu a parte inferior do parapeito. O rio inflou como se estivesse em plena enchente e ameaçava superar o único obstáculo que poderia impedi-lo de invadir todo o Extremo Oeste. Mas o dique conseguiu contê-lo, e depois de um minuto de hesitação, ele correu para o lago Grant por uma queda de seis metros de altura.

Os colonos, ofegantes, sem fazer um gesto, sem dizer uma palavra, observaram essa luta dos dois elementos.

Que espetáculo aquele combate entre água e fogo! Que pena poderia descrever esta cena de um horror maravilhoso, e que pincel poderia pintá-la? A água assoviava ao evaporar em contato com a lava incandescente. Os vapores lançados no ar rodopiavam a uma altura incomensurável, como se as válvulas de uma caldeira enorme tivessem sido abertas de repente.

As primeiras lavas que caíram no lago se solidificaram imediatamente e se acumularam para logo emergir. Onde antes havia águas calmas, surgiu um enorme monte de pedras fumegantes, como se a elevação do solo tivesse feito surgir milhares de escolhos. Imagine que essas águas, encrespadas durante um furacão, foram depois repentinamente solidificadas por um frio de 20°, e teremos o aspecto do lago, três horas após a irresistível torrente irromper. Dessa vez, a água seria derrotada pelo fogo.

No entanto, foi uma sorte para os colonos que o derramamento de lava tenha se dirigido para o lago Grant. Eles tinham alguns dias de descanso pela frente. O planalto da Grande-Vista, a Granite House e o local de construção estavam temporariamente preservados. Esses poucos dias precisavam ser empregados para terminar o contorno do navio e para vedá-lo cuidadosamente. Depois ele seria lançado ao mar e os colonos se refugiariam nele, podendo aparelhá-lo quando repousasse em seu elemento.

De 25 a 30 de janeiro, os colonos se dedicaram ao navio com a mão de obra de vinte homens. Mal começavam a descansar e o brilho das labaredas expelidas pela cratera os chamava a continuar trabalhando noite e dia.

A segunda corrente de lava, que havia seguido pelo vale do rio da Cachoeira – um vale largo, cujos terrenos se deprimiam em ambos os lados do riacho – não encontraria quaisquer obstáculos.

Os animais, assustados, jaguares, javalis, capirabas, kulas, bichos de pelo e de pena, se refugiaram ao lado da Misericórdia e no pântano das

A Ilha Misteriosa

Tadornas, depois da estrada do porto Balão. Mas os colonos estavam demasiado ocupados com o trabalho para prestar atenção até ao mais temível deles. Além disso, tinham abandonado a Granite House e nem sequer procuraram abrigo nas Chaminés. Eles acamparam debaixo de uma tenda perto da foz da Misericórdia.

Todos os dias, Cyrus Smith e Gédéon Spilett subiam ao planalto da Grande-Vista. Às vezes Harbert os acompanhava, nunca Pencroff, que não queria ver a nova aparência da ilha, tão profundamente devastada!

Era de fato um espetáculo desolador. Toda a parte arborizada da ilha estava agora nua. Um único ramo de árvores verdes se mantinha na extremidade da península Serpentina. Que espetáculo doloroso, que visão terrível, e que pesar para os colonos, que, de uma terra fértil, coberta por florestas, regada por rios, enriquecida com colheitas, foram transportados num instante para uma rocha devastada sobre a qual, sem as suas reservas, nem sequer conseguiriam viver!

– É de partir o coração! – disse um dia Gédéon Spilett.

– Sim, Spilett – respondeu o engenheiro. – Que o céu nos dê tempo para completar este navio que agora é nosso único refúgio!

– Você não acha, Cyrus, que o vulcão parece querer se acalmar? Ele ainda vomita lavas, mas menos abundantemente!

– Não importa. O fogo ainda arde nas entranhas da montanha, e o mar pode se precipitar dentro dela a qualquer momento. Estamos na situação de passageiros cujo navio está sendo consumido por um incêndio que não podem extinguir, e que sabem que, mais cedo ou mais tarde, chegará à pólvora! Venha, Spilett, venha, não percamos um minuto sequer!

Por mais oito dias, ou seja, até 7 de fevereiro, a lava continuou a se espalhar, mas a erupção permaneceu dentro dos limites indicados. Cyrus Smith temia acima de tudo que a matéria liquefeita se espalhasse sobre a praia, e nesse caso o local de construção do navio não seria poupado. Naquele momento, os colonos sentiram vibrações na estrutura da ilha, o que lhes causou grande preocupação.

Era dia 20 de fevereiro. Ainda faltava um mês para o navio ficar pronto para navegar. A ilha aguentaria até lá? A intenção de Pencroff e de

Cyrus Smith era lançar o navio assim que o casco estivesse suficientemente vedado. O convés, as roldanas, a estrutura interior e o aparelhamento seriam terminados depois, mas o importante era que os colonos tivessem um refúgio seguro fora da ilha. Talvez até fosse aconselhável levar o navio ao porto Balão, isto é, o mais longe possível do centro eruptivo, porque na foz da Misericórdia, entre a ilhota e a muralha de granito, ele corria o risco de ser esmagado em caso de ruptura. Todos os esforços dos trabalhadores foram, portanto, orientados para a conclusão do casco.

O dia 3 de março chegou e os colonos consideraram que o lançamento estaria pronto em cerca de dez dias.

A esperança voltou ao coração dos colonos, que foram duramente desafiados durante esse quarto ano da sua estadia na ilha Lincoln! O próprio Pencroff parecia sair um pouco da taciturnidade sombria em que tinha mergulhado por conta da ruína e da devastação de sua propriedade. Ele só pensava nesse navio no qual todas as suas esperanças estavam focadas.

– Vamos terminá-lo, senhor Cyrus, e está na hora, pois a estação está chegando ao fim e em breve estaremos em pleno equinócio. Se for preciso, vamos passar o inverno na ilha Tabor!

– Vamos trabalhar depressa! – respondia sempre o engenheiro.

E eles trabalhavam sem perder um minuto.

– Meu mestre – perguntou Nab alguns dias depois –, se o capitão Nemo ainda estivesse vivo, o senhor acha que tudo isso teria acontecido?

– Sim, Nab – respondeu Cyrus Smith.

– Pois eu não acredito nisso! – sussurrou Pencroff ao ouvido de Nab.

– Nem eu! – respondeu seriamente Nab.

Durante a primeira semana de março, o monte Franklin voltou a ficar ameaçador. Milhares de fios de vidro, feitos de lava fluida, caíram como chuva sobre a terra. A corrente, seguindo a costa sudoeste do lago Grant, passou pelo córrego da Glicerina e invadiu o planalto da Grande-Vista. Esse último golpe desferido ao trabalho dos colonos foi terrível. Do moinho, das construções do galinheiro e dos estábulos, nada restava. Top e Jup deram sinais de muito medo, e seus instintos os avisaram que uma catástrofe era iminente. Muitos dos animais da ilha pereceram durante a primeira erupção. O nefasto horror do espetáculo desafia qualquer tentativa de descrição.

Os colonos ficaram confinados em seu último refúgio e, embora as costuras superiores do navio ainda não tivessem sido calafetadas, eles resolveram lançá-lo ao mar!

Na noite do dia 8 para o dia 9, uma enorme coluna de vapores, escapando da cratera, subiu em meio a terríveis detonações com quase mil metros de altura. Uma explosão, ouvida a cento e sessenta quilômetros de distância, abalou as camadas do ar. Pedaços de montanhas caíram de volta ao Pacífico e em poucos minutos o oceano cobriu o lugar onde a ilha Lincoln tinha existido.

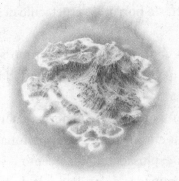

Capítulo 20

Uma rocha isolada, de nove metros de comprimento e cinco de largura, emergindo três metros apenas, era o único ponto sólido que as ondas do Pacífico não tinham invadido.

Foi tudo o que restou do maciço da Granite House! A muralha tinha sido arruinada, deslocada e algumas das rochas do grande salão tinham se empilhado, formando esse ponto culminante. Tudo havia desaparecido no abismo em torno dele. Da ilha Lincoln, só se via essa rocha estreita que foi então usada como refúgio pelos seis colonos e seu cão Top. O pobre Jup tinha, infelizmente, encontrado a morte em alguma fenda do solo!

Se Cyrus Smith, Gédéon Spilett, Harbert, Pencroff, Nab e Ayrton tinham sobrevivido, foi porque, reunidos então sob sua tenda, foram lançados no mar no momento em que os destroços da ilha choviam por todos os lados.

Quando voltaram à superfície, não viram nada além de uma rocha na direção da qual nadaram e conseguiram se abrigar sobre ela.

Foi nessa rocha que eles viveram durante nove dias! Algumas provisões retiradas do depósito da Granite House antes do desastre, um pouco de água doce que a chuva tinha derramado num buraco de rocha, era tudo o que os infelizes tinham. A sua última esperança, o seu navio, estava quebrado. Não havia fogo nem meios de fazer um. Eles estavam destinados a perecer!

Naquele dia, 18 de março, restavam-lhes apenas dois dias de conservas, embora tivessem comido somente o estritamente necessário. Toda sua ciência e inteligência não podiam fazer nada nessa situação. Eles estavam nas mãos de Deus.

Cyrus Smith estava calmo. Gédéon Spilett, mais nervoso, e Pencroff, cego de raiva, iam e vinha sobre a rocha. Harbert não deixava o engenheiro e olhava para ele como se lhe pedisse a ajuda que ele não podia oferecer. Nab e Ayrton resignaram-se ao seu destino.

– Ah! Miséria! – dizia Pencroff. – Se ao menos tivéssemos uma casca de noz para nos levar à ilha Tabor! Mas nada, nada!

– O capitão Nemo fez bem em morrer! – disse Nab uma vez.

Durante os cinco dias seguintes, Cyrus Smith e seus infelizes companheiros viveram com extrema parcimônia, comendo apenas o que era necessário para evitar sucumbir à fome. Harbert e Nab começaram a mostrar alguns sinais de delírio.

Nessa situação, poderiam manter até mesmo uma sombra de esperança? Não! Qual era a única chance deles? Que um navio passasse à vista do recife? Mas eles sabiam, por experiência própria, que os navios nunca visitavam essa parte do Pacífico! Poderiam contar com o fato de, por uma coincidência verdadeiramente providencial, o iate escocês vir precisamente nesse momento procurar por Ayrton na ilha Tabor? Isso era improvável, e, de fato, ainda que se admitisse sua vinda, uma vez que os colonos não tinham conseguido levar até lá um bilhete indicando a mudança da localização de Ayrton, o comandante do iate, depois de procurar na ilhota, sem resultado, retornaria ao mar e seguiria para as baixas latitudes.

Eles estavam deitados naquela rocha, inanimados, quase inconscientes do que estava acontecendo ao redor. Ayrton, em um esforço supremo, levantou a cabeça e lançou um olhar desesperado para o mar deserto!

Mas eis que na manhã de 24 de março os braços de Ayrton se estenderam na direção de um ponto no espaço. Ele se levantou, primeiro se ajoelhando, depois em pé, e sua mão parecia fazer um sinal.

Um navio estava à vista da ilha e não navegava por aventura! O recife era o destino para o qual ele navegava em linha reta, forçando seu vapor, e os infelizes homens já o teriam visto há horas se ainda tivessem força para observar o horizonte!

– O *Duncan!* – murmurou Ayrton e caiu sem forças.

Quando Cyrus Smith e seus companheiros recobraram a consciência, graças aos cuidados que receberam, eles estavam na cabine de um *steamer*, sem entender como tinham escapado da morte.

Uma palavra de Ayrton foi suficiente para explicar tudo.

– O *Duncan!* – ele murmurou.

– O *Duncan!* – respondeu Cyrus Smith. – E erguendo os braços para o céu, gritou: – Ah! Deus todo-poderoso! Então o Senhor quis que fôssemos salvos!

Era o *Duncan*, de fato, o iate de lorde Glenarvan, então comandado por Robert, filho do capitão Grant, que tinha sido enviado para a ilha Tabor para buscar Ayrton e levá-lo de volta após doze anos de expiação. Os colonos estavam salvos e a caminho de casa!

– Capitão Robert – perguntou Cyrus Smith –, quem poderia ter-lhe dado a ideia, depois de deixar a ilha Tabor, onde não teria mais encontrado Ayrton, de seguir cento e sessenta quilômetros a nordeste?

– Senhor Smith – respondeu Robert Grant – foi para buscar, não só Ayrton, mas também o senhor e seus companheiros, que vim!

– Meus companheiros e eu?

– Sem dúvida! Na ilha Lincoln!

– Ilha Lincoln! – exclamaram ao mesmo tempo Gédéon Spilett, Harbert, Nab e Pencroff com enorme espanto.

– Como o senhor conhece a ilha Lincoln – perguntou Cyrus Smith –, uma vez que essa ilha nem sequer está indicada nos mapas?

– Descobri através do bilhete que os senhores deixaram na ilha Tabor – respondeu Robert Grant.

– Um bilhete? – perguntou Gédéon Spilett.

- Sim, aqui está ele – respondeu Robert Grant, apresentando um documento que indicava em longitude e latitude a posição da ilha Lincoln, "a residência atual de Ayrton e de cinco colonos americanos".

– O capitão Nemo! – disse Cyrus Smith, depois de ler o bilhete e constatar que tinha sido escrito pela mesma mão que escreveu o bilhete encontrado no curral!

– Ah! – disse Pencroff. – Então foi ele quem tomou o *Bonadventure* e se aventurou, sozinho, na ilha Tabor!

– Para deixar este bilhete! – respondeu Harbert.

– Eu tinha toda a razão em dizer que mesmo após a sua morte, o capitão nos faria um último favor! – exclamou o marujo.

– Meus amigos – disse Cyrus Smith com uma voz profundamente comovida –, que o Deus de todas as misericórdias receba a alma do capitão Nemo, nosso salvador!

Ao ouvirem essa última frase de Cyrus Smith, os colonos se descobriram e murmuraram o nome do capitão. Nesse momento, Ayrton, aproximando-se do engenheiro, perguntou:

– Onde ponho este cofre?

Era o cofre que Ayrton tinha salvado arriscando sua vida quando a ilha estava afundando e que ele agora entregava orgulhoso ao engenheiro.

– Ayrton! Ayrton! – disse Cyrus Smith com profunda emoção. Em seguida, dirigindo-se a Robert Grant: – Senhor – acrescentou –, onde vocês deixaram um homem culpado, encontram agora um homem a quem a expiação fez honesto novamente, e de quem eu tenho orgulho de cerrar a mão!

Robert Grant foi informado da estranha história do capitão Nemo e dos colonos da ilha Lincoln.

Quinze dias depois, os colonos desembarcaram na América e encontraram sua pátria pacificada depois da terrível guerra que conquistou o triunfo da justiça e do direito.

Das riquezas do cofre legado pelo capitão Nemo aos colonos da ilha Lincoln, a maior parte foi usada para adquirir uma grande propriedade no estado de Iowa. Apenas uma pérola, a mais bela, foi desviada do tesouro e enviada a Lady Glenarvan, em nome dos náufragos repatriados pelo *Duncan*.

Naquela propriedade, os colonos convocaram ao trabalho, ou seja, à fortuna e à felicidade, todos a quem esperavam oferecer a hospitalidade da ilha Lincoln. Fundaram uma vasta colônia à qual deram o nome da ilha desaparecida nas profundezas do Pacífico. Havia um rio chamado Misericórdia, uma montanha chamada Franklin, um pequeno lago chamado Grant e florestas que se tornaram as do Extremo Oeste. Era como uma ilha em terra firme.

Lá, sob a inteligente mão do engenheiro e de seus companheiros, tudo prosperou. Todos os ex-colonos da ilha Lincoln estavam lá, porque eles tinham jurado viver sempre juntos: Nab onde seu mestre estava, Ayrton pronto a se sacrificar caso fosse necessário, Pencroff, mais fazendeiro do que já tinha sido marujo, Harbert, cujos estudos foram concluídos sob a tutoria de Cyrus Smith, e o próprio Gédéon Spilett, que fundou o *New Lincoln Herald*, transformado no mais bem informado jornal no mundo.

Lá, finalmente, viveram todos felizes, unidos no presente como tinham sido no passado. Mas eles jamais esqueceriam essa ilha em que chegaram pobres e nus, essa ilha, que, por quatro anos, tinha suprido suas necessidades e de que não restou nada além de um pedaço de granito carregado pelas ondas do Pacífico, o túmulo do capitão Nemo!